Björn Brocks

Abnorm

Bibliografische Information der Deutschen Nationalbibliothek
Die Deutsche Nationalbibliothek verzeichnet diese Publikation in der Deutschen Nationalbibliografie; detaillierte bibliografische Daten sind im Internet abrufbar über http://dnb.ddb.de

2. Auflage
www.niemeyer-buch.de

Der Umschlag verwendet ein Motiv von shutterstock.com
Idea leuconoe butterfly Eric Isselee 2011
Druck und Bindung: AALEXX Buchproduktion GmbH, Großburgwedel
Printed in Germany
ISBN 978-3-8271-9452-7

Björn Brocks

Abnorm

Tarek Neumanns erster Fall

CW Niemeyer

Alle verwendeten Namen, Handlungszusammenhänge und Geschehnisse sind frei erfunden.
Etwaige Namensgleichheiten wären rein zufällig und sind nicht beabsichtigt.

Über den Autor:

Björn Brocks wurde 1967 geboren und lebt mit seiner Familie in Bückeburg.
Nach dem Abitur begann er seine berufliche Laufbahn als gebürtiger Niedersachse bei der Polizei des Nachbarlandes Nordrhein-Westfalen. In 25 Dienstjahren lernte er den Polizeiberuf in all seinen Facetten kennen. Nach Einsätzen bei der Bereitschaftspolizei in Stukenbrock sowie den Polizeibehörden in Köln, Detmold und Minden absolvierte er das Masterstudium für den höheren Dienst an der Deutschen Hochschule der Polizei in Münster-Hiltrup.
Nach verschiedenen Anschlussverwendungen leitet er aktuell die Direktion Verkehr bei der Kreispolizeibehörde Herford. Als bodenständiger Niedersachse reizten ihn schon immer die Gegensätze der beschaulichen Kleinstadt Bückeburg zu den vielfältigen Möglichkeiten der schillernden Metropole Hannover.
Die Leidenschaft für das Schreiben entdeckte er bereits in seiner Jugend.
Nach mehreren Kurzgeschichten und einer Veröffentlichung im Rahmen der Anthologie „Bückeburg mordet“ stellt der Autor mit dem Roman „Abnorm“ sein erstes Buch vor.

Für meine Familie

Kapitel 1

Exakt um 3:30 Uhr klingelte der Wecker. Ein ohrenbetäubender Lärm durchbrach die harmonische Stille ihrer nächtlich dahinschlummernden 2-Zimmerwohnung im Lindhorster Ortskern. Nach einem kurzen, aber beherzten Schlag auf den geschwungenen Bügel zwischen dem eifrig und pflichtbewusst in betriebsamer Hektik mal zur rechten und mal zur linken Glocke ausschlagenden Hämmerchen, stellte sich urplötzlich wieder absolute Ruhe ein.

Ruhe … Ruhe, nur noch ein Minütchen schlafen, sanft aus dem Traum erwachen, ein Kännchen Kaffee aufgießen, Weißbrot in den Toaster, Milch für den Kakao aufwärmen und Nele wecken … Nele wecken, Nele wecken!!!

Nele war gar nicht da! Babsi hatte ihre Tochter am Sonntagabend zur Großmutter nach Stadthagen gebracht, um heute in aller Frühe ungestört aufstehen zu können. Heute war doch ihr Tag, sie war verantwortlich für die gesamte Dekoration, ihr war es vorbehalten, die Boutique mit den neuen Winterartikeln zu verzieren.

Der Schreck, der ihr von dem brüllenden Wecker in die Glieder gefahren war, verflog so schnell wie er gekommen war.

Nach einem ausgedehnten Seufzer und einem weiteren tiefen Atemzug in ihre noch müde Lunge wusste sie, wie sie hieß, wer sie war und was heute geschehen sollte.

Sie, das war bürgerlich Babette Schmidt, kurz Babsi, 38 Jahre alt, alleinerziehende Mutter einer sechsjährigen Tochter und Mitarbeiterin einer auf kurzlebigen Modeschmuck und überflüssige Accessoires spezialisierten Boutique in der Hannoveraner Passerelle.

Zwei Jahre lang durfte sie schon dort arbeiten. Nach unzähligen Absagen und endlosen fadenscheinigen Umschreibungen ihres doch sehr üppig geratenen Äußeren hatte sie die Hartz-IV-Zeit mit einem blauen Auge und der Unterstützung ihrer Mutter einigermaßen würdig überstanden.

Ihre Tochter Nele sollte aufgrund einer Entwicklungsverzögerung erst nächstes Jahr eingeschult werden.

Außer ihrer Einfalt war sie aber ein liebenswertes Mädchen und das beste Enkelkind, das sich Oma jemals vorstellen konnte.

Einen Mann gab es in Babsis Leben nicht. An Gelegenheiten hatte es nie gemangelt, man traf sich, fand sich sympathisch, und dann wollten die Kerle so rasant mit ihr ins Bett, dass der Duft ihres Aftershaves noch in der Luft klebte, als sich die Tür bereits hinter ihnen ins Schloss gelegt und damit die Erinnerung an sie schon längst aufgelöst hatte.

Wer Neles Vater war, konnte Babsi nicht so genau sagen, sie vergaß auch relativ schnell die Namen derer, die ihr für eine Nacht die ewige Treue schworen.

Babsi hatte einfach Pech, kaum einer der Don Juans, die so auf ihre pralle Auslage fixiert waren, blieb länger als eine Nacht.

„Mit so viel Weiblichkeit können die gar nicht umgehen", hatte ihre Mutter stets behauptet und machte sich insgeheim Sorgen um ihre alternde Tochter, deren beste Jahre immer mehr vergingen.

Babsi wusste das, sie war sich über ihre Situation vollkommen im Klaren.

Aber heute, heute war es soweit. Dagmar, ihre Chefin vom Bijou Celine, hatte ein gewisses Organisationstalent bei ihr entdeckt. Klar, Babsi war übergewichtig, blond, grell geschminkt und sah ein wenig einfältig aus, aber einen untrüglichen Sinn für die Bedürfnisse der zumeist weiblichen Kundschaft, den besaß sie.

Mit ihrer unbändigen Fröhlichkeit und dem Charme einer emsigen Honigbiene umgarnte sie die Rat suchenden Konsumenten und konnte ihrem Gespür folgend genau den Artikel ausmachen, welcher den Kundinnen zu ihrer Glückseligkeit gerade noch fehlte.

Diese Gabe war ihr Kapital und heute war der Tag, an dem sie honoriert werden sollte.

Nach den ersten Startschwierigkeiten kam ihr Motor immer besser auf Touren. Sie tänzelte leicht beschwingt ins Bad, stellte einen Kaffee an, gönnte sich eine heiße Dusche und trank dann von dem schwarzen Gebräu, das Tote hätte wecken können. Die Kaffeetasse eng umklammert, malte sie sich aus, wie sie die ersten Auslagen dekorieren und die neue Ware in Szene setzen würde.

Jetzt aber schnell wieder ins Bad, das „Gesicht aufsetzen", wie sie zu sagen pflegte.

Gemeint war damit eine Prozedur, die in knapp dreißig Minuten eine übergewichtige Enddreißigerin zu einem grell geschminkten Super-Vamp mutieren ließ. Dieser wartete nur darauf, unschlüssigen Kundinnen kompetente Kaufentscheidungen zu ermöglichen.

Zwei Brote geschmiert, ein paar Süßigkeiten für zwischendurch eingepackt, schnell noch in den Fummel geschmissen, die Handtasche umgehängt und schon machte sie sich auf in den dunklen Morgen zum Lindhorster Bahnhof.

Es war Montag, der 10. Oktober.

Normalerweise nahm sie die S-Bahn zwei Stunden später. Aber heute war eben eine Ausnahme. Sie wollte ganz sichergehen. Sie wollte genug Zeit haben, um ihren kreativen Ideen freien Lauf lassen zu können und sie wollte … sie musste es allein schaffen. Dagmar sollte stolz auf sie sein, sie wollte ihr Vertrauen nicht enttäuschen!

Mit einem markanten, spitztönigen Surren glitt die S-Bahn aus Richtung Minden kommend an den Bahnsteig heran. Seit der Expo 2000 gelangte man nun fast im Halbstundentakt von dem liebenswerten Ort Lindhorst in die Landeshauptstadt Niedersachsens, Hannover. Diese Anbindung war für Pendler, die die Lebensqualität in der Kleinstadt mit den beruflichen Möglichkeiten einer Großstadt kombinieren wollten, ein wahres Geschenk.

Babsi konnte sich sowieso kein Auto leisten und die Zuganbindung bedeutete für sie eine Rückkehr in ein selbstbestimmtes Arbeitsleben.

Sie stieg ein, setzte sich auf die Bank direkt neben der Tür und hing ihren Gedanken nach, als der Zug über Haste, Wunstorf, Dedensen, Seelze, Letter und die Nordstadt schließlich im Hauptbahnhof Hannover pünktlich um halb sechs eintraf.

Sie hasste diesen Weg. Am letzten Gleis angekommen, musste sie quer durch die gesamte Bahnhofspassage in Richtung Passerelle. Jeden Morgen das gleiche Prozedere. Wie oft war sie schon von besoffenen Männern angepöbelt oder bekifften Jugendlichen angegrabscht worden. Meistens lungerte dieses Volk an der Treppe zu einem rund um die Uhr geöffneten Schnellrestaurant herum, darauf vertrauend, dass ein starker Kaffee ihre Arbeitsfähigkeit wiederherstellen und die Spuren der durchfeierten Nacht verblassen lassen würde. Viele dieser Discogänger hatten nicht geschlafen und begaben sich direkt von der Partymeile zur Arbeit.

Den Jackenkragen hochgeschlagen, die Handtasche sicher im Griff, den Blick starr geradeaus, marschierte sie beschleunigten Schrittes geradewegs in Richtung Passerelle. Die Bundespolizei und die Bahnsicherheit hatten gerade Schichtwechsel und vor halb sieben war mit kompetenter Hilfe nicht zu rechnen, wenn man sich in Not befand. *Immer das Gleiche!* , dachte sie, *wenn man die Polizei mal braucht, ist sie nie da und wenn man sie absolut nicht brauchen kann, dann belästigt einen der Freund und Helfer in den unmöglichsten Lebenslagen, weil die Kinder zu laut, das Fahrrad zu alt oder die …* „Hey Schnalle! Wo wackelst du denn mit deinem fetten Arsch hin? Is' wohl ein bisschen früh für ein paar Mettwürste auf Stilettos. Die Freier warten am Steintor!", brüllte es aus Richtung Zeitungskiosk zu ihr herüber. Nein, sie ließ sich dieses Mal nicht einschüchtern, heute war ihr großer Tag und sie wollte sich ihre Chance nicht von anderen Blödmännern nehmen lassen.

„Fick dich ins Knie, Arschloch!", platzte es aus ihr heraus. Sie war selber erstaunt, wie stark und bestimmt ihr der Kommentar über die Lippen glitt. So viel Mut hätte sie sich selbst gar nicht zugetraut. *Wow, jetzt geht es mir schon besser*, fiel es von ihr herab. Ein kurzer, kontrollierender Blick - nein - es folgte ihr niemand, ihr kraftvoller Kommentar hatte seine Wirkung nicht verfehlt. Sie fühlte sich wieder ein bisschen sicherer.

Geschafft! Bahnhof hinter sich, Passerelle vor sich, die Hälfte des Weges war erledigt. Ihr schlug unvermittelt feuchte Kälte ins Gesicht. Für Anfang Oktober war es ungewöhnlich kühl und der Morgendunst schob sich in wabernden Schlieren durch den unwirtlichen Untergrund, der vor ihr lag. Knapp 200 Meter, die musste sie noch zurücklegen, dann den Laden aufschließen, Tür zu und sie würde mit sich und ihren Accessoires allein sein und hätte alle Ruhe, zu dekorieren, was das Zeug hält! Nur ankommen musste sie noch. Sie blieb kurz stehen, atmete tief durch und setzte ihren Weg fest entschlossen fort. Aufgrund ihrer Erfahrungen mit Besoffenen, Kiffern und Obdachlosen waren ihre Sinne immer hellwach, man musste auf alles gefasst sein!

In einiger Entfernung vor sich hörte sie plötzlich ein leises Scharren, konnte aber aufgrund des Dunstes nichts erkennen. Sie versuchte ihren Blick zu schärfen - war da nicht was? Nein, nichts, sie hatte sich wohl geirrt. Oder doch?

Überfallartig durchbrach ein metallenes Scheppern die Stille und riss sie aus ihren Gedanken. Unmittelbar danach krachte es wieder - Stille - dann noch ein drittes Mal, diesmal etwas leiser. Alle Geräusche kamen aus Richtung Kröpcke.

Nach einer kurzen Pause hörte sie das Starten eines Motors und etwas schien mit quietschenden Reifen in einiger Entfernung davonzufahren. *Schon wieder einer dieser Anlieferungs-Rowdies*, kam es ihr in den Sinn. Die Anlieferung zur Passerelle gestaltete sich stets etwas kompliziert. Die Lieferwagen mussten in der Regel über die Georgstraße durch die Fußgängerzone anfahren, beim Kröpcke halten, die Ware ausladen und dann mit Sackkarren in die daruntergelegene Passerelle schaffen. Ein sehr anstrengender Job, wie Babsi fand, aber ihr wurde auch nichts geschenkt, dann können sich auch die Lieferanten mal ins Zeug legen.

Jetzt sah sie etwas. In einigem Abstand vor ihr schimmerte der Boden. Sie war schon ein paar Schritte gegangen und nicht mehr weit vom Bijou Celine entfernt. Ihre Schritte verlangsamten sich, sie zögerte, kniff ihre Augen zusammen und versuchte, Klarheit in die vom Dunst aufgeweichten Strukturen zu bekommen. *Das ist ja genau vor unserem Lädchen*, erkannte sie. Beim Näherkommen sah sie eine Art Pfütze auf dem Boden. Sie dehnte sich vom Eingangsbereich des Bijou Celine in die Mitte der Passerelle aus, um sich dann ein wenig weiter in Richtung Treppe, die zum Kröpcke hochführt, auszudehnen.

Eigenartig, das sieht aus, als hätte ein Auto Öl verloren. Dunkelrot bis Schwarz glänzte die seltsame Lache auf dem Boden und sah ein wenig klebrig aus. Babsi kam immer näher heran. Sie musste mit ihren schicken Schuhen die Flüssigkeit durchqueren, um zum Aufschließen an die Ladentür zu kommen. Es roch süßlich nach Metall und Schweiß, ein leicht ekelerregender Gestank machte sich breit. Sie musste wirklich diese Pampe durchqueren! „Das kann doch nicht wahr sein, ausgerechnet heute, so ein Mist, meine besten Schuhe!", fluchte Babsi. Vorsichtshalber bückte sie sich etwas nach vorn. Bevor sie sich ihre neuen Schuhe ruinierte, wollte sie sich vergewissern, um welchen Dreck es sich handelte.

Babsi kramte in ihrer Handtasche und zog ein benutztes Taschentuch heraus. *Das wird genügen,* dachte sie. „Heute scheint sich die ganze Welt gegen mich verschworen zu haben. Ich will doch nur dekorieren, ich will zeigen, was ich kann! Erst diese Penner, dann die Kälte und jetzt noch diese Suppe hier - das kann doch alles nicht wahr sein!", zischte sie leise vor sich hin.

Vorsichtig bückte sie sich nach vorne. Aus der Nähe betrachtet, roch die klebrige Pampe jetzt noch übler als vorher. Babsi stippte das Taschentuch ganz vorsichtig hinein und erschrak. Vor dem weißen Hintergrund zeichneten sich tiefrote Sprenkel ab. *Das sieht aus wie … Blut. Blut! Das ist Blut!* „Bluuuut!", brach es laut aus ihr heraus. „Hier ist Blut, Hilfe, Hilfe, Bluuuut!" Ihr verzweifelter Schrei zerschnitt die Stille des Montagmorgens. Er verhallte ungehört. Babsi taumelte. *Nur nicht die Kontrolle verlieren, ich muss in den Laden, aber von wem ist das Blut und warum liegt hier so viel, was soll das, was ist passiert?*

Sie schaute sich Hilfe suchend um. Babsi bekam ihre Verwirrung nicht in den Griff. Angst machte sich breit. Sie musste in ihren Laden durch diese verdammte Suppe, alles voller Blut, die Tür nur drei Meter weg, sie musste dekorieren, bald kam die Kundschaft, es sollte alles so perfekt werden und jetzt war alles … Das blutverschmierte Taschentuch noch in der Hand, riss sie den Ladenschlüssel aus der Handtasche, ihre Beine wurden weich, sie knickte um. *Oh nein, jetzt auch noch Blut an der Strumpfhose, was mache ich nur?* Sie hechelte, atmete tief, immer schneller. Panische Blicke in die Umgebung werfend, sackten ihr plötzlich beide Beine weg, *nur noch wenige Meter, dann bin ich im Laden, sicher … dekorieren … Dagmar …* „Aaah!“ Nach einem kurzen Schrei versagten ihre Beine gänzlich den Dienst, sie wankte, drehte eine kurze Pirouette und riss ihre Arme in die Höhe. Ein letztes Aufbäumen, dann verlor sie die Besinnung und ihr runder Körper platschte in einer letzten Umdrehung rücklings auf das Pflaster. Ihre blonden Haare tunkten in die dunkelrote Soße. Einem barocken Schnee-Engel gleich, hatte Babsi ihre endgültige Lage gefunden - sie lag auf dem Rücken, die Arme weit geöffnet, als wolle sie die ganze Welt umarmen - mit gekrümmten Beinen und bewusstlos - im kalten Dunst des hannoverschen Morgens.

Kapitel 2

„Morgen!“ „Morgen!“ „Morgen Schorsch!“ „Morgen zusammen!“ Hier wurde sich noch mit Handschlag begrüßt. 6.00 Uhr morgens, der Frühdienst brach an und die Kolleginnen und Kollegen der ersten Gruppe vom Zentralen Verkehrsdienst der Polizeidirektion Hannover legten teils müde, teils hellwach ihre Ausrüstung an und trotteten danach allmählich in die Teeküche ihrer Dienststelle. Dort genossen sie den ersten heißen Kaffee, Tee oder Rosenbergs Spezialmischung als Starthilfe für die Frühschicht und führten den ersten kollegialen Plausch an diesem Morgen.

Rosenberg, den seine Kollegen liebevoll Rosi nannten, war ihr Gruppenführer. Nach über fünfunddreißig Dienstjahren hatte er einen Zaubertrank entwickelt, der dem Kraftgebräu von Miraculix in nichts nachstand: Acht Löffel Mocca, vier Löffel echter Kakao, zwei Löffel Traubenzucker, eine Prise Salz, ein halber Teelöffel Pfeffer und für die geschmackliche Abrundung eine Messerspitze Kardamom. Das Ganze einmal in der Industrie-Kaffeemaschine durchgebrüht, einen Spritzer Zitrone hinein und, wer wollte, einen Schluck Milch, damit die Mixtur nicht gleich den Blutdruck in schwindelerregende Höhen katapultierte.

Die Zaubertrank-Fraktion befand sich eindeutig in der Minderzahl, galt aber bei Rosenberg als die leistungsstärkste.

Nachdem es sich alle gemütlich gemacht hatten, begann das Ritual, das sich zu jedem Schichtbeginn wiederholte.

„Was liegt an?", fragte Schorsch etwas gelangweilt. Georg Bartz, kurz Schorsch, war der stellvertretende Gruppenführer.

In der Regel gab es dann vier zur Auswahl stehende Antworten:

- Geschwindigkeits-Lasermessungen auf der Vahrenwalder Straße, der Bückeburger Allee, dem Messeschnellweg oder irgendeiner anderen Hauptverkehrsstraße,
- Alkohol- und Drogenkontrollen,
- Kontrolle von Gurtverstößen,
- oder die Königsdisziplin Schulwegüberwachung.

Lkws wurden auch manchmal überprüft und selten, wirklich sehr selten, widmete man sich den Fahrradfahrern.

„In der Fußgängerzone hat es in den letzten Wochen einige Unfälle zwischen Fußgängern und Radfahrern gegeben. Die Radler rasen wie die Bekloppten durch die FuZo und treiben alles auseinander, was sich ihnen in den Weg stellt - Verkehrsanarchisten! Samstag erst ist eine alte Omi von einem Fahrradkurier auf die Hörner genommen worden - Oberschenkelhalsbruch, sie wird wohl den Rest ihres Lebens nicht mehr richtig gehen können. Deswegen machen wir heute Fahrradkontrollen in der Fußgängerzone rund um Kröpcke, Bahnhofstraße, Georgstraße und Große Packhofstraße. Wir teilen uns in drei Trupps. Du, Georg, kontrollierst mit deinem Trupp den von der Bahnhofstraße einfahrenden Fahrradverkehr in Richtung Kröpcke. Sabine, du holst dir Kai, Mira und Andreas dazu. Ihr überprüft die Fahrrad-Rahmennummern und checkt, ob die Bikes als gestohlen registriert sind. Die Ecke Packhofstraße/Georgstraße übernimmt Matthias mit seinen Mannen und als Verfolger auf den neuen Dienstfahrrädern machen sich Jule und ...", Rosenberg blickte in die Runde, tastete die Teeküche suchend ab, fand aber nicht, was er vermisste.

Einen kurzen Augenblick lang herrschte Stille, Rosenberg drehte den Kopf, zog eine Augenbraue hoch, wollte gerade seine Stimme erheben, als er an der Türzarge lässig lehnend den Kollegen fand, der ihm am meisten Kummer bereitete - Tarek Neumann. „Tarek!" platzte es aus ihm heraus.

Da stand er nun, lässig mit seiner Schulter an die Türzarge gelehnt. Hauptkommissar Tarek Neumann hatte das rechte Bein vor das linke Knie gekreuzt, die muskulösen Arme vor dem mächtigen Brustkorb verschränkt. Ein süffisantes Grinsen umspielte seine Lippen, begleitet von einem durchdringenden, klaren Blick aus seinen stahlblauen Augen. Er genoss solche Auftritte, wusste er doch, wie er gerade auf seine weiblichen Kolleginnen wirkte.

Tarek baute sich auf und stellte sich aufrecht in den Türdurchgang. Die Blicke der Kolleginnen hefteten sich ausgehend von den durchtrainierten Waden über die kraftvollen Oberschenkel, seine schlanke Taille, den wie ein V geformten Oberkörper hin zu einem breiten, klar definierten Kreuz, das selbst dem skrupellosesten Schläger Respekt einflößte. Auf einem starken Nacken ruhte das kantige Gesicht eines lebenserfahrenen Mittvierzigers mit dunklem Teint, klaren blauen Augen und blondem, vollem Haar. Er war bereits umgezogen und seine perfekte Figur zeichnete sich durch die hauteng anliegende Fahrradkombi unwiderstehlich ab.

Tarek Neumann, 44 Jahre alt, 1,90 m, Polizeihauptkommissar. Eine imposante Erscheinung. Sohn von

Fritz und Rohaya Neumann, geboren in Basra (Irak). Seine Eltern kehrten aus gesundheitlichen Gründen mit dem 6-jährigen Tarek nach Hannover zurück. Er kannte den Irak nur aus verklärten Erinnerungen seiner frühen Kindheit.

Tarek wollte, seit er denken konnte, Polizist werden. Nach nur einer Bewerbung nahm ihn die Polizei Niedersachsen auf. Die Ausbildung verbrachte Tarek in Hannoversch Münden, dann führte seine steile Karriere über den Streifendienst zur Kriminalpolizei und letztendlich aufgrund seiner hervorragenden Ermittlungsmethoden später zum LKA. Dort arbeitete er als Zielfahnder für schwer lösbare Fälle.

Sein kometenhafter Aufstieg endete jäh nach der Trennung von seiner Frau Andrea. Rosenkrieg, Sorgerechtsstreit, Hausverkauf - die typischen Begleiterscheinungen einer Scheidung, setzten ihm vor zwei Jahren derart zu, dass er seinen Kummer in Alkohol- und Drogenexzessen zu verdrängen suchte. Der Absturz war vorprogrammiert. Nach mehreren Disziplinarverfahren wurde er schließlich vom LKA zur Polizeidirektion Hannover versetzt und dort trotz seines hohen Dienstranges als Gruppenbeamter im Zentralen Verkehrsdienst eingesetzt.

Hier angekommen, hatte ihn Rosenberg hart an die Kandare genommen. Doch unter ständiger Aufsicht erholten sich Körper und Seele allmählich und mittlerweile schätzten die Kollegen sein geradliniges und konsequentes Auftreten.

Nahezu ein perfekter Beamter, wäre da nicht diese Macke, die ihn seinerzeit auch seine Ehe gekostet hatte. Tarek war überaus korrekt, fast schon pedantisch. Und dieses Verhalten konnte die Kollegen hin und wieder in den Wahnsinn treiben.

„Angeber“, murmelte Schorsch, der mit seinen 1,75 m, runder Wampe und schütterem Haar Tarek nicht annähernd das Wasser reichen konnte.

Rosenberg räusperte sich. „Hm, hm, ich sehe, du hast dich schon umgezogen, Tarek, umso besser. Ich denke, die taktischen Aufträge sind klar, ich will ein konsequentes Einschreiten sehen, kein Verstoß soll uns durch die Lappen gehen!“

Vom Zentralen Verkehrsdienst am Welfenplatz war es nur einen Katzensprung weit in die Innenstadt. Jule und Tarek fuhren direkt mit ihren grün-silbernen Dienst-Fahrrädern die etwa eineinhalb Kilometer lange Strecke in Richtung Fußgängerzone, die anderen Kollegen machten sich mit zwei blau-silbernen Bullis und einem Streifenwagen auf den Weg.

„Ich habe mich wohl mit der Temperatur ein bisschen vertan, das ist ganz schön kalt geworden“, sprach Jule in Richtung Tarek, als sie zum Einsatzort fuhren. „Mach dir ein paar heiße Gedanken Jule, dann wird dir schon ein bisschen wärmer“, gab Tarek zurück.

„Ich könnte mir ja noch einmal den geilen Anblick von dem Mann in der Türzarge ins Gedächtnis rufen, ich befürchte nur, dass ich dann nicht besonders weit kommen werde, weil ich auf meinem Sattel ausrutsche.“ Jule war eine Verfechterin des klaren Wortes, ohne viele Umschweife kam sie genau auf den Punkt.

„Jule, ich schätze dich wirklich sehr, aber du bist mir einfach zu direkt und ein bisschen zu …“, Tarek überlegte kurz und sinnierte, was er ihr entgegnen konnte, ohne sie als Mannweib zu beleidigen und ohne zu riskieren, nach Schichtende direkt bei der Gleichstellungsbeauftragten vorsprechen zu müssen, „… zu dünn. Weißt du, eine Frau darf bei mir auch danach aussehen. Du weißt schon, mit Rundungen auf der Vorderseite, kurz unterhalb der Schulterblätter, und an der anderen wichtigen Stelle, etwas tiefer als der Bauchnabel."

„Ja, ja, ich weiß, du meinst Torpedo-Busen und Rundarsch, das ist ja nicht neu. Ich dachte, ich würde dich irgendwann mal anbaggern können, aber die Hoffnung kann ich wohl begraben."

Wie recht du hast!, dachte Tarek im Stillen, denn die Anziehungskraft seiner Exfrau Andrea war trotz des apokalyptischen Scheidungs-Streits für ihn immer noch ungebrochen. Die Erinnerung daran schmerzte und stimmte ihn nachdenklich.

„Wir sind da", holte Jule ihn aus seinen Gedanken zurück. Sie mussten noch auf die motorisierten Kollegen warten und bauten sich auf halbem Weg zwischen Kleiner und Großer Packhofstraße auf, um vor den Kontrollen flüchtende Radfahrer in Richtung Steintor aufnehmen zu können. Tarek scannte in der Zwischenzeit seine Umgebung ab.

Es war wirklich kalt. Der zwischen den Häusern gefangene Nebel lichtete sich ein wenig. Tarek schloss die Augen. Tief sog er den Duft der erwachenden Stadt in sich auf. Das Gemisch aus Dunst, Abgasen und Straße mischte sich mit den frischen Nuancen der von den Alleebäumen herabfallenden Blätter, Düften von Naschwerk und Honig aus dem benachbarten Süßwarengeschäft sowie dem angenehmen Parfum seiner Kollegin Jule, die etwas gelangweilt neben ihm auf den Beginn des Einsatzes wartete.

Selbst in einer Großstadt wie Hannover war kurz vor sieben noch nicht viel los. Die ersten Ladenbesitzer durchschritten müde die Fußgängerzone und öffneten die Türen ihrer Geschäfte, verschlossen sie jedoch sofort wieder, um die Auslagen für den großen Ansturm nach dem Wochenende vorzubereiten. In einzelnen Kaufhäusern ging das Licht an. Emsige Angestellte bereiteten die Wühltische für den heranbrechenden Sturm kaufwütiger Kunden vor, der am Montagmorgen nach einem langen Wochenende über sie hereinbrechen sollte.

Zahlreiche Kleintransporter summten wie Bienen durch die Fußgängerzone und belieferten eilig die Geschäfte, Boutiquen, Ladenlokale, Kioske und spuckten die bestellte Ware im Minutentakt auf das Trottoir.

Etwa 100 Meter entfernt in Richtung Steintor erkannte Tarek eine Personengruppe von etwa 20 Menschen, die langsam aber stetig anwuchs. Sie versammelte sich auf der Kreisfläche gegenüber der Schillerstraße. Einige von ihnen rollten Transparente aus, wieder andere schienen sich zu verkleiden. Die Gruppe erhielt beständig Zulauf. Die Verkleideten wirkten in ihrer Aufmachung wie Bären, Füchse oder Nerze.

„Was soll denn dieser Budenzauber?“, murmelte Tarek und erhielt prompt eine unerwartete Antwort von Jule.

„Tarek, hättest du heute Morgen die Tageslage studiert, wüsstest du, dass die BIHaT eine Demo macht!“, kommentierte Jule etwas schnippisch in Tareks Richtung, noch eingeschnappt von seinem vernichtenden Kommentar bezüglich ihrer Weiblichkeit.

Ach ja, die BIHaT, die Bürgerinitiative Hannover Tierschutz, hatte für heute eine Demonstration vor dem Pelzatelier Lambertz angemeldet, natürlich habe ich das gelesen!, erinnerte sich Tarek im Stillen.

Die BIHaT hatte es sich zur Aufgabe gemacht, sämtlichen Pelzhändlern Hannovers das Leben zur Hölle zu machen. Neben dem Lahmlegen der Homepages durch Mail-Bomben, Leserbriefen und symbolischen Tier-Befreiungsaktionen, waren auch immer wiederkehrende Demonstrationen vor diesen Fachgeschäften Teil einer vernichtenden Strategie, die Pelzhändler in den wirtschaftlichen Ruin zu treiben. Der eine oder andere Hannoveraner Prominente hatte sich dieser Bewegung angeschlossen. Einige bekannte Gesichter meinte Tarek in dem Pulk erkannt zu haben.

Sein Blick kreiste weiter. An den Geschäftszeilen vorbei, folgte Tareks Blick der Georgstraße Richtung Kröpcke.

„Nanu, der war doch vorher nicht da!", entfuhr es Tarek.

„Wer?", hakte Jule nach.

„Der Rettungswagen da an der Kröpcke-Uhr. Hast du den gehört, Jule?"

„Nee, ist ja auch noch nichts los, der kommt so durch und braucht seine Musik nicht anzuschmeißen", gab seine Kollegin zurück.

Was ist da los?, überlegte Tarek. Von Natur aus misstrauisch, versuchte er in Richtung Rettungswagen zu gehen, um die Kollegen vom Rettungsdienst auszufragen.

„Hiergeblieben, über Funk haben sich die anderen angemeldet, wir sollen uns schon mal klarmachen, sie fangen gleich mit den Kontrollen an!", ranzte Jule Tarek an, den Clip vom Funkgerät in ihr Ohr einhakend.

So ein Blödsinn, dachte Tarek, *um zwanzig nach sieben ist doch kaum ein Radler unterwegs.* Und in der Tat war das Verhältnis Radfahrer zu Polizei um diese Uhrzeit deutlich zugunsten der Polizei ausgeprägt.

Der Gedanke, die Umstände des Rettungswagen-Einsatzes am Kröpcke nicht zu kennen, quälte Tarek.

Bis acht Uhr gab es nicht viel zu tun. Alle Radfahrer rückten brav ihre EC- und Kreditkarten heraus, um ihre Verwarngelder zu bezahlen.

Kurz darauf entstand etwas mehr Bewegung in der Szenerie rund um den Kröpcke. Tarek heftete seine Blicke auf einige Passanten, die wild gestikulierten und sich mit anderen unterhielten. *Irgendetwas muss dort geschehen sein, das die Leute aufwühlt,* mutmaßte Tarek.

Fünf Minuten später rollte ein unscheinbarer, grauer VW T5 mit Hochdach an. Beinahe lautlos bahnte er sich seinen Weg durch die Passanten und glitt bis an die Treppe, die vom Kröpcke hinab zur Passerelle führt. Zwei Personen stiegen aus, gingen um das Fahrzeug herum, öffneten die beiden Heckklappen, entluden mehrere Koffer und zogen sich weiße Overalls an.

„Der neue Tatortwagen vom Zentralen Kriminaldienst (ZKD)“, entfuhr es Tarek. „Jule, gib' mir mal sofort das Funkgerät, der ZKD scheint in der Passerelle einen Tatort aufzunehmen.“

Mit den Augen rollend, reichte Jule ihm den altmodischen Kommunikator und Tarek machte sich sofort daran, bei der Leitstelle nachzufragen, was konkret in der Passerelle vor sich ging.

Nach einigem Gezerre über Funk, was es den Verkehrsdienst angehe, was die Kriminalpolizei dort mache und dass es überhaupt nicht Aufgabe des ZVD sei, die Kollegen der Kripo zu unterstützen, erfuhr Tarek rudimentär den Sachverhalt, der sich in der Passerelle zugetragen hatte.

Heute Morgen, gegen Viertel nach sechs wurde von einem Passanten eine Frau bewusstlos in einer roten Lache vor dem Bijou Celine in der Passerelle gefunden. Nach einigen Umständen hatte der Mann über den

Feuerwehr-Notruf einen Rettungswagen angefordert. Kurz danach sei auch die Bundespolizei hinzugekommen und der gerufene Notarzt habe die Frau vor Ort ärztlich versorgt.

Die Kollegen von der Bundespolizei haben den Tatort dann abgesperrt, weil die Polizeidirektion genug andere Einsätze hatte und sich auf die Demo-Lage in der Innenstadt vorbereiten musste. Und jetzt seien eben die Kollegen vom ZKD dabei, den Tatort aufzunehmen.

Der Beamte der Leitstelle konnte sich einige bissige Kommentare nicht verkneifen, aber Tarek hatte erfahren, was er wollte. Aufgekratzt und angespannt bis in die Haarspitzen malte er sich aus, was sich dort unten wohl zugetragen haben könnte. Seine Motivation als Zielfahnder hatte in den Jahren beim Verkehrsdienst nicht im Geringsten gelitten.

„Los, Tarek, lohoos! Da geht uns einer durch die Lappen!", riss Jule ihn unvermittelt aus seinen Gedanken und zerrte an seinem Oberteil. In null Komma nichts war Tarek wieder im Diesseits angekommen, sprang auf sein Fahrrad und nahm hinter Jule die Verfolgung des flüchtenden Radfahrers auf.

Schnell hatte er Jule überholt. Blut schoss in seine Oberschenkel, die Pedalen ächzten unter seinem kraftvollen Antritt.

Vor sich sah er eine kleinwüchsige Gestalt auf einem Mountainbike Fersengeld geben. Der Zwerg hatte Matthias, der die Rahmennummern überprüfen sollte, beim Anhalteversuch über den Haufen gefahren und anschließend Gas gegeben.

Na, warte, du Ratte! Tarek konnte richtig zornig werden, wenn jemand versuchte, die Staatsmacht an der Nase herumzuführen.

„Stehen bleiben, Polizei!", brüllte er dem rasenden Terrier hinterher.

„Leck mich!", hallte es ihm aus Richtung desVerfolgten entgegen.

„Ich kriege dich, halt an oder ich werde echt sauer!", konterte Tarek, der zum direkten Angriff auf seinen Vordermann ansetzte.

„A.C.A.B.!", kreischte es vor ihm. Er kannte diese Abkürzung ganz genau. Sie stand für „All Cops Are Bastards" und war alles andere als schmeichelhaft für die uniformierte Zunft.

Tarek legte noch ein paar Kohlen drauf. Er holte den grölenden Winzling ein, schloss seitlich zu ihm auf und sagte in aller Ruhe: „Wenn du nicht sofort anhältst, pack ich dich am Kragen, schüttele dir deine Bosheit aus dem Balg und sperre dich in das Kellerloch an der Waterloostraße. Hast du mich verstanden?"

Mit einem freundlichen Grinsen, ohne jegliche Spur von Erschöpfung, lugte Tarek in Richtung Fahrradzwerg.

„A.C.A.B., A.C.A.B.!", gellte es von dem hechelnden Rumpelstilzchen hysterisch in Tareks Richtung.

„Jetzt reicht' s!"

In voller Fahrt krachte Tareks linke Hand mit einem wuchtigen Schlag zwischen die Schulterblättchen des Klein-Querulanten. Tarek griff in die eng anliegende Jacke seines Nebenmanns.

Einem Schraubstock gleich zog sich seine Pranke in dem Gewebe fest. Panisch jaulte der Störenfried auf, als er merkte, wie eine unbändige Kraft ihn langsam aus dem Sattel hob.

„Tarek, Achtung, die Demonstranten!", brüllte Jule hinter ihm her.

Und tatsächlich. In rasender Fahrt näherte sich der Festnahme-Klumpen aus den beiden Protagonisten und den zwei Fahrrädern der Demonstrations-Formation.

„Letzte Chance auf ein friedliches Ende", signalisierte Tarek seinem Nebenmann. „Blöde Sau!" Wild zappelnd wehrte sich der Klein-Terrorist gegen seine Festnahme.

Jetzt habe ich die Faxen dicke, resümierte Tarek. Mit einem kräftigen Hub trennte er den zappelnden Zwerg von seinem Fahrrad. Ohne seinen Fahrer rollte das Gefährt führerlos noch wenige Meter weiter, bevor es krachend und scheppernd seitlich auf das Pflaster fiel.

„Lass mich los, Arschloch, lass mich los!", würgte der ohne sein Fahrrad in der Luft wild um sich schlagende Zwerg hervor.

„Bist du dir sicher?"

Tareks Gesicht nahm besorgte Züge an.

„Loslassen, sofort!", hallte es neben ihm zurück.

„Na gut, du hast es so gewollt."

Unmittelbar vor den Demonstranten öffnete Tarek schlagartig seine Hand und schwenkte nach rechts ab.

Unsanft plumpste der verdutzte Bösewicht zuerst mit dem Gesäß auf das raue Pflaster der Fußgängerzone, rollte bäuchlings nach vorne, küsste kurz mit dem Unterkiefer das Trottoir, schlug noch mehrere Purzelbäume, bevor er leicht lädiert und zerkratzt unmittelbar vor den Demonstranten zum Stillstand kam.

Tarek stieg in aller Seelenruhe von seinem Dienstrad, stellte es ordnungsgemäß ab und schlenderte lässig in Richtung Landeplatz seines Schützlings.

„Du bist vorläufig festgenommen", raunte Tarek den zerknautschten Pedalisten an. Mit einer leichten

Verbeugung vor den Zuschauern hob er das Bündel auf, begleitete den gestellten Rowdy zum Streifenwagen und übergab ihn seinen Kollegen.

Dort angekommen, rollte Rosenberg mit den Augen. „Musste das sein?“, fragte er Tarek.

„Er bat ausdrücklich darum.“ Grinsend nahm Tarek ein Desinfektionstuch aus der Tasche, reinigte sich gründlich die Hände und nahm seinen Posten wieder ein.

Jule empfing ihn mit einem vielsagenden Lächeln.

„Richtig starke Vorstellung, Tarek, fast filmreif. Aber Rosi wird dir richtig den Arsch aufreißen, von wegen unverhältnismäßiger Polizeigewalt und so. Ich wünsch' dir viel Vergnügen beim Anschiss.“

Die restliche Schicht verlief unspektakulär. Der eingefangene Helldriver wurde nach Feststellung seiner Personalien wieder freigelassen, 29 Verwarngelder wurden eingenommen, 12 Ordnungswidrigkeiten-Anzeigen geschrieben und drei Fahrräder aufgrund von Fahndungstreffern der Rahmennummern sichergestellt.

Auf die Dienststelle zurückgekehrt, verlief Rosis Anschiss glimpflicher als von Tarek erwartet. Denn insgeheim freute sich Rosenberg, dass diesem Fahrrad-Anarchisten eine nachhaltige Lektion erteilt worden war.

Matthias hatte auch keine bleibenden Schäden von dem Zusammenstoß davongetragen, sodass sich alle auf das wohlverdiente Feierabend-Bier freuten.

„Kommst du noch auf ein Bier mit in den Keller?“, erkundigte sich Jule mit flehendem Blick.

„Nein danke, Jule, du weißt doch, ich hatte so meine Probleme mit dem Alkohol. Ich bin froh, dass ich das Zeug nicht mehr brauche. Ich möchte noch meinen Vater besuchen. Ihm geht es nicht so gut."

Mit einem tiefen Seufzer entließ Jule ihren Kollegen.

Zwanzig Minuten später verließ Tarek frisch geduscht die Dienststelle. Der Gedanke an den Tatort in der Passerelle ließ ihn nicht mehr los. Was mochte sich dort zugetragen haben?

Kapitel 3

An sich hätte dieser Montag genauso eintönig verlaufen sollen wie jeder andere Montag auch. Auf die Beamten der Spurensicherung (SpuSi) wartete normalerweise ein Stapel mit Aufträgen. Die Einbrüche des vergangenen Wochenendes waren abzuarbeiten. Wie am Fließband wurde sich zuerst bei den Betroffenen vorgestellt, um Einlass gebeten, dann der Tatort aufgenommen, Fotos, Finger- und Fußspuren genommen, manchmal sogar DNA sichergestellt und sich korrekt verabschiedet. Anschließend wurden im Büro die Spurensicherungsberichte gefertigt.

Heute, am 10. Oktober, war alles anders.

Oberkommissar Jan Cramer betreute als Tutor seine Praktikantin, die Kommissar-Anwärterin Bea Kleinschmitt. Jan hatte die Aufgabe, der Bachelor-Studentin die Grundzüge der Spurensicherung beizubringen und sie anhand realer Tatorte unter Anleitung praktisch üben zu lassen.

Was für die Praktikantin aufregendes Neuland darstellte, war für Jan schon zur jahrelangen beruflichen Routine geworden.

Sie wollten gerade die Dienststelle in der Hanomagstraße verlassen, als Jan von der Leitstelle einen Anruf bekam.

Ihr Team sollte sofort zum Kröpcke fahren. Dort hätte ein Passant eine bewusstlose Frau in der Passerelle aufgefunden, die in einer Blutlache lag. Die Frau sei äußerlich unversehrt, notärztlich versorgt worden und bereits auf dem Weg ins Krankenhaus. Die Kollegen der Bundespolizeiwache am Hauptbahnhof hätten den Tatort abgesperrt und warteten auf ihr Eintreffen.

„Wenn die in einer Blutlache liegt, warum ist sie dann nicht verletzt, und warum wird sie trotzdem ins Krankenhaus gebracht?", fragte Jan den Leitstellenbeamten.

„Jan, es ist nicht deine Aufgabe, den Sachverhalt seherisch zu deuten, sondern den Tatort aufzunehmen. Die Details werdet ihr schon noch vor Ort herausfinden. Also los jetzt, ich trage euch in die Einsatzdatei ein, Zeit läuft!"

Mit einem zweifelnden Gesichtsausdruck erklärte Jan seiner Praktikantin Bea kurz den Auftrag. Nachdem sie ihre Ausrüstung zusammengestellt und alle Vorbereitungen getroffen hatten, bestiegen sie den nagelneuen Tatortwagen und fuhren mit dem grauen Gefährt in Richtung Kröpcke.

Als sie dort eintrafen, eröffnete sich ihnen ein irritierender Anblick: Menschen eilten aufgeregt durcheinander und diskutierten wild gestikulierend. Die Personen waren so in ihre Gespräche vertieft, dass sie den herannahenden Bulli der SpuSi kaum wahrnahmen. Ganz langsam und vorsichtig fuhren Jan und Bea ihren VW T5 an den Abgang zwischen Kröpcke und Passerelle heran.

Hoffentlich fahre ich hier niemanden über den Haufen, dachte Jan, als er den Tatortwagen direkt vor der Treppe abstellte.

Kaum ausgestiegen, sahen beide die Bescherung.

Aus der Passerelle kommend, lief eine undefinierbare Zahl an roten Fußspuren die Treppe hinauf direkt auf sie zu. Anschließend verteilten sich die roten Tupfer in alle Himmelsrichtungen in die Fußgängerzone, bis sich die rote Farbe ganz allmählich wie Wüstensand auf dem unebenen Pflaster verlor.

„Mann, was für eine Sauerei, die haben uns den ganzen Tatort zerlatscht!", fluchte Jan in Richtung seiner jungen Kollegin.

„Komm Bea, wir legen unser Ganzkörperkondom an und versuchen zu retten, was noch zu retten ist."

Mit Ganzkörperkondom war der weiße Spurensicherungsanzug gemeint, der die Ermittler davor schützen sollte, ihre eigenen Spuren am Tatort zu hinterlassen und eine möglichst jungfräuliche Spurenlage aufnehmen zu können.

„Jan, meinst du nicht, dass wir uns diese Verkleidung sparen können, hier ist doch eh alles zerstört", schlug Bea vor.

Kopfschüttelnd ließ Jan sie stehen und ging zum Heck des Transporters, um die Anzüge und die Spurensicherungs-Instrumente herauszuholen.

„Wenn man den Schotter-Sheriffs schon mal einen echten Tatort anvertraut, das kann ja nichts werden", urteilte Jan in Anspielung auf die Zuständigkeit der Bundespolizei für Bahnanlagen und die dazugehörigen geschotterten Gleisbetten.

Ein paar Schritte hinab in die Passerelle und sie hatten das ganze Ausmaß der Bescherung unmittelbar vor sich.

Eine wolkenförmige, etwa zweimal zwei Meter große rote Lache erstreckte sich vom Eingang des Bijou Celine in Richtung Passagenmitte und schwappte von dort aus an den Treppenabsatz, von dem Jan und Bea das ganze Arrangement überblickten.

Es war ein ernüchternder Anblick: Kein unberührter Tatort lag vor ihnen, sondern eine völlig zertrampelte Pfütze, in der die unterschiedlichsten Schuhsohlen ihr

Negativ verewigt hatten. Das Ganze wirkte wie die blutige Straßenmalerei eines Aktionskünstlers, der sich auf dem feindlichen Terrain der Nici-de-Saint-Phalle-Promenade ein ekelerregendes Denkmal setzen wollte.

Umrahmt wurde diese Installation von einem rot-weiß-roten Flatterband mit der Aufschrift „Polizeiabsperrung", dessen Bedeutung die meisten Schaulustigen ignorierten.

Beeindruckt von dem sich vor ihnen eröffnenden Anblick, sprach Jan und Bea plötzlich ein uniformierter Beamter an, der einen Bundesadler auf dem linken Ärmel seiner blauen Uniform trug.

„Jungmann, mein Name, Polizei-Obermeister Jungmann. Ick habe hier dat Kommando. Also die Lage ist foljende: Da is 'ne vollschlanke Blondine auf der Blutlache ausjerutscht und is umjekippt. Dann is n'en anderer jekommen und hat se entdeckt – Krankenwagen jerufen und ab damit ins Krankenhaus. Wir hamm dann alles abjesperrt und die Lajemeldung an de Hannoveraner Kollegen vonner Leitstelle abjesetzt. Also, wenn Se mich fragen, Kolleje..." Jan Cramer stierte mit ungläubigem Blick und gekräuselter Stirn sprachlos in Richtung Uniformierten.

Kann das sein, fragte er sich, *kann es wirklich sein, dass ein derart schlichtes Prachtexemplar polizeilicher Allmachtskompetenz meinen Tatort verhunzt? Jahrelang habe ich nur Kinkerlitzchen bearbeitet und da kommt so ein Berliner Hornochse vom Spurenvernichtungskommando und kümmert sich einen Scheißdreck um meinen Tatort, meinen Tatort?*

Jan blähte die Nüstern auf: „Ich frage Se aber nich, Kolleje!", schnauzte er in gekünsteltem Berliner Dialekt zurück.

„Wenn Se mich frajen, is dat hier een janz jroßer Schlamassel. Habense uff der Polizeischule denn nich ansatzweise jelernt, wie man n'en Tatort sichert? Hinfarn', absperren und jeden sofort einsperren, der uff dat Janze loofen will!"

Bea hielt sich die Hand vor die Augen und würgte den Ansatz eines beginnenden Lachkrampfes herunter, bevor ihr die Tränen in die Augen schossen.

Jan wandte sich seiner Kollegin zu.

„Das ist nicht zum Lachen!", brüllte er.

Mit einem lauten Prusten entglitt Bea schließlich doch ein schallendes Gelächter. Befremdet und mit vorwurfsvollen Blicken strafend, schauten die von den Ereignissen bewegten Schaulustigen in ihre Richtung.

„Jetzt hör mal zu, du Bundes-Schutzi. Ich will, dass die Leute hier sofort alle verschwinden, bis auf den letzten Mann. Dann machst du mit deinen Leuten alle Zugänge dicht, bis nicht einmal mehr eine Kakerlake unbemerkt versuchen kann, hier einzudringen. Und dann will ich, dann wollen wir ...", er funkelte Bea zornig an, „... hier endlich unsere Arbeit machen und versuchen, von dem zerwühlten Misthaufen zu retten, was noch zu retten ist, verstanden?"

Polizei-Obermeister Jungmann wollte sich gerade rechtfertigen, nahm dann aber von dem Vorhaben Abstand. Mit so einem in Rage geratenen Kripomenschen war augenscheinlich nicht gut Kirschen essen. Jungmann trollte sich, holte seine Mannschaft zusammen und führte die Aufträge ohne Murren sofort aus.

„Geht doch!", pfiff Jan Cramer 10 Minuten später.

„So, Bea, ran ans Werk. Hoffentlich hat die Meute noch ein paar Spuren für uns übrig gelassen. Und hör endlich auf zu grinsen."

Das Team machte sich an die Arbeit. Bea schoss Fotos aus verschiedenen Einstellungen, Jan kümmerte sich um die rote Flüssigkeit, nahm Proben und versuchte, aus den verdreckten Resten ein paar Fasern zu sichern.

„So viel Blut habe ich noch nie gesehen", bemerkte Bea in Jans Richtung.

„Woher willst du wissen, dass das hier Blut ist? Es könnte sich genauso gut um Himbeersaft, Ketchup oder Fassadenfarbe handeln."

Bea stutzte.

„Nein, Bea, es ist wirklich Blut. Ob von einem Menschen oder tierisches Blut, das kann ich nach dem ersten Schnelltest noch nicht sagen. Fakt ist, irgendwer oder irgendetwas hat hier ein paar Liter seines Lebenssafts verloren und ist nicht mehr da. Nur, wo er ist, wie es ihm geht, was mit ihm geschehen ist, das herauszufinden werden die Ergebnisse unserer Arbeit hoffentlich ermöglichen."

„Apropos, wo ist eigentlich die Frau, die vollschlanke Blondine?", fiel es Bea wieder ein.

„He, Kollege Jungmann, in welches Krankenhaus ist eigentlich die blonde Frau eingeliefert worden, die hier ausgerutscht ist?", schlug Jan in einem versöhnlichen Ton in Richtung des Berliner Originals an.

„Weeß ick nich, interessiert mich auch nich, hab ich nich nachjefragt, mach deinen Scheiß alleene!", grunzte Jungmann zurück.

„Das habe ich mir doch fast gedacht", resümierte Jan zu Bea.

„Nicht mal daran haben diese Deppen gedacht. Na ja. Bea, rufst du nachher auf der Leitstelle an und ermittelst, wo die Frau hingebracht worden ist und stellst dann ihre Personalien fest? Und da war doch auch noch der Passant. Versuch bitte herauszufinden, ob dessen Identität feststeht."

„Klar, Jan."

Hoch konzentriert setzten Jan und Bea ihre Arbeit fort, nichts ahnend, in welche Dimensionen sich dieser Fall noch entwickeln würde.

Kapitel 4

Im Anschluss an den Frühdienst machte sich Tarek Neumann frisch geduscht auf den Weg zu seinem Vater Fritz.

Als er die Dienststelle des Zentralen Verkehrsdienstes am Welfenplatz verließ, blickte er wehmütig zur schräg gegenüberliegenden alten Dienststelle seines ehemaligen Arbeitgebers, des LKA Niedersachsen. Mittlerweile war dort nicht mehr viel los. Die Behörde war vor Kurzem in einen Prunkbau am Waterlooplatz umgezogen. Eigentlich hatte er sich damals auf den Umzug gefreut. Die alte Liegenschaft platzte aus allen Nähten. Doch aus dem Wechsel wurde nichts, die Kollegen zogen ohne ihn um.

Welch spektakuläre Fälle hatte er gelöst, wie oft arbeitete er bis spät in die Nacht, wertete Spuren aus, studierte Vernehmungsakten und erstellte Täterprofile. Wie tief konnte er sich in die Seele eines Mörders hineindenken, bis er ihn schließlich am Haken hatte, zappelnd, leugnend und winselnd um Gnade.

Jeden seiner Fälle hatte er gelöst, alle Beweisaufnahmen hatten vor Gericht Bestand.

Sein Beruf war seine Leidenschaft. Alles lief hervorragend, seine Arbeit, seine Karriere, die Wertschätzung seiner Kollegen und - seine Ehe. Das dachte er jedenfalls.

Bis zuletzt glaubte Tarek an die heile Welt seines harmonischen Familienlebens.

Mit 22 Jahren hatte er seine gleichaltrige Frau Andrea kennengelernt. Auf den Wogen ihrer heftigen Leidenschaft hatten beide nach kurzer Zeit geheiratet. Tarek kletterte die Karriereleiter bei der Polizei immer höher, wurde schließlich beim LKA Niedersachsen Zielfahnder und erreichte den Rang eines Hauptkommissars. Andrea begann ihr Medizinstudium und arbeitete bald als Assistenzärztin an der Medizinischen Hochschule Hannover.

Nach sechs Jahren Ehe kam ihre Tochter Sarah zur Welt, das Glück kannte keine Grenzen. Andrea hörte auf zu arbeiten, kümmerte sich um die kleine Sarah, Tarek kaufte ein Haus in Leinhausen in der Nähe der Herrenhäuser Gärten, alles war perfekt. Das Geld war zwar ein bisschen knapp, aber mit viel Arbeit und noch mehr Liebe waren sie sicher, diesen Herausforderungen gewachsen zu sein.

Doch Tarek hatte seine zweite Leidenschaft unterschätzt. Die Überführung von Verbrechern wurde zur Sucht, jeder Fall prickelte wie ein Glas Champagner. Seine Vorgesetzten übertrugen ihm immer schwierigere Fälle, die Droge Job forderte zunehmend ihren Tribut.

„Nur dieser eine Fall noch, dann mache ich eine Pause“, hatte er Andrea immer wieder versprochen und dieses Versprechen dennoch nie gehalten.

Und dann war auf einmal alles zu viel. Er verlor die Übersicht, machte sich Zettel, ordnete und sortierte alles noch sorgfältiger. Die unüberschaubare Menge an Informationen drohte ihn zu überrennen. Das Gefühl, im Sog des Chaos den Halt zu verlieren, hasste er. Mit stählerner Disziplin und geradlinigen Strukturen würde er aber auch dieses kleine Formtief überwinden.

„Pedant“, nannten ihn bald nicht nur seine Kollegen, auch zu Hause nahm sein krankhafter Ordnungssinn den liebsten Menschen in seiner Umgebung die Luft zum Atmen.

Andrea brach aus, sie wollte einen Mann, der sie mehr als seinen Beruf liebt, der nicht ständig zu Hause sortiert, verpackt, archiviert, beschriftet und allem und jedem eine Systematik verpasst. Seine Pedanterie brachte sie um. Sie musste raus, weg von diesem Kerl, diesem Automaten, dessen Raster und Schemata jede menschliche Regung im Keim erstickten.

„Schluss! Aus! Ich kann nicht mehr. Ich will und kann meine Gefühle nicht sortieren, ich bin ein Mensch aus Fleisch und Blut, ich will, dass alles wieder so wie früher wird!"

Sehnsüchtig flehte sie Tarek an, aber da war es schon zu spät. Seine Seele war krank und er zu schwach, um für seine Ehe zu kämpfen.

Tarek Neumann, dieser attraktive, starke Mann zerbrach an seinen eigenen Maßstäben, konnte diese Wunde nicht heilen und diesen Riss nicht kitten.

Vor zweieinhalb Jahren hatte Andrea Schluss gemacht.

Eine Trennung mit allen überflüssigen Begleiterscheinungen: Scheidung, Hausverkauf, Rosenkrieg, exzessivem Streit, gegenseitigen Vorwürfen und – einer verletzten Kinderseele, die am Anfang ihrer Pubertät so dringend beide Elternteile gebraucht hätte: Sarah.

Trotz allem liebte Sarah beide, Mama und Papa waren das Wichtigste in ihrem Leben. Diesen Fehlstart auf dem Weg ins Erwachsenwerden konnte sie kaum verkraften.

Sarah – seine Tochter war etwas ganz Besonderes. Sarah war jetzt 16 Jahre alt und ein bildhübscher Teenager, nein, sie war mehr – sie war ein Engel: Blond wie ihr Vater, traumhaft schön wie ihre Mutter, langbeinig, schlank und gesegnet mit dem atemberaubendsten Lächeln jenseits des Orients. Die Jungs drehten sich reihenweise nach ihr um.

Aber nicht nur Sarah litt unter dieser Trennung.

Nach Andreas erster Angriffswelle hatte Tarek schwere Treffer einstecken müssen. Zwar wurde beiden das gemeinsame Sorgerecht zugesprochen, fortan wohnte Sarah jedoch bei ihrer Mutter.

Tarek musste sein geliebtes Traumhaus in Leinhausen verkaufen. Finanziell kamen sie beide mit einem blauen Auge davon, aber seine 3-Zimmer-Altbauwohnung in der Wiesenstraße, hinter dem Landesfunkhaus des NDR, war mit ihrem Eigenheim im Grünen nicht zu vergleichen.

Tarek verkraftete die Folgen der Scheidung nicht und suchte Trost in Alkoholexzessen. Wenn das nicht wirkte, half er mit ein paar Joints nach.

Dem privaten Unglück folgte der dienstliche Niedergang. Tarek erschien immer öfter verspätet zum Dienst, seine Alkoholsucht fiel mittlerweile selbst dem ignorantesten Kollegen auf. Immer häufiger war er auch während der Arbeitszeit betrunken. Nach mehreren Ermahnungen wurde Tarek vom Dienst suspendiert.

Der zwangsweisen Vorführung beim Polizeiarzt folgten konsequente Schritte. Zweimal schickte er Tarek in eine Entgiftungskur, verordnete ihm psychotherapeutische Maßnahmen und überwachte akribisch seinen Gesundheitszustand. Wöchentlich musste Tarek zur Blutuntersuchung, er wurde komplett durchgecheckt und engmaschig überwacht.

Dieser Druck, ergänzt mit den ständigen Standpauken seines Freundes und Seelsorgers Pastor Johannes Wolff, brachte ihn wieder in ruhigeres Fahrwasser.

Die Disziplinarmaßnahme der Strafversetzung vom LKA zum Zentralen Verkehrsdienst der Polizeidirektion Hannover kam zwar einer Degradierung gleich. Überraschenderweise erholte sich Tarek aber bei der scheinbar eintönigen Arbeit und erkannte bald einen Sinn in seinem Tun. Auch hier sorgte er für Recht und Ordnung, nur auf eine etwas andere Art und Weise.

Tarek kannte nun seine Sollbruchstelle und arbeitete hartnäckig daran, diese Wunde dauerhaft zu heilen. Abstinenz, Sport, Kultur und gesunde Ernährung waren weitere Bausteine auf dem Weg zurück in ein normales Leben.

Andrea fing wieder an zu arbeiten. Ihr alter Arbeitgeber, die Medizinische Hochschule Hannover, nahm sie mit Kusshand zurück. Nach kurzer Einarbeitungszeit wurde ihr mehr und mehr Verantwortung übertragen und sie nutzte die Gelegenheit, sich zum Facharzt in Chirurgie weiterzuqualifizieren.

„Jetzt bin ich mal dran!", hatte sie ihm immer wieder vorgehalten. Sie machte jetzt Karriere, während sein Stern am Karrierehimmel steil abstürzte.

An der Haltestelle Sedanstraße/Lister Meile nahm Tarek die Stadtbahnlinie 9. Nach drei Minuten stieg er am Kröpcke um und setzte seine Fahrt mit dem Zug der Linie 11 fort. Vier Minuten später traf er am Braunschweiger Platz ein.

Nach einem Fußmarsch von gut zehn Minuten erreichte er das Alten- und Pflegeheim „Stift zum Heiligen Geist" im Stadtteil Bult.

Dort lag seit einem halben Jahr sein Vater Fritz Neumann. Nach vier Herzinfarkten und zwei Schlaganfällen hatte es den ehemaligen Ingenieur der Hanomag ans Bett gefesselt.

Der 84-jährige war Fachmann für Baumaschinen. Als die Leistungen deutscher Ingenieure noch Weltruf hatten, folgte er 1963 neugierig und unbekümmert dem Engagement seiner Firma in den Irak.

Es waren unruhige Zeiten damals. Die bis dato eher unbekannte Baath Partei putschte gegen die Militärjunta. Nach einigem Hin und Her festigte die Partei ihren Einfluss im Staat und alsbald kam Saddam Hussein an die Macht. Der Rest ist Geschichte.

Trotz all dieser Unruhen fühlte sich Fritz Neumann in Basra wohl. Die Stadt im Zweistromland zwischen Euphrat und Tigris war christlich geprägt und muslimisch bewohnt.

Der elegante deutsche Ingenieur leitete den Service rund um den am Ausbau der Nationalstraße nach Bagdad eingesetzten Fahrzeugpark – fast ausnahmslos Baufahrzeuge der Firma Hanomag. Die irakischen Kollegen schätzten Fritz Neumanns Arbeit. Stück für Stück wuchs das gegenseitige Vertrauen und er bekam Zugang in die höheren gesellschaftlichen Kreise der Einheimischen.

Als bekennender Christ besuchte Fritz Neumann die chaldäische Gemeinde des Bistums Basra. Auf seinen Gottesdienst am Sonntag konnte und wollte er nicht verzichten. Als Lutheraner waren ihm die liturgischen Gesänge vertraut, und er fand sich bald als gern gesehener Gast in der Gemeinde zurecht.

Doch das war nur ein Grund für ihn, so folgsam den Kirchgang zu betreiben. Es gab noch einen zweiten. Und der hieß Rohaya Aydin.

Rohaya Aydin war damals 21 Jahre alt und arbeitete als Krankenschwester im größten Krankenhaus Basras. Schon beim ersten Anblick fiel sie Fritz Neumann auf. Auf unendlich langen Beinen schwebte eine makellose Taille, ihr langer Oberkörper wurde von einem wohlgeformten Busen verziert. Ihre schlanken Arme flossen in feingliedrige, zarte Hände, deren Sanftmut schon beim Anblick zu spüren war. Ihr weiches Gesicht schmückten zwei smaragdgrüne, ausdrucksvolle Augen, deren Blick eine sehnsüchtige Wärme entfaltete. Rohayas lange, braune Haare streichelten jeden Windhauch und Fritz Neumann konnte der Anziehungskraft dieser Frau einfach nicht widerstehen.

Rohaya erging es nicht anders. Fritz Neumann war eine stattliche Erscheinung. Seine perfekt sitzende Kleidung und sein elegantes Auftreten wirkten gegenüber den irakischen Verehrern, die sie sonst so rüpelhaft ansprachen, wohltuend anders. Fritz näherte sich ihr immer respektvoll. Er übertrat nie eine Grenze, wenn sie es nicht wollte. Hier im Irak war Fritz Neumann der exotische Mann, der ihr immer wieder in perfektem Englisch Komplimente machte und sie schmeichlerisch umgarnte.

Fritz brachte sie zum Lachen, seine Gestik und seine Mimik waren so vollkommen anders als das, was sie von ihren Landsleuten kannte.

„Meine Scheherazade", hauchte er ihr immer wieder zärtlich ins Ohr. Bald gab sie seinem Werben nach.

Rohaya stellte Fritz ihren Eltern vor und mit der Erlaubnis des Vaters und dem Segen des Bischofs heirateten sie 1966 in der Kathedrale zu Basra.

Ein Jahr später wurde Tarek geboren. Das Kind von Fritz und Rohaya vereinte Orient und Okzident in einer Person. Die blonden Haare und die leuchtend blauen Augen schenkte ihm sein Vater, das warme Braun der Haut kam als Gabe seiner Mutter hinzu.

Tarek hatte trotz der unruhigen politischen Verhältnisse eine unbeschwerte Kindheit. Er wuchs inmitten orientalischer Traditionen auf. Aufgrund der vielen Arbeit konnte sich sein Vater sehr wenig um ihn kümmern, deshalb prägten Rohaya und die irakischen Großeltern sein Leben in den ersten Jahren. Er lernte Arabisch von seinen Spielgefährten und Englisch von seiner Mutter. Er wuchs mit orientalischer Etikette auf und spielte unbekümmert mit den gleichaltrigen Kindern der Nachbarn. Tarek war mittendrin, im Gewusel der Kinder war es egal, ob man Moslem, Christ oder andersgläubig war. Kinder machten keine Unterschiede.

Tarek genoss die Gerüche der Basare und Souks, der arabischen Märkte. Auf der einen Seite schmeichelten die vielfältigen Düfte von schwarzem Kümmel, Safran, Kardamom und Nelken seiner Nase. Auf der anderen Seite vermengte sich der Gestank von Unrat, Abgasen, Dreck und Verwesung zu einer pikanten Komposition.

In dieser Umgebung bildete Tarek seine Sinne feinstimmig aus. Bald konnte er die Details seiner Umgebung nicht nur mit den Augen sehen, sondern auch mit der Nase riechen.

Diese Sensibilität sollte in seinem späteren Leben eine besondere Bedeutung erlangen.

Abends las ihm sein Vater aus den Romanen Jules Vernes vor. Diese Lesungen stellten die einzige Verbindung zu seiner eigentlichen, deutschen Muttersprache dar.

Als Tarek sechs Jahre alt war, erkrankte seine Mutter. Bei Rohaya wurde Brustkrebs festgestellt. Als Krankenschwester kannte sie die medizinischen Bedingungen im Irak sehr genau. Eine Genesung war unter den dortigen Verhältnissen eher unwahrscheinlich.

Fritz Neumann setzte alles daran, seinen Arbeitgeber davon zu überzeugen, ihn nach Hannover zurückzuholen. Zehn Jahre war er nun schon für die Hanomag in Basra tätig und hatte hervorragende Arbeit geleistet. Nun wäre der richtige Zeitpunkt für einen Nachfolger gekommen.

Rohaya überzeugte derweil in ausführlichen Gesprächen ihre Eltern davon, mit ihrem Mann Fritz und Sohn Tarek nach Deutschland überzusiedeln.

Schweren Herzens gab ihr Vater seinen Segen und nahm traurig von seiner kranken Tochter Abschied. Er hatte die große Hoffnung, dass Rohaya in Deutschland bessere Überlebenschancen hatte als im Irak.

Im Februar 1973 war es dann soweit. Fritz Neumann kehrte, verstärkt mit Frau und Sohn, nach Deutschland zurück.

In Kirchrode kauften sie sich ein kleines Reihenhaus. Rohaya wurde gesund und Tarek eingeschult. Trotz der Vorbehalte der Nachbarschaft gegen die arabische Frau und ihr braunes Kind stellte sich so etwas wie Normalität im Leben der Neumanns ein.

Nach den ersten Schuljahren entwickelte sich Tarek zu einem aufgeschlossenen, pfiffigen Schüler, der bald die besten Noten der Klasse mit nach Hause brachte.

Dieser Umstand, sein äußeres Erscheinungsbild mit dunklem Teint und sein durch die Zeit im Irak einzigartig geprägtes Verhalten ließen ihn bald als Außenseiter dastehen.

Die Jahre vergingen und Tarek veränderte sich vom kleinen, andersartigen Außenseiter zum attraktiven, starken jungen Mann, dem die Mädchenherzen nur so zuflogen.

Tarek war stark, gut aussehend, schlau und redegewandt. Fritz und Rohaya hatten Freude an ihrem Sohn.

Als Tarek 15 Jahre alt wurde, kehrte der Krebs zu seiner Mutter zurück. Nach kurzer, schwerer Krankheit verstarb Rohaya.

Fritz und Tarek waren nun allein. Überwältigt von dem Schmerz des Verlustes des liebsten Menschen, den sie kannten, wuchsen Vater und Sohn immer stärker zusammen. Sie waren ein Team, stützten und halfen sich, waren immer füreinander da.

1986 machte Tarek sein Abitur und Fritz war froh, dass sich sein Sohn einen Beruf im öffentlichen Dienst ausgesucht hatte.

Tarek wollte zur Polizei, er wollte Verbrechern das Handwerk legen und dafür sorgen, dass die Menschen nachts ruhig schlafen konnten. Sein Vater Fritz förderte jeden seiner Schritte.

Steile Polizeikarriere, Hochzeit mit Andrea, das erste Kind, Fritz als stolzer Großvater der kleinen Sarah – das Leben zeigte sich von seiner schönsten Seite.

Doch bald zogen die bekannten Wolken auf: Krankhafter Ehrgeiz, Pedanterie, Scheidung, Absturz – Tareks Gedanken kreisten tief in seinem Innersten, bis er die Eingangshalle des Seniorenheims betrat.

„Hallo, Herr Neumann!“, riss ihn eine freundliche Stimme aus seiner Verdrießlichkeit. „Ach, hallo Frau Wenders! Wie geht es meinem Vater heute?“

„Ich glaube, er erwartet Sie schon sehnlich. Er hat die ganze Zeit nach Ihnen gefragt. Sein Zustand ist so lala, mal hellwach und blitzgescheit, dann wieder zurückgezogen und abwesend. Sie werden es ja selbst sehen. Ihr Vater kann froh sein, dass er Sie hat. Es kommen nicht viele junge Männer beinahe täglich vorbei, um nach ihrem alten Herrn zu sehen."

Tarek funkelte die Empfangsdame mit seinen leuchtend blauen Augen an. *Junger Mann*, das hatte selten jemand zu ihm gesagt. Die resolute Wenders meinte das eher als Kompliment. Tarek schmunzelte. Aufgrund des Altersunterschiedes kam er für sie eher als Schwiegersohn infrage, weniger als Partner.

Mit gewinnenden Blicken grüßte Tarek freundlich und eilte die Treppe zur ersten Etage hinauf. Dort, am Ende eines langen Flures, lag in Zimmer 17 sein Vater Fritz.

Tarek klopfte vorsichtig an die Tür.

„Komm rein, mein Junge!", ertönte es aus dem Inneren des Zimmers.

Mit einem kräftigen Ruck öffnete Tarek die Tür. Sein Vater lag im Bett, das Kopfteil ein wenig erhöht. Die Pflegerinnen hatten die Schlafstatt so arrangiert, dass der Senior durch das große Fenster die Aussicht auf den östlich gelegenen Park genießen konnte. Den Besuchern drehte Fritz dadurch unabsichtlich den Rücken zu. Vor dem Hintergrund seiner guten Erziehung und seines galanten Auftretens hätte er es vor ein paar Jahren als Unhöflichkeit empfunden, seinen Gästen den Rücken zuzukehren.

Tarek wollte seinen Vater nicht erschrecken und näherte sich gemessenen Schrittes von hinten an.

„Ich habe dich schon auf der Treppe kommen hören, mein Junge. Ich bin vielleicht ein bisschen unpässlich, aber gut hören kann ich noch. Außerdem erkenne ich dich am Gang. Ich freue mich, dass du da bist."

Tarek ging freudig auf seinen Vater zu.

„Hallo Papa!"

Zärtlich küsste Tarek seinen Vater auf die Stirn.

„So was macht man nicht, Junge! Was sollen denn die Leute denken!"

Den ironischen Unterton konnte sich Fritz nicht verkneifen. Nach vielen Jahren im Orient war es für ihn nichts Außergewöhnliches, von seinem Sohn auf diese Weise begrüßt zu werden. Schließlich hatten die beiden eine Menge gemeinsam erlebt und durchlitten.

Dieses Ritual wiederholte sich bei jedem Besuch. Sie waren ein eingespieltes Team und Tarek bemühte sich redlich, seinen Vater aus seiner Schwermut zu lösen und ihm die neuesten Informationen von sich und der Welt zu berichten.

„Wie geht es dir heute?"

Diese Frage schloss sich immer an das Ritual an und war stets ernst gemeint. Tarek schätzte seinen Vater sehr und er investierte viel Zeit und Geld, um ihm den Aufenthalt im Pflegeheim so angenehm wie möglich zu gestalten.

„Ach, das willst du gar nicht wissen, Tarek. Oft bin ich müde und dämmere so vor mich hin. Die Erinnerungen kommen immer wieder. Ich denke an Scheherazade, unsere kostbare, gemeinsame Zeit, die wunderbaren Jahre in Basra und all die schönen Dinge, die uns verbinden. Und dann kommt mir wieder ihr Tod in den Sinn, die schwere Zeit danach, die Trübsal, deine Scheidung, dein Absturz und die peinlichen Ausschweifungen danach. Trotzdem hält uns ein starkes Band zusammen, ich will nicht immer nur jammern. Heute ist ein guter Tag, aber die Albträume kommen ständig wieder und mein Verstand lässt mich immer öfter im Stich. Aber sei's drum. Was war denn heute so alles los, erzähl' mal!"

Tarek erzählte ausführlich und in blumigen Bildern von der Fahrradkontrolle am heutigen Morgen. Er ließ nicht das kleinste Detail aus. Die Verfolgungsjagd des radelnden Terriers gab er besonders wortreich wieder.

Fritz musste erst grinsen, dann grunzen und am Ende lauthals lachen ob der skurrilen Komik des Augenblicks. In dieser Heiterkeit vergaß er völlig seine Beschwerden, vergaß, dass er ein schwer kranker Mann mit ungewisser Zukunft war.

Aus dem Lachen wurde ein Husten, aus dem Husten ein Röcheln und aus dem Röcheln ein Ringen nach Luft. Er fing an zu krampfen.

Tarek klingelte nach der Pflegerin.

Kurze Zeit später eilten Arzt und Pflegeschwester in das Zimmer. Sofort bekam Fritz eine Beruhigungsspritze und ein Atemspray. Langsam entspannte sich sein Vater wieder. „Herr Neumann, ich möchte Ihnen nicht zu nahe treten, aber Ihr Vater ist ein schwer kranker Mann. Strapazieren Sie seine Aufmerksamkeit nicht allzu sehr, er braucht vor allem Ruhe und Entspannung."

Dr. Jakob war ernsthaft besorgt. Tarek und er schätzten einander.

In der Hin- und Hergerissenheit zwischen lebhafter Unterhaltung und liebevollem Hausbesuch zog er die zweite Variante für seine betagten Patienten vor. Zu viel Aufregung konnte für Fritz Neumann nur allzu schnell den Tod bedeuten.

Tarek kannte die Anfälle seines Vaters. Er machte sich auch jedes Mal, wenn so etwas passierte, schwere Vorwürfe.

Trotzdem wollte er, dass Fritz weiter am Leben teilnahm. Er wollte nicht, dass sein Vater zunehmend senil vor sich hindämmerte.

„Wenn Ihr Vater noch einmal Hilfe braucht, sind wir sofort für ihn da. Klingeln Sie einfach nach uns."

Freundlich verabschiedeten sich Dr. Jakob und die Pflegerin von Tarek Neumann. Jetzt waren beide wieder allein.

„War wohl ein bisschen aufregend die Geschichte, Papa?"

„Lass mal gut sein, Junge. Jedes Jahr über achtzig ist geschenkt. Ich will lieber lächelnd unserem Herrgott begegnen als missgestimmt vor seinen Richterstuhl treten."

Stille – lange Zeit sagten beide kein Wort.

„Ich möchte mich jetzt ein wenig ausruhen, Junge."

Fritz stöhnte und wurde sichtlich müde.

„Ich komme übermorgen wieder, Papa. Morgen habe ich Spätdienst und vorher wollte ich noch ein paar Dinge erledigen."

„Ist gut, Junge, ich freue mich auf deinen Besuch. Fang die bösen Verbrecher ein, sorge für Ruhe und Ordnung …", Fritz war eingeschlafen.

Leise stahl sich Tarek aus dem Zimmer und schlenderte die Treppe hinunter. „Ihren Vater hat man bis hier unten juchzen hören. Ich glaube, er ist der einzige Senior unseres Hauses, dem sein Sohn so ein herzliches und ausgelassenes Lachen entlockt."

Frau Wenders blinzelte Tarek fröhlich an.

„Hoffentlich bringt ihn das nicht irgendwann um", entgegnete Tarek etwas nachdenklich.

„Freude und Liebe, Herr Neumann, sind das beste Lebenselixier, das ich mir vorstellen kann. Halten Sie daran fest!"

„Ich danke Ihnen, Frau Wenders. Übermorgen komme ich wieder. Ich weiß meinen Vater hier in guten Händen."

Mit diesem Kompliment verließ Tarek das Stift und schlenderte nachdenklich nach Hause.

Kapitel 5

Ein herrlicher Morgen, dachte Siegfried Jorgens, als er zu früher Stunde aus dem Fenster schaute. Wie jeden Morgen, so stand er auch an diesem Dienstag zu nachtschlafender Zeit auf, um seine Runde zu machen.

Seine Runde, das war der Zustellungsbezirk Zoo.

Jorgens war Zeitungsausträger der HAZ, der Hannoverschen Allgemeinen Zeitung. Bevor er sich jedoch auf den Weg machte, genoss er noch sein Frühstück mit gebratenem Speck, Rührei, geschmorten Tomaten und gebuttertem Toast. Er mochte es gern deftig, vor allem morgens, wenn der knurrende Magen nach Energie lechzte.

Seine Frau Ilse stand um diese Uhrzeit nie auf. Sie hatte nach 41 Jahren Arbeit in einem Wäschereibetrieb endlich das Rentenalter erreicht und nutzte die Zeit, um gemütlich ausschlafen zu können.

Ihr Mann Siegfried war da ganz anders. Er war schon seit vier Jahren Rentner, hatte aber Schwierigkeiten, die scheinbar unendlich viele Freizeit geordnet abzuarbeiten. In seiner aktiven Zeit als Disponent einer hannoverschen Spedition hatte er stets Stress gehabt und die Tage waren mit Aufgaben reichlich gefüllt.

Nun war er im Ruhestand, und Zeit schien ein fast unbegrenztes Gut zu sein. Für einen Nestflüchter wie ihn, der spätestens um fünf Uhr morgens hellwach war, kam die Rentenzeit einer großen Langeweile gleich, die mit Sinn erfüllt werden sollte.

Zum Glück hatte er sich vor einem Jahr bei der HAZ als Zeitungsbote beworben und trotz seines hohen Alters von 67 Jahren den Zuschlag für das Zooviertel erhalten. Der Vertrieb schätzte seine Verlässlichkeit. Siegfried war nie krank, fuhr selten in den Urlaub und hatte die Zeitungen so früh zugestellt, dass selbst die Arbeiter der Frühschicht die neuesten Nachrichten noch vor Schichtbeginn lesen konnten. Außerdem besserte er auf diese Weise seine eher übersichtliche Rente ein wenig auf und war in der Lage, sich das eine oder andere Vergnügen außer der Reihe zu erlauben.

Der Stapel Zeitungen lag in der Bushaltestelle direkt vor seiner Haustür zur Abholung bereit. Er ging hinüber, nahm die achtzig Exemplare in zwei Fuhren unter den Arm und brachte sie in den Hinterhof. Die erste Zeitung war ihm vorbehalten.

Aus dem Hinterhof zurückgekehrt, legte er in aller Ruhe die Zeitung auf den Küchentisch und studierte die Schlagzeilen. Die große Weltpolitik interessierte ihn nur am Rande. Er stürzte sich auf den Lokalteil. Geschichten aus Kleefeld, Veranstaltungshinweise der Innenstadt, die neuesten Nachrichten über lokale Größen, jede Zeile war lesenswert. Das Rascheln der Papierseiten, das Zurechtfalten der Blätter, um ein handliches Format zu erhalten – all das gehörte zu diesem morgendlichen Ritual, mit dem er seinen Tag sanft begann.

Heute brauchte er keinen großen Vorspann, um auf einen interessanten Artikel zu stoßen. Direkt auf der ersten Seite prangte die spektakuläre Schlagzeile „Blutspur in der Passerelle – wo ist die Leiche?"

Nach der gründlichen Lektüre des Aufmachers war er bestens über die Geschehnisse von Montagmorgen informiert. Er hatte schon immer gewusst, dass es in der Passerelle gefährlich zuging. Wenn man dort alleine in der Nacht unterwegs war, half einem ja niemand und die Schreie aus der Unterwelt, wie er die Passerelle oft scherzhaft nannte, würde sowieso keiner hören.

Aber wo war denn wohl der Mensch, der zu dieser Blutlache gehörte? Die Zeitung wusste auch keine Antwort auf diese Frage.

Trotz der gruseligen Neuigkeiten aß er sein Frühstück bis zum letzten Krümel auf, räumte den Tisch ab und machte sich startklar.

Ausgerüstet mit Helm, Leuchtweste, Schal und Handschuhen ging er in den Hinterhof, um sein Fahrrad aus dem kleinen Verschlag neben der Garage zu holen.

Sein Fahrrad, das war sein ganzer Stolz. Lange hatte er auf dieses Vehikel gespart. Das Herrenrad hatte alles: Sattel- und Gabelfederung, 8-Gang-Nabenschaltung, Öldruckbremsen, unplattbare Reifen, Speichenreflektoren, Nabendynamo, Standlicht, einen komfortablen Gepäckträger und es war - schneeweiß!

Zusätzlich zur Sonderausstattung hatte Siegfried Jorgens selbst zwei ganz besondere Accessoires angebracht.

Regelmäßig störte es ihn bei Regen, die aufspritzende Nässe von den Schutzblechen als Querschläger abgelenkt auf seine Schuhe tropfen zu sehen. Daher hatte er aus weißem reißfestem Kunststoff zwei Blenden von Ilse schneidern lassen, die an den Schutzblechen beginnend jeweils das Vorder- und Hinterrad zur Hälfte abdeckten.

Diese Erfindung sorgte für ein geordnetes Ablaufen des Wassers in die Mitte der Reifen und von dort geradlinig zurück auf den Asphalt. Dieses selbst erdachte Zubehör gab dem Fahrrad etwas Majestätisches. Es wirkte wie das Rad eines Fabelwesens. Auf der vorderen weißen Blende zog sich im Halbrund der cremefarbene Schriftzug „Einhorn“.

„Fährst du morgen wieder mit deinem kitschigen Rad los, Siggi?“, fragte seine Frau regelmäßig mit bissigem Unterton am Abend vor seinen Ausfahrten.

„Was sollen denn die Leute denken?“, brüskierte sie sich, selbst wissend, dass ihre hartnäckigen Kommentare ihn in seinem Handeln nur bestätigten.

„Für schlechtes Wetter einfach zu schön“, murmelte er leise vor sich hin, bevor er die beiden großen weißen Packtaschen mit den Zeitungsexemplaren füllte. Den Rest, den er nicht mehr unterbringen konnte, zurrte er mit knallroten Spanngurten oben auf dem Gepäckträger fest. Nun konnte es losgehen.

Von seiner Wohnung in der Tischbeinstraße waren es etwa drei Kilometer bis zum Zooviertel. Als er den Weidetorkreisel links liegen gelassen hatte, konnte er schnurstracks auf der Fritz-Behrens-Allee durch die Eilenriede radeln.

Am Ende der Allee ließ er, wie jeden Morgen, das Zoogelände links liegen, und würde sich dann knapp zwei Stunden lang mit dem Verteilen der Zeitungen beschäftigen.

Wie bereits gestern, war es auch an diesem Morgen für den beginnenden Oktober schon recht kalt.

Zu dieser Uhrzeit waren kaum Autos auf der Straße. Mit seinem Lastesel kam er gut voran. Die gerade Strecke durch die Eilenriede war immer ein besonderes Vergnügen. Er genoss den kühlen Fahrtwind und die frische Luft der Bäume. Jeder Atemzug in dieser Umgebung war das pure Vergnügen. Er sog die Luft tief in seine Lungen. Ja, sein Fahrrad war immer noch strahlend weiß, und wenn das Wetter so bliebe, würde er sein Gefährt heute nicht einmal putzen müssen.

Beschwingt sauste er die Allee entlang und war in Gedanken schon wieder zu Hause, wie er seiner verschlafenen Frau Ilse einen kalten, aber sanften Kuss auf die Wange drückte und ihr anschließend ein liebevolles „Guten Morgen“ ins Ohr hauchte.

Doch da! Urplötzlich huschte ein braunes Knäuel über die Straße, dann ein zweites und jetzt eine ganze Meute – Kaninchen!

„Oh nein, oh nein, nicht die schon wieder!“

Siegfried trat kräftig auf die Bremse. Sein schweres Gefährt war in voller Fahrt etwas träge. Einen Bremshaken konnte er sich jetzt nicht leisten, sonst fielen all die schönen Zeitungen in den Dreck und es würde einige Beschwerden wegen der verschmierten Exemplare geben.

Also noch mal kräftig bremsen, bloß kein Kaninchen totfahren, das gibt immer so hässliche Flecken. Und zu Hause musste er sich dann von Ilse als Tierquäler beschimpfen lassen, wenn er wirklich einmal einen dieser Rammler auf die Hörner genommen hatte.

Oh, gleich passiert's, gleich kracht's!

Er trat so stark wie er nur konnte in die Rücktrittbremse, seine Hände krampften sich an den Hebeln der Felgenbremsen fest.

Einem Peitschenschlag gleich knackte die Fahrradkette und brach auseinander. Holpernd und ruckelnd setzte er seinen Weg geschwinde fort.

Ui, ui, ui, nur keinen Sturz, bitte keinen Sturz. Die kleinen Rammler machen mich noch fix und fertig. Man sollte lauter Kaninchenbraten von ihnen machen, nur dafür sind sie zu gebrauchen!

Siegfried schlingerte. Mit Aufbietung all seiner Kraft und Geschicklichkeit gelang es ihm, den marodierenden Drahtesel wieder zu bändigen und langsam ausrollen zu lassen. Mit beiden Händen zog er an den Handbremsen, unterstützend stemmte er seine Hacken kräftig auf den Asphalt. Endlich gelang es ihm, seinen Lastkarren abzubremsen.

Die Kombination aus gestresstem Siegfried und lädiertem Einhorn ließ sich nach links zum Zoo-Parkplatz ausrollen. Dort standen ein paar Laternen, mit deren Licht er sich die Bescherung ein wenig genauer ansehen konnte.

Langsam schob er sein defektes Gefährt über den Parkplatz in Richtung Straßenlaterne. Dort sah er die Bescherung: Sein schönes weißes Fahrrad war mit roten Punkten besprenkelt!

„Oh nein! Jetzt habe ich wohl doch einen dieser Rammler erwischt!", fluchte er leise vor sich hin.

Tatsächlich, im Licht der Straßenlaterne konnte er deutliche rote Sprenkel an den Reifen erkennen. Die flüssige Pampe war von den Reifen nach innen in die Blenden gespritzt und von dort vorschriftsmäßig wieder nach unten auf die Innenseite der Felgen getropft, so wie er sich den Transport unerwünschter Flüssigkeit vorgestellt hatte. Nur war jetzt aufgrund der vielen Schlenker mit dem Vorderrad die ganze Soße doch auf seine Schuhe gekleckert. Gerade in dem Moment hatte er versucht, das schlingernde Gefährt mit den Hacken abzubremsen.

„So ein Mist, das hat mir gerade noch gefehlt! Jetzt müssen die Zeitungen erst einmal warten."

Im Halbdunkel konnte Siegfried Jorgens erkennen, dass sein Fahrrad eine wahre Blutspur gezogen hatte. Ausgehend vom Parkplatz setzte sich die Spur in die Richtung fort, aus der er gekommen war. Jorgens stellte sein Fahrrad ordnungsgemäß verschlossen am Laternenmast ab und folgte der Spur. Ihm war es peinlich, wenn ein Kaninchenmassaker mit seinem Fahrrad in Verbindung gebracht würde. Wenigstens die toten Rammler wollte er vom Weg entfernen. Möglicherweise hatte ihn noch jemand bei seinem todbringenden Manöver beobachtet!

Er ging ein paar Schritte in Richtung Allee.

Seine Fahrradreifen hatten ihr Profil in deutlichem Rot auf dem Asphalt abgezeichnet. Er setzte seinen Weg in Richtung Fritz-Behrens-Allee fort und folgte der Spur. Etwa 50 Meter weiter wurde er fündig. Im fahlen Licht der Alleenbeleuchtung sah er etwas Dunkles auf dem Boden. Im Restlicht der Laternen sah es aus wie eine Art Spiegel. Siegfried näherte sich zaghaft. Auch in seinem Alter konnte er den Anblick von toten Tieren nicht ausstehen, schon gar nicht, wenn sie in einer Blutlache lagen.

Aber dieses Gebilde vor ihm war viel zu groß, als dass es von einem oder mehreren kleinen Rammlern hätte stammen können. Er kam näher. Unmittelbar vor seinen Schuhen breitete sich eine etwa zweimal zwei Meter große Lache aus, in der sich das Mondlicht spiegelte. Sie führte von einer Parkbank weg und verjüngte sich zu einem breiten Strich auf dem Boden, der von der Fritz-Behrens-Allee in Richtung Adenauerallee verlief. Ein paar Meter weiter verlor er sich im Nichts, so als hätte sich sein Verursacher in Luft aufgelöst.

„Das kann doch unmöglich von den Kaninchen stammen. So viele kann ich mit dem Fahrrad gar nicht erwischt haben!", entfuhr es ihm.

Plötzlich schauderte er. Siegfried fühlte sich beobachtet, waren da nicht Augen im Park? Schaute ihm jemand aus der Deckung der Eilenriede bei seinem Unterfangen zu? Nein, er bildete sich das nur ein, da war doch nichts, oder? Siegfried klammerte sich an sein Handy, das er stets in der Hosentasche bei sich trug.

Den Schauder im Nacken verließ er die Blutlache und suchte rasch sein Fahrrad an der Laterne auf. Im Zurückeilen fiel ihm blitzartig die Schlagzeile von heute Morgen ein - die Blutlache in der Passerelle, der Mord ohne Leiche, das Unfassbare ohne Erklärung. Erneut liefen ihm kalte Schauer über den Rücken.

Sollte dieser rote Spiegel ebenso eine Blutlache sein?

Doch wo war dann der Tote, und wer war da im Wald?

Siggi gruselte es. In seiner Not rief er über Notruf die Polizei.

Er wählte die 110.

„Ja, guten Morgen, ist da die Polizei? Hier ist eine Blutlache auf der Straße, so wie in der Passerelle gestern. Aber ich habe gar kein Kaninchen totgefahren, die Lache ist viel zu groß und mein Fahrrad hat auch was abgekriegt. Hallo, hören Sie mich?"

„Hier ist der Notruf der Polizei. Wie können wir Ihnen weiterhelfen?", erwiderte eine freundliche weibliche Stimme am anderen Ende der Leitung.

„Jorgens, gnädige Frau, Siegfried Jorgens, mein Name, ich habe eine große Blutlache zu melden, wie gestern da in der Passerelle, verstehen Sie denn nicht? Ich bin hier ganz alleine und mein Fahrrad ist kaputt und der Verbrecher ist vielleicht noch da!"

„Nun beruhigen Sie sich doch erst einmal. Wie heißen Sie und wo sind Sie?", drang es ein wenig bestimmter aus dem Handy an Siggis' Ohr.

„Ich bin weder ruhig, noch weiß ich, wie ich heiße, nein, ich meine, ich weiß, wo ich bin. Schicken Sie bitte schnell einen Streifenwagen. Da liegt noch eine Menge

Blut auf der Fritz-Behrens-Allee und ich stehe hier unter der Laterne am Zoo bei meinem Fahrrad, kommen Sie schnell ..."

Die Verbindung fing an zu knacken, die Beamtin der Leitstelle konnte Siegfried Jorgens nicht mehr verstehen. Unmittelbar danach brach die Verbindung ab.

„Anne, schick mal einen Streifenwagen in Richtung Fritz-Behrens-Allee. Wenn ich das richtig verstanden habe, steht ein alter Knacker auf dem Zoo-Parkplatz und faselt etwas von einer Blutlache. So panisch, wie der drauf war, könnte da etwas dran sein!"

Kurze Zeit später traf eine Streifenwagenbesatzung am Zoo-Parkplatz bei Siegfried Jorgens ein. Die Beamten Timo Bakemeier und Margit Kessler stiegen aus. Der Anrufer stürzte aufgeregt auf sie zu.

Unruhig und aufgewühlt erzählte der Zeitungsausträger den Beamten, was sich in den vergangenen Minuten zugetragen hatte. Timo und Margit hatten ein wenig Mühe, die Ausführungen von Siegfried Jorgens zu sortieren und in die richtige Reihenfolge zu bringen. Schließlich suchten sie gemeinsam die Fundstelle der Blutlache auf.

„Was für eine Sauerei, Margit!", entfuhr es ihrem Kollegen.

Timo Bakemeier nahm seine Taschenlampe aus der Halterung am Koppel und leuchtete die Lache an.

„Egal was das ist, Timo, wir müssen unbedingt den Tatort sichern und die Kollegen der SpuSi anfordern. Gestern hat das wohl nicht so richtig geklappt. Ich habe gehört, dass das ganze Spurenbild vom Tatort in der Passerelle von Passanten zertreten worden ist."

„Du hast recht, Margit. Ich sage der Leitstelle Bescheid. Flatterst du schon mal weiträumig den Bereich mit Absperrband ab? Der Berufsverkehr bricht bald los. Und dann bekommen wir möglicherweise genauso viele Zuschauer wie die Kollegen gestern in der Passerelle."

Timo gab der Leitstelle einen kurzen Lagebericht, forderte die SpuSi und eine weitere Streifenwagenbesatzung an. Am Ende seines Nachtdienstes hätte er sich eigentlich einen etwas geruhsameren Einsatz zum Abschluss gewünscht. Jetzt konnten er und seine Kollegin erst einmal ein paar Stunden den Tatort absperren und anschließend den Bericht schreiben. Die wohlverdiente Nachtruhe war vorerst dahin.

„Na, das ist ja mal ein akkurat abgesperrter Tatort!"

Jan Cramer, der Spurensicherer vom Zentralen Kriminaldienst, stieg aus dem grauen VW T5 Tatortwagen und lobte seine Streifen-Kollegen.

Für die Praktikantin Bea Kleinschmitt war es schon der zweite aufregende Tatort innerhalb von zwei Tagen, den sie mit Jan aufnehmen durfte.

Jan und Bea machten sich in aller Ruhe und Sorgfalt an die Arbeit. Diesmal hatten sie nicht das Pech, dass eine Unzahl von Schaulustigen ihnen die Arbeit erschwerte. Nachdem Siegfried Jorgens vor Ort befragt worden war, verständigten die Beamten seine Frau und sorgten für einen Ersatz-Zusteller seines Zeitungsbezirks. Jorgens war fix und fertig und musste sich erst einmal von dem Schrecken erholen.

„Wenn diese Lache tatsächlich das Ergebnis eines Tötungsdelikts ist und mit der Sache von gestern in Verbindung steht, dann wird uns das LKA den Fall wohl bald wegnehmen", sinnierte Jan.

„Du meinst, weil das ein Serientäter sein könnte?", schloss Bea aus Jans Äußerung.

„So ungefähr. Na ja, in deinem Praktikum bist du ja voll auf deine Kosten gekommen, Bea, so viel Glück hat nicht jede Praktikantin in ihrem ersten Studienabschnitt!"

Mit Glück meinte Jan die Verbrechen, die die Region bald mehr beschäftigten sollten als der Tabellenplatz von Hannover 96.

Kapitel 6

Punkt sechs Uhr. Der Radiowecker säuselte Tarek sanft mit seinem Lieblingslied der Scorpions aus dem Schlaf - Wind of Change. Wie oft hatte er als junger Mann in den frühen 90er-Jahren dieses Lied gesungen, getragen von der Hoffnung, dass das Wettrüsten der beiden Supermächte endlich ein Ende haben möge. In Zeiten von Glasnost wurde diese Hymne bald zum Symbol der Wiedervereinigung Deutschlands. Tarek holte sich gern diese Erinnerung in sein Gedächtnis zurück.

Ein paar Augenblicke vor sich hinträumend, raffte er sich zu seinen allmorgendlich wiederkehrenden Abläufen auf. Ein kurzer Blick in den Spiegel, Zähne gebürstet und ab in die Joggingklamotten. Als Vollsportler hatte er sich mittlerweile daran gewöhnt, mit nüchternem Magen auf die Laufstrecke zu gehen. Nach dem Morgensport schmeckte ihm das Frühstück umso besser und er konnte seinen Tag aktiv und entspannt starten.

Wann immer es ihm möglich war, drehte er eine große Runde durch die morgendliche Eilenriede. Der Stadtwald war schon immer die grüne Lunge Hannovers gewesen und in den letzten Jahren kamen immer mehr Freizeitsportler auf die Idee, ihre von der Büroarbeit verkümmerten Körper in der nahe gelegenen Natur auf Vordermann zu bringen.

Von seiner Wohnung in der Wiesenstraße fuhr er mit dem Fahrrad die knapp vier Kilometer in Rekordtempo bis zum Eiswald. In der Umgebung dieses ursprünglichen Waldgebiets fühlte er sich wohl. Während seiner Aufwärmgymnastik sog er den Duft der feuchten Luft in seine Lungen und atmete tief durch. Hier war der ideale Startpunkt für einen genussvollen Lauf durch die Eilenriede.

Normalerweise machte er einen kleinen Schlenker Richtung Osten, überquerte den Bach, wechselte dann in Richtung Inselgraben, ließ das Eisstadion am Pferdeturm links liegen und lief dann parallel zum Messeschnellweg in Richtung Norden. Über die Brücke passierte er dann den lärmenden Unruheherd und setzte seinen Weg in Richtung Walderseestraße fort. Über Bernadotte-Allee und Zoo beendete er den oberen Teil seiner Wegstrecke, um schließlich wieder über das Nadelöhr Bahnstrecke und Eisstadion entlang des Inselgrabens zum Eiswald zurückzukehren. Gut zehn Kilometer schaffte er über diesen Rundkurs.

Noch vor nicht allzu langer Zeit hätte er sich nicht einmal hundert Meter in diesem Tempo bewegen können. Dankbar, dass diese Zeiten endlich hinter ihm lagen, joggte er in der Regel die Passage in einer guten Stunde herunter. Er war nie sonderlich erschöpft danach. In Wochen mit vielen Spätdiensten gönnte er sich diese Strecke jeden zweiten Tag.

Heute war ein wunderbarer Morgen. Die Luft war kühl und roch nach frisch gefallenen Blättern. Der Herbst hatte die Bäume bunt bemalt und aus ihren Kronen schwebte die farbenfrohe Zierde in kreisenden Bahnen zu Boden. Der erwachende Tag gab einen verklärten Blick auf dieses Schauspiel frei. Tarek freute sich noch ein paar Augenblicke über diesen Anblick, bevor er mit seinen Übungen begann.

Die Morgengymnastik wärmte seinen Körper an und nach den ersten Kilometern joggte Tarek geschmeidig durch den erwachenden Wald.

Bald konnte er das Tempo ein bisschen erhöhen. Seine Gedanken kreisten um seinen Vater Fritz, die wilde Kollegin Jule, die ihn stetig anbaggerte und seine Exfrau Andrea, die er schon seit geraumer Zeit nicht mehr gesehen hatte.

Im monotonen Trab seiner Schritte, begleitet vom Licht der langsam aufgehenden Sonne, versank er stumm und gleichmäßig atmend in seinen Gedanken.

Doch plötzlich störte etwas seine entspannte Routine. Lichtreflexe durchkreuzten die Ordnung, die sich zuvor so angenehm in seinem Kopf ausbreitete.

Auf Höhe des Zoos nahm er mehrere blaue Blinklichter wahr, die den Dunst der erwachenden Stadt durchbrachen.

Die Lichtreflexe hatten sofort Tareks Interesse geweckt. Er bog nach links ab und joggte direkt in Richtung Zoo.

Das Lichtermeer dehnte sich immer mehr aus, je näher er ihrem Ursprung kam. Neben den blauen Blinklichtern erkannte er den gleißenden Schein von Lichtmasten, die eine Szenerie neben der Allee taghell auszuleuchten schienen.

Sein Herz pulsierte, seine Schritte flogen immer schneller dahin. Tareks Jagdinstinkt war geweckt, er musste schnell dort ankommen, nachfragen, was los war, sich einen Überblick verschaffen – Action!

War die Jagd auf den Fahrradrowdy gestern eine willkommene Abwechslung gewesen, so konnte hier womöglich ein Großeinsatz auf ihn warten – auf ihn?

Er war immer noch beim Verkehrsdienst, wie sollte er die Kollegen dort unterstützen können – in Joggingklamotten und durchgeschwitzt? Ein Mitarbeiter der Verkehrspolizei beim Einsatz in einer Mordermittlung?

Ernüchterung machte sich breit.

Trotzdem, wenigstens hinschauen konnte er ja mal.

Tarek kam näher an die Stelle heran. Im Verlauf der Fritz-Behrens-Allee öffnete sich eine Bühne, die unwirtlicher nicht scheinen konnte.

Die Allee war kurz vor dem Parkplatz des Zoos in ihrer gesamten Breite abgesperrt. Einige wenige Passanten hielten sich vor der Absperrung auf.

Ein Durchkommen in Richtung Stadt war unmöglich. Einige Autofahrer wendeten umständlich, um über Umwege ihr Ziel am heutigen Tage noch rechtzeitig erreichen zu können.

An den Absperrbändern angelangt, erkannte Tarek verschiedene Kollegen in Uniform, die zu dieser frühen Stunde den Tatort sicherten und niemanden hinter das Absperrband ließen. Auf dem Parkplatz waren zwei Rüstwagen der Feuerwehr zu erkennen, die ihre Lichtmasten ganz ausgefahren hatten. Aus circa fünf Metern Höhe bahnte sich ein unbarmherzig helles Licht seinen Weg zum Boden und vertrieb das Grau dieses erwachenden Morgens.

In einer Ecke konnte Tarek an einer Straßenlaterne eine ältere, männliche Person mit Leuchtweste und Fahrradhelm erkennen, die kopfschüttelnd zwei Beamten etwas erzählte. Neben der Person stand ein bemerkenswert ausgestattetes Fahrrad. Im Licht der Scheinwerfer wirkte es beinahe wie ein Fabelwesen, so strahlend weiß war es.

Auf dem Platz stand der neue Tatortwagen der Spurensicherung der Polizeidirektion Hannover - ein grauer T5 mit Hochdach. Tarek hatte ihn gestern an der Passerelle gesehen. Beim LKA hatten sie auch so ein Schätzchen, allerdings mit ein paar Spielereien mehr im Gepäck.

Aus dem T5 stiegen eine Frau und ein Mann. Sie legten sich ihre weißen Spurensicherungsanzüge an, nahmen mehrere Koffer in die Hände und gingen in seine Richtung direkt auf ihn zu.

„Das könnte glatt Jan Cramer sein", murmelte Tarek leise vor sich hin.

Seine Begleiterin kannte er nicht. Dem äußeren Alter nach zu urteilen, war sie jedoch noch nicht allzu lange bei der Polizei.

Das Pärchen näherte sich schnurstracks einer Stelle auf der Straße, die Tarek in dem Lichtergewirr gar nicht wahrgenommen hatte.

Circa zwanzig Meter von ihm entfernt hatte sich etwas Dunkles auf dem Asphalt ausgebreitet. Tarek schaute genauer hin.

Er konnte eine schillernde Fläche erkennen, die eine Ausdehnung von etwa zweimal zwei Metern aufwies. Die Farbe wechselte von Schwarz über Grau zu Rot, je nachdem, in welchem Winkel das künstliche Licht der Strahler diese Fläche berührte. Die beiden weiß gekleideten Personen hielten an, stellten ihre Koffer beiseite, hockten sich nieder und begannen, miteinander zu sprechen. Aufgrund der laut surrenden Lichtgeneratoren konnte er ihr Gespräch nicht mithoren.

Tarek nahm sich ein Herz. Er konnte hier nicht einfach so zusehen. Hier war ein Tatort, möglicherweise der Tatort eines Kapitalverbrechens und er konnte doch helfen.

Mit seiner Erfahrung gab er den Kollegen vielleicht die entscheidenden Tipps, die zur Aufklärung der Angelegenheit beitragen konnten.

Tarek räusperte sich, holte tief Luft und rief einen der weiß gekleideten Spurensicherer an:

„Jan Cramer, sind Sie das?"

Keine Reaktion. Tarek erhob seine Stimme und versuchte es noch einmal.

„Jan, Jan Cramer, sind Sie das?"

Die beiden weiß gekleideten Personen hörten abrupt auf, miteinander zu sprechen und schauten in seine Richtung.

„Wollen Sie hier den Betrieb stören, Mann, Sie sehen doch, dass die Spezialisten dort arbeiten. Gehen Sie weiter, hier gibt's nichts zu sehen!", knurrte ihn ein uniformierter Kollege an, der die Absperrung überwachte.

„Nein, ist schon in Ordnung. Ich bin ein Kollege. Ich möchte nur mit Jan Cramer sprechen, es ist wichtig!"

„Wichtig sind alle hier, aber ich glaube, dass Sie mit Ihren Joggingklamotten nicht das richtige Outfit besitzen, um hier mitzuwirken. Herr Kollege, ich bitte Sie, unterlassen Sie weitere Störungen. Sie kennen doch das weitere Spielchen."

Argwöhnisch guckte Tarek dem Beamten tief in die Augen.

So ein Trottel, wenn der wüsste, wen er vor sich hat, würde er nicht so klug dreinschwatzen, kam Tarek in den Sinn. Er ignorierte das soeben Gesagte und holte noch einmal tief Luft.

„Jan Cramer, wir kennen uns, Sie haben mal bei mir hospitiert."

„Vielleicht habe ich mich unklar ausgedrückt, das hier ist ein Tatort und wir haben hier keine dienstliche Verwendung für Sie. Machen Sie noch mal solche Zicken, dann sperre ich Sie ein, ist das klar?"

Ups, der Kollege war wohl noch vom Nachtdienst übrig geblieben, so mürrisch wie der lospolterte, schloss Tarek aus der unwirschen Reaktion.

Doch Tareks Ruf hatte seine Wirkung nicht verfehlt. In die vor ihm liegende Szenerie kam Bewegung. Ein

Teil des weißen Doppels stand auf und ging langsam in seine Richtung.

Tarek hatte sich nicht geirrt. Langsam und gemessenen Schrittes kam Jan Cramer auf ihn zu – der Beamte, den Tarek bei seiner Hospitation in die Geheimnisse der Zielfahndung eingewiesen hatte. Jan Cramer bezeichnete diese Art der Ermittlungen immer als Profiling. Tarek war die Verhunzung der deutschen Muttersprache stets suspekt. Daher gab es seinerzeit mit Jan den einen oder anderen lebhaften Disput. In der Sache waren sie sich allerdings immer einig. Und Jan Cramer war ein guter Mann. Er gab ihn ungern zurück zum ZKD.

„Jetzt ist gleich Schluss mit lustig, wenn das hier so weitergeht, sperre ich Sie wirklich ein, Sie …". „Ist schon gut, Kollege, ich kenne den Mann. Das ist Tarek Neumann, ein Kollege vom LKA. Wie geht es Ihnen, Herr Neumann?", schallte es Tarek freundlich entgegen.

„Danke, gut. Ich war gerade joggen und da weckte dieses Lichtermeer mein Interesse. Woran arbeiten Sie gerade, Jan?"

„Ich will grad meine Kollegin rüberholen und sie Ihnen vorstellen. Sie ist Praktikantin im ersten Studienjahr und motiviert bis in die Haarspitzen."

„So wie Sie damals bei Ihrer Hospitation im LKA."

„Na klar, aber da war ich ja schon fertig ausgebildeter Polizist. Die Kollegin studiert noch und findet jeden Tatort absolut faszinierend. Ich hole sie mal eben her, dann kann sie sich mal mit einem echten Profi unterhalten. Einen kleinen Moment noch."

Jan entschwand in Richtung seiner Kollegin.

Was habe ich da bloß angerichtet. Mit meiner derzeitigen Vita kann ich die jungen Kollegen wirklich nicht begeistern.

Tarek wurde unsicher. Die Begeisterung über den Tatort wich dem Gefühl der Peinlichkeit, mehr von sich preisgeben zu müssen als nötig. Konnte es sein, dass Jan Cramer noch gar nicht von seinem beruflichen Niedergang durch die polizeiliche Gerüchteküche gehört hatte?

Beide Kollegen kamen zu ihm an die Absperrung.

„Bea, ich möchte dir eine Ermittler-Legende vorstellen: Das ist Tarek Neumann, Zielfahnder beim LKA. Er hat die absolut kniffligsten Fälle gelöst. Nicht ein einziger blieb unaufgeklärt. Herr Neumann, das ist meine Praktikantin Bea Kleinschmitt."

Man begrüßte sich freundlich und Bea blickte tief in Tareks blaue Augen.

„Ich habe von Ihren aufsehenerregenden Fällen im Studium gehört, Herr Neumann. An welchem Fall arbeiten Sie denn gerade?"

Tareks Blutdruck stieg. Wurde er jetzt etwa rot? Was sollte er nur antworten?

Da standen zwei Kollegen, einen hatte er selbst ausgebildet, die andere stand gerade voll im Studium und beide schienen ihn zu bewundern. Eine falsche Information und das Band aus Achtung und Respekt war zerrissen.

„Hat Ihre Arbeit hier mit dem Tatort von gestern zu tun?" wollte Tarek wissen, ohne auf die zuvor gestellte Frage zu antworten.

„Ach ja, wir sind ja nicht zum Schwatzen hier", besann sich Jan unvermittelt.

„Der Tatort hier am Zoo könnte tatsächlich mit der Geschichte gestern zu tun haben. Ich nehme an, Sie haben schon davon gehört. Nach gestern wurde heute die zweite Blutlache gefunden, allerdings ist dieser Tatort deutlich besser gesichert als das Montag der Fall war. Wir wissen noch nicht viel. Am Tatort an der Passerelle haben wir menschliches Blut in einer ähnlichen Ausdehnung, wie Sie es hier erkennen können, festgestellt. Genauere Untersuchungen laufen gerade im Labor. Tja, und heute haben wir noch gar nicht angefangen. Aber nach der ersten Inaugenscheinnahme könnte die Sache heute mit dem Ereignis von gestern in Verbindung stehen."

„Sind Opfer gefunden worden?"

„Nein, die Vermisstendatei gab noch nicht viel her, aber die Kollegen ermitteln noch. Wir befürchten nur, dass bei so einer Ausdehnung das Opfer diesen Blutverlust nicht überlebt hat. Aber das sind alles frische Informationen. Gesichert ist noch nichts."

„Wieso sind Sie sicher, dass es nur ein Opfer pro Lache war?"

Jan erschrak.

„Sollte das der Fall sein, dann sind Sie mit Ihren Kollegen vom LKA schneller mit dem Fall beschäftigt, als die Spuren getrocknet sind", entgegnete er.

„Wo wir gerade beim Fachsimpeln sind. An welchem Fall arbeiten Sie denn gerade?"

Jan blickte Tarek erwartungsvoll an.

„Ach, das wird Sie nicht interessieren", druckste Tarek herum. Auch Bea sah ihn jetzt neugierig an.

„Herr Neumann, beim LKA ist doch immer was los. Ich habe Ihnen ein bisschen von unserem Fall erzählt, jetzt erzählen Sie mal von den Kapitalverbrechen, die Sie gerade aufspüren."

Tarek überlegte, wie er die Peinlichkeit der Antwort umgehen konnte, ohne lügen zu müssen und alles an Reputation zu verlieren, was ihm noch geblieben war.

„Ich habe mich beruflich verändert", brach es aus ihm heraus.

„Sie arbeiten in einem anderen Dezernat, wie interessant. Wo denn?", wollte Bea wissen.

Jetzt musste es raus, rumdrucksen half nicht mehr.

„Ich arbeite nicht mehr beim LKA."

Jan und Bea blickten sich fragend an. Schweigend starrten sie in seine Richtung.

„Ich bin zur Polizeidirektion Hannover gewechselt."

„Das verstehe ich nicht", entgegnete Jan.

„Dann hätten wir uns ja längst begegnen müssen. Ich arbeite doch auch bei der Polizeidirektion – in der Spurensicherung beim Zentralen Kriminaldienst. Mit Ihrem Wissen hätte Sie die Leitung doch bei uns eingesetzt. So groß ist unser Haufen auch nicht, dass wir uns nicht zwischendurch einmal getroffen hätten. In welcher Dienststelle arbeiten Sie jetzt?"

Tareks Gesichtsfarbe wechselte zwischen tiefrot und fahlblass. Sollte er die Wahrheit sagen, sollte er den jungen Kollegen, die zu ihm, dem einstigen Star der Ermittlerszene, aufblickten, so schonungslos alle Illusionen rauben?

Tarek überlegte kurz, doch dann stand sein Entschluss fest.

Die Wahrheit würden die beiden mit der Zeit sowieso herausfinden, daher wollte er sie selbst preisgeben.

„Herr Neumann, in welcher Dienststelle arbeiten Sie doch gleich?"

Jan holte Tarek aus seinen Gedanken.

„Ich bin jetzt beim Zentralen Verkehrsdienst eingesetzt. Ich hatte zwischendurch ein Formtief", schob er quasi als Entschuldigung hinterher.

„Herr Neumann, bei allem Respekt. Aber was muss ein Zielfahnder des LKA anstellen, um beim ZVD zu landen?"

Tarek wollte gerade zur Antwort ansetzen, als Jan das Gespräch unvermittelt beendete.

„Sie sehen ja, Herr Neumann, dass wir jetzt einiges zu tun haben. Es war nett, mit Ihnen geplaudert zu haben. Komm, Bea, lass uns weitermachen. Wir haben noch einiges an Arbeit vor uns."

Sichtlich enttäuscht ließen Jan und Bea Tarek an der Absperrung stehen. Als sie zur Blutlache zurückkehrten, flüsterte Jan Bea zu: „Dieser Mann war mein großes Vorbild, er war der Maßstab für Ermittler im ganzen Land. Und jetzt verteilt er Knöllchen im Verkehrsdienst. Was für ein Absturz!"

„Jan, du kannst ja sagen, was du willst. Aber ein heruntergekommener Mensch sieht anders aus. Ich weiß nicht, was mit ihm ist. Aber als er so in seinen verschwitzten Klamotten vor uns stand, mit breitem Kreuz, muskulös und durchtrainiert. Der Kollege ist schon eine kernige Erscheinung. Ich finde ihn sehr attraktiv."

Jan rollte mit den Augen.

„Ein Kollege, der so tief abgestürzt ist, hat irgendetwas Schlimmes ausgefressen. Egal was, das Thema Neumann ist für mich erledigt. So, Bea, jetzt lass uns endlich an die Arbeit gehen, wir haben schon genug Zeit verbummelt."

Kapitel 7

„Oh, Mama, bitte!“, dröhnte es aus der Müllhalde, die eigentlich das Jugendzimmer eines äußerst eitlen Teenagers sein sollte.

An den Dachschrägen klebten Poster von Rihanna und Lady Gaga, an den Wänden hingen Bilder des vergangenen Top-Model Castings.

Der Schreibtisch ähnelte der Installation eines Aktionskünstlers: Neben zerknickten Schulheften standen verschiedene Tiegel unterschiedlichster Cremes, Make-ups und eine ganze Armada von Konturstiften. Nagellack-Fläschchen kämpften zwischen Finelinern, Radiergummis und Duftflakons um Aufmerksamkeit. Eingerahmt wurde das ganze Arrangement von verschiedensten Kuscheltierchen und Maskottchen, die eng angelehnt an den Ablagen für Bio, Mathe und Physik dem Ganzen einen harmonischen Charakter verliehen.

Der Schreibtischstuhl war kaum noch zu erahnen. Er ächzte unter der Last der Klamottenauswahl der letzten drei Tage. Ein Berg einstmals gewaschener, gebügelter und sorgfältig zusammengelegter Kleidungsstücke bog die Rückenlehne des Sitzgeräts weit nach hinten. Die Balance wurde von einem Hügel aussortierter Schuhe gehalten, die es sich auf der Sitzfläche bequem gemacht hatten.

Gegenüber dieser Abraumhalde befand sich der einzig ordentliche Platz an diesem Schreibtisch: Ein von allen Seiten beleuchteter Spiegel und links daneben in einem silbernen Rahmen ein Bild eines stattlichen Mannes in Uniform: Tarek Neumann.

Sarah hatte es nicht so mit der Ordnung. Ihre Schränke standen stets offen, die Klamotten flogen im hohen Bogen auf den Fußboden, das Bett oder die wenigen noch freien Flächen in ihrem Zimmer. Hin und wieder klebte ein Kaugummi im Teppich oder machte sich an den Bettpfosten breit. Im Raum waberte eine Geruchsmischung aus Parfum, Schweiß und Haarspray. Sarah war ein typisch widerborstiger Teenager - frech, großmäulig, unordentlich - und unglaublich charmant, wenn es darum ging, ihren eigenen Kopf durchzusetzen.

„Komm Schatz, aufstehen, du musst zur Schule. In einer halben Stunde stehen deine Freundinnen vor der Tür und wollen dich abholen. Das Frühstück ist schon fertig!"

Oh Mann, können Mütter nerven, dachte sich Sarah, als sie ihr linkes Augenlid einen Millimeter breit öffnete. Nein, es war noch dunkel, das Bett noch warm, sie noch müde und überhaupt, wozu sollte sie Mathe, Physik, Bio und diesen ganzen überflüssigen Kram lernen, wenn sie sowieso bald auf den Laufstegen dieser Welt die neueste Mode präsentierte.

„Ich will nicht, ich habe keinen Bock!", konterte Sarah auf das Angebot ihrer Mutter Andrea, die ihrerseits schon vollständig zurechtgemacht an dem appetitlich gedeckten Frühstückstisch den ersten Bachblüten-Tee zu sich nahm.

„Jeden Morgen das gleiche Gezicke, irgendwann kippe ich ihr einen Eimer kaltes Wasser über den Kopf", malte sich Andrea aus und ihr Stress legte sich ein wenig.

Aber es half nichts. Sie musste die Treppe hoch, die Tür zur Abraumhalde ihrer Tochter aufstemmen, ihr ein paar verbale Nettigkeiten entgegenflüstern und darauf warten, dass Ihre Hoheit geruhte, die müden Glieder zu räkeln und in aristokratischer Manier ihren Alabasterkörper aus dem Bett zu heben.

Es war schon ein Kreuz, aber seit der Scheidung hatte Sarah einen derartigen Dickschädel entwickelt, der Andrea zunehmend Kopfzerbrechen bereitete.

Gedacht, getan, Andrea ging die Treppe hoch, öffnete die Tür zum Zimmer ihrer Tochter und schob den aus Klamotten und Kleenex-Tüchern bestehenden Unrat beiseite.

„Sarah, ich weiß, dass du ein hartes Leben hast. Von euch wird ganz schön viel erwartet. Aber vor den Erfolg haben die Götter den Schweiß gesetzt. Auch als Model wirst du früh aufstehen und dir einiges gefallen lassen müssen. Das Leben ist kein Wunschkonzert, gerade wenn die Musik nicht deine Lieblingsmelodie spielt."

„Krasser Spruch, wo hast'n den her? Stand der gestern in der Apotheken-Umschau oder hat Florian Goldstahl den beim letzten Blödmanns-Stadel vom Stapel gelassen?"

Andrea verschlug es die Sprache. Heute Morgen war also wieder Zickenterror angesagt. Mit einem eiskalten Lächeln fauchte sie zurück:

„Wenn du nicht augenblicklich aufstehst, mache ich von der Sauerei ein paar Fotos und schicke sie deinem Vater. Was meinst du, wie der sich freuen wird."

Sarah kannte den ausgeprägten Ordnungssinn ihres Vaters nur allzu genau. Wenn er den Zustand ihres Zimmers sehen würde, würde er mit einem Flammenwerfer einmarschieren und alles mit einer glühenden Feuersbrunst endgültig und unausweichlich beseitigen. Anschließend würde eine ganze Armee die Bude renovieren und die verbliebenen Teile in Reih und

Glied alphanumerisch beschriftet in den rechtwinkligen Regalen verstauen.

Nein, das wollte sie ganz und gar nicht. Sarah liebte ihren Vater. Bei jedem Besuch buhlte sie um seine Gunst. Sie wollte es sich auf keinen Fall mit ihm verscherzen. Er war ihr emotionaler Ruhepol, bei ihm bekam sie Aufmerksamkeit und Verständnis.

„Ich stehe ja schon auf“, maulte sie ihrer Mutter entgegen.

Ein harmonisches Frühstück gab es seit etwa einem Jahr nicht mehr. Nach der Scheidung hatten sich Sarah und ihre Mutter Andrea anfänglich gut verstanden. Aus dem Klammergriff der Pedanterie ihres Vaters und Exmanns der Mutter entkommen, blühte Sarah kurz auf, erlebte aber jeden Absturz ihres Vaters mit doppelter Härte.

Hin- und hergerissen zwischen Zuneigung, Abscheu, Liebe und Hass tat Sarah ihr Vater zunehmend leid.

Bei all seinen Fehlern war er schließlich ihr Vater, der sie verständnis- und liebevoll in die Arme nahm und bei dem jedes noch so große Problem im Handumdrehen gelöst wurde.

Dieser große, starke, schöne Mann war ihr Vater! Sie war trotz seiner Fehler stolz auf ihn. So stark wie er war, so verletzlich wirkte er in der schweren Zeit der Trennung.

Andrea hatte sich nach einigen Monaten Trennungsstress zusehends erholt. Nachdem sie wieder in der Medizinischen Hochschule Hannover als Assistenzärztin angestellt wurde, blühte sie auf. Der Einstieg ins Berufsleben war zwar anstrengend, nach der Kinderpause gab es jede Menge neu zu erlernen, aber die Kollegen kannten und schätzten sie von jeher und bald war das kollegiale Vertrauensverhältnis wiederhergestellt.

Andrea meisterte ihre Approbation und bald wuchs ihr Wunsch, all das nachzuholen, was sie in der Ehe mit Tarek aufgegeben hatte. Sie interessierte sich für Chirurgie und strebte alsbald den Facharzt an.

Hierzu hieß es lernen, lernen und nochmals lernen – alles berufsbegleitend und neben der eigentlichen Arbeitszeit.

Nach dem Verkauf ihres gemeinsamen Hauses in Leinhausen hatte Andrea hier wieder schnell Fuß gefasst. Sie wollte in die Nähe der MHH ziehen und ihren Arbeitsplatz zu Fuß erreichen. Ein ehemaliger Arbeitskollege vermittelte ihr eine Anschrift im Heideviertel am Wolfsburger Damm. Eingerahmt von Kleingärten im Süden und der Eilenriede im Westen, war dieses Viertel ein stilles Kleinod am Rande der pulsierenden Großstadt. Andrea mietete sich mit ihrer Tochter Sarah in einem kleinen Reihenhaus ein. Vier Zimmer, Küche, Bad, ein kleiner Garten und nur zwei Kilometer bis zur Arbeit. In der Nachbarschaft wohnten viele Kollegen. Die ersten Kontakte waren schnell geknüpft.

Andrea wurde bald heimisch in dieser Gegend. Der Beziehungsstress mit ihrem Exmann fiel von Tag zu Tag von ihr ab. Sie war endlich in der Lage, allein zu entscheiden, wie sie ihr Leben weiterführen wollte.

Nur leider war sie nicht ganz allein. Der pubertierende Störenfried Sarah durchkreuzte ein ums andere Mal ihre Pläne.

Was die Scheidung für ihre Tochter bedeutete, hatte Andrea vollkommen unterschätzt.

„Wann schreibst du heute deine Klausur?“, wollte Andrea wissen.

„In der dritten und vierten Stunde. Einen geschichtlichen Abriss über die Nazi-Zeit und die Auswirkungen auf die Gegenwart. Habe ich alles im Fernsehen angeguckt. Ist einfach. Meier-Heimsen gibt mir sowieso 'ne zwei, weil ich so blondes Haar habe!", gab Sarah zurück.

„Ich dachte, es gäbe Noten für die Leistung und nicht fürs Aussehen."

„Ach, weißte Mama, die Lehrer sind doch alle so schwanzgesteuert, denen kannste irgendwelchen Blödsinn erzählen, Hauptsache, du klimperst ordentlich mit den Wimpern. Dann machen die die Noten schon passend."

In Andrea brodelte es.

War das wirklich ihre Tochter? War das wirklich dieses zarte Geschöpf, was damals aus ihrem Bauch kam und in einer riesigen Kraftanstrengung das Licht der Welt erblickte?

War das ihre Sarah, die so unbekümmert, fröhlich und freundlich durchs Leben tanzte und jedem Erwachsenen brav die Hand gab und die Menschen anstrahlte?

Nein, das, was vor ihr saß, war ein Monster, sie wusste es genau. Ein berechnendes, blondes, schlampiges Monster, das sie als Mutter zum Narren hielt und jede Aufregung über ihre Patzigkeit in vollen Zügen genoss. Wie sollte sie bloß dieser Göre Herr werden?

„Ach übrigens, ich lasse mir ein Tattoo stechen. So einen kleinen Schmetterling am Fußgelenk. Ich fahre nach der Schule mit Liesi gleich zum Piercing-Studio. Kann etwas später werden."

Jetzt platzte Andrea der Kragen. Eigentlich wollte sie so etwas nie sagen, weil sie diese Kommentare hasste, aber jetzt musste es einfach raus, um ihrer Tochter die Rangfolge in der Nahrungskette klarzumachen.

„Mein liebes Fräulein, solange du deine Füße noch unter meinen Tisch steckst und deine Marmelade noch in meinem Kühlschrank steht, bestimme ich über Tattoos, Piercings und sonstigen Selbstverstümmelungs-Kram. Außerdem wird dir kein Tätowierer in Hannover ohne elterliche Einwilligung eine solche Gravur verpassen. Sieh dich vor!", drohte Andrea.

„Ich brauche deine Einwilligung gar nicht, Mama. Papa hat mir schon alles unterschrieben!"

„Jetzt reicht's. Sieh zu, dass du zur Schule kommst. Mit deinem Vater setze ich mich später auseinander!"

Sarah warf ihrer Mutter einen vernichtenden Blick zu, schnappte sich die Schultasche, griff sich ihre Jacke und verließ unter lautem Protest das Haus. Als Schlusspunkt krachte hinter ihr die Eingangstür scheppernd ins Schloss.

Stille. Endlich Ruhe. Andrea atmete tief durch, griff nach ihrer Tasse Tee und genoss die Zeit, die ihr vor der Arbeit noch blieb. Eigentlich sollte sie sofort Tarek anrufen und die Geschichte wegen des Tattoos mit ihm klären.

Ob er schon zu Hause war? Normalerweise hatte er Dienst oder er joggte zu dieser Uhrzeit in der Eilenriede.

Halb acht. *Ich werde es auf seinem Handy versuchen. Das hat er eigentlich immer an,* dachte Andrea und suchte die Nummer im Wahlspeicher ihres Telefons.

Die lassen mich hier einfach so stehen wie einen Schuljungen. Tarek konnte es nicht fassen. Jan und Bea verabschiedeten sich freundlich, aber bestimmt und ließen ihn an der Absperrung stehen wie einen Depp! *Das gibt es doch gar nicht! All das, was Jan jetzt kann, hat er von mir gelernt!*

Tarek starrte noch eine Weile hinter Jan und Bea her, als sie sich in Richtung Blutlache bewegten und ihre Arbeit umgehend fortsetzten. Als hätte das vorherige Gespräch nicht stattgefunden, vertieften sich die beiden Spurensicherer in die Aufnahme ihres Tatorts.

Tareks Stimmung schwankte zischen Wut und Enttäuschung, zwischen Tatendrang und Ohnmacht. Noch nie vorher hatte er so deutlich vor Augen geführt bekommen, welchen tief greifenden Vertrauensverlust er erlitten hatte.

In den Augen der Kollegen von damals war er nichts mehr wert. Er hatte eine „Lampe am Brennen" wie man in Polizeikreisen ein Disziplinarverfahren nannte, und von so einem Nestbeschmutzer hielt man sich tunlichst fern.

Seine Kollegen im Verkehrsdienst waren da nur zum Teil eine Ausnahme. Zumindest Rosenberg hielt große Stücke auf ihn.

Traurig und zutiefst in seinen Gefühlen verletzt, verließ Tarek die Absperrung, wandte sich vom Tatort ab und trottete seinen Weg durch die Eilenriede zurück.

„Irgendetwas muss passieren, so kann das nicht weitergehen", brummte er abwesend vor sich hin. Bevor er völlig in die Depression abglitt, machte er, was er immer tat, wenn es ihm richtig schlecht ging.

Er schickte ein Stoßgebet in Richtung Himmel. Irgendwann muss sich doch etwas ändern. Das LKA konnte ihn doch nicht ewig für seine privaten Probleme, für Suff und Kifferei büßen lassen. Das alles war schon so lange her. Er hatte sich erholt und gute Arbeit geleistet. Jeder Auflage war er nachgekommen.

Irgendwann musste es doch mal eine Amnestie für ihn geben.

Er hatte den Gedanken noch nicht ganz zu Ende gedacht, da brummte etwas in seinem Hüftgurt, den er während des Joggens immer bei sich trug.

Der nützliche Sportbegleiter hatte einige Ausstattungen, die seinen Träger gegen unliebsame Überraschungen wappnete:

Einen halben Liter Wasser gegen den Durst, einen Block Traubenzucker gegen Erschöpfung, einen Müsliriegel gegen den kleinen Hunger zwischendurch, ein Pfefferspray gegen unfreundliche Angreifer, Kabelbinder zur Fesselung von Festgenommenen, Knallfrösche gegen bissige Hunde, seinen Dienstausweis, 10 Euro Bargeld und sein Handy, das natürlich mit mobilem Internet, Kamera, Videofunktion und einem zusätzlichen Datenspeicher ausgestattet war.

Schon wieder brummte es und sein Klingelton einer bekannten hannoverschen Band stimmte die Liedzeile „This is not the time to wonder" an. Er hatte mit Bedacht dieses Lied von Fury in the Slaughterhouse ausgesucht, weil er insgeheim hoffte, irgendwann einmal einen Anruf zu bekommen, der ihn zu einem Termin ins LKA einlud.

Tarek blieb stehen. Schnell öffnete er den Reißverschluss und kramte sein Handy heraus. Er blickte aufs Display. Ungläubig las er die Mitteilung, die bei jedem Ton neu aufleuchtete „Andrea ruft an".

Tarek lächelte. Andrea hatte ihn schon seit Ewigkeiten nicht mehr angerufen. So wirklich im Streit waren sie nicht auseinandergegangen. Die Trennung war nicht Folge mangelnder Liebe, sondern in seiner Pedanterie und Arbeitssucht begründet. Geliebt hatten sich beide lange über den Scheidungstermin hinaus.

Andrea hatte es nur einfach nicht mehr mit ihm ausgehalten. Deswegen waren ihre Treffen auch fast immer vernünftig verlaufen. Beide wollte das Beste aus ihren Situationen machen und vor allem ihre Sarah nicht unnötig leiden lassen.

Und jetzt rief Andrea an. Tareks Magen kribbelte ein bisschen. Vielleicht hatte sie nach der langen Zeit ein wenig Sehnsucht nach ihm, möglicherweise wollte sie mit ihm essen gehen, ins Kino, einen romantischen Abend verbringen - da war vielleicht noch etwas Gefühl in ihr. Wenn sie sehen könnte, in welch phantastischer Form er war, konnte es vielleicht eine positive Fortsetzung ihrer Geschichte geben.

Tarek war schlagartig wieder obenauf. Den Stress mit den beiden Kripo-Kollegen vergessend, drückte er die Taste, um Andreas romantische Stimme zu hören.

„Was hast du der Göre da eigentlich erlaubt? Bist du etwa von allen guten Geistern verlassen? Wir hatten abgemacht, dass wir wichtige Entscheidungen für sie gemeinsam treffen und jetzt so was! Ich will sofort eine Erklärung für deinen Alleingang!"

Schlagartig pfiff ein unerträgliches Fiepen durch Tareks Kopf. Erschrocken riss er das Handy von seinem Ohr. War das ein Scherz oder nur die Unmutsbekundung einer frustrierten Mutter, die mit ihrem pubertierenden Teenager nicht zurechtkam? Kopfschüttelnd versuchte Tarek, den Redeschwall seiner Exfrau zu unterbrechen.

„Hallo Schatz, wie geht es dir, ich habe ja lange nichts mehr von dir gehört. Was macht Sarah?"

„Genau um dieses Rotzblag geht es!"

„Du meinst unsere Tochter."

„Lenk jetzt nicht ab!", schmetterte Andrea Tarek entgegen.

„Sarah hat mir gerade eben eröffnet, dass sie sich ein Tattoo stechen lassen möchte. Als ich ihr gesagt habe, dass man als Minderjährige so etwas nur mit Einwilligung seiner Eltern machen darf, hat sie mir mit einem triumphierenden Lächeln eröffnet, dass ihr Göttervater schon die entsprechende Erlaubnis unterschrieben habe. Stimmt das, Tarek?"

Wow, heute Morgen mussten schon tolle Schwingungen zwischen den beiden geherrscht haben, dachte Tarek. Andrea war völlig außer sich vor Wut.

„Andrea, mein Schatz, glaub mir, ich höre davon zum ersten Mal."

„Ich bin nicht dein Schatz!", keifte es aus dem Handy.

„Lass uns in Ruhe darüber reden – nur so viel: Sarah hat mir nichts erzählt, ich habe nichts erlaubt und schon gar nichts unterschrieben", beteuerte Tarek.

Nachdem es ihm gelang, das Gespräch in zivilisierte Bahnen zu lenken, einigten sich beide auf ein gemeinsames Treffen am morgigen Mittwoch.

Tareks Schicht begann morgen erst um acht Uhr. Wenn er sich die Zeit richtig einteilte, konnte er morgens joggen, danach ab zum Dienst, noch kurz seinen Vater besuchen und sich dann abends mit Andrea treffen.

Andrea hatte Fortbildungswoche in der MHH. Die Aussicht auf ein warmes Essen, das nicht selbst gekocht werden musste, ließ sie kurz überlegen. In Gedanken ging sie die Restaurants durch, in denen sie mit ihren Kolleginnen den einen oder anderen netten Abend verbracht hatte.

Die Alte Mühle! Fußläufig erreichbar und mitten im Grünen, war ihr dieses charmante Restaurant in Erinnerung geblieben.

Mittlerweile hatte sie sich ein wenig beruhigt.

„Also gut. Dann treffen wir uns morgen um kurz nach sechs in der Alten Mühle“, schlug Andrea vor.

„Ja!“. Tarek hoffte, dass Andrea nicht den Überschwang seiner Gefühle durchs Telefon vernahm. Endlich konnte er sie wiedersehen und gemeinsam Zeit mit ihr verbringen - auch wenn es nur um Erziehungsfragen ging, der Wunsch nach ihrer Nähe brannte unerloschen in Tareks Seele.

Andrea beendete das Gespräch mit einem netten „Mach's gut, bis morgen“.

Tarek steckte andächtig sein Handy zurück an seinen angestammten Platz.

Er atmete tief durch. Mit der Aussicht auf einen verheißungsvollen Abend setzte er beschwingt seinen Heimweg im leichten Trab fort.

Kapitel 8

Die Sonne versank hinter den Baumkronen der Eilenriede. Der Wind frischte ein bisschen auf, Fitti hörte ihn deutlich durch die Äste rauschen. Die fallenden Blätter, die Abendstimmung, der gelbrote Abgesang des Tages. Fitti wusste schon, warum er diese Zeit so mochte. Der Herbst, die langen Schatten, das klare Licht und die kühle Luft - nichts hatte über all die Jahre seinen Reiz verloren.

Der Zyklus des Lebens fand sein Spiegelbild in den Jahreszeiten der Natur. Der Frühling mit den erwachenden Trieben, den ersten zaghaften Blüten, dem erstarkenden Grün - er war Geburt und Kindheit des Menschen. Der Sommer mit seiner Hitze und Kraft, Wärme und Energie - er stand für Jugend, für Liebe, Sex, Nestbau und Zukunft. Der Herbst mit seinen wilden Stürmen, der langsam welkenden Attraktivität und abkühlenden Leidenschaft - sein Wesen war das Altern, Kinder groß, alle Angelegenheiten des Lebens geregelt, keinen Blick für Neues, Zukunft hieß Vergangenheit. Und schließlich kam der Winter mit seiner klirrenden Kälte, Frost und Schnee. Die Natur im Würgegriff des Eises, nichts bewegte sich, alles Leben ruhte erstarrt - hier fand der Mensch seinen Zielpunkt, das Ende allen Lebens, Tod und ewige Ruhe.

Der Zyklus des Lebens, Liebe, Geburt, Leidenschaft, Beständigkeit, Erwachen, Erstarken, Ernüchtern, Ermatten, Resignation, Aufgabe, Tod - alles fand seinen Widerhall im Wechsel der Jahreszeiten.

Fitti war ein wahrer Philosoph. Eigentlich hieß er Friedrich Ernst Requart, ein wohlklingender Name.

Als Spätkommunarde in Frankfurt geprägt, studierte Fitti Philosophie und Anthropologie, wechselte vom RAF-Sympathisanten über verschiedene Stationen zum Privatdozenten an der Philosophischen Fakultät der Leibniz Universität Hannover. Er war auf seinem Fachgebiet eine Koryphäe und häufig nachgefragter Gesprächspartner.

Die Reflektion über den Sinn des Lebens, über Materialismus, Bankenkartelle, Ausbeutergesellschaft und Weltfrieden führte ihn zu seiner eigenen Einstellung in Bezug auf die Dinge des Daseins.

Wozu braucht der Mensch ein Haus, wenn es sich auch in der Natur leben lässt, wozu ein Auto, wenn man auch zu Fuß gehen konnte? Wozu benötigt man ständig neue Kleidung, wenn die alte noch passt, wozu ein Gehalt, wenn man auch so über die Runden kommt?

Wozu sollte sich Fitti diesen ganzen Zwängen unterwerfen, wenn ein anderes, selbstbestimmtes Leben erreichbar und attraktiv erschien?

Fitti wurde zum Tippelbruder, zum Obdachlosen, der alle Zeit in der Natur verbrachte und nur hin und wieder die Wärme einer Suppenküche oder Notunterkunft suchte. Er kam zurecht, wusch sich in der Leine, marschierte durch die Straßen, ließ sich gelegentlich zum Betteln in der Fußgängerzone nieder und kam einigermaßen über die Runden.

Dass sein Leben jeden Tag ein harter Kampf ums Überleben war, merkte er nur in der kalten Jahreszeit. Dann war auch für Fitti die Grenze der Romantik erreicht, dann ging es nur noch darum, den harten Kampf ums bloße Überleben zu gewinnen.

Trotzdem mochte Fitti sein Leben. Seine Kumpels von der Platte nannten ihn ehrfurchtsvoll den „Philosophen“ und manche von ihnen suchten im Papiermüll der Großstadt Lesestoff von Goethe, Lessing oder Hegel, um es ihm gleich zu tun.

Fitti war zufrieden. Mit nichts und niemandem wollte er tauschen. Aber so schön der Anblick der hinter den Baumkronen versinkenden Sonne auch war, Fitti wusste sehr genau, dass ihm der Herbst alsbald seine kalte Schulter zeigen würde.

Das Revier des „Philosophen“ bestand aus den Stadtbezirken List, Nordstadt, Mitte und Oststadt sowie Vahrenheide und der Eilenriede. Er liebte es, im Sommer unter dem Blätterdach der Eilenriede einzuschlafen, auf der Lister Meile ein Bierchen zu trinken, durch den Zaun des Zoos die exotischen Tiere anzusehen oder an den Tümpeln des Eiswaldes dem Gequake der Frösche zu lauschen.

Doch all das würde bald ein Ende haben. Der Herbst hatte schon Einzug gehalten, und der Winter würde bald kommen. Und das bedeutete den täglichen Kampf ums Überleben.

Nachdem die Sonne endgültig untergegangen war, hatte Fitti es sich auf einer Parkbank in der Nähe der Bernadotte-Allee gemütlich gemacht.

Gegen die Kälte von außen hatte er vorgesorgt. Aus den Papiermülltonnen am Zoo hatte er einige abgelegte Zeitungen geholt, sie gefaltet und in die Löcher des Innenfutters seines alten Mantels gestopft.

Gegen die Kälte von innen half ein kleiner Schluck aus der Flasche. Aus seiner Brusttasche kramte er einen Flachmann hervor, schraubte ihn mit einem Lächeln auf und kippte das scharfe Gebräu herunter. Kaum war es in seinem Magen angekommen, machte sich eine wohltuende Wärme breit, die in seinem Körper ein kleines Lagerfeuer entfachte, das die nächsten

Stunden für die entsprechende Betriebstemperatur sorgen würde.

Fitti hatte keine Freunde mehr, nur Kumpels. Während man tagsüber in der Garage des Discounters gerne gemeinsam trank und dummes Zeug redete, war man nachts hingegen lieber mit sich und seiner Habe allein. Man konnte ja nie wissen, wer einen des Nachts beklaute.

Fitti war misstrauisch. Er hatte ein paar Schätze, die er wohlbehütet in den tiefen Gefilden seines Mantels mit sich trug. Viel war es nicht, aber wertvoll allemal: Da war zum einen die alte Taschenuhr seines Großvaters. Ein präzises und unbeirrt tickendes, messingfarbenes Kleinod, das ihn an etwas erinnerte, was er nie zustande bekommen hatte: Familie.

Einen weiteren Schatz hatte er auf einem Flohmarkt im Sommer von zwei freundlichen, mitleidig dreinschauenden Kindern geschenkt bekommen: Eine Kurbel-Taschenlampe. Ein paar Umdrehungen reichten und er konnte mit Hilfe dieser cleveren Erfindung ganz ohne Strom für zehn bis zwanzig Minuten Licht haben. Das ermöglichte ihm auch bei Dunkelheit einen kurzweiligen Lesegenuss, wo immer er sich auch befand.

Sein Lieblingsbuch, den Simplizissimus von Grimmelshausen, hatte er zwar schon mehrere Dutzend Mal gelesen, doch er fand ihn immer wieder sehr lehrreich und erheiternd.

Jeden Abend vor dem Schlafengehen musste er sich aber noch eine andere Sache anschauen.

Nachdem er zu Weihnachten letztes Jahr sehr viel Geld in der Fußgängerzone erwirtschaftet, nein, durch freiwillige Gaben erhalten hatte, wollte er sich etwas Bleibendes zulegen. Etwas, das er immer mit sich herumtragen konnte, ohne dass es ihn störte. Das Motiv war ihm auch schon klar: Ein Eisvogel sollte es sein.

Fitti hatte sich ein Tattoo stechen lassen. Nicht so eine billige Schmiererei in grüner Farbe, nein, sein Kunstwerk bestand aus allen echten Farben, die die Schönheit eines Eisvogels auszeichnete. Besonders das leuchtende Blau hatte es ihm angetan. Man hatte ihm geraten, zum Dicken Dirk, kurz Didi, zu gehen. Dieser sei ein Meister seines Fachs und würde einen „Penner" wie ihn nicht abweisen. Außerdem nahm er es mit der Bezahlung nicht so genau. Didi hatte ein großes Herz und war der angesagteste Künstler seiner Zunft. Sein Tattoostudio an der Lister Meile verließen nur zufriedene Kunden. Die allermeisten kamen wieder.

Sein Tattoo war wunderschön: An der Innenseite des linken Unterarms saß auf einem kleinen Ast ein strahlend blauer Eisvogel. Den Kopf keck zur Seite geneigt, schien er seinen Betrachter direkt anzuschauen. Der kleine Kamerad wirkte so lebensecht, als würde er sofort losfliegen und sich auf die Jagd nach kleinen Fischchen begeben.

Auf der dünnen Haut seines blassen Unterarms kam der kleine Sturztaucher ganz besonders gut zur Geltung. Ja, die Investition hatte sich gelohnt. Fitti freute sich jedes Mal, wenn er zum Abschluss eines jeden Tages dem auf ewig mit ihm verbundenen Kunstwerk einen genießerischen Blick zuwerfen konnte.

Fitti kramte eine Pappe aus seinem Rucksack hervor, faltete diese auseinander, positionierte sie sorgfältig auf der Parkbank und legte sich hin. Die Pappe schützte ihn ein wenig vor der von unten heraufkriechenden Kälte. Kurz bevor er die Augen schloss, schlug er den Kragen seines Mantels hoch, legte sich auf die Seite und verschränkte die Arme vor seiner

Brust. Die optimale Lage für eine geruhsame Nacht war gefunden, nun konnte er einschlafen. Es war kurz vor Mitternacht.

Die Nachtruhe währte nicht lange. Fittis Gehör registrierte jedes untypische Geräusch in seiner Nähe. Zu oft hatten ihn selbsternannte Saubermänner aus dem Schlaf gerissen und im Schutze der Dunkelheit zusammengeschlagen. Manchmal spuckten sie ihn auch an oder urinierten auf seine Kleidung. Seine Schätze hielt er dabei immer dicht umklammert. So schlimm es auch kam, niemals hatte irgendein Schläger eine seiner Seligkeiten ergattert.

Fitti hörte ein klapperndes Motorengeräusch. Von Süden näherte sich erst leise, dann immer lauter werdend ein Dieselauto. Ja, das Klappern des Diesels war immer deutlicher zu hören, je näher es kam. Flackerndes Scheinwerferlicht huschte durch den Wald.

Fitti öffnete die Augen. Im Streulicht blickte er auf seine Taschenuhr - kurz vor zwei.

Wer um alles in der Welt fährt um diese Uhrzeit mitten in der Woche seine Karre in der Eilenriede herum, fragte er sich. Fitti stutzte.

Misstrauisch wie immer, öffnete er die Augen und versuchte, einen Blick auf den Wagen zu erhaschen. Plötzlich erloschen die Scheinwerfer, Fitti lag wieder im Dunkeln. Aber das Klappern des Diesels war immer noch zu hören. Es kam unaufhaltsam näher. Selbst in Hannover war es nachts so leise, dass jeder einsame Laut deutlich zu hören war.

Plötzlich registrierte Fitti das leise Quietschen sacht ausgelöster Bremsen. Sein Herzschlag beschleunigte. Sollten da etwa schon wieder ein paar Arschlöcher im Anmarsch sein, die ihre Späße mit ihm veranstalten wollten?

Ratsch! Eine Handbremse wurde festgezogen. Fitti traute sich nicht hinzusehen. Sollte er sich tot stellen?

Aber wer sollte überhaupt wissen, dass er hier lag? Sicherlich war da hinten nur ein Liebespaar am Gange. Der honorige Banker, der es mit seiner Sekretärin trieb und ein Night-Meeting vorgab, während sich seine Frau daheim um die Albträume seiner Kinder kümmerte.

Klack! Eine Tür ging auf. Fitti konnte hören, wie jemand aus dem Wagen stieg und langsam erst den einen und dann den anderen Fuß auf den geschotterten Weg absetzte.

Fitti wurde unruhig. Sollte er einen Blick wagen und dabei seine Deckung riskieren? Sein Herz klopfte immer lauter, er konnte seinen Herzschlag laut und deutlich hören. Fitti brauchte Gewissheit. Ganz langsam und vorsichtig drehte er seinen Körper um die eigene Achse, hob den Kopf und schaute in die Richtung, aus der er die Geräusche wahrgenommen hatte.

Fitti kniff die Augen zusammen. In dieser Dunkelheit konnte man wirklich kaum etwas erkennen. Stand da am Weg etwa ein Kleintransporter, so ein Auto, mit dem Pakete zugestellt werden? Fitti sah nur einen Schatten. Bei der Dunkelheit hätte es genauso gut ein Zelt, Elefant oder eine Werbetafel sein können. Aber die hatten alle keinen Motor, es musste also ein großes Auto sein. Also doch, ein Kleintransporter! Es konnte nur so ein Bulli, Sprinter oder Kastenwagen sein. Waren die Hundefänger etwa wieder unterwegs?

Fittis Gefühle wechselten zwischen Unruhe und Angst. Die Ungewissheit machte ihn fertig.

Schritte! Er hörte Schritte. Klar und deutlich war zu hören, wie jemand gemessenen Schrittes in seine Richtung ging. Der Schotter knirschte unter den Schuhsohlen des Unbekannten. Der Takt der Annäherung tickte wie der Sekundenzeiger seiner Taschenuhr. Er konnte jedes Detail wahrnehmen.

Fitti keuchte. Nur jetzt nicht husten, nicht husten! Noch war er nicht entdeckt, noch war er in Sicherheit. Scheißkälte! Das Kratzen in seinem Hals wurde immer quälender. Fitti schluckte immer schneller den Reiz herunter. Zwischen Atmen und Schlucken blieb nicht mehr viel Zeit. Die Geräusche in seinem Kopf übertönten die Angst machenden Laute einer unbekannten Gefahr, die langsam aber beständig näherkam.

Der Hustenreiz wurde unerträglich. Es ging nicht mehr. In einer wüsten Explosion entlud sich schlagartig der Ladedruck aus Fittis Kehlkopf, begleitet von dem Schleim der angestauten Flüssigkeit aus seinen Bronchien. Der Rotz verstob in Richtung Schritte. Das Geräusch ebbte plötzlich ab.

Fitti riss die Augen auf und schaute sich Hilfe suchend um. Er konnte in dieser Dunkelheit einfach nichts erkennen.

„Wer, wer ist da?", wimmerte er in die schwarze Nacht.

Keine Antwort.

Stattdessen drang das sonore Knirschen der Schritte an Fittis Ohr. Nur diesmal war die Frequenz deutlich schneller und zielstrebiger.

„Wer ist da?"

Panisch brüllte er das Irgendwas an, das sich ihm immer schneller näherte. Schweiß! Fitti hatte Schweiß auf der Stirn. Die Suppe lief die Nase herunter und tropfte auf seinen verdreckten Mantel.

Die Schritte waren jetzt ganz nah. Fitti konnte die Anwesenheit dieses Etwas schon spüren. Abrupt stoppten die Geräusche und Fitti hielt die Luft an.

„Sind Sie Friedrich Ernst Requart?", fragte eine freundliche, kräftige Stimme aus dem Dunkel der Nacht.

Fitti war erleichtert. Vielleicht ein Polizist oder Sozialarbeiter, der ihm den Weg zur Notunterkunft weisen wollte. Aber Polizisten waren immer zu zweit unterwegs und hatten Taschenlampen dabei. Und die Sozialarbeiter hatten immer so eine fisselige, kiekende Stimme mit so einem tuntigen Unterton. Vielleicht war es auch nur ein Parkwächter, egal, Hauptsache freundlich.

„So hat man mich seit ein paar Jahrzehnten nicht mehr angesprochen", entgegnete Fitti.

„Nennt man Sie auch den Philosophen?"

Was sollte denn nun diese Frage? Da wollte jemand aber ganz sicher gehen, dass er den Richtigen vor sich hatte.

„Ja, ich bin Philosoph und kenne mich mit den Geisteswissenschaften gut aus", gab Fitti nicht ohne Stolz zurück.

„Das wirst du jetzt auch brauchen, ich mache dich unsterblich!"

Der Fremde machte einen großen Schritt rückwärts und öffnete seinen langen Mantel. Die Silhouette zeichnete sich vor dem schwachen Mondlicht zart ab. Aus Fittis liegender Position sah der Namenlose riesig und allmächtig aus.

„Was is'n los? Was wollen Sie von mir? Ich will, dass Sie mich in Ruhe lassen, hau'n Sie ab!"

Fitti brüllte sich die Seele aus dem Leib.

Es half nichts.

Sein Gegenüber griff mit der linken Hand in die Innenseite des Mantels und holte etwas heraus.

„Ich mache dich unsterblich!", hauchte das Ungetüm bedrohlich in Fittis Richtung.

Die Arme machten eine kreisende Bewegung und schwangen etwas in die Höhe. Beide Arme über dem Kopf, holte der Fremde aus und schlug in Richtung Fittis Kopf. Das Werkzeug surrte unbarmherzig durch die Luft. In Todesangst hielt sich Fitti die Arme über den Kopf und kreischte seinen letzten Laut.

Krachend durchbrach die Waffe Fittis Deckung, zerschmetterte seine Arme und zertrümmerte die Schädeldecke seines schreienden Opfers.

Stille.

Nach einer andächtigen Weile kam das Monster ganz nah an Fitti heran.

„Jetzt wirst du unsterblich", flüsterte der Mörder beinahe fürsorglich in Fittis Ohr.

Fitti konnte nicht mehr antworten.

Der Herbst seines Lebens war zu Ende.

Mit dem herausströmenden Blut entwich das Leben aus Fittis Körper. Kälte und Finsternis bereiteten sich ihren Weg.

Fittis Winter war gekommen.

Kapitel 9

Halb sechs. Tarek hatte sich den Wecker eine halbe Stunde früher eingestellt. Wind of Change – auch heute holte ihn wieder dieser Song der Scorpions sanft aus dem Schlaf.

Tarek war sofort hellwach. Dieser Tag versprach einen äußerst erfreulichen Verlauf zu nehmen. Da die Schicht erst um acht Uhr begann, nutzte er die Chance, noch eine kleine Runde durch die Eilenriede zu laufen.

Die Zähne geputzt, Laufklamotten an und ab aufs Fahrrad. Aufgrund des recht knappen Zeitfensters bis zum Dienst, radelte er direkt zum Zoo-Parkplatz. Bei seiner derzeitigen Form konnte er die sieben Kilometer rund um den nördlichen Stadtwald in knapp 40 Minuten schaffen.

Mit An- und Abreise per Rad war er so insgesamt etwa 75 Minuten unterwegs. Es blieb also im Anschluss noch eine Dreiviertelstunde Zeit, um zu duschen und ein gepflegtes Frühstück zu sich zu nehmen. Die verbleibende Restzeit von einer halben Stunde brauchte er für die Fahrt zum Dienst.

Als Tarek sich auf sein Fahrrad schwang, war es draußen noch stockdunkel. Der Tag wollte seine Reize zu dieser frühen Stunde noch nicht preisgeben.

Tarek trat kräftig in die Pedale. In kurzer Zeit hatte er den Parkplatz am Zoo erreicht. Nachdem er seinen Drahtesel an einer Laterne angeschlossen hatte, schaute er einen kurzen Moment andächtig in Richtung Ausfahrt zur Fritz-Behrens-Allee. Konzentriert ging er auf die Stelle zu, wo gestern Jan und Bea ihren Tatort aufgenommen hatten – ihren Tatort!

Eigentlich hätte es sein Tatort sein müssen. Er war der Fachmann für kniffelige Ermittlungen.

Wie wahr, dachte Tarek, *ich war Fachmann für solche Ermittlungen. Jetzt kümmere ich mich um Verkehrsrowdies und Raser.* Resigniert stellte er fest, dass seine jetzige Beschäftigung nicht viel mit der Tätigkeit zu tun hatte, der er früher so engagiert nachgegangen war.

Tarek ging ein paar Schritte weiter. Im Halbdunkel des herüberflutenden Laternenlichts konnte er auf der Straße den Fleck erkennen, der aus dem Lebenssaft irgendeines armen Opfers stammte. Er trat näher an die Stelle heran. Wie kann aus einem Menschen so viel Blut herauslaufen? Oder waren es mehrere Opfer? Eine Fläche von vier Quadratmetern musste erst einmal bedeckt sein. Schächtete der Mörder etwa seine Opfer und ließ sie langsam ausbluten? Aber wer sollte das machen? Die Gefahr, entdeckt zu werden, war in einer Großstadt wie Hannover einfach zu groß. Kein noch so abgezockter Täter würde ein solches Risiko eingehen, da war sich Tarek sicher.

Mitten in seine Nachdenklichkeit mischte sich schlagartig sein Zeitgefühl ein. Herrje, heute hatte er noch so viel vor. Er musste Gas geben. Wenn er die ganze Strecke noch schaffen wollte, dann musste er sich jetzt fix auf die Socken machen.

Angesichts der verstrichenen Zeit ließ Tarek seine Aufwärmgymnastik aus und joggte sofort schnellen Schrittes von dannen.

Als Erstes rannte er die Fritz-Behrens-Allee Richtung Osten, bog dann links in die Spitzwegstraße ab und lief geradewegs auf die Walderseestraße zu.

Zu schnell, ich bin einfach zu schnell. Hätte ich mich doch warm gemacht! Tarek bemerkte einen leichten Anflug von Seitenstichen. Egal, ausruhen konnte er sich jetzt nicht. Zum einen passte eine Pause nicht in sein ehrgeiziges Sportvorhaben, zum anderen wäre es ihm peinlich gewesen, wenn zufällig ein vorbeiflanierender Spaziergänger ihn in Sportkleidung gehen sehen würde.

Nein, ein solches Bild mochte er nicht abgeben. Er biss die Zähne zusammen und nahm ein bisschen Geschwindigkeit aus dem Lauf.

Von der Walderseestraße bis zur Bernadotte-Allee waren es nur zwei Kilometer. Tarek fing an zu hecheln. Was war denn los? Er war doch sonst so gut in Form, warum kam er heute so schnell aus der Puste?

Tarek war ratlos. Als er am Lister Turm nach links in die Bernadotte-Allee abbog, fing auch noch seine rechte Wade an zu krampfen. *Hätte ich mich doch bloß vernünftig warm gemacht*, schoss es ihm wiederholt durch den Kopf.

Tarek riss sich zusammen. Bis zum Zoo-Parkplatz waren es jetzt noch knapp eineinhalb Kilometer. Auf dieser Endgeraden wollte er nicht mehr aufgeben.

Schwindel. Tareks Kreislauf spielte verrückt. Das Licht der Straßenlaternen verschwamm zu einem milchiggelben Strich, der sich unscharf vor dem mattblauen Firmament abzeichnete. Er fing an zu keuchen. Völlig konsterniert suchte Tarek nach einem Unterschlupf, der ihn vor den mitleidigen Blicken der Gassi gehenden Frühaufsteher verbarg.

Kurz vor einem herannahenden Kreislaufkollaps strauchelte Tarek mitten durch das Gebüsch. Er suchte irgendeinen Punkt, an dem er sich ausruhen konnte und der weit genug von der nächsten Spaziergängertrasse entfernt war. Hilfe suchend schaute sich Tarek um. An einer kleinen Weggabelung im Wald, etwa hundert Meter von ihm entfernt, stand eine Bank.

Tarek mobilisierte seine letzten Reserven und humpelte weiter in diese Richtung. Nur ein wenig ausruhen, eine kurze Pause, mehr wollte er nicht.

Geschafft!

Vollkommen geplättet ließ sich Tarek auf die Parkbank plumpsen.

Mit zittrigen Händen kramte er in seinem Hüftgurt ein Täfelchen Traubenzucker hervor, riss die Verpackung auf und spülte den Energiespender mit einem kräftigen Schluck aus seiner Wasserflasche herunter.

Tarek war fix und fertig. Wie konnte ihm nur so ein dämlicher Anfängerfehler unterlaufen? Ohne Aufwärmen war er viel zu schnell gestartet und war die Strecke zu hektisch angegangen. Wie konnte das nur passieren?

Hatte das gestrige Telefonat mit Andrea eine solch berauschende Wirkung entfaltet, dass er alle Grundlagen des gesunden Ausdauertrainings vergessen hatte?

Unweigerlich musste Tarek ob seiner eigenen Dummheit grinsen. Er benahm sich wie ein pickeliger Teenager, der der ersten Verabredung mit seiner Angebeteten entgegenfieberte. Aber wenn er ehrlich war, verhielt es sich genau so.

Tarek entspannte sich.

Der Traubenzucker fand gierige Abnehmer in seiner Blutbahn und ganz allmählich kehrten seine Lebensgeister wieder zurück.

Den Kopf in den Nacken gelegt, schaute er der aufgehenden Sonne über den Baumwipfeln bei ihrem Kampf gegen die Wolken zu.

Der Tag erwachte und die Sonne schickte ihre ersten zaghaften Sonnenstrahlen in den Wald. Tareks Kreislauf stabilisierte sich und langsam fröstelte ihn. Der Oktober war eben kein Sommermonat mehr und der beginnende Herbst kroch mit Kälte und Feuchtigkeit in seine Glieder.

So langsam musste sich Tarek auf den Rückweg machen. Für ein geruhsames Frühstück war es schon zu spät. Die Zwangspause hatte ihn kostbare Zeit gekostet. Tarek senkte seinen Blick. Der Morgendunst verzog sich langsam und gab den Blick auf ein paar krächzende Krähen frei, die mit dem Kopf wippend und mit staksigem Gang etwas Essbares suchten.

Sosehr Tarek diesen Anblick genoss, die Arbeit wartete.

Die kleine Erholungspause tat gut. Einmal die Schultern gekreist und die Glieder gestreckt, dann konnte es wieder losgehen.

Tarek versuchte sich von der Bank zu lösen, doch irgendetwas schien ihn festzuhalten. Zum Abstützen legte er seinen Arm auf die Lehne und drückte sich von der Parkbank ab. Ein klebriges Geräusch begleitete ihn beim Aufstehen. Hatte er sich etwa in Vogelscheiße gesetzt? Tarek schaute an sich herab. Eigenartig, sehen konnte er nichts, aber riechen. Doch das, was er roch, war nicht der Gestank von Exkrementen. Instinktiv sog Tarek die Umgebungsluft tief durch seine Nase ein. Der Geruch von süß-klebrigem Metall machte sich breit.

Tarek erschrak. Diesen Geruch kannte er zur Genüge. In seiner aktiven Zeit als Zielfahnder hatte er alle Nuancen dieses Aromas kennengelernt.

Tarek drehte die Innenseite seines hellen Laufshirts nach vorne. Klar und deutlich bestätigte sich sein Verdacht.

Auf der Innenseite der Ärmel zeichneten sich dunkelrote Flecken ab. Tarek drehte seinen Oberkörper und ließ seinen Blick langsam an ihm herab in Richtung Schuhe gleiten. Auch hier waren deutliche, rote Streifen zu erkennen. Als seine Betrachtung an den weißen Joggingschuhen angekommen war, bemerkte er, dass er in einer riesigen roten Pfütze stand.

Tarek war geschockt. Je mehr er sich umsah, überall war Blut.

An seiner Kleidung, auf der Parkbank, auf dem Boden - Tarek stand mitten in einem Tatort!

„Stopp, konzentriere dich!", sagte er zu sich selbst. „Was ist zu machen? Ich bin zwar ein wenig aus der Übung, aber jetzt bin ich Teil des Tatorts! Beruhige dich, Tarek, besinn' dich auf deine Stärken! Wie war das noch, erst einmal Ruhe bewahren!"

Tarek versuchte sich selbst zu beruhigen, murmelte beinahe hypnotisierend auf sich ein und zwang sich zur Disziplin.

Nach dem ersten Schrecken blieb er wie angewurzelt an seinem Platz stehen und drehte sich einmal um die eigene Achse.

Im Morgendunst verschaffte er sich einen Überblick über die Lage. Die Parkbank, die er mit seiner letzten Puste erreicht hatte, stand isoliert an einer geschotterten Weggabelung, knappe hundert Meter von der Bernadotte-Allee entfernt. Vier Wege zweigten von der Weggabelung in verschiedene Richtungen ab. Richtung Osten erreichte man die Bernadotte-Allee, die drei anderen Wege verliefen leicht geschwungen Richtung Westen, Norden und Süden. Die Endpunkte verloren sich in dem von Bäumen gesäumten Windungen.

Der Wald war relativ dicht, das eine oder andere Gestrüpp erschwerte den ungehinderten Blick in die angrenzende Landschaft. Mit dem erwachenden Morgen konnte Tarek die Konturen immer deutlicher erkennen.

Eigenartig, dachte Tarek, *kein Mensch ist unterwegs.*

Vielleicht trauten sich die Anwohner bei diesen spärlichen Lichtverhältnissen einfach nicht in den Wald und gingen lieber entlang der beleuchteten Straßen ihren Weg zur Arbeit oder mit dem Hund Gassi. Es war kein Mensch da, der Szenerie haftete etwas Gespenstisches an.

Nachdem Tarek die Umgebung abgescannt hatte, widmete er sich seinem unmittelbaren Nahbereich.

Neben seinem rechten Bein stand die Parkbank. Ein gutes altes Schätzchen aus den frühen 80er-Jahren mit geschwungenem, gusseisernem Metallgestell und darauf quer angebrachten Holzlatten, wahrscheinlich aus Buche oder Eiche. In der Mitte der ebenfalls durchgehend geschwungenen Holzlehne prangte ein kleines messingfarbenes Metallschild mit der Aufschrift „gestiftet vom Verschönerungsverein List". Einzelne Latten waren über die Jahre ausgetauscht worden. Verschiedene Brauntöne gaben sich ein Stelldichein. Rechts neben der Bank stand ein Abfalleimer, der aus einem Metallgeflecht gefertigt war. Er war zur Hälfte gefüllt. Ein paar Abfallschnipsel lagen auf dem Boden verstreut herum.

Von der Sitzfläche der Bank beginnend, zog sich ein rotes Muster asymmetrisch verjüngend in Richtung Lehne. Es wirkte, als hätte jemand einen Eimer roter Farbe mit Schwung schräg gegen die Lattung gekippt. Tareks Kleidung hatte Teile der roten Färbung von den Latten abgehoben.

Dieses Muster zeichnete sich wie ein Negativ auf der Bank ab. Er selbst stand in einer beeindruckend ausgedehnten roten Pfütze. Seine Schritte vom Hinweg und dem nervösen Aufstehen hatten ein fächerartiges Muster in die Lache getreten.

Tarek griff an seinen Hüftgurt und holte sein Handy heraus. Er hätte nie gedacht, dass er einmal den Notruf 110 wählen musste. Doch heute war eben alles anders. Der Ruf ging raus und nach kurzer Zeit meldete sich eine freundliche Stimme am anderen Ende der Verbindung.

Nach einer kurzen Vorstellung schilderte Tarek der Leitstellenbeamtin die Lage und beschrieb ihr den Tatort.

„Ich werde dann mal die Kollegen von der SpuSi rausschicken, die kümmern sich dann schon! Sie können inzwischen nach Hause gehen. Geben Sie mir Ihre telefonische Erreichbarkeit, wir melden uns bei Ihnen."

„Wehrte Frau Kollegin", schlug Tarek in einem beinahe belehrenden Ton an. „Sie haben sicher von den beiden anderen Tatorten gehört. Dieser hier passt genau in dieses Schema. Wie Sie sich vorstellen können, liegt der Verdacht nahe, dass es sich hierbei um ein Serienverbrechen handelt. Ich habe jahrelang beim LKA solche Tatorte persönlich aufgenommen und weiß genau, wie hier vorzugehen ist. Außerdem bin ich selbst mit der blutigen Spurenzeichnung auf meiner Kleidung Teil des Tatorts. Wir beide nehmen uns jetzt ein wenig Zeit und dann fordern wir die gesamte Hightech-Klaviatur der kriminal-polizeilichen Ermittlungstechnik an. Sind Sie schreibfertig?"

Die Leitstellenbeamtin traute ihren Ohren nicht. So ein ekelhafter Besserwisser von einem Kollegen war ihr selten untergekommen.

Sie wollte gerade zu einer entrüsteten Retourkutsche ansetzen, als ihre Dienstgruppenleiterin das Gespräch an sich riss.

„Hallo Tarek, ich habe das Gespräch mitgehört. Hier ist Ilka am Draht, Ilka Stern. Wir haben gemeinsam unsere Diplomprüfung in Nienburg gemacht. Kannst du dich noch erinnern?"

Klar konnte er. Ilka. Die gut gebaute Traumfrau mit den wohlgeformten Proportionen. Sie vereinigte die wesentlichen weiblichen Merkmale in einem appetitlichen Arrangement. Viele Kollegen waren hinter ihr her, aber sie war viel zu schlau für die allermeisten der kollegialen Anhängerschaft. Hätte er nicht damals Andrea kennengelernt, Ilka wäre klar die erste Wahl gewesen.

„Hallo Ilka, ich sehe dich förmlich vor mir."

Mit einem Grinsen genoss er sein eben abgesandtes Wortspiel in Richtung Leitstelle.

„Immer noch der alte Charmeur von damals. Nein, im Ernst. Nach der reißerischen Presseberichterstattung über die Blutlachen ohne Leichen dürfen wir uns keinen Fehler erlauben. Ich stimme dir zu, dass wir das ganz große Besteck auspacken, um jeden denkbaren Fehler zu vermeiden. Ich werde alles anfordern, was du benötigst, leg' los!"

Tarek war baff.

Am anderen Ende der Leitung hatte er eine professionelle Ansprechpartnerin, die seine Sprache verstand und mit der er nicht stundenlang herumdiskutieren musste. Er überlegte kurz und begann, seine Anforderungen Stück für Stück zu übermitteln.

Als Erstes brauchte er Unterstützungskräfte für die Absperrung, Tatortsicherung und den Presserummel, dann ein Zelt, Spezialbeleuchtung, Spürhunde und das Tatortaufnahmeteam der Polizeidirektion.

„Die sollen mir aber nicht jedes x-beliebige Team schicken. Am besten wären Jan Cramer und Bea Kleinschmitt. Die haben auch schon die letzten Tatorte aufgenommen und wissen, worauf zu achten ist."

Mit einem kurzen „Tschüss" und „komme wieder" machte sich Ilka an die Arbeit.

Innerhalb von einer halben Stunde traf vor Ort alles ein, was Tarek bestellt hatte, inklusive der beiden Kollegen, die ihn beim letzten Tatort so kalt hatten abblitzen lassen.

„Hallo Herr Neumann, so sieht man sich wieder", begrüßte Jan Cramer gefolgt von Bea Kleinschmitt den immer noch in der Blutlache stehenden Ex-Zielfahnder.

Nach einem kurzen Austausch von Freundlichkeiten machte man sich gemeinsam an die Arbeit. Es folgte das übliche Prozedere der Spurensicherung mit der Fertigung von Fotos, Probenentnahme aus der Blutlache und von Tareks Kleidung, Absuche der Umgebung nach weiteren Beweismitteln und anderen Routinemaßnahmen.

Die Spezialbeleuchtung tauchte die Szenerie in ein bläulich-blasses Licht. Im Morgendunst wirkte das Ganze mitten zwischen den Bäumen gespenstisch und unheimlich.

„Und jetzt erklären Sie mir bitte, Tarek, wofür Sie das Zelt haben wollten. Laut Wetterbericht ist für heute kein Regen vorhergesagt. Also, wozu brauchen Sie es?"

Tarek grinste.

Wortlos packte er das Zelt aus und bat zwei weitere Beamte aus der Absperrung, ihm beim Aufbau zu helfen. In zehn Minuten stand das weiße, etwa viermal drei Meter große Zelt und überdeckte die Parkbank, den Abfalleimer, die Blutlache und die nähere Umgebung des Tatorts. Tarek fuhr das Gestänge nicht komplett aus, sodass die Seitenwände des Zeltes flach auf dem Boden lagen und ein wenig überstanden. Anschließend zog er die Reißverschlüsse der beiden Eingänge zu. Und stellte sich ein paar Schritte abseits auf den Weg.

Tarek wartete. Nichts passierte.

„Herr Neumann, wollen Sie nicht mit Ihrer Arbeit anfangen, es ist doch alles aufgebaut", versuchte Bea die Situation ein wenig zu beschleunigen. Tarek reagierte nicht, schaute nur geruhsam auf seine Uhr.

Nichts tat sich.

„Herr Neumann, ich weiß ja, dass man sich bei der Aufnahme eines Tatorts die Ruhe antun soll. Aber meinen Sie nicht, dass das jetzt ein wenig übertrieben ruhig ist?", fragte Jan schon etwas ungeduldiger.

Tarek schien sich zu konzentrieren und machte nur eine beschwichtigende Bewegung mit der flachen Hand in Richtung Boden. Die Geste wirkte wie das Verhalten eines Trainers, der seine Mannschaft nach dem erfolgreichen Torschuss zu Ruhe und Konzentration aufforderte.

Die Minuten verstrichen.

„Mir reicht's, ich gehe jetzt rein", raunte Jan Bea zu.

„Das würde ich nicht tun, Jan Cramer, die Geruchsspur ist noch nicht ausgeprägt!", erläuterte Tarek, der jedes Geräusch deutlich vernehmen konnte.

Geruchsspur, bin ich denn ein Fährtenhund, fragte sich Jan, als er das wortlose Schauspiel kopfschüttelnd weiterverfolgte.

Tarek schaute auf die Uhr. Nach exakt 15 Minuten ging er zu Jan Cramer und legte kameradschaftlich seinen Arm auf die Schulter des Kollegen.

„Jetzt", sprach Tarek den verdutzten Spurensicherer an, „jetzt werden wir gemeinsam das Zelt betreten. Ich habe nur eine Bitte. Öffnen Sie den Reißverschluss so behutsam wie möglich und nutzen Sie den kleinsten

Spalt, um in das Zelt zu gehen. Drinnen werde ich dann mit Ihnen eine neue Ermittlungsmethode ausprobieren."

Jan blickte Tarek an, als ob dieser komplett seinen Verstand verloren hätte. Ihm war ja schon einiges an Ermittlungstechniken untergekommen, aber dass sich jemand im wahrsten Sinne des Wortes als Schnüffler betätigt, das hatte er noch nicht erlebt. Schließlich waren noch zwei Spürhunde vor Ort, die den angrenzenden Bereich nach weiteren Beweisen absuchten.

„Einen Hinweis noch", ergänzte Tarek, „bevor Sie das Zelt betreten, atmen Sie ganz aus, treten in das Zelt ein und atmen erst dann ganz tief ein. Was Ihre Nase anschließend aufnimmt, wird Sie nicht begeistern, aber versuchen Sie sich ganz auf Ihren Geruchssinn zu konzentrieren und die Vielfalt der Gerüche auseinanderzuhalten."

Was für ein Blödsinn, schoss es Jan durch den Kopf, *warum mache ich diesen Quatsch eigentlich mit? Schließlich bin ich hier der Verantwortliche für den Tatort*. Jan war hin- und hergerissen.

Widerwillig folgte er Tareks Anweisungen. Jan ging, dicht gefolgt von Tarek, in Richtung Zelt. Wie vereinbart, atmete er vor dem Eingang aus und öffnete schnell den Reißverschluss. Beide Ermittler huschten sofort ins Innere des Zeltes. Tarek ging an Jan vorbei und stellte sich am anderen Ende des Zeltes ihm gegenüber. Wie auf Kommando atmeten beide gleichzeitig langsam und tief ein.

Jan hob die Augenbraue. Was er roch, hatte überhaupt nichts mit Düften zu tun. Ein unterschwelliger Gestank von süßem, klebrigem Metall, vermischt mit Modergeruch und seinem eigenen Aftershave, kroch durch seine Nase in die Lungen. Gerüche, die er an so manch anderem Tatort wahrgenommen hatte - nichts Außergewöhnliches. Unvermittelt musste er husten. Bei jedem Einatmen verstärkte sich der Eindruck des zweifelhaften Aromas, das seine Luftröhre irritierte. Mit einem fragenden Gesichtsausdruck blickte er zu Tarek hinüber.

„Tarek, ich will Sie ja nicht beleidigen. Aber diese Gerüche kenne ich schon von anderen Tatorten. Ich finde das wenig spektakulär."

Der Angesprochene stand ihm direkt gegenüber, den Kopf in den Nacken gelegt, die Augen geschlossen. Er sog immer noch dieses stinkende Luftgemisch in sich auf und schien Jans Bemerkung überhört zu haben.

Nach einer Weile beugte Tarek seinen Kopf etwas vor und schaute Jan geradewegs in die Augen.

„Nun, Jan, was haben Sie gerochen?", wollte Tarek wissen.

„Herr Neumann, können wir mit dieser Show bitte aufhören, ich finde das alles ein bisschen peinlich."

Jan fühlte sich nicht wirklich wohl in seiner Haut. Draußen wartete seit 20 Minuten Bea auf ihn und die anderen Kollegen würden sich vielleicht auch schon fragen, was im Innern des Zeltes vor sich ging.

„Jan, was haben Sie gerochen? Es geht hier um ein Kapitaldelikt!", hakte Tarek etwas energischer nach. Seine bestimmende Mimik machte Jan unmissverständlich die Ernsthaftigkeit dieser Veranstaltung klar.

Jan schluckte. „Ein bisschen Blut, Schweiß, Modder, Abfall, Aftershave", gab er kurz und knapp zurück.

„Das ist alles?", hakte Tarek mit hochgezogenen Augenbrauen nach.

„Ja, das ist alles! Und jetzt lassen Sie mich gehen. Ich bin für diesen Tatort verantwortlich. Und wenn ich Sie erinnern darf: Sie sind immer noch beim Verkehrsdienst!"

Jan hatte Tareks wunden Punkt getroffen. Ein kurzes, zorniges Aufbrausen unterdrückte er mit einem hintergründigen Lächeln. Nach ein paar Sekunden hatte er sich gefangen. Mit seiner Übermacht an ermittlerischer Erfahrung zählte er Jan aus.

„Jan, Sie haben recht. Der Blutgeruch ist sehr dominant. Darunter haben sich Aromen von verwelkenden Blättern, moderiger Erde, meinem frischen Schweiß und Ihrem ... bemerkenswerten Aftershave gemischt. Diese Gerüche kann eine durchschnittliche Ermittlernase mit wenig Übung aufnehmen.

Ich erzähle Ihnen jetzt, was ich über diese durchschnittliche Sinneswahrnehmung hinaus noch festgestellt habe. Zwischen dem Blutgeruch liegt eine Gabe Alkohol, ich vermute billiger Schnaps. Mein eigener Schweiß wirkt recht frisch, er bringt eine salzige Note mit sich. Daneben gesellt sich der Gestank alten Schweißes - das ist diese schmierig-fahle Duftmarke, die ein wenig ranzig riecht. Begleitet wird das Ganze von dem Abfallgeruch aus dem Mülleimer neben der Bank. Aber wenn Sie hier genau riechen, werden Sie feststellen, dass dieser Müll frisch riecht. Hier ist aber noch abgestandener Mief im Raum, was für eine gewisse Verwahrlosung spricht.

Nehmen wir alle Eindrücke zusammen, komme ich zu folgendem Ergebnis:

Das Blut stammt vom Opfer. Ich vermute, es ist ein Obdachloser, der sich auf der Parkbank zur Nachtruhe begeben hatte. Er hat sich seit mehreren Tagen nicht gewaschen und etwas Alkohol getrunken. Er trägt wahrscheinlich einen alten, abgetragenen Mantel. Diese Duftnuance kennen Sie vielleicht vom Kleiderschrank Ihres Großvaters. Der riecht so ein bisschen nach Mottenkugeln und Karbid. Und wenn Sie jetzt noch Ihren Blick schräg unter die Bank richten würden", Tarek zeigte mit dem Finger auf einen kleinen Zipfel vergilbten Zeitungspapiers, „dann würden Sie erkennen, dass sich dieser Obdachlose mit zerrissenen alten Zeitungen gegen die Kälte schützen wollte.

Ich fasse zusammen: Bei dem Opfer handelt es sich um einen Obdachlosen, der hin und wieder einen trinkt, nachts auf Parkbänken schläft und alte, abgetragene, mit Zeitungsresten gefüllte Kleidung trägt."

Jans Unterkiefer klappte unvermittelt nach unten. Er sendete einen ungläubigen Blick in Richtung des ehemaligen Star-Ermittlers Tarek Neumann. Konnte es sein, dass dieser Mensch innerhalb einer halben Stunde mehr Hinweise ergründet hatte, als der gesamte Zentrale Kriminaldienst bisher ermitteln konnte?

Was für ein Talent! Jetzt ergab alles einen Sinn - die Tatsache, dass niemand als vermisst gemeldet war, die Örtlichkeiten, das Ausbleiben von Hinweisen aus der Bevölkerung. Obdachlose hatten keine Freunde, keine Lobby, keine Familie. Niemand nahm auch nur Notiz davon, wenn einer von ihnen plötzlich nicht mehr da war.

Der abfällige Umgang mit den Stadtstreichern, die viele Menschen herablassend als „Penner" betitelten, förderte nicht gerade die Beobachtungsgabe der Menschen, wenn es diesen Verlierern der Gesellschaft schlecht ging.

Jan gruselte es. Wenn es sich bei den Opfern wirklich um Obdachlose handelte, wer hätte ein Motiv, ihnen so etwas anzutun?

Selbst ernannte Saubermänner, Nazis, gewaltverliebte Jugendliche? Durch Jans Kopf sausten tausend Fragen.

„Eine Anmerkung noch, Jan", riss Tarek den nachdenklichen Ermittler aus seinen Gedanken.

„Die Spürhunde sind gut, sie haben eine feinere Nase als jeder noch so gute Ermittler. Aber es gibt mit ihnen ein Problem. Sosehr wir uns auch anstrengen, wir werden nie mit ihnen eine Unterhaltung führen können. Deswegen können sie uns die Spurenfunde immer nur anzeigen, aber nicht erzählen oder bewerten."

Ein süffisantes Lächeln umspielte Tareks Mundwinkel.

„Ich denke, Sie brauchen mich hier nicht mehr, Jan. Ich werde mal kurz auf meiner Dienststelle anrufen, die vermissen mich bestimmt schon. Wo wir grad hier im Zelt sind. Haben Sie an Wechselkleidung für mich gedacht? Sie wollen doch bestimmt meine Joggingklamotten als Spurenträger sicherstellen."

Jan kam häppchenweise wieder im Hier und Jetzt an.

„Äh, ja ja, ich schicke Bea zum Tatortwagen, da haben wir bestimmt ein passendes Outfit für Sie."

Tarek ließ Jan im Zelt stehen. Er hob die Zeltplane am Eingang ein wenig an. Die Blicke von sechs Augenpaaren flogen ihm entgegen. Sie wurden ergänzt von darüberliegenden und in Falten gezogene Stirnpartien der neugierigen Kollegen.

Tarek schloss hinter sich den Eingang zum Zelt und schritt direkt auf Bea zu. Mit gespielter Langeweile erklärte er Bea so laut, dass es die anderen Kollegen hören konnten:

„Jan probiert gerade eine neue Ermittlungsmethode aus. Ich bin mir sicher, dass er spektakuläre Ergebnisse erzielen wird, Sie werden sehen. Bea, haben Sie etwas Schickes für mich zum Anziehen? Die Gerichtsmedizin wird ein gesteigertes Interesse an meinen Klamotten haben."

Wortlos gingen beide zum Tatortwagen, wo sich Tarek für den Heimweg umzog.

Kapitel 10

In seiner Wechselkleidung ging Tarek zurück zum Zoo-Parkplatz. Bea hatte ihm einen abgetragenen, grünen Trainingsanzug aus Altbeständen der Bereitschaftspolizei gegeben. Bei der Vergabe von Ersatzkleidung war die Polizeiverwaltung sehr knauserig. Die ausgesonderten Anzüge wurden nicht einfach entsorgt. Sie konnten immer noch als Behelfskleidung für Insassen des Polizeigewahrsams oder, wie in seinem Fall, für das Bereitstellen von Ersatzsachen für Täter oder Opfer von Verbrechen dienen, wenn deren eigene Kleidung sichergestellt werden musste.

Sein Erscheinungsbild war alles andere als schick. Das Oberteil saß an den Schultern zu schmal, dafür war die Hüftweite überdimensioniert und für Bauchträger ausgelegt. Die Hose spannte an Ober- und Unterschenkeln und war etwas zu kurz. Die grüne Farbe mit den zwei parallel über die Arme verlaufenden weißen Streifen erinnerte an den Schick der frühen 70er-Jahre.

Die Turnschuhe waren zwei Nummern zu klein und ließen Tarek ein wenig dahintrippeln.

Sein Gesamtbild ähnelte eher dem Abbild eines alternativen Spätkommunarden als einem attraktiven Mittvierziger.

An den mitleidigen Blicken der ersten Früh-Spaziergänger vorbeiziehend, fuhr Tarek mit seinem Fahrrad los.

Er wollte so schnell wie möglich weg von hier. In diesem Aufzug fühlte er sich alles andere als wohl. In Windeseile fuhr er zu seiner Wohnung zurück, entledigte sich der Klamotten und entsorgte diese sogleich im Restmüll.

Nach einem ausgiebigen Duschbad informierte er seine Dienststelle über die Geschehnisse vom frühen Morgen und nahm sich den Rest des Tages frei.

Mit der Aussicht auf ein bisschen Freizeit ließ er den Mittwoch ruhig angehen.

Wenn er morgens Zeit hatte, verlief der Beginn des Tages nach festen Regeln, die er in seiner Zeit als unfreiwilliger Single zunehmend automatisiert abspulte.

Seine Dreizimmerwohnung bestand aus einem kleinen Flur, einer komfortablen Küche mit Essgelegenheit, Wohn-, Arbeits- und Schlafzimmer, einem Bad und einem kleinen Abstellraum. Sie war immer und zu jeder Zeit tadellos aufgeräumt.

In jedem Schrank war der Inhalt korrekt und gerade aufgehängt, in jeder Schublade die Sachen rechtwinklig und griffbereit zurechtgelegt oder in beschrifteten Schachteln, Dosen oder Magazinen übersichtlich archiviert.

Tarek hasste Unordnung. Er genoss es, jederzeit von all seinen Sachen zu wissen, wo sie sich befanden, in welchem Zustand sie waren und ob eine Reparatur noch lohnte oder eine Neuanschaffung anstand. Dieses System setzte sich vom Abstellraum über den Kleider- bis zum Kühlschrank fort. Alles und jedes hatte seinen festen, angestammten Platz.

Ähnlich nüchtern verhielt es sich mit der Ausstattung seiner Wohnung. Die Inneneinrichtung war in den Tönen schwarz, grau und weiß gehalten, bei den Möbeln überwogen eckige Formen aus Holz- und Stahlkonstruktionen. Alles war sauber und gepflegt. Kein Staubkorn konnte hier unerkannt mehr als drei Tage überleben. Tareks Wohnung wirkte eher wie ein zeitgenössisches Museum als die Behausung eines Singles in den Vierzigern.

Die einzigen Farbtupfer in dieser an optischen Reizen eher armen Wohnung waren die überdimensionalen, gerahmten Fotos im Posterformat aus den gemeinsamen Urlauben mit Andrea und Sarah und einige Kinderzeichnungen seiner Tochter.

Familie, das, was er verloren hatte, wünschte er sich am sehnlichsten zurück. Das damalige Konkurrenzunternehmen Beruf hatte durch die disziplinäre Versetzung zum Verkehrsdienst längst nicht mehr die Bedeutung, die einstmals seine Verwendung als Ermittler beim LKA geradewegs in die Trennung von Frau und Tochter führte.

Nach einer heißen Dusche war Tarek wieder auf Sendung.

Seiner Gewohnheit folgend zog er nur mit einem Morgenmantel bekleidet durch die Wohnung. Er steuerte die Küche an.

Als Erstes wurde Kaffee gekocht. Tarek machte davon immer eine kleine Zeremonie. Aus einer glänzenden Messingdose mit Schraubverschluss schüttete er eine Handvoll Kaffeebohnen edelsten, fair gehandelten, südamerikanischen Bio-Kaffees in eine altmodische Kaffeemühle mit Kurbelbetrieb. Nach ein paar Umdrehungen waren die Bohnen vom Keramikmahlwerk in feines Pulver verwandelt worden. Tarek öffnete die Schublade unterhalb des Mahlwerks, sog den aufsteigenden Duft genüsslich in seine Nase und schüttete den frisch gemahlenen Inhalt in einen Porzellanfilter mit arabischen Schriftzeichen. Dieses Utensil erinnerte ihn jedes Mal an seine Mutter Rohaya, wie sie morgens für ihren Mann den Kaffee des Orients mit seinen zauberhaften Düften nach Nüssen und Kardamom zubereitete.

Nach ihrem Tod hatte er den Filter gerettet und jetzt tat er treu und redlich beinahe jeden Morgen seinen Dienst. Filtertüten brauchte dieses Wunderwerk arabischer Kaffeekunst nicht. Tarek kochte frisches Wasser auf und ließ es ein paar Minuten abkühlen. Die ideale Brühtemperatur lag zwischen 80 und 90 Grad. Nach der genussfördernden Zwangspause goss er die Flüssigkeit auf das im Filter sehnlich wartende Pulver. Durch das fein verästelte System kleinster Poren des Porzellanfilters schlängelte sich der aromatische Sud. Dabei trennte sich das schwarze Getränk vom Kaffeesatz und tröpfelte melodisch in eine alte Machwitz-Kaffeekanne aus der Vorkriegszeit.

Nachdem sich der letzte Tropfen des kräftigen Muntermachers seinen Weg durch den Filter gebahnt hatte, stellte Tarek das Erbstück vorsichtig auf ein ebenso altes Stövchen auf dem Küchentisch.

Der massive, schwarze Holztisch bewirtete selten mehr als einen Gast. Allzu viel Besuch bekam Tarek nicht. Die wenigen Verabredungen, die er hatte, fanden stets bei Freunden oder ausgewählten Gastronomiebetrieben statt. Zu Hause besuchte ihn nur hin und wieder seine Tochter Sarah.

Tarek wählte stets denselben Platz am Tisch. Den richtigen Punkt zum Abstellen des Geschirrs und Bestecks zu finden, war denkbar einfach.

Tarek hatte über den Zeitraum von zwei Jahren seit seiner Trennung pedantisch genau Teller, Untertasse, und Tasse an exakt derselben Stelle platziert. Auf der Tischplatte zeichneten sich die zwei Auflageflächen mit einem großen und einem kleinen kreisrunden Kratzer ab. Diese Formen hatten sich so in die Tischplatte geprägt, dass er passgenau sein Geschirr dort abstellen konnte, ohne dass der Tisch an einer danebenliegenden Stelle in Mitleidenschaft gezogen wurde. Nur die Kratzer des Bestecks waren ein wenig verschwommen. Da dieses Werkzeug aufgrund seiner unebenen Form nicht plangenau auf der Oberfläche der Tischplatte abgelegt werden konnte, fand es oftmals einen um wenige Millimeter abweichenden Platz rund um den Teller. Diese Ungenauigkeit ließ Tarek gewähren, wusste er doch, dass er in diesem Fall die Physik nicht überlisten konnte.

Tarek ernährte sich bewusst. Neben biologisch-dynamischen Getreideprodukten gesellten sich Eier von glücklichen Hühnern, Aufschnitt aus Bio-Metzgereien, Käse und Früchte vom Bio-Bauern und Multivitaminsaft aus dem Bio-Supermarkt auf den Tisch. Tarek achtete auf seine Ernährung. Nach dem Absturz durch Alkohol und Drogen wollte er seinem Körper nur noch gesunde Nahrung gönnen. Die Zeit der sinnlosen Selbstzerstörung war vorbei.

Durch das Küchenfenster konnte er am Mast des NDR-Landesfunkhauses vorbei auf das Neue Rathaus blicken.

Der erste Akt nach der Kaffeezubereitung war der Genuss desselbigen. Tarek füllte den schwarzen Wachmacher in eine noch schwärzere Kaffeetasse eines dünnwandigen, englischen Kaffeeservices. Die Tasse samt Untertasse hielt er mit seiner linken Hand schräg von seinem Körper ab und goss den Kaffee in hohem Bogen circa 30 cm durch die Luft. Diesen Umgang mit der schwarzen Köstlichkeit hatte er sich als Kind von den Mundschenken der Kaffeehäuser Basras abgeguckt. Die Künstler der appetitlichen Kaffeezubereitung schworen Stein und Bein darauf, dass der Kaffee mit seinem Flug durch die Luft so viel atmete, dass er beim Eintauchen in die Tasse sein gesamtes Aroma entfalten konnte. Tarek war fest davon überzeugt, dass sich diese Fachleute der flüssigen Gaumenfreuden nicht irren konnten.

Nachdem der Kaffee seine vorübergehende Heimstatt in der Tasse gefunden hatte, gesellten sich Rohrzucker, natürlich fair gehandelt und aus biologischem Anbau, sowie vollfette Biomilch hinzu. Gerne beobachtete Tarek, wie die Milch in die Mischung aus Kaffee und Zucker eintauchte. Die Gebilde, die sich hierbei formten, ließen viele Interpretationen zu. Mit einem Lächeln auf den Lippen schaute Tarek in die weißen Gemälde, die wie von Zauberhand in seine Kaffeetasse gemalt wurden. Dabei entstand jede nur erdenkliche Wolkenform, runde Bäuche oder wütende Grimassen waren zu erkennen. Keine Form glich der anderen. Dieses Wechselspiel optischer Reize ließ jedes Arrangement in der Kaffeetasse zu einem morgendlichen Schauspiel werden, das sein jähes Ende im abrupten Umrühren der Masse fand und zu einer homogenen Mischung werden ließ.

Nach einem reichlichen und ausgiebigen Frühstück las er regelmäßig die Zeitung.

Die HAZ berichtete über die beiden Blutlachen von Montag und gestern.

„Wenn die wüssten, was heute Morgen passiert ist", murmelte er vor sich hin. Die Polizei suche fieberhaft nach dem Täter, aber auch die Opfer seien wie vom Erdboden verschluckt. Spekulationen über einen Serientäter machten die Runde, Vergleiche mit dem Massenmörder Fritz Haarmann wurden bemüht.

„Alles Mumpitz!", entfuhr es Tarek, der sich seine eigene Deutung der Ereignisse zurechtlegte.

Warum tötet jemand Menschen, lässt sie verbluten und schafft die Leichen anschließend beiseite?

Warum macht er sich seit dieser Woche Tag für Tag auf die Jagd?

Warum ist nicht ein einziges Opfer als vermisst gemeldet worden?

Selbst nach der Tat von vorgestern schien niemand den Verlust einer Person bemerkt zu haben.

Warum sind alle Opfer wie vom Erdboden verschluckt?

Handelt der Täter unter einem inneren Zwang, was passiert anschließend mit den Leichen?

War vielleicht doch ein Nachahmer Fritz Haarmanns am Werk?

Der homosexuelle Massenmörder verarbeitete zu Kriegszeiten seine Opfer zu Fleischwaren und verkaufte diese an ahnungslose Kunden.

Nein, Unfug, das konnte nicht sein. Diese Geschichte war zu lange her. Die Serie von dieser Woche musste andere Beweggründe haben.

In Tareks Gehirn arbeitete es unermüdlich. Wieder und wieder überlegte er sich verschiedene Deutungen und kam dennoch nicht wirklich voran. Jeder Mord hatte einen Täter, ein Opfer, ein Motiv und eine Gelegenheit.

Unzweifelhaft gab es einen oder mehrere Täter, und die Opfer mussten auch irgendwo sein, wurden jedoch noch nicht gefunden. Die Gelegenheiten zu den Taten ergaben sich nachts, nur mit der Motivlage hatte Tarek so seine Schwierigkeiten. Außerdem war es nicht sein Fall. Beim Verkehrsdienst würde er auch nie einen Fall bekommen. Mit seinen eigentümlichen Ermittlungsmethoden hatte er Jan Cramer zwar auf die Fährte gebracht, doch was machte der junge Kollege aus diesen wertvollen Informationen? War er in der Lage, der Fährte weiter zu folgen oder würde er in Tareks Abwesenheit das frisch gezündete Licht in der Düsternis der Ermittlungen schnell wieder erlöschen lassen?

Ein lauter Seufzer entglitt Tarek nach all den Gedanken, die er sich nach seinem ersten, wenn auch unfreiwilligen, Einsatz als Ermittler an diesem Morgen gemachte hatte.

Es kribbelte ihm in seinen Fingern. Ach, könnte er endlich wieder einen eigenen Fall bekommen, endlich wieder eine Ermittlung führen und die Übeltäter hinter Schloss und Riegel bringen!

Als Tarek Kaffee genießend und Zeitung studierend seinen Phantasien freien Lauf ließ, klingelte plötzlich das Telefon und riss ihn aus seinen Gedanken.

Rosenberg war am Apparat. Seine Vorgesetzten hätten ihn richtig rundgemacht. Ob er seine Mitarbeiter nicht im Griff habe und ob sich jetzt jeder x-beliebige Verkehrsdienstbeamte als Hobby-Ermittler ausprobieren wolle.

„Die haben mich ganz schön strammstehen lassen“, ereiferte sich Rosi. „Tarek, du kannst dir nicht vorstellen, wie die mich da rundgemacht haben. Und dann habe ich dir auch noch freigegeben, das hat wohl das Fass zum Überlaufen gebracht. Tarek, ich weiß nicht, was du da in der Eilenriede angestellt hast, aber mittlerweile reißen alle Kollegen im Verkehrsdienst ihre Possen über deinen Auftritt. Was war denn heute Morgen los?“

Tarek erzählte seinem Gruppenführer die gesamte Geschichte, er ließ kein Detail aus.

Nach einer Weile kommentierte Rosenberg wieder etwas gefasster: „Ich weiß nicht warum, Tarek, aber ich glaube, dass du den richtigen Riecher hast. Du hattest immer den richtigen Riecher, auch in meiner Einheit - auch wenn man die Arbeit im Verkehrsdienst wahrhaftig nicht mit einer Mordermittlung vergleichen kann."

Eine Zeit lang schwiegen beide.

„Tarek, ich glaube, dass du eine neue Chance verdient hast. In den zwei Jahren, in denen ich jetzt dein Vorgesetzter bin, hast du dir nie etwas zuschulden kommen lassen. Du hast stets korrekt und gründlich ohne Fehl und Tadel gearbeitet. Manchmal warst du ein wenig zu engagiert. Aber das hat die Truppe motiviert. Seitdem du beim Verkehrsdienst bist, waren alle viel begeisterter bei der Arbeit. Du hast viele mitgerissen."

Rosenberg machte eine Pause. Beinahe pathetisch brachte er das Telefonat zum Abschluss.

„Tarek, aus meiner langjährigen Erfahrung als Vorgesetzter weiß ich, wann es Zeit ist, gute Leute gehen zu lassen. Du hast deine Form wiedergefunden, deine Leidenschaft beginnt erneut zu brennen. Du warst immer ein Ermittler der Sonderklasse und wirst es auch immer bleiben. Das kleine Intermezzo bei mir hat dir gezeigt, dass es wichtig ist, Grenzen kennenzulernen und dass es neben dem Beruf auch noch andere, wichtige Kleinigkeiten, wie z.B. Familie, Freundschaft und Freizeit gibt. Ich werde mich ab sofort für deine Verwendung beim LKA einsetzen. Nach der verfahrenen Geschichte mit diesen ganzen Blutlachen können die einen Spezi wie dich sicher gut gebrauchen."

Tarek verschlug es die Sprache. Mit einem kurzen „Ja, danke, bis morgen", verabschiedete er Rosi und legte den Telefonhörer andächtig zurück in die Station. Er konnte sein Glück kaum fassen. Nach dieser langen Zeit gab es tatsächlich jemanden, der sich wieder für ihn einsetzte, der sein Können und seine Möglichkeiten wieder an die richtige Stelle rücken wollte.

Tarek war glücklich. Der Einsatz von heute Morgen hatte Wirkung gezeigt - so oder so. Jetzt hieß es, das Eisen zu schmieden, solange es heiß war. Vielleicht ein kurzer Anruf bei der Direktionsleiterin? Oder war es dafür noch zu früh? Sollte der Pulverdampf sich erst einmal verziehen?

Tarek entschied sich für die zweite Variante. Er goss sich noch eine Tasse duftenden Kaffees ein, wiederholte die Gewohnheit mit den Milchwolken und blätterte weiter in der HAZ.

Bis zum Besuch seines Vaters im Pflegeheim war noch ein wenig Zeit. Fritz Neumann pflegte täglich ein kleines Mittagsschläfchen zu machen. Tarek wollte seinen Vater dabei nicht stören.

Gegen drei machte sich Tarek auf den Weg. Wie ein kleiner Junge, der etwas ganz Großartiges mitzuteilen hatte, wollte er seinem Vater von der neuesten Entwicklung erzählen.

Mit einem kurzen „Hallo, Frau Wenders!", huschte er am Empfang des Seniorenstifts vorbei und eilte zum Zimmer seines Vaters in der ersten Etage.

Er öffnete die Tür und voller Überschwang fing er beim Betreten des Raumes sofort an zu erzählen. Sein Vater saß wie gewöhnlich in seinem Rollstuhl und blickte aus dem Fenster in den Garten. Als sich Tarek näherte, bemerkte er eine Veränderung. Fritz stierte teilnahmslos aus dem Fenster. Er reagierte überhaupt nicht auf die Anwesenheit seines Sohnes. Pausenlos brabbelte er unverständlich vor sich hin. Nur hin und wieder konnte Tarek den Kosenamen seiner Mutter vernehmen - Scheherazade.

Speichel lief Fritz Neumann aus dem Mund, sein Oberhemd war klebrig durchnässt. Der Kopf des alten Mannes war zur Seite gekippt, seine Arme hingen rechts und links schlaff neben den Rädern des Rollstuhls herunter. Welch ein bemitleidenswerter Anblick!

„Papa, was ist los? Ich bin's, Tarek!"

Fritz Neumann reagierte nicht einmal ansatzweise. Völlig apathisch döste er in seiner eigenen Welt, die Wirklichkeit des Augenblicks ignorierend.

Tarek wurde nervös, er läutete nach einer Pflegerin. Kurz darauf erschien Schwester Daria. Tarek wollte gerade aufgeregt nach der Ursache für den Zustand seines Vaters fragen, als ihm die erfahrene Wolgadeutsche mit mitleidigem Blick die Antwort schon vorwegnahm.

„Herr Neumann, Ihr Vater befindet sich seit dem frühen Morgen in diesem bedauerlichen Zustand", erklärte sie mit einem hart gerollten ‚R'.

„Dr. Jakob hat ihn schon untersucht. Ich soll Ihnen bestellen, dass mit Ihrem Vater gesundheitlich alles so weit in Ordnung ist, wie es sein Zustand nach den Herzinfarkten und Schlaganfällen zulässt. Seine Seele scheint jedoch heute auf Reisen zu sein.

Seit heute Morgen erzählt er Dinge aus seiner Vergangenheit. Er ruft Ihre Frau Mutter bei ihrem Kosenamen und verfällt manchmal ins Arabische. Es finden Dialoge mit unsichtbaren Personen statt, die hier keiner kennt, die aber in seiner Vergangenheit eine Rolle gespielt haben müssen. Dr. Jakob, der gerade zwei andere Akut-Patienten betreut, lässt Ihnen ausrichten, dass man derzeit an diesem Zustand nichts verändern kann. Ihr Vater wird sich sicher erholen. Solche Phasen wird es immer wieder einmal geben."

Tarek blickte Schwester Daria noch eine Weile wortlos an.

Nachdem er seinem Vater über den Kopf gestreichelt hatte, fragte er:

„Kann er mich hören?"

„Selbst wenn er Sie nicht hören kann, Ihre Zuneigung und Wärme werden seiner Seele gut tun." Mit einem verständnisvollen Blick verlieh Daria ihren Worten einen sanften Nachdruck.

Nachdem sie Fritz Neumann vom durchnässten Hemd befreit und ihm ein neues Oberteil angezogen hatte, drehte sie sich um und verließ beinahe geräuschlos das Zimmer.

Voller Sorge erzählte Tarek seinem Vater die Ereignisse des heutigen Tages. Fritz nahm scheinbar keine Notiz. Einige Male versuchte er den Kopf zu heben, doch Vater Neumann brauchte seine Energie für seine Erinnerungen.

Nach einer guten Stunde verabschiedete sich Tarek liebevoll von seinem Vater. Als er die Treppe zum Empfang entgegen seiner Gewohnheit langsam hinunterschlich, versuchte Frau Wenders den traurigen Sohn etwas aufzumuntern.

„Herr Neumann, Ihr Vater wird schon wieder. Gestern erst hat er der Nachtschwester einen Klaps auf den Po gegeben. Seine Energie, gerade die männliche, wird so schnell nicht versiegen, da bin ich mir sicher!"

Diese Äußerung der ansonsten sehr korrekten Empfangsdame ließen Tareks Mundwinkel ein wenig nach oben schnellen.

„Frau Wenders, ohne Sie wäre dieses Haus um einiges kälter. Ich danke Ihnen für die aufmunternden Worte."

Tarek ging noch ein paar Schritte in Richtung Empfang. Als er kurz vor Frau Wenders stehen blieb, schaute er ihr tief in die Augen und kommentierte:

„Übrigens: Eine solche Ungehörigkeit hätte sich mein Vater nie erlaubt. Aber es ist nicht wichtig, was Sie gesagt haben, sondern Ihre nette Geste zählt. Ich wünsche Ihnen einen schönen Feierabend. Wir sehen uns die Tage."

Die Empfangsdame wurde ein wenig rot ob ihrer kleinen Flunkerei und blickte Tarek hinterher, bis er die Eingangstür hinter sich ins Schloss fallen ließ.

Kapitel 11

Sollte dieses seelische Auf und Ab heute so weitergehen, bin ich nachher beim Treffen mit Andrea echt nicht in Form, dachte sich Tarek auf dem zweiten Heimweg an diesem Tag.

Er überlegte, wie lange er seine Exfrau nicht mehr gesehen hatte - waren es zwei oder drei Monate? Egal, für ihn bedeutete jeder Tag ohne sie eine Ewigkeit und nach dem unverhofften Telefonat von gestern keimte etwas Hoffnung in ihm auf.

Natürlich hatten sie zwischenzeitlich hin und wieder miteinander telefoniert. Inhaltlich ging es zumeist um Regelungen für ihre Tochter Sarah, Unterhaltsfragen oder gemeinsame Strategien gegenüber dem Finanzamt oder ihren Arbeitgebern. Aber das waren immer nur rein sachliche Telefonate. Kein Blickkontakt, keine Berührung und keine warmherzige Geste spielten sich bei diesen „Geschäftskontakten", wie Tarek diese Gespräche nannte, ab - und sei es nur zur Begrüßung.

Nur jetzt keinen Fehler machen. Tarek wollte sich die erste Chance seit langer Zeit auf einen gemeinsamen Abend nicht verderben.

Als er gegen Viertel nach vier seine Wohnung erreichte, stürzte er direkt ins Badezimmer. Er machte seinen Oberkörper frei. Nach einem prüfenden Blick in den Spiegel sprach er sich selbst Mut zu.

„So siehst du schon ganz gut aus, Neumann, jetzt fehlt nur noch die richtige Verpackung", kommentierte er sein im gleißenden Licht des Badezimmerspiegels beeindruckendes Abbild.

Eine gründliche Rasur und der Duft eines herben Aftershaves taten ihr Übriges, um seine ansprechende Erscheinung zu unterstreichen.

„Aber welche Klamotten ziehe ich bloß an?"

Kaum hatte er die Frage ausgesprochen, musste er grinsen. „Ich höre mich an wie eine Tussi, die das richtige Teil sucht - so weit ist es schon gekommen!"

Kopfschüttelnd durchsuchte er den Kleiderschrank nach der passenden Garderobe. Tarek war ein wenig aus der Übung. Die Frauen, die ihm mehr oder weniger eindeutige Angebote machten, interessierten ihn nicht und die Frau, die er immer noch aufrichtig liebte, wollte ihn nicht - was für ein Dilemma!

Nach einigem Gewühle und diversen Anproben entschied er sich für ein legeres beiges Sakko, eine knackige Bluejeans und ein dunkelrotes Hemd ohne Krawatte.

Im Flur drehte er sich noch einige Male vor dem Garderobenspiegel um die eigene Achse.

Viertel vor sechs, jetzt wurde es aber Zeit! Die Wegstrecke zur Alten Mühle konnte er ohne fahrbaren Untersatz nicht mehr pünktlich schaffen. Schnell schnappte er sich seinen Autoschlüssel, warf die Wohnungstür hinter sich ins Schloss und eilte in den Innenhof.

In einer etwas größeren Garage, die er extra für seine Fahrzeuge angemietet hatte, wartete bereits sein VW Bulli T5 - ein schickes Gefährt mit diversen Extras, das er sich von dem Verkaufserlös des gemeinsamen Hauses in Leinhausen gegönnt hatte. Das in diamantschwarz lackierte Ungetüm war kein normaler Transporter von der Stange. Sein tiefergelegtes Chassis ruhte auf Alufelgen mit 285er Niederquerschnittsreifen. Verchromte Seitenschweller mit Trittbrettern, Front- und

Dachspoiler gaben dem zornigen Transporter ein aggressives Aussehen. Der fahrbare Untersatz verfügte über einen 185 PS starken 6-Zylinder-Turbodieselmotor mit einem 7-Gang-Schaltgetriebe. Im Ruhezustand wirkte er wie ein lauernder Stier, der in der Arena kurz vor dem ultimativen Stoß in Richtung Torero ein wenig ausruhte, um diesen anschließend mit einer vernichtenden Attacke in die ewigen Jagdgründe zu schicken.

Seine daneben abgestellte 1100er BMW wirkte dagegen wie ein kleines Pony, das sich in eine sichere Nische zurückgezogen hatte.

Tarek öffnete die Fahrertür, setzte sich hinter das Steuer, strich sanft über das Lenkrad und steckte den Schlüssel ins Zündschloss.

„Okay, Torro, jetzt bring mich mal schnell zur temperamentvollen Esmeralda. Möge unsere Mission ein glückliches Ende finden!"

Tarek gluckste vor Vergnügen, als der Dieselmotor sein erstes Räuspern von sich gab.

An diesem Abend waren die Straßen Hannovers glücklicherweise nicht so verstopft wie sonst. Tarek fuhr pünktlich um kurz nach sechs auf den Parkplatz der Alten Mühle. Nachdem er sein bulliges Geschoss abgestellt hatte, begab er sich zum reservierten Tisch in diesem urgemütlichen Ambiente.

Andrea war noch nicht eingetroffen, Tarek studierte derweil die Speisekarte. Die Minuten vergingen. Tarek war ein wenig aufgeregt. Wie ein Teenager bei seiner ersten Verabredung, machte sich langsam Nervosität in seinem Körper breit. Er beobachtete, wie sein Magen grummelte und seine Hände beim Umblättern der Speisekarte etwas zitterten.

Meine Güte, dachte er. *Der Hunger führt schon zu seltsamen Körperreaktionen*, war er sich sicher und schob seine diffuse Konstitution auf seinen gesteigerten Appetit.

Nur kurz über die Karte schielen, war sie schon da? Und wenn sie kommt, mit welcher Laune taucht sie hier auf? Was sie wohl angezogen hat?

Tarek liebte seine Andrea immer noch. Die Trennung war nicht auf seine Initiative geschehen, sondern allein das Machwerk seiner Frau. Er wollte sie zurückhaben. „Nur keinen Fehler machen, sei höflich und beherrscht, rede sachlich und vermeide verbale Spitzen", sprach er sich über die Wartezeit hinweg Mut zu.

„Darf ich Ihnen schon ein Getränk bringen?"

Tarek erschrak, er hatte den Kellner überhaupt nicht kommen sehen. Völlig verdattert verneinte er die Frage mit dem Hinweis auf den Damenbesuch, den er in Kürze erwartete.

Als er gerade wieder in die Speisekarte schauen wollte, stand sie mitten im Eingang des Restaurants – Andrea! Tarek legte andächtig die Karte beiseite und schaute wortlos in ihre Richtung. Sie sah umwerfend aus! Ein Traum aus Apricot und Schwarz stand dort mitten in der Tür. Andrea sah sich suchend um. Sie hatte ihren Exmann noch nicht entdeckt. Tarek nutzte diese kurze Zeit der Unsicherheit und schaute sie sich genau an.

Andrea war nicht schlank, eher etwas untersetzt. Sie war eben eine echte Frau. Ihr blondes Haar schimmerte im Lichtfall der Eingangstür. Unter einem legeren, schwarzen Blazeroberteil saß ein hauteng anliegendes Top. Die Konturen ihres hohen, wohlgeformt strammen Busens zeichneten sich detailreich unter dem Textil ab. Zur Hüfte hin verjüngte sich ihre Figur zu einer deutlichen Taille, die in einen appetitlich gerundeten, knackigen Po mündete. Die schwarze Jeans saß perfekt. Andrea hatte sich sogar in ihre schwarzen High Heels gezwängt - ein Schuhwerk, das nicht gerade zu ihrer bevorzugten Fußkleidung gehörte.

Tarek bemühte sich, noch mehr Details zu entdecken. Tatsächlich, sie hatte sich dezent geschminkt, ihre Augen aufgefrischt und ein bisschen Make-up aufgelegt. *Hat sie das wirklich für mich gemacht?*

Ihre ganze Erscheinung wirkte verführerisch, aber nicht aufdringlich.

Sie schien eher für den Zweck angelegt, einen wichtigen Termin mit einem perfekten Aussehen zum Erfolg zu führen.

Tarek traute seinen Augen nicht. Er wurde unsicher. *Ist das jetzt eine Kriegsbemalung oder hat sie sich für mich so zurechtgemacht?*

Plötzlich schaute sie in seine Richtung. Aus einem suchenden Blick wurde ein vertrautes Lächeln. Ja, sie lächelte ihn an. Schnurstracks kam sie auf ihn zu.

„Hallo Tarek, entschuldige, ich bin ein bisschen spät. Der Dozent hat den Lehrgang etwas überzogen. Hast du schon gewählt?"

Das ist doch glatt gelogen, Schatz, du hast dich für mich so traumhaft aufgestylt. Und wenn ich nicht sofort einen idiotischen Fehler mache, könnte aus diesem Abend noch etwas werden.

Tarek versuchte sich zu konzentrieren. Andrea stand immer noch vor ihm. Natürlich! Ruckartig stand er auf, ging seitlich an ihr vorbei und wollte ihr gerade wie ein echter Gentleman den Platz anbieten und den Stuhl ein wenig zur Seite rücken, als sie ihm zur Begrüßung spontan Küsschen auf seine rechte und linke Wange gab.

Die Wärme ihrer Haut und der vertraute Duft von Karamell- und Pfirsichnuancen, begleitet von einem Hauch Rosenwasser, streichelten seine Sinne. Schon damals hatte ihn dieser erregende Geruch um den Verstand gebracht. Tarek schwächelte.

„Das ist aber lieb von dir. Konntest du in so kurzer Zeit deine Manieren derartig verbessern? Respekt!"

Da war es wieder, kaum geht man freudestrahlend auf sie zu, schon rammt sie einem die Faust in die Rippen, eins zu null für dich mein Schatz, grollte Tarek ob des unvorbereiteten Seitenhiebs seiner Exfrau.

„Hallo, mein Scha … Andrea, wie geht es dir?", konnte Tarek die unkorrekte Anrede gerade noch retten.

„Ätzend! Mit dieser nervigen Göre ist jeder Tag die reinste Hölle, aber danke der Nachfrage", schoss es ihm aus dem Mund seiner Angebeteten zurück.

„Und du, was machst du so? Nimmst du immer noch unbescholtenen Bürgern die Kohle aus der Tasche?"

Was hatte denn das jetzt zu bedeuten? Okay, Klapperschlange, ich werde mich von dir nicht provozieren lassen, mich lockst du nicht aus der Reserve, war sich Tarek sicher.

„Ja, ich sorge immer noch für Sicherheit auf Hannovers Straßen, wenn du das mit deinem Kommentar meinst. Derweil bin ich in der Form meines Lebens. Ich trinke keinen Alkohol, ernähre mich bewusst, treibe regelmäßig Sport und fühle mich körperlich in Bestform", parierte er den zweiten Angriff dieses Abends.

„Und mit dem Kiffen hast du auch aufgehört?"

Tarek tat, als hätte er diese dritte Unverschämtheit überhört.

Unaufgefordert erschien der Kellner und brachte Andrea die Karte. Nachdem sie ihm dankend zunickte, vertiefte sie ihren Blick in die reichhaltige Menüauswahl.

„Hast du dir schon etwas ausgesucht?“, fragte sie nach einer Weile in einem etwas versöhnlicheren Ton.

„Ich nehme das Rumpsteak vom Black Angus mit Limetten-Nuss-Kruste, toskanischem Gemüse und Kartoffel-Steinpilz-Cannelloni“, führte Tarek aus.

„Hört sich verdammt gut an. Aber ich glaube, ich entscheide mich für ein vegetarisches Gericht. Dieser gebratene Fetakäse auf griechischen Nudeln, Spinat, Pinienkernen und Tomaten hört sich gut an. Das werde ich mal versuchen.“

Nachdem beide Essen und Getränke bestellt hatten, kam Andrea ohne Umschweife zur Sache.

„Sag mal, wie kommt Sarah darauf, dass du ihr die Unterschrift für das Stechen eines Tattoos gegeben hast? Wenn das nicht stimmt, dann hat sie verdammt gut gelogen. Was soll ich denn jetzt machen?“

Andrea wirkte etwas ratlos.

„Sarah leidet immer noch unter den Folgen der Scheidung. Gib ihr noch ein wenig Zeit. Sie steckt in einer schwierigen Phase und die Orientierung als Teenager mit dem ganzen Model-Kram, Schule und Clique ist für sie nicht ganz einfach unter einen Hut zu kriegen. Das wird schon werden.“

Tarek versuchte Andrea zu beruhigen. Sie schilderte ihm bis ins Detail Sarahs Stimmungsschwankungen, ihre Unordnung, die patzigen Antworten und den frechen Umgangston, den sie ihr gegenüber pflegte.

„Und dann versuche ich bei all diesem Stress auch noch meinen Facharzt zu machen. Tarek, ich bin echt nicht zimperlich, aber manchmal wächst mir das

Ganze über den Kopf. Und du bist immer nur der liebe und verständnisvolle Papa, den sie auf den Thron hebt. Das halte ich echt nicht aus!"

Was war denn das, dachte Tarek. Waren das erste Anzeichen von Schwäche oder nur die trügerischen Hilferufe einer auf Beute wartenden Klapperschlange?

Tarek beobachtete Andrea ganz genau. Wie ein Mungo, der als Schlangenjäger unterwegs ist, analysierte er jede Geste seines Gegenübers. Wenn er jetzt keinen Fehler machte, dann könnte er die Klapperschlange zur Strecke bringen. Nur zum jetzigen Zeitpunkt wusste er noch nicht genau, wer hier wen verspeisen würde.

Der Kellner erschien mit den Menüs und schlagartig erfüllte sich der Raum mit appetitlichen Düften.

Während des Essens wurde die Gesprächsatmosphäre gelöster. Andrea ließ noch einige Hetztiraden über ihr „Rotzblag" ab und Tarek ging verständnisvoll auf jede Äußerung ein. Würde sie wieder Vertrauen zu ihm fassen?

„Und du, kommst du mit deinem Job klar, gefällt dir dein Beruf noch?", wollte Andrea wissen.

„Um ganz ehrlich zu sein, ich setze alles daran, wieder zum LKA zurückzukehren. Zurzeit läuft ja diese ominöse Serie mit der Auffindung der Blutlachen. Die Polizeidirektion Hannover steckt mit den Ermittlungen fest, sie kommen nicht wirklich voran. Vielleicht ist das meine Chance."

„Tarek, ich drücke dir die Daumen. Als Ermittler warst du ja immer ein Ass. Aber pass auf, dass du dich nicht wieder verlierst. Du wirkst aufgeräumt und zuversichtlich. Fang nicht wieder mit deinem Ordnungswahn an. Es wäre schade, wenn ein so attraktiver Mann einen zweiten Absturz durchleiden müsste."

„Attraktiver Mann" – so hatte sie ihn wirklich genannt. Hatte der Mungo die Klapperschlange in der Defensive, konnte er schon jetzt zupacken?

„Lass uns über die Sache mit dem Tattoo reden. Eine wirkliche Lösung, die alle Seiten zufriedenstellt, werden wir nicht finden", versuchte Tarek das Problem mit Tochter Sarah schnell zu einem Ende zu bringen. „Du weißt genauso gut wie ich, dass Sarah, wenn wir ihr das Ganze verbieten, zu irgendeiner schmierigen Tattoobude rennt und sich dort die Hautgravur verpassen lässt. Möglicherweise entzündet sich das Ganze, sie holt sich eine Infektion und trägt gesundheitliche Schäden davon. Ich denke, das wollen wir beide nicht."

„Was schlägst du vor, Tarek?" Andrea beugte sich etwas vor, sodass ihre makellose Oberweite vollendet zur Geltung kam. Sie wusste genau, dass ihr Exmann an diesen zwei starken Argumenten nicht vorbeisehen konnte.

„Ich denke", versuchte er langsam seine Antwort zu formulieren, seine Blicke fest an das Dekolleté seiner Traumfrau geheftet.

„Ich denke, wir werden es erlauben."

„Was?", unterbrach sie ihn entrüstet.

„Du willst diesem Blag auch noch den Triumph gönnen?"

In Bruchteilen von Sekunden war aus der in Defensive liegenden Klapperschlange wieder ein angriffslustiges Mörderreptil geworden, das sich den Argumenten des Mungos nicht beugen wollte.

Mit viel Diplomatie beruhigte Tarek das Gemüt seiner Exfrau wieder und setzte seine Argumentation unbeirrt fort.

„Aus meiner Zeit im Streifendienst kenne ich noch ein Tattoostudio an der Lister Meile. Dort arbeitet Dirk Schwarze, Spitzname ‚Dicker Dirk', der auf die Haut seiner Kunden wahre Kunstwerke malt. Er entstammt der Schule Manfred Kohrs, jenes legendären Tätowierers, der hier in Hannover mit seiner Tätowierungsmaschine die Szene revolutionierte. Der Dicke Dirk zaubert grandiose Motive und arbeitet hygienisch einwandfrei. Ich würde Sarah dorthin begleiten und die Prozedur überwachen."

Andrea zog fragend ihre Stirn in Falten. Wieso kannte sich ihr Ex so gut mit dem Tattoo-Zeugs aus? Sie hatte sich abgewöhnt, ihn zu fragen, woher er das alles wusste.

Tarek war in mancherlei Hinsicht ein wandelndes Lexikon.

„Ich gebe mich geschlagen. Wahrscheinlich hast du recht. Wenn wir ihr die Geschichte verbieten, macht sie es trotzdem und wir verlieren sie womöglich noch. Das will ich auf keinen Fall! Ich werde Sarah nachher unsere Entscheidung verkünden. Sie wird Jubelsprünge machen, das kann ich dir versprechen!"

Nach einigem Hin und Her war der Kompromiss gefunden und beide aßen in aller Ruhe weiter.

Die Stimmung wurde gelöster, Tarek und Andrea lachten und erinnerten sich an alte Zeiten, Sarahs Kindheit, muntere Missgeschicke und eine alles in allem glückliche Zeit.

Tarek beobachtete, wie Andreas Laune, je entspannter der Abend wurde, in offene Sympathie für ihren Exmann umschlug. Mal beugte sie sich weit nach vorne und warf ihm fordernde Blicke zu, mal lehnte sie sich zurück und rutschte nervös auf ihrem Stuhl hin und her.

Der Mungo ließ die Klapperschlange zappeln. Nur noch ein wenig Disziplin und er hatte die Trümpfe in seiner Hand.

Andrea genoss den Anblick ihres Exmanns. Ihr saß ein außerordentlich attraktiver Mann gegenüber, mit gepflegten Händen, breitem Kreuz, stahlblauen Augen und einem Blick, der sie schon damals um den Verstand brachte.

„Hast du eigentlich noch was vor, heute Abend?", brach es aus ihr heraus.

„Kommt drauf an, was mir noch so geboten wird", hauchte er ihr entgegen.

Nach einem kurzen Moment fragten beide wie aus einem Mund: „Zu dir oder zu mir?"

Andrea wohnte in der Nähe.

Von der Alten Mühle waren es nur 10 Autominuten zu ihr.

Hastig bezahlte Tarek die Rechnung und beide eilten Hand in Hand zu Tareks Bulli. Zwischendurch küssten sie sich heftig. Wie ein frisch verliebtes Pärchen brausten sie in Richtung Heideviertel davon.

Dort angekommen, flogen die Klamotten schon im Wohnungsflur auf den Fußboden. Die pure Lust hatte beide gepackt und ließ alles um sie herum vergessen. Kurz noch die Treppe hoch, dann war das Ziel erreicht.

Im Schlafzimmer hielt Tarek kurz inne. Er ließ seinen Blick an dem tadellosen Körper seiner Traumfrau entlanggleiten. Alles war am richtigen Platz, ein Vollweib aus Fleisch und Blut!

Er wusste nicht warum, aber urplötzlich kam ihm die Textzeile eines Liedes von den Scorpions in den Sinn - Here I am, rock you like a hurricane.

Und genau das hatte er jetzt vor.

Sie gaben sich alles. Zwei ausgezehrte, einsame Seelen, die für einen Moment die ungestüme Leidenschaft ihrer Vergangenheit aufleben ließen.

Nach einer stürmischen Nacht klingelte um kurz nach sieben der Wecker. Aus den zerwühlten Kissen blickten zwei verschlafene Gesichter in Richtung des lärmenden Störenfrieds. Nach einem kurzen Moment ließ sich Andrea zurück in die Kissen fallen.

„Warum haben wir das nicht schon viel früher gemacht, Newman?"

In solch intimen Situationen gab sie ihrem Exmann in Anspielung auf seine blauen Augen und seinen Nachnamen (Neumann) den Namen des bekannten amerikanischen Schauspielers Paul Newman.

„Du bist wirklich verdammt gut in Form. Machst du mir einen Kaffee, damit mein Kreislauf wieder in Gang kommt?"

„Klar, Schatz."

Tarek zog sich seine Hose an und trottete in die Küche.

„Hallo Paps", scholl es ihm entgegen.

„Sarah? Wann bist du denn gekommen? Wir haben dich gar nicht gehört", gab Tarek etwas verlegen an seine Tochter zurück.

„Konntet ihr auch nicht, bei dem Lärm, den ihr veranstaltet habt. Frühstück ist schon fertig, ihr könnt es euch gleich bequem machen."

Verdutzt musterte Tarek das Arrangement auf dem Küchentisch. *Gar nicht so übel,* dachte er, *ein bisschen asymmetrisch, aber ansonsten recht ansprechend.* Nur das schräg liegende Besteck störte ihn. Messer, Gabel und Löffel lagen schief neben den Tellern. Seiner Pedanterie zum Trotz zwang er sich, dieser Beobachtung keine weitere Bedeutung zu schenken und schlich zurück ins Schlafzimmer.

Andrea konnte die Neuigkeit nicht glauben, dass ihre Tochter den Frühstückstisch gedeckt hatte.

„Was die alles veranstaltet, wenn ihr Göttervater im Hause ist, unglaublich!"

Andrea warf sich ihren Morgenmantel über und folgte ihrem Ex in die Küche. Sie musterte kurz ihre Tochter und funkelte sie aus ihren verschlafenen Augen an.

Schon wieder dieses Besteck. Andrea hatte Tarek den Rücken zugedreht und unterhielt sich mit Sarah.

Dieses Besteck! Es liegt völlig asymmetrisch auf dem Tisch. Wie sieht denn das aus! Tarek bemühte sich zu beherrschen. Druck baute sich auf. Tarek versuchte, sich zusammenzureißen. Immer wieder stieg dieser Zwang in ihm hoch.

Ich muss das zurechtrücken, gerade muss es sein, wie sieht denn das aus!

Er konnte nicht mehr. Seinen Gedanken folgend, ging er direkt auf den Tisch zu und richtete präzise das Besteck rechtwinklig zum Teller aus.

„Jetzt isst auch das Auge mit!", verkündete er triumphierend seinen Sieg über die Unordnung.

Andrea und Sarah, die sich zeitgleich zu ihm umdrehten, trauten ihren Augen kaum. Andreas Gesichtszüge veränderten sich. Kein entspanntes Lächeln umspielte ihre Lippen.

Tränen schossen in ihre Augen. Mit einer Mischung aus Wut und Verzweiflung feuerte sie stechende Blicke in seine Richtung ab.

Jetzt drehte sie sich um. Mit einem kernigen Schlag traf sie Tareks Wange, begleitet von einem ohrenbetäubenden Schrei. Zwei, drei, vier, fünf Schläge, immer wieder holte Andrea aus und drosch auf ihren überrumpelten Exmann ein.

„Deswegen habe ich dich verlassen, Arschloch. Heute Nacht säuselst du mir Liebesbekundungen ins Ohr. Kaum aufgestanden, zwingst du uns deinen Ordnungsfimmel auf! Wir sind keine Automaten, hier ist kein Museum, das Frühstück ist kein Rechenschieber!", schrie Andrea ihn rasend vor Wut an.

Den folgenden Schlägen wich Tarek aus und versuchte, Andrea zu beruhigen. Nach einem kurzen Gerangel brach sie weinend auf dem Stuhl zusammen.

„Ich will, dass du deine Sachen nimmst und sofort verschwindest, hörst du, sofort!"

Andrea meinte es ernst.

Tarek wandte seinen Blick Sarah zu. Traurig blickte er in das Gesicht seiner Tochter. Dicke Tränen liefen ihr über die Wange.

„Papa, ich hab' gedacht, jetzt wird alles wieder gut!"

Tarek ging auf sie zu und nahm Sarah zärtlich in seine starken Arme.

„Das wird schon noch. Es braucht eben Zeit!"

„Deine Zeit ist um, du hast deine Chance gehabt. Verpiss dich und lass dich hier nie wieder blicken!", gab Andrea unzweifelhaft zu verstehen.

Tarek gab seiner Tochter noch einen liebevollen Kuss auf die Stirn und verabschiedete sich von ihr.

„Wir sprechen später miteinander, okay?"

„Raus!", warf Andrea ihm wieder entgegen.

Verzweifelt und unendlich traurig zog sich Tarek seine Sachen über und verließ leise das Haus.

Die Mission Esmeralda war gründlich schiefgegangen.

Kapitel 12

Hannover, Landeshauptstadt Niedersachsens, 520.000 Einwohner, Messestadt, Industriestandort, Behördenzentrum, Kunstmetropole, Kulturmagnet, Schmelztiegel unterschiedlicher Ethnien, multikulti – Hannover hat viele Gesichter.

Und viele Sorgen.

Bildungsnotstand, Arbeitslosigkeit, Kriminalität, Verkehrschaos, Kluft zwischen Arm und Reich, Gewinner und Verlierer – eine Menge Probleme in einer Stadt, in der auf einem Quadratkilometer 2500 Menschen dicht gedrängt zusammenleben.

Als die Probleme immer dringender wurden, schlossen sich auf Initiative des Oberbürgermeisters, der Polizei und der Kaufmannschaft Hannovers Vertreter aus Politik, Verwaltung, Wirtschaft und Kultur in einer Ordnungspartnerschaft zusammen.

Getragen von dem Motto „Suchet der Stadt Bestes" trafen sich an jedem 2. Donnerstag im Monat hochrangige Vertreter von Behörden, Verbänden, Schulen, Handel und Industrie zu einem festen Termin, um den Problemen der Stadt mit abgestimmten Maßnahmen aller Beteiligten zu begegnen.

Dieses Jour fixe wurde von den nachgeordneten Mitarbeitern der beteiligten Institutionen ehrfurchtsvoll „Götterdämmerung" genannt, was weniger mit der überirdischen Kompetenz der Repräsentanten zu tun hatte, sondern eher ihrem Rang in der jeweiligen Hierarchie entsprach.

Der erlauchte Kreis bestand aus einem inneren und einem äußeren Zirkel, der je nach Problemstellung zu aktuellen Themen strategische Grundsatzentscheidungen traf. Das Ausfüllen dieser Strategien mit konkreten Maßnahmen war dann Aufgabe der jeweiligen Institutionen.

Die Zusammenarbeit hatte sich in den vergangenen Jahren bewährt und der Kreis wuchs mit der Vielfalt seiner Aufgaben.

Der „Innere Zirkel" bestand aus einem guten Dutzend fester Mitglieder:

Zuallererst der Hausherr, Hannovers Oberbürgermeister und Gastgeber Hans Schellen. Die Zweite im Bunde war die Leiterin der Polizeidirektion, Johanna Holzapfel-Stahl, gefolgt vom Präsidenten der Kaufmannschaft, Dr. Franz Terner, der Abteilungsleiterin der Schulaufsicht, Margarete Kappa, der Vorsitzenden des Sozialverbands, Adelheid Gräfin zu Steinbeck und dem Präsidenten der Industrie- und Handelskammer, Dr. Josef Steins.

Komplettiert wurde der Kreis vom Hannover 96-Präsidenten Christian Sorg, dem Vorstandschef des Hannoverschen Bankenverbundes, Dr. Bernhard Feist, dem Präsidenten am Landgericht Hannover, Dr. Kurt Rosen, der Leitenden Oberstaatsanwältin Helga Fallak, dem Landesbischof Markus Gsell und zu guter Letzt dem Präsidenten des Landeskriminalamts Roman Wolter.

In den „Äußeren Zirkel" wurden Spezialisten der jeweiligen Fachdienststellen berufen, die die Mitglieder des Inneren Zirkels zu aktuellen Anlässen und Fragestellungen berieten.

Über die jahrelange Zusammenarbeit hatten die Teilnehmer sich kennen- und schätzengelernt, zum Teil wurde sich geduzt, es überwog jedoch das respektvolle Sie.

Oberbürgermeister Schellen begrüßte die Runde an diesem Donnerstagmorgen wie üblich im Sitzungssaal des Neuen Rathauses Hannover. An einem runden Tisch saßen sich die Mitglieder des Inneren Zirkels gegenüber.

Diese Tischform war absichtlich gewählt, um allen Teilnehmern die Gleichrangigkeit ihrer Positionen zu verdeutlichen, wenngleich die Höhe der Gehälter der einzelnen Führungspersönlichkeiten zum Teil deutlich voneinander abwich. Bereichert von einem herrlichen Blick auf den Maschsee, kamen bei Kaffee und gekühlten Getränken zum Teil lebhafte Diskussionen in Gang, die fast ausnahmslos zu einem konstruktiven Ergebnis führten.

Am heutigen Morgen hielt der OB die aktuelle Ausgabe der HAZ in der Hand.

„Ich mache mir große Sorgen", eröffnete er die Runde der Hochkaräter an diesem Tag. Auf dem Titelblatt der Ausgabe prangte ein großer roter Fleck, kommentiert mit der Überschrift „Wie viele Morde kommen noch?".

„Die HAZ schreibt, dass es in der letzten Nacht sogar zwei Fundstellen von Blutlachen gegeben hat – zwei in einer Nacht, meine werten Damen und Herren! Wenn ich richtig gezählt habe, sind bisher insgesamt fünf solcher Fundstellen gemeldet worden. Ich mache mir große Sorgen", wiederholte Hans Schellen, „die Unruhe in der Bevölkerung ist erheblich."

„Das kann ich durchaus bestätigen, Herr Oberbürgermeister. In unserer Kaufmannschaft besteht die Sorge, dass die Kunden unter dem Eindruck dieser schrecklichen Verbrechen von Einkäufen in der Innenstadt absehen. Ich selbst befürchte Umsatzeinbußen in noch nicht absehbarer Höhe", gab der Präsident der Kaufmannschaft, Dr. Franz Terner zu bedenken.

„Wir haben Informationen aus den Frauenarbeitskreisen, die darauf hindeuten, dass vereinzelt Frauen zur Nachtzeit nicht mehr ausgehen und die Nähe der Innenstadt meiden. Viele sind verängstigt. Wir nehmen diese Signale sehr ernst", ergänzte die Vorsitzende des Sozialverbandes, Gräfin zu Steinbeck.

Nach und nach stimmten immer mehr Teilnehmer in den Kanon der Problembeschreibungen ein. Nur die Riege aus Polizei und Justiz hielt sich vorerst mit Wortbeiträgen zurück.

„Frau Holzapfel-Stahl, können Sie mit Ihren Erläuterungen zur Beruhigung dieser Runde beitragen? Sie haben doch sicher Informationen aus erster Hand für uns."

Mit einem freundlichen Lächeln bat der OB die Leiterin der Polizeidirektion ums Wort.

Johanna Holzapfel-Stahl war eine kleinwüchsige, untersetzte, resolute Frau Mitte fünfzig, die in ihrer Uniform ein wenig wie ein Generalfeldmarschall wirkte. Ihre Ausstrahlung und das goldene Ornat auf dem tiefblauen Jackett verliehen ihr ein gediegenes Maß an Autorität.

„Herr Schellen, selbstverständlich habe ich damit gerechnet, dass es heute Morgen viele Fragen zum derzeitigen Stand der Ermittlungen gibt. Ich will mich bemühen, Sie umfassend zu den aktuellen Entwicklungen zu informieren, soweit es die ermittlungstaktischen Gründe zulassen."

„Ich darf daran erinnern, dass die Staatsanwaltschaft die Herrin des Verfahrens ist. Insofern befindet es sich in der Hoheit meiner Ermittlungsbehörde, den werten Kolleginnen und Kollegen den Sachstand der

Ermittlungen mitzuteilen", bestand die Leitende Oberstaatsanwältin Helga Fallak auf ihr Plädoyer in dieser Angelegenheit.

Johanna Holzapfel-Stahl rollte mit den Augen. Immer wieder dieses Gezänk mit der Staatsanwaltschaft! Bei jeder Ermittlung eines Kapitaldelikts müssen sich die Staatsanwälte in Szene setzen – sei es gegenüber der Presse oder den Richtern. In der Sache hatte Fallak allerdings recht, aber die Art und Weise, wie sie auf diese Zuständigkeit bestand, wirkte irritierend.

„Werte Frau Fallak, natürlich lasse ich Ihnen gerne den Vortritt bei der Berichterstattung. Ich befürchte jedoch, dass Sie nicht allzu viele Informationen transportieren können, da die Staatsanwaltschaft den Eingang der Ermittlungsakten der Polizei bis zum jetzigen Zeitpunkt nicht einmal quittiert hat. Insofern halte ich mein Angebot aufrecht, den werten Kolleginnen und Kollegen valide Informationen aus erster Hand anzubieten."

Dieser Treffer saß. Nach zustimmendem Nicken und auffordernden Gesten der übrigen Beteiligten begann die Leiterin der Polizeidirektion ihren Vortrag.

In knappen Sätzen schilderte sie die bisherigen Ermittlungsergebnisse. Demnach seien insgesamt fünf Tatorte festgestellt worden, jeweils mit der Gemeinsamkeit, dass hier außer einer gewissen Menge Blut, das sich flächig über den Tatort verteilt, keine weiteren Spuren festgestellt werden konnten. Es gebe zu jeder Blutlache Entdeckungszeugen, die jedoch keine Angaben zu Tätern, Opfern oder Tatverläufen machen könnten. Allen Fällen gemein seien die Tatsachen, dass bisher noch keine Opfer gefunden wurden und Vermisstenmeldungen, die Rückschlüsse auf die Opfereigenschaft eines Vermissten geben würden, nicht vorlägen.

Die Ermittler stellten aber eine Häufung der Tatorte in der Eilenriede fest. Vier von fünf Tatorten lägen im Stadtwald, lediglich einer befand sich in der Passerelle. Zu den aktuellen beiden Tatorten der Nacht könne sie noch keine Angaben machen, die Tatortaufnahme werde momentan noch durchgeführt.

Derzeit verfüge man über keinen einzigen Hinweis auf Identitäten der Opfer oder Motive möglicher Täter.

„Wir haben nur einen einzigen Anhaltspunkt aufgrund der Einschätzung eines ehemaligen Zielfahnders des LKA, der beim Joggen zufällig einen Tatort entdeckte."

Holzapfel-Stahl machte eine Pause, drehte sich in Richtung des LKA-Präsidenten und warf Roman Wolter einen eindringlichen Blick zu.

„Derzeit haben wir alle verfügbaren Personalressourcen in die Aufklärung dieses Falles gesteckt. Aber ich weise darauf hin, dass bei uns, wie auch in Ihren Verwaltungen, die Mittel nicht unendlich sind. Wir prüfen genau, ob und wie viel Personal für die einzelnen Aufgaben eingesetzt werden kann. Die Polizeidirektion Hannover nimmt diesen Fall und Ihre Bedenken sehr ernst, das kann ich Ihnen versichern."

„Ich sehe, Frau Holzapfel-Stahl, die Angelegenheit ist bei Ihnen wie immer in guten Händen. Ich für meinen Teil, und ich denke, da spreche ich auch für alle anderen werten Mitglieder, bin zuversichtlich, dass Ihre Beamten bald Erfolge vermelden können."

Mit diesen vermittelnden Worten beendete der OB diesen Tagesordnungspunkt. Während er zu den weniger dramatischen Themenfeldern überleitete, blieb der Blick der Leiterin der Polizeidirektion bei ihrem

Pendant vom LKA kleben. Roman Wolter konnte diese Geste nicht deuten. Beide kannten sich aus der gemeinsamen Studienzeit an der Polizei-Führungsakademie (PFA) in Münster. Aber so, wie er seine Kollegin von der Direktion kannte, ließ dieser Blick nichts Gutes ahnen.

Die Tagesordnung beeinhaltete weitere Punkte über das nächste Heimspiel von Hannover 96 mit den zu veranlassenden Maßnahmen, die Inspektion der Kindertagesstätten in Hannovers Randgebieten bis hin zur Information des Bürgermeisters über eine unerfreuliche Feststellung seines Ordnungsamtes.

Die Veterinärabteilung der Stadtverwaltung hatte einen rasanten Anstieg der Rattenpopulation festgestellt. Nachdem öffentliche Gebäude, vor allem Schulen und Kindergärten, mit Rattenfallen ausgestattet worden waren, sei an diesen Stellen die Plage etwas eingedämmt worden.

Lediglich im Bereich des ehemaligen Hanomag-Geländes in Hannover Linden, das derzeit bekanntermaßen zu einem Industrie- und Dienstleistungszentrum umgebaut wird, würden die Nager ideale Bedingungen vorfinden. Seit der letzten Woche schienen sich die Ratten derart vermehrt zu haben, dass sich sowohl Bauarbeiter als auch die ersten dort angesiedelten Gewerbebetriebe über die unhaltbaren Zustände beklagten. In Richtung der Vertreter von Kaufmannschaft und Bankenverbund versicherte der OB, dass sein Ordnungsamt alles Erdenkliche unternehme, um dieser Plage Herr zu werden.

Nach gut zwei Stunden ging die Besprechung zu Ende. Hände schüttelnd verabschiedeten sich die Teilnehmer voneinander und wünschten sich schon jetzt ein schönes Wochenende.

Als der Präsident des LKA gerade seine Unterlagen zusammenpackte, bat ihn die Leiterin der Polizeidirektion eindringlich zu einem persönlichen Vier-Augen-Gespräch.

„Roman, ich muss dich unbedingt sprechen, es ist wichtig. Lass uns noch warten, bis die anderen den Raum verlassen haben."

Roman Wolter wunderte sich über den spontanen Gesprächswunsch seiner Kollegin.

Nachdem beide unter sich waren, kam Johanna Holzapfel-Stahl zur Sache:

„Roman, wir kennen uns seit Jahren und du weißt, dass ich keine Freundin von ausschweifenden Verbalakten bin. Daher komme ich jetzt direkt zur Sache. Der Ermittler, von dem ich vorhin sprach, kannst du dir vorstellen, wen ich damit meinte?" Wolter musste nicht lange überlegen.

„Du meinst diesen strafversetzten Absteiger, Tarek Neumann, nehme ich an. Tut mir leid, dass der deine Sollstärke strapaziert, aber wir haben ihn aus guten Gründen in deine Verantwortung abgegeben. Du hast ihn damals selbst zum Verkehrsdienst abkommandiert, weil er dort den wenigsten Schaden anrichten konnte."

„Und weil ich dort einen kompetenten Vorgesetzten habe, der mit solchen Fällen professionell umgehen kann. Roman, ich will dir nichts vormachen, aber wir treten mit den Ermittlungen auf der Stelle. Außerdem weißt du so gut wie ich, dass meine Personalressourcen im Bereich der Schwerkriminalität erschöpft sind. Wenn wir uns neben dieser Sache auch noch um die ganze Massenkriminalität und jeden unnatürlichen Todesfall kümmern müssen, dann kommen wir einfach nicht weiter. Dieser Fall bietet keinen Ansatzpunkt für Erfolg versprechende Ermittlungen und die einzigen brauchbaren Hinweise haben wir von deinem ehemaligen Superermittler, Tarek Neumann."

„Ehemaliger Superermittler, du sagst es. Ich bin froh, dass er nicht mehr beim LKA ist. Sein Verhalten war absolut indiskutabel. Er hat seinen Abstieg selbst zu verantworten. Aber warum schilderst du mir die ganze Geschichte so ausführlich, das LKA ist beim derzeitigen Stand der Ermittlungen für diesen Fall überhaupt nicht zuständig?"

Wolter wurde misstrauisch. Irgendetwas führte seine geschätzte Kollegin im Schilde.

„Roman, wir kennen uns seit Jahren, und ich brauche jetzt deine Hilfe. Du hast gemerkt, wie sehr dieser Fall die Gemüter beunruhigt. Die Zeitungen sind voll davon und eine reißerische Schlagzeile jagt die nächste. Der Rundfunk berichtet pausenlos, und ich habe in den letzten zwei Tagen achtmal vor der Fernsehkamera gestanden. Es geht hier nicht um persönliche Befindlichkeiten, es geht darum, wie wir unsere Bevölkerung vor einem Irren schützen können - und das so schnell wie's geht."

Echte Besorgnis schwang in den Worten der obersten Polizistin Hannovers mit.

„Worauf willst du hinaus?", hakte Wolter nach.

„Als Erstes bitte ich dich, den Fall vom LKA übernehmen zu lassen."

Wolter schaute seine Kollegin prüfend an.

„Und als Zweites?"

„Als Zweites will ich, dass du Tarek Neumann seine alte Stelle wiedergibst. Er scheint mir derzeit der Einzige zu sein, der wirklich in der Sache vorankommen kann", antwortete Johanna Holzapfel-Stahl mit energischer Bestimmtheit in der Stimme.

„Neumann? Auf gar keinen Fall. Dieser versoffene und verkiffte Mensch bringt mir meinen ganzen Laden durcheinander. Jo …", so nannte er sie immer, wenn er sich ärgerte, „du kannst alles von mir verlangen, aber diesen gebrochenen Selbstdarsteller braucht bei uns kein Mensch, ich …"

„Du wirst diesen einzigartigen Kollegen bei den Ermittlungen dringend brauchen", biss sie zurück. „Tarek Neumann hat sich in den zwei Jahren beim Verkehrsdienst hervorragend entwickelt. Er hat intensiv an sich gearbeitet. In der gesamten Zeit war er nicht ein einziges Mal krank oder hat unentschuldigt gefehlt. Sein Gruppenführer hat ihm ein fantastisches Zeugnis ausgestellt. Er macht seine Arbeit gründlich und gewissenhaft, motiviert seine Kollegen, ist ein absoluter Teamplayer und außerordentlich fleißig. Er befindet sich körperlich in Topform, treibt regelmäßig Sport, hat einen Körper wie ein Adonis und ist in jeder Hinsicht clean. Summa summarum kriegst du von uns einen Beamten zurück, der mit der gescheiterten Existenz von vor zwei Jahren nichts mehr zu tun hat. Ich will, dass du ihm eine zweite Chance gibst."

Mit stahlhartem Blick verlieh Johanna ihren Worten Nachdruck.

„Hartnäckiges Weib", fauchte Roman Wolter zurück. „Wie immer gibst du erst auf, wenn dein Gegenüber deine Forderungen bedingungslos erfüllt. Also gut, ich überlege es mir", willigte Wolter widerstrebend ein.

„Roman, ich werde dich hier so lange zutexten, bis du mir ein bedingungsloses Ja gibst. Du kennst mich, ich habe einen langen Atem. Gib diesem Neumann eine zweite Chance, verdient hat er sie allemal."

Spitzmündig und mit zornigen Falten auf der Stirn verlieh sie noch einmal ihrer Forderung Nachdruck.

Wolter konnte es nicht fassen. Diese zu kurz geratene, resolute Powerfrau war tatsächlich in der Lage, trotz ihres kleinen Wuchses auf ihn herabzublicken. Mit dieser Masche hatte sie schon manche Entscheidung erzwungen. Seit der Studienzeit hatte sich das nicht geändert.

„Meine liebe, nervtötende Kollegin. In Anbetracht der angedrohten Umstände und vor dem Hintergrund deines penetranten Auftretens bleibt mir wohl keine andere Wahl, als dir einen Arbeitsversuch für diesen Neumann zuzusagen. Aber eins verspreche ich dir. Wenn er auch nur den geringsten Fehler macht oder sich irgendeine Nachlässigkeit erlaubt, schmeiße ich ihn raus. Ist das klar?"

Wolter kochte innerlich.

Von einer Sekunde zur anderen wurde aus dem giftigen Schlachtross eine mit den Augen klappernde Nymphe. Sie hatte ihr Ziel erreicht - wieder einmal.

„Ich darf Tarek Neumann also ausrichten lassen, dass du ihn ab Montag wieder als Zielfahnder einsetzt?", fragte Johanna Holzapfel-Stahl mit klappernden Wimpern und aufgesetztem Lächeln.

„Jahaaa!", schnaubte Wolter zurück.

Wortlos grinsend packte die Leiterin der Polizeidirektion Hannover blitzschnell ihre Sachen und rauschte an dem verdutzten Kollegen des LKA vorbei.

Mit erfreulichen Neuigkeiten im Gepäck verließ sie das Rathaus und kehrte im Stechschritt zurück zu ihrer Dienststelle.

Bis zum Wochenende blieb es ruhig in Hannover. Keine weitere Blutlache wurde gefunden, kein weiterer Tatort gemeldet. Die Medien fuhren schwere Geschütze gegen die schleppenden Ermittlungen der Polizei auf, die Spekulationen eskalierten ins Uferlose.

Nach dem desaströsen Ausgang des romantischen Abends mit Andrea war Tarek völlig zerknirscht in den Spätdienst am Donnerstag gegangen. Von den beiden Tatorten in der Nacht zuvor hatte er in der Zeitung gelesen. Schon wieder hatte der Täter zugeschlagen – und diesmal waren es sogar zwei Opfer!

Irgendwie lief es derzeit nicht richtig rund. Obwohl Rosenberg ihm mit seinem Einsatz für eine Verwendung beim LKA Hoffnung gemacht hatte, war in sein Privatleben wieder reichlich Unordnung eingezogen.

Das Desaster mit Andrea wurde begleitet vom schlechten Gesundheitszustand seines Vaters. Am Freitag hatte er ihn noch einmal besucht. Außer einem in seinen Phantasiewelten reisenden alten Mann hatte er keinen Menschen vorgefunden, mit dem er sich hätte unterhalten können. Dr. Jakob bemühte sich, den Zustand seines Vaters zur relativieren und ihm Hoffnung zu machen.

Tarek hatte jedoch ein ganz ungutes Gefühl bei der Sache. Er kannte seinen Vater sehr gut. In einem solch bemitleidenswerten Zustand hatte er ihn noch nie erlebt.

Nach einem undramatischen Wochenausklang war jetzt endlich Sonntag – Tareks Sonntag. Die Sonntage waren ihm heilig. In der Hektik des Alltags und dem

Stress des Berufslebens bildeten sie eine Insel der Ruhe und Besinnung.

Ausschlafen, ausgiebiges Frühstück und dann einen Besuch bei seinem Freund an dessen Arbeitsplatz. Pastor Johannes Wolff war ein engagierter Geistlicher. Tarek versäumte keinen seiner Gottesdienste.

In der Lister Matthäuskirche begrüßte der stämmige Pastor jeden Kirchgänger persönlich mit Handschlag. Johannes Wolff war eine runde und frohmütige Erscheinung. In seinem schwarzen Talar wirkte er ein wenig wie ein drolliger Troll - behaarte Hände, buschige Augenbrauen, schütteres Haar. Bei einer Körpergröße von knapp 1,75 m, einer Schuhgröße von 48 und einem geschätzten Gewicht von 110 Kilo war sich jedes Gemeindemitglied sicher, dass ihr Seelsorger Verwandte in den Wäldern Norwegens hatte.

„Hallo Tarek, mein Freund, wie geht es dir? Ich freue mich sehr, dich zum heutigen Gottesdienst begrüßen zu dürfen."

Das war keine Floskel, Wolff meinte es aufrichtig und ernst. In Tareks dunkelsten Stunden hatte er ihm wortgewaltig den Kopf zurechtgerückt und ihn unter seine seelsorgerischen Fittiche genommen. Tarek wusste, dass gerade dieser engagierte Einsatz des Pastors ihn vor Schlimmerem bewahrt hatte.

Wie jeden Sonntag war die Kirche etwa zur Hälfte gefüllt, ganz vorne saßen die Konfirmanden, die halb verschlafen in der ersten Reihe Platz nehmen mussten.

Für diesen und die nächsten Gottesdienste hatte sich Johannes Wolff sein Lieblingsthema ausgesucht: die sieben Todsünden.

Heute war die Habgier an der Reihe.

Auf der Kanzel lief der Pastor zur Hochform auf. Vor dem Hintergrund der Börsencrashs der vergangenen Monate, der Staatspleiten und der rücksichtlosen Gier der Börsenspekulanten donnerte er seine Predigt über die andächtig lauschende Gemeinde.

Wolff wetterte über schier unersättliche Spekulanten, verantwortungslose Banker, völlig inkompetente Manager und die gravierenden weltweiten Folgen, die die Habsucht dieser Heuschrecken nach sich ziehe. Immer wieder ereiferte sich der Pastor ob der Ungerechtigkeit solcher Entwicklungen für die kleinen Leute, die schwerwiegenden Folgen für die dritte Welt und die Beeinflussung der Lebensqualität der Nächsten hierzulande.

Er redete sich immer mehr in Rage. Die Adern auf seiner Stirn schwollen daumendick an, Schweiß tropfte von seiner Stirn, seine Stimme überschlug sich. Nachdem die Lautsprecheranlage mehrere Rückkopplungen von sich gab, aus verschiedenen Richtungen laute Fiepgeräusche zu hören waren und die Hörgeräte der betagteren Gottesdienstbesucher ihren Dienst versagten, drosselte der Pastor sein Engagement.

Tarek staunte immer wieder darüber, wie es seinem Freund gelang, trotz der ihn aufwühlenden Ungerechtigkeiten zum Ende der Predigt wieder herunterzukommen. Nach der schweißtreibenden Standpauke sprach er in aller Ruhe mit dem liebenswürdigsten Ton, der je einem Pastor über die Lippen kam, den Segen über die Gemeinde.

Beim Verlassen der Kirche schüttelte Johannes Wolff jedem Kirchgänger erneut die Hand. Diesmal allerdings fühlbar kraftloser als zu Beginn der Veranstaltung.

„Wollen wir gleich einen Kaffee zusammen trinken, Johannes, ich bräuchte mal deinen Rat“, bat Tarek seinen Freund um eine Audienz.

„Natürlich, mein Junge, lass mich gerade noch alle verabschieden, dann gehen wir ins Gemeindebüro."

Das Gemeindebüro war das genaue Gegenteil von Tareks penibel aufgeräumter Wohnung. Auf einem alten Schreibtisch aus den siebziger Jahren lagen mehrere handschriftliche Zettel bunt durcheinander, der Papierkorb quoll über. An mehreren Stellen auf dem Boden stapelten sich dicke Bücher. Tarek steuerte slalomartig einen Ohrensessel in der hinteren Ecke des Büros an. Hier hatte er schon so manche verschärfte Ansprache des Pastors abbekommen. Dieses Möbel war ihm bei diesen Sitzungen ein bisschen ans Herz gewachsen.

Johannes Wolff betrat kurze Zeit später den Raum mit geöffnetem Kragen, aufgekrempelten Ärmeln und einem Handtuch, mit dem er sich sein triefnasses Gesicht abtrocknete.

Trittsicher umschiffte der Pastor die Bücherstapel und ging schnurstracks auf eine vollautomatische Kaffeemaschine zu.

„Latte oder Cappu?", bot er Tarek zur Auswahl an.

„Ein ganz normaler Kaffee mit Milch und Zucker würde schon reichen", gab Tarek zurück.

„Latte oder Cappu! Der Kaffee-Gang sowie Espresso, Mocca und Melange funktionieren nicht. Die Maschine läuft nur noch auf zwei Pötten, also entscheide dich", murrte Johannes Wolff zurück, der seinen Angestellten immer noch den unsachgemäßen Umgang mit dem elektronischen Wunderwerk übel nahm.

„Latte", gab Tarek grinsend zurück und lehnte sich entspannt im Sessel zurück.

Unter lautem Zischen und Schlürfen ließ Wolff zwei Kaffeebecher mit einem haselnussbraunen Zeug volllaufen und reichte seinem ehemaligen Sorgenkind das dampfend heiße Getränk.

„Nun, mein Sohn, was führt dich zu mir?" Diese Ansprache wählte der Pastor immer, wenn Rat suchende Männer sein Büro aufsuchten.

Tarek erzählte ihm alles – von seinen erfolgreichen Bemühungen, wieder in ein geordnetes Leben zurückzukehren, seiner Hoffnung, bald seine Stelle im LKA wiederzubekommen, den Sorgen mit seinem Vater sowie den pubertären Ausfällen seiner Tochter und dem missglückten Abend mit Andrea.

„Du scheinst mir ja immer noch tragisch verknallt zu sein, Tarek. Die Frau ist von dir geschieden, das hat Gründe. Gründe, die du endlich akzeptieren solltest", merkte er kritisch an.

„Ich komme von ihr nicht los. Ich vermisse sie. Du kannst das wahrscheinlich nicht nachvollziehen. In deinem Alter und mit fünf Kindern ist der Ofen doch eh aus", mutmaßte Tarek in Anspielung auf die Lebensumstände seines Freundes. Wolff war 55 Jahre alt, seit ewigen Zeiten mit ein und derselben Frau verheiratet und Vater von fünf Kindern.

„Blödsinn!", fauchte der Pastor zurück.

„Glaubst du, dass uns der Storch im Akkord die Kinder an die Türschwelle gelegt hat? Was für'n Unfug, Tarek, das war das Ergebnis purer Leidenschaft und köstlicher Begierde! Meine Frau mag vielleicht nicht mehr taufrisch aussehen – wie auch, nach fünf Geburten? Aber schau mich an. Ich ähnele eher einem Troll als einem attraktiven Mann. Dennoch glüht immer wieder die Leidenschaft zwischen Mona und mir auf. Und dieses Geschenk unseres Herrn nehmen wir gerne an." Johannes Wolff grinste verschmitzt.

Tarek wusste nicht so recht, wie er die Äußerung des Pastors deuten sollte.

„Tarek, jetzt mal Klartext. Bewerte dieses Techtelmechtel mit deiner Exfrau nicht so hoch. Andrea wird ihre Gründe gehabt haben, als sie sich von dir getrennt hat. Und der Stachel sitzt tief, das hat sie dir ja lautstark klargemacht. Gebt euch beiden etwas mehr Zeit. Und vertraue nicht darauf, dass das mit Andrea und dir wieder alles in Ordnung kommt – das kann so passieren, muss es aber nicht. Denke immer daran, dass du oder Andrea jemand anderen kennenlernen könntet, ihr euch neu verliebt und eure Kontakte sich auf einer eher freundschaftlichen Ebene abspielen könnten. Fordere dein Glück nicht heraus!

Ich an deiner Stelle würde mir viel mehr Gedanken um meine Tochter machen. Sarah steckt jetzt in einer schwierigen Phase. Und wenn du deinen Vaterpflichten nicht in vollem Umfang nachkommst, gerät sie womöglich auf die schiefe Bahn. Lass es nicht so weit kommen."

Tarek stimmten die Worte seines Freundes nachdenklich. Wahrscheinlich hatte er wieder einmal recht. Das Pfund Lebenserfahrung eines mehrfachen Familienvaters und die jahrelange seelsorgerische Praxis gaben ihm ein gediegenes Maß an Autorität und Glaubwürdigkeit.

„So Tarek, jetzt musst du mich bitte entschuldigen. Ich drehe meine Runde bei den Obdachlosen. Für sie beginnen wieder schwere Zeiten. Kalte Nächte, Regen und die Angst vor einem Monster, das nachts wen auch immer abschlachtet, lassen sie nicht zur Ruhe kommen. Unsere Suppenküchen und Schlafstätten sind rappelvoll. Viele von ihnen brauchen seelischen Beistand in diesen schweren Zeiten. Nicht umsonst habe ich heute so wütend von der Kanzel gepredigt. Unter den Brücken Hannovers finde ich immer mehr Verlierer unseres rücksichtslosen Materialismus."

Wortlos verabschiedete sich Tarek von Johannes Wolff. Der Pastor nahm ihn kurz in den Arm und klopfte ihm ermutigend auf die Schulter.

„Wird schon!", versuchte der Pastor ihn ein letztes Mal aufzumuntern, bevor sich ihre Wege am heutigen Tage trennten.

Nach einem erholsamen Spaziergang war es Zeit für Tareks jüngstes Hobby. Nachdem er von seiner Jugendzeit an die koreanische Kunst der waffenlosen Selbstverteidigung, Taekwon-Do, betrieben hatte, ließen ihn seine Knie vor ein paar Jahren im Stich. Gerissene Kreuzbänder und verschlissene Menisken verdarben ihm den Spaß an einer Sportart, die vor allem durch spektakuläre Beintechniken beeindruckte.

Vor einem Jahr war er durch eine Zeitungswerbung auf die japanische Kunst des Schwertkampfs, Kendo, aufmerksam geworden.

In einer Sporthalle in der Haltenhoffstraße wurde sonntags ein Training für die sogenannten „Best Ager", Menschen zwischen dem vierzigsten und sechzigsten Lebensjahr, abgehalten.

Tarek gefiel das hohe Maß an Disziplin dieses Sports und das partnerschaftliche Miteinander der Aktiven. Hier musste sich keiner mehr etwas beweisen.

Wirkten die Sportler mit den Bambus-Schwertern in ihren Schutzausrüstungen ein wenig wie Darsteller einer Tolkien-Verfilmung, so war doch das Training in diesen Anzügen eine anstrengende Angelegenheit. Tarek zeigte von Beginn an Talent und war innerhalb eines Jahres schon sehr weit fortgeschritten.

In zwei Stunden Training gelang es ihm, den aufgestauten Stress der vergangenen Woche abzubauen. Begleitet vom Joggen, Schwimmen und Krafttraining entfaltete sein umfangreiches Sportprogramm eine nachhaltige therapeutische Wirkung.

Nach diesem Training der besonderen Art gönnte er sich noch zwei ausgiebige Saunagänge und fiel abends völlig abgekämpft aber zufrieden ins Bett.

Entspannt schlief er den Herausforderungen der nächsten Woche entgegen.

Viktor Friesen war selig – weinselig. Wenn es gut lief, konnte er am Samstag in der Innenstadt so viel Leergut sammeln, dass der Erlös für eine Flasche Schnaps reichte. Viktor hatte ein Gespür für die besten Ecken. Seine Ernte fuhr er am Hauptbahnhof und in der Fußgängerzone ein. Mit dem klappernden Flaschensack ging er dann zum Discounter und fütterte das Gerät mit den ausgetrunkenen Hinterlassenschaften von Fußballfans, Konsumsüchtigen und Spaziergängern, die die Pfandflaschen achtlos in den Müll warfen. Der Erlös am Leergutautomaten entschied dann über die Qualität des Alkohols. Der gestrige Tag war so ertragreich, dass es für eine Flasche guten russischen Wodkas langte. Viktor trank die Flaschen nie sofort aus, sondern bewahrte sie sich für den Sonntag auf.

Nach einer Nacht in der Eilenriede oder unter den Brücken am Leineufer ließ er sich dann ab Sonntagmorgen volllaufen. Über den Tag verteilt, beobachtete er das Treiben von Ausflüglern, Joggern oder alten Damen, die hingebungsvoll ein paar Enten fütterten. Abends war er dann so stramm, dass er sich selig in seine Schlafecke zurückzog, den Sternenhimmel anschaute oder bei Regen dem Tanz der Tropfen auf den Pfützen zusah.

Viktor war recht neu auf der Platte. Vor knapp einem Jahr wurde der 25-jährige bei einem großen Elektro-Fachmarkt rausgeworfen, die Umsatzzahlen stimmten nicht mehr. Freisetzen von Personal nannten seine Chefs das. Als einer der jüngsten Mitarbeiter ohne eigene Familie stand er als einer der Ersten auf der Abschussliste. Nach unzähligen Vorstellungsgesprächen resignierte er und wechselte seine 1,5-Zimmerwohnung in Linden gegen das selbstbestimmte Leben unter Hannovers Sternendach.

Heute lag er unter der Leinebrücke am Westschnellweg. Über ihm herrschte reges Treiben. Aber ab 23.00 Uhr war deutlich weniger Verkehr zu hören und das vereinzelte, rhythmische Klackern der Autoreifen, die den Ansatz der Straße zur Brücke überfuhren, wiegte ihn langsam in den Schlaf.

Nachts war hier nicht viel los. Am Montag mussten die Menschen wieder zur Arbeit und legten sich früh zu Bett. Außerdem wurden die Oktobernächte immer kälter, sodass kaum jemand freiwillig draußen blieb, wenn er nicht musste.

Ruhige, aber kalte Nächte standen ihm bevor. Viktor hatte noch keine schlechte Jahreszeit draußen verbracht. Daher machte er sich keine ernsten Sorgen über die Härten des kommenden Winters. In seinem grünen Schlafsack aus Bundeswehrzeiten hatte er sich in den Randbewuchs des Brückenkopfes so tief vergraben, dass er für vorbeigehende Passanten kaum auszumachen war. So schlief er wie all die Sonntage zuvor, volltrunken und zufrieden in seinem Schlafsack ein.

Mitten in der Nacht wurde er von einem rasselnden Geräusch geweckt. Am gegenüberliegenden Ufer konnte er die Silhouette eines großen Wagens erkennen. Der Mond schien ein wenig und warf sein fahles Licht auf den gegenüberliegenden Fahrradweg, der wie ein grauer Begleiter der Leine Richtung Westen folgte. Der große Wagen hatte sein Licht nicht eingeschaltet und tastete sich auf dem Fahrradweg langsam voran.

„Wieso hat der Blödmann kein Licht an?", fragte sich Viktor bei diesem seltsamen Anblick.

Vor den kleinen Alleebäumen setzte sich die Kontur des Autos immer detailreicher ab. Viktor rieb sich die Augen. Nach einer Extraschicht seiner Leber war sein Zustand gerade dabei, sich von rappelvoll auf leicht beschwipst zu wandeln. Eine Entwicklung, die er immer wieder bedauerte, war er doch der festen Überzeugung, dass man dieses Dasein nur im Suff ertragen konnte.

Plötzlich hielt der Wagen ... ja, es war ein Kastenwagen, ein ziemlich großer ... er hielt an. Viktor konnte erkennen, wie eine Person um den Wagen herumging und sich mehrfach umsah. Die völlig in Schwarz gekleidete Person schien eine Art Mantel zu tragen. Viktor war sich nicht ganz sicher, richtete sich leise auf und versuchte, in dem schwarzen Schattenspiel noch mehr Einzelheiten zu erkennen. Aufgrund des zu dieser Uhrzeit ungewohnten Haltungswechsels grummelte sein Magen.

Die Person wirkte riesig, etwa zwei Drittel so groß wie der Wagen. Langsam bewegte sich dieser Mensch vorwärts. Abrupt blieb er stehen.

Am Boden lag irgendetwas. Was konnte das sein? Es lag an der Uferböschung und bewegte sich ein wenig. Jetzt reckte es seinen Kopf hoch. Es war ein Tippelbruder, sozusagen ein Kollege von Viktor! Im Liegen schien er mit der großen dunklen Gestalt zu sprechen.

Auf die Entfernung wirkte es fast wie die Unterhaltung zweier vertrauter Menschen.

Viktor bemühte sich, irgendetwas von dem Gespräch mitzubekommen, irgendeinen Laut zu vernehmen. Aber die Stille wurde immer wieder durch die lauten Fahrgeräusche einzelner Autos über ihm durchbrochen.

Plötzlich blitzte etwas unter dem Mantel der Person auf. Das Ungetüm hatte eine Art Stiel in der Hand, an dessen Ende etwas Helles kurz aufblitzte. Die Reflektion befand sich oberhalb des Stielendes und wirkte wie ein metallener Zacken. In einer kreisenden Aufwärtsbewegung stemmte der schwarze Schatten diesen Stiel über sich und ließ ihn sofort geradlinig nach unten schnellen – direkt auf den Kopf seines Kumpels.

Viktor wollte schreien, sein Puls raste, er hatte panische Angst. *Nur nicht schreien, nur nicht schreien,* redete sein Überlebensinstinkt unablässig auf ihn ein, sein Magen rebellierte.

Auf der anderen Seite der Leine brach der am Boden liegende Körper nach einem kurzen Aufbäumen schlagartig schlaff zusammen. Der große Schatten beugte sich hinunter, so als wolle er etwas prüfen oder sagen. Langsam richtete sich der Schatten wieder auf. Mit derselben Bewegung wie beim ersten Mal holte er wiederum mit dem Stiel aus und drehte ihn dabei blitzschnell. Das blitzende Etwas war jetzt unterhalb des Stielendes zu erkennen.

Eine Sense, eine Sense, das ist bestimmt eine Sense, schoss es Viktor durch den Kopf. Wiederum sauste der Stiel nach unten auf den jetzt leblos am Boden liegenden Körper. Nach dem Einschlag machte der schwarze Schatten einen kurzen Ruck nach hinten. Danach beugte er sich schräg nach vorn und packte den Stiel mittig an. Nach einem weiteren Ruck nahm das Ungetüm sein todbringendes Werkzeug wieder an sich und steckte es unter seinen Mantel.

Langsam und bedächtig ging der Schatten zurück zum Wagen und holte etwas heraus. Immer wieder verdeckten Wolken das ohnehin spärliche Mondlicht, sodass Viktor sich jedes Mal neu am gegenüberliegenden Ufer orientieren musste.

Was war denn das? Der schwarze Schatten hatte eine Art Schlauchboot auf dem Rücken, oder war es ein großer Sack? Sosehr er sich auch bemühte, Viktor konnte es einfach nicht genau erkennen. Der Gegenstand war so lang, dass eines seiner Enden auf dem Asphalt des Radwegs schleifte. Das Geräusch eines leisen Kratzens wehte zu Viktor herüber.

Als die Person den leblosen Körper erreicht hatte, ließ es seine Last auf den Boden fallen. Der unbekannte Schlächter hob erst die Beine seines Opfers an und hielt sie in die Höhe. Drei, vier Mal schüttelte er sie, dann zog er seine tote Beute in Richtung Behältnis. Friesen konnte jetzt nichts mehr erkennen, die Konturen des schwarzen Ungeheuers und seines toten Kumpels verschwammen zwischen Radweg und Bäumen. Die Person schien jedoch emsig beschäftigt zu sein.

Jetzt stand der schwarze Schatten wieder auf und hob den Sack mit beiden Armen an. Er transportierte sein Gepäck mit angewinkelten Armen vor sich, so wie es frisch verheiratete Ehepaare tun, wenn der Bräutigam seine Angebetete über die Schwelle trägt.

Viktor wurde übel. Der gärende Mageninhalt einer Mischung aus Suppe, Brot und Wodka suchte jetzt endgültig ein Entlastungsventil. Er konnte doch jetzt nicht kotzen!

Was ist, wenn der Sensenmann auf der anderen Seite mein Würgen hört – kommt er dann rüber und erschlägt mich auch?

Viktor Friesen riss sich zusammen. Er musste einfach dem mörderischen Treiben zusehen. Ein paar Mal tief durchgeatmet, schon erging es ihm etwas besser.

Das schwarze Monster war jetzt am Kastenwagen angelangt. In aller Ruhe ging er zum Heck des Fahrzeugs und legte seine Errungenschaft in den Laderaum.

Er schaute sich noch zweimal um, schlug behutsam beide Hecktüren zu und verschwand für einen kurzen Moment in der Deckung des Transporters. Viktor hörte noch ein drittes leises Schlagen einer Tür. Ohne das Licht anzuschalten, wurde der Motor gestartet und der Wagen schlich so leise wie er gekommen war am Leineufer Richtung Westen davon.

Viktors Magen hatte seinen Kampf gegen die Beherrschung verloren. Spontan erbrach der Obdachlose seinen quälenden Mageninhalt über seinen Schlafsack. Viktor übergab sich immer wieder. Die Tat, die er beobachtet hatte, war einfach zu viel für ihn. Mit jedem Auswurf sauren Magenbreis spuckte er ein Stück Abscheu in sein Nachtquartier. Fast ohnmächtig, versuchte er zu schreien, doch die Müdigkeit übermannte ihn.

„Der Sensenmann, es war der Sensenmann", dämmerte er immer wieder vor sich hin, bevor er vor Erschöpfung einschlief.

Montagmorgen, Frühdienst. Tarek traf um kurz vor sechs auf seiner Dienststelle beim Zentralen Verkehrsdienst ein. Wie gewohnt, führte ihn sein erster Gang in den Keller an den Spind. Als er die wohlstrukturierte Heimstatt seiner Uniform und Ausrüstungsgegenstände öffnete, trat seine Verehrerin Jule in den Eingang zur Männerumkleide und wand sich wie eine Schmusekatze appetitlich in der Zarge.

„Hallo Tiger“, hauchte sie mit gespielt rauchigem Unterton in der Stimme Tarek entgegen.

Oh, nein, nicht schon wieder, dachte Tarek, *gibt es eigentlich keine Schutzbestimmung für Männer gegen sexuelle Belästigung am Arbeitsplatz?*

„Jule, Darling“, konterte er, „ich dachte, du hättest meinen Kommentar vor einer Woche verstanden. Bei mir ist nichts zu holen, wenigstens nicht für dich!“

Tarek war genervt. Wird die Kollegin denn nie begreifen, dass sie nicht sein Fall ist?

„Gut gebrüllt, Tiger. Keine Sorge, ich will dir nicht an die Wäsche. Aber die Direktionsleiterin verlangt nach dir. Rosi ist schon ganz aufgeregt. Er soll dich zu ihr bringen. Alle wissen, dass du zurück zum LKA willst. Vielleicht hast du ja jetzt die Gelegenheit, dich ein wenig hochzuvögeln.“

Mit einem gekünstelten Tigergebrüll verließ Jule den Raum. Tarek überlegt kurz, ob er auf diese Unverschämtheit antworten sollte, verwarf den Gedanken aber sofort. Eigentlich wollte er jetzt seine Kombi anziehen, um noch ein letztes Mal in dieser Saison mit dem Krad in der Eilenriede zu patrouillieren. Doch das wäre wohl nicht die richtige Kleidung für einen Termin bei der Direktionsleiterin.

Also kramte er Sakko, Bundfaltenhose, Diensthemd und Krawatte aus dem Spind und putzte seine schwarzen Halbschuhe auf Hochglanz. Während er die Uniform anzog und den korrekten Sitz im Spiegel überprüfte, stürzte Rosenberg atemlos in den Raum.

„Sie hat angerufen und schon so früh! Normalerweise ist sie um diese Uhrzeit noch gar nicht im Büro. Das scheint ihr verdammt wichtig zu sein, sonst wäre sie nicht so zeitig gekommen. Und am Telefon war sie außerordentlich liebenswürdig, wie man es gar nicht von ihr kennt. Tarek, das wird dein großer Tag, glaub mir, versau die Sache bitte nicht!"

Rosis Nervosität übertrug sich auf Tarek. Ein undefinierbares Zittern durchfuhr seine Beine – war er etwa aufgeregt?

„Rosi, du weißt doch gar nicht, was sie will. Vielleicht will sie uns nur einen kollektiven Anschiss verpassen wegen der Festnahme vom letzten Montag. Warten wir erst einmal ab, was los ist."

Tarek tat unheimlich souverän, während es in seinem Magen grummelte und zuckte. Konnte das heute wirklich seine große Stunde werden?

Mit dem Streifenwagen fuhren sie vom Welfenplatz zur Waterloostraße. Dort angekommen, erwartete man die beiden Beamten schon. Der Vorzimmersekretär, ein emsiger Mann mit Nickelbrille, gegelten Haaren und kraftloser Erscheinung führte sie in das Büro ihrer Chefin.

„Ah, die Herren Rosenberg und Neumann! Bitte nehmen Sie doch Platz."

In ihrem weitläufigen Büro hatte Johanna Holzapfel-Stahl die Besprechungsecke mit Kaffee und Plätzchen eindecken lassen. Ihr geschmackvoll eingerichtetes Büro wirkte sehr ansprechend. Frische Blumen standen in den Fensternischen, Fotos von Island und den Gletschern Norwegens zierten die Wände.

Nachdem die kleine Dame den Herren einen Platz angeboten hatte, eröffnete Holzapfel-Stahl mit einem ernsten und bestimmten Tonfall das Gespräch.

„Herr Neumann, ich habe Sie hierhergebeten, um mit Ihnen über Ihr Verhalten und Ihre Dienstbeflissenheit zu sprechen."

Tarek drehte irritiert seinen Kopf in Richtung Rosenberg und sah ihn durchdringend an. Rosi zuckte unwissend mit den Schultern.

„Also, Herr Neumann. Da sind ja so einige Vorfälle, die eine gewisse Wirkung entfalten, wenn Sie verstehen, was ich meine."

Tarek zog die Stirn kraus. Er traute sich nicht, zu antworten. Johanna Holzapfel-Stahl war ein kantiges Weib.

Trotz ihrer kleinen Erscheinung hatte sie ihren Laden im Griff. Selbst die obersten Führungskräfte bekamen Achselschweiß, wenn sie zum Kritikgespräch vorgeladen wurden.

„Na, soll ich Ihnen auf die Sprünge helfen? Ihre Hartnäckigkeit und Unnachgiebigkeit selbst bei kleinsten Verstößen, Ihr übertriebener Diensteifer. Und was war das für eine Geschichte mit der Festnahme des Fahrradfahrers nach seinem Fluchtversuch?"

Die Direktionsleiterin musterte ihn unbarmherzig.

„Das war ein Husarenstück! Mensch, Neumann, dem haben Sie es so richtig gezeigt! Der hat die volle Härte des Gesetzes zu spüren bekommen, jawoll! Wenn ich mehr Beamte von Ihrer Sorte hätte, hätten wir in dieser Stadt keinen Verkehrsunfall mehr und keiner würde es wagen, zu schnell zu fahren, Respekt!"

Johannas Augen waren auf einmal ganz klein, dutzende Fältchen tanzten auf ihrem Gesicht, sie fing herzhaft an zu lachen.

„Tarek Neumann, Sie sind ein Mann nach meinem Geschmack. Verstehen Sie das jetzt nicht falsch, aber so ein attraktiver, muskelbepackter Hüne, der noch dazu vorbildlich seinen Dienst leistet, von denen hätte ich gern mehr in meiner Truppe. Ich gebe Sie ungern zurück, aber leider lassen mir die Umstände keine andere Wahl."

Nach dem humorvollen Intermezzo wurde Holzapfel-Stahl wieder ein wenig ernster.

„Was soll das heißen, Sie haben keine andere Wahl?", hakte Tarek mit prüfendem Blick nach.

Die Direktionsleiterin beugte sich vor und sah Tarek direkt in die Augen.

„Die Blutlachen, Neumann. Heute früh wurde uns schon wieder ein Tatort gemeldet. Ein Radfahrer hat unter der Brücke vom Westschnellweg eine Blutlache entdeckt. Können Sie sich vorstellen, was das heißt?"

Johannas Gesichtszüge verfinsterten sich.

„Tatort Nummer sechs - Serientäter!", gab Tarek kurz und knapp zurück.

„Exakt", bestätigte die Direktionsleiterin, jede Silbe einzeln betonend.

„Da draußen läuft irgendwo ein Irrer herum, der Menschen wie Vieh abschlachtet und ausbluten lässt. Ganz Hannover ist beunruhigt. Die Ermittlungen stocken, wir haben immer noch keinen einzigen ernstzunehmenden Hinweis - außer Ihrer sehr persönlichen Einschätzung, die Sie am dritten Tatort meinen Spurensicherern mitgeteilt haben. Können Sie sich vorstellen, Neumann, unter welchem Druck unsere Ermittler stehen? Und das bei dem ohnehin schon massiven Arbeitsanfall, den uns vor allem die Massendelikte verschaffen."

Holzapfel-Stahl machte eine kleine Pause, dann setzte sie mit ernster Miene ihre Schilderung fort.

„Neumann, ich will, dass wir dieses Schwein packen, bevor es noch mehr Unheil anrichtet. Ich habe daher den Präsidenten des Landeskriminalamtes davon überzeugen können, dass er die Ermittlungen an sich zieht und in seine Zuständigkeit übernimmt. Sie wissen doch aus eigener Erfahrung, dass die Aufklärung von Serienmorden Angelegenheit des LKA ist, oder?"

Tarek konnte sich lebhaft vorstellen, wie dieses Gespräch abgelaufen war. Einer besseren Vorstellung bedurfte es dazu nicht. Wortlos nickte er ihr zu, seine Aufregung fiel schlagartig von ihm ab.

„Was haben Sie jetzt vor, Frau Holzapfel-Stahl?"

Neugierig wollte Tarek wissen, wie es weiterging.

„Ich schicke meinen besten Mann zurück zum LKA. Roman Wolter wird Sie mit den Ermittlungen in dem Serienfall betrauen, da bin ich mir ganz sicher. Obwohl ich Sie äußerst ungern gehen lasse, erfordern die Umstände dieses Opfer. Ich gebe Ihnen den Rest des Tages bis 13:00 Uhr frei. Bereiten Sie sich auf das Gespräch mit Roman Wolter vor. Um 14:00 Uhr erwartet er Sie zum Antrittsbesuch."

Nach dieser wunderbaren Nachricht, auf die Tarek schon seit Monaten wartete, gab Johanna Holzapfel-Stahl ihm noch ein paar persönliche Worte mit auf den Weg.

„Tarek Neumann, ich wünsche Ihnen für ihre persönliche Zukunft alles Gute und einen gelungenen

Start beim LKA. Passen Sie auf sich auf und bleiben Sie gesund."

Mit diesen Worten verabschiedete die oberste Polizistin Hannovers den ehemaligen Gruppenbeamten des Zentralen Verkehrsdienstes Hannover.

Rosenberg, der während der Unterhaltung kein Wort gesagt hatte, klopfte Tarek anerkennend auf die Schulter.

„Scheinbar hast du auf unsere Chefin einen phantastischen Eindruck gemacht, so wie die sich für dich eingesetzt hat. Schade, dass ich dich verliere. Aber für die Sache, und ich glaube auch für dich, ist es besser so."

Wie recht Rosenberg hatte. Tarek versuchte sich zu beherrschen und seine Euphorie nicht einfach herauszuschreien. Wie lange hatte er auf diese Nachricht gewartet. Und jetzt war es so weit. Beim Verkehrsdienst angekommen, verabschiedete sich Tarek während der Frühstückspause von seinen Kollegen. Viel Zeit blieb nicht. Der Spind war zu räumen, die Uniform abzugeben und schließlich musste er sich noch die passende Garderobe für seine neue Aufgabe zulegen. Während er voll beladen mit Uniformteilen die Treppe vom Keller ins Erdgeschoss hinaufstieg, brummte sein Handy.

Umständlich versuchte er, es aus der Hosentasche zu holen. Halb an die Wand gelehnt, mit der Dienstmütze zwischen den Zähnen, warf er einen Blick auf das Display. „Bruder Johannes ruft an", stand dort in leuchtenden Lettern.

„Oh nein, das ist aber echt ungünstig. Du musst jetzt mal warten, Johannes, andere Dinge haben Vorrang", quetschte er durch seine geschlossenen Zähne.

Er drückte den Anruf weg und steckte das Handy wieder in seine Hosentasche. Es musste jetzt alles ein bisschen schneller gehen.

Nachdem er die Uniformausstattung auf der Führungsstelle abgegeben hatte, fuhr er geradewegs zum Herrenausstatter in die Innenstadt.

Sechs Anzüge, alle in Schwarz, jeweils mit weißem, rotem oder apricotfarbenem Hemd, einem Satz einfarbiger Krawatten und zu jedem Anzug eine Weste – das war seine kostspielige Errungenschaft an diesem Tag. Ausstaffiert mit einer geschmackvollen Garderobe konnte er dem Antrittsbesuch beim Präsidenten des LKA entspannt entgegensehen.

Als er die Taschen mit den Anzügen gerade in seinen Bulli packen wollte, meldete sich erneut sein Handy.

„Bruder Johannes ruft an“, stand wieder auf dem Display.

„Oh Mann, Johannes, bester Pastor dieser Welt, ich kann dich jetzt echt nicht brauchen. Ich melde mich heute Abend bei dir, versprochen.“ Als ob ihn der Geistliche durch den wiederum ignorierten Anruf hätte hören können, steckte Tarek sein Handy achtlos zurück in seine Hosentasche.

Jetzt schnell nach Hause, kurz was essen, unter die Dusche und ab zum LKA. Tarek Neumann freute sich nach zwei Jahren Abstinenz wie ein i-Männchen bei der Einschulung auf seine Premiere bei seinem alten Arbeitgeber.

Roman Wolter war der Termin um 14.00 Uhr unangenehm. Eigentlich wollte er seinen ehemaligen Spitzenermittler nicht zurücknehmen.

Aber die penetrante Kuh von Direktionsleiterin hatte ihn glattweg über den Tisch gezogen. Aus irgendeinem Grunde konnte er ihr gegenüber nicht beharrlich genug Nein sagen.

Jetzt hatte Johanna Holzapfel-Stahl ihm dieses Kuckucksei ins Nest gelegt und er musste diese Brut in Manndeckung nehmen. Was für ein Albtraum!

Pünktlich um zwei Uhr nachmittags meldete sich Tarek Neumann im Vorzimmer des Präsidenten am neuen Domizil des LKA am Waterlooplatz. Eine durchgestylte, spindeldürre, langbeinige Sekretärin mit Silikonbusen und offenherzigem Dekolleté öffnete ihm und bat ihn herein. Tarek traute seinen Augen kaum - was für eine Geschmacksverirrung. Na ja, Wolter stand ja auf diese dürren Grazien. Mit ihm würde er sich in puncto Frauen nie ins Gehege kommen. Solche Spezies passten so ganz und gar nicht in sein Beuteschema. Freundlich war sie trotzdem. Mit geübtem Wimpernaufschlag piepste sie ihm entgegen „Herr Wolter wird Sie gleich empfangen. Er bittet Sie, noch ein wenig zu warten".

Den Kerl lasse ich erst mal schmoren. Der soll genau wissen, wo sich sein Platz in der Nahrungskette befindet, dachte sich der verärgerte Wolter.

Tarek wartete und wartete und wartete. Die Wartezeit wurde zu einem echten Geduldsspiel.

Außer dem Einblick in die künstliche Oberweite der Sekretärin gab es in diesem Zimmer wirklich nichts zu entdecken. Plakate von Kampagnen, Organigramme und ein paar undefinierbare Skulpturen waren das Einzige, was diesem toten Raum ein wenig Leben verlieh.

Nach eineinhalb Stunden erschien der Chef endlich in der Tür.

„Neumann, Sie können reinkommen. Frau Wiesner, wenn Sie Feierabend machen wollen, tun Sie das. Ich brauche Sie jetzt nicht mehr", dirigierte Wolter seine Vorstopperin aus dem Zimmer.

Roman Wolter nahm hinter seinem Schreibtisch Platz. Das Büromöbel stand mitsamt Chefsessel auf einem circa zehn Zentimeter hohen Podest, das komplett mit einem roten Teppich bedeckt war.

Tarek durfte sich auf einen Holzstuhl mit langer Lehne setzen, der zwar bequem aussah, aber seinen breiten Oberkörper zwischen den beiden Seitenwandungen der Lehne einquetschte. Trotz des Größenunterschiedes der beiden wirkte Tarek bei dieser Sitzordnung wie ein Zwerg.

Eine Zeit lang herrschte absolute Stille.

Das Vorspiel zu diesem Termin signalisierte ihm zweifelsfrei, dass er hier alles andere als willkommen war.

„Neumann, ich will nicht lange drumherum reden. Ich bin alles andere als begeistert, dass meine geschätzte Kollegin Holzapfel-Stahl Sie mir so engagiert aufgedrängt hat. Ich war und bin der Meinung, dass Sie nach Ihren Eskapaden hier im LKA nichts mehr verloren haben."

„Auf diese Idee wäre ich bei dem herzlichen Empfang gar nicht gekommen", gab Tarek trocken zurück.

„Ich denke, wir sind uns einig. Wir hegen keine Sympathie füreinander und Ihre Vergangenheit eilt Ihnen wie übler Gestank voraus. Nachdem das Disziplinarverfahren gegen Sie eingestellt worden ist, muss ich Sie leider wie jeden anderen Kollegen behandeln. Sie gelten rechtlich als rehabilitiert und Ihr Gesundheitszustand scheint sich auch gebessert zu haben, wie ich dem Bericht des Polizeiarztes entnehmen konnte. Aber verlassen Sie sich darauf. Ich werde mit Argusaugen auf Sie aufpassen. Der kleinste Fehler wirft Sie zurück in den Streifendienst."

Tarek wirkte amüsiert. Wolter hatte ihm immer noch nicht verziehen, dass Tarek ihn einen luftgetrockneten Sesselfurzer genannt hatte. Aber diese Begrüßung stellte alles andere als einen gelungenen Auftakt dar.

„Ach, Neumann, noch etwas. Wir müssen noch ein paar Details klären. Sie bekommen Ihr altes Büro zurück, außerdem werden Sie die Ermittlungen leiten. Ihre Ermittlungskommission nennt sich ‚Blut' kurz EK Blut. Ich möchte Ihnen das nur gerade erläutern und Ihnen damit Gelegenheit geben, in unseren Sprachgebrauch zurückzukehren. Ihr Team besteht aus lauter Neulingen, bis auf diese dicke Kuh, wie heißt sie noch, mir ist doch glatt der Name entfallen. Außerdem wird Ihnen von der Leitenden Oberstaatsanwältin Helga Fallak ein aufstrebender Staatsanwalt vor die Nase gesetzt, Diethard Schmückel sein Name, mit dem Sie jede Ermittlungsmaßnahme absprechen werden. Weiterhin gebe ich Ihnen bekannt, und so ehrlich bin ich, dass ich in Ihrem Team drei Kollegen instruiert habe, die mir über jede Ihrer Entgleisungen unverzüglich Bericht erstatten."

Mit einem unverschämt breiten Grinsen unterstrich Wolter seine Verachtung gegenüber seinem ehemaligen Aushängeschild.

In Tarek fing es an zu brodeln. Dieses andauernde Nachtreten brachte sein Blut zum Kochen.

Schlagartig stand er auf, zog seinen rechten Ärmel zurück und schnellte dem Präsidenten seine ausgestreckte Hand mit gespreizten Fingern entgegen. Wie aus Granit gemeißelt ragte sie Wolter bis kurz vor dessen Nasenspitze entgegen.

„Sehen Sie, wie ich zittere?", schmetterte Tarek seinem verdutzten Chef entgegen.

„Sehen Sie, wie ich zittere?"

Tareks Hand blieb starr wie ein Felsen. Wolter konnte die pulsierenden Adern von Neumanns Unterarm erkennen.

Ruckartig zog Tarek seine Hand zurück und ballte sie im Drehen zu einer Faust.

„Ich werde diesen Schlachter zur Strecke bringen, Herr Präsident. In spätestens drei Wochen wird Hannover wieder ruhig schlafen können!"

Wolter war so beeindruckt, dass er keinen Ton mehr herausbrachte. Mit geöffnetem Mund starrte er Tarek Neumann an.

Dieser drehte sich kurzerhand um, marschierte aus dem Büro und ließ seinen Chef sprachlos sitzen.

Kapitel 16

„Na, das war ja eine ganz große Vorstellung, so ein Blödmann“, raunzte Tarek vor sich hin, als er den Flur entlangging.

Die Begrüßung anlässlich seiner so ersehnten Rückkehr zum LKA hatte er sich ein bisschen anders vorgestellt.

Jetzt waren die Reviere also markiert. Immerhin hatte ihm Wolter kein Theater vorgespielt, sondern war in seiner unnachahmlich arroganten Art seinem wahren Charakter treu geblieben. Nachdem Tarek sich zur Waffenkammer durchgefragt und dort seine Dienstwaffe, den neuen Dienstausweis und die Kriminalmarke erhalten hatte, irrte er auf den Fluren herum und wirkte ein wenig desorientiert. Das neue Domizil des Landeskriminalamts war ihm noch nicht vertraut, er musste sich erst noch zurechtfinden.

Als er sich suchend umsah, sprach ihn jemand an.

„Also, wenn das nicht der Tarek ist, dann fresse ich einen Besen. Wie geht es dir, mein Lieber?“

Sein alter Kollege Herrmann Kollwitz kam ihm freudestrahlend entgegen. Der Fachmann für Rauschgift und synthetische Drogen hatte in unzähligen Fällen mit ihm zusammengearbeitet.

„Hallo Hermann, du bist der erste freundliche Mensch, der mir hier begegnet. Ansonsten geht es mir gut. Ich bin wieder gesund, topfit und hungrig, den Verbrechern das Handwerk zu legen“, antwortete Tarek seinem Kollegen.

„Ganz der Alte! Aber ein bisschen kräftiger bis du geworden, Tarek. Für die Muskelpakete hast du in der plastischen Chirurgie bestimmt ein Vermögen hingelegt, stimmt's?"

Sie frotzelten ein wenig hin und her. Tarek war froh, ein bekanntes Gesicht in dieser unbekannten Umgebung entdeckt zu haben. Nach ein paar Minuten ermutigte Kollwitz den neuen Ermittler:

„Tarek, ganz egal, was dir der Alte erzählt hat. Die meisten Kollegen freuen sich auf deine Rückkehr. Nach der Trennung von Andrea und deinem hammerharten Spleen sollst du ja wieder kerngesund und topfit sein. Nach dem ersten Eindruck kann ich das nur bestätigen. Ich habe gehört, dass du die EK Blut leiten sollst. Wird auch mal Zeit, dass wir uns vom LKA um den Fall kümmern. Komm mit, ich bringe dich in dein neues Refugium."

Tarek war erleichtert. Vielleicht waren doch nicht alle Kollegen von damals so negativ ihm gegenüber eingestellt. Nach einer kurzen Führung durch das Labyrinth der Gänge brachte Hermann Kollwitz seinen Kollegen in die eilig eingerichteten Räume der EK Blut.

Am Ende eines langen Ganges steuerten die beiden auf eine zweiflügelige Glastür zu. Auf der rechten Glasscheibe konnte Tarek ein Schild erkennen, auf dem in großen Buchstaben „Ermittlungskommission Blut" stand. Kollwitz machte die linke Tür auf. Vor ihnen öffnete sich der Blick in einen geräumigen, lichtdurchfluteten Trakt. Der Geruch von frischer Farbe, Teppichkleber und Reinigungsmitteln schlug ihnen entgegen. Im neuen Domizil der EK Blut herrschte schon reges Treiben. Junge Kolleginnen und Kollegen waren dabei, das Großraumbüro zur Zentrale der Ermittlungskommission herzurichten.

Hermann Kollwitz blickte kurz hinein und drehte sich zu Tarek Neumann um.

„Ein verdammt junges Team hast du da. Na ja, stelle ich mir nicht ganz einfach vor, mit so unerfahrenen Leuten den dringendsten Fall Hannovers zu erledigen. Ich wünsche dir viel Spaß dabei."

Tarek bedanke sich für die hilfreiche Navigation.

Nachdem Hermann Kollwitz den Raum verlassen hatte, stand Tarek Neumann etwas verloren an der Eingangstür seiner neuen Ermittlungszentrale. Er sagte keinen Ton und beobachtete das rege Treiben in dieser geräumigen Schalterhalle.

Im Mittelteil des Traktes befanden sich mehrere Schreibtische mit PC, Telefon, Ablagen und Schreibblöcken. An der Fensterseite mit Blick auf die freie Fläche am Waterlooplatz, die für einen Neubau des Kriminaltechnischen Instituts reserviert war, stand eine zwei Meter hohe und vier Meter breite Magnet-Pinnwand. Rechts daneben war vor einer Art Raumteiler ein Whiteboard installiert, das durch einen an der Decke installierten Projektor angesteuert wurde. Mehrere Büros zweigten von der Zentrale ab. Schräg links befand sich vermutlich sein Büro. Ein großes Schild mit der Aufschrift „Leiter" klebte von innen an der Glastür.

Rechts und links neben der Zentrale befanden sich jeweils zwei Büros, die alle mit Schreibtischen, Computern, Scannern, Druckern und dem üblichen Büro-Schnickschnack eingerichtet waren. Selbst an ein paar Grünpflanzen hatte die Verwaltung gedacht.

Tarek war erleichtert. Wenigstens an der Ausstattung hatte sein Chef nicht gespart. Es gab alles, was ein Ermittlerherz begehrte.

Als Tareks Blick noch ein wenig im Raum hin- und herpendelte, bemerkte der geschäftige Ermittlerschwarm nach und nach seine Anwesenheit. Nach kurzer Zeit war alles ruhig. Schließlich fielen alle Blicke der Kollegen auf den Leiter der jüngsten Ermittlungskommission des LKA – sowohl was den Fall, aber auch das Personal anging.

Als Erster trat ein fast zwei Meter großer, schlaksiger Kollege auf ihn zu. Tarek wunderte sich ein wenig über sein Aussehen.

Unter klebrigen Haaren setzte sich ein schlankes, unrasiertes und pickeliges Gesicht mit Nickelbrille fort. Der dürre Hals mündete in ein Hemd mit 70er-Jahre Schnitt. Die gemusterte Schlaghose umschloss in Richtung Füße zwei Cowboystiefel mit Perlenmuster. Der Schlacks wirkte trotz seiner Jugend wie ein Relikt aus der Hippiezeit.

„Hallo Tarek, ich bin Kevin – Kevin Nolte. Ich bin dein Fachmann für Computer Hard- und Software. Die Verwaltung hat uns ein scheinbar unerschöpfliches Budget bereitgestellt. Alles, was du hier siehst, habe ich kurzfristig besorgt. Es ist das Beste, was derzeit auf dem Markt ist. Falls es dich interessiert, komme ich gleich zu den Details. Also, jeder PC hat einen DSL 32000 Anschluss mit automatischer E-Mail-Absender-Identifikation und ..."

„Sehr aufmerksam von dir Kevin, danke", unterbrach ihn Tarek. „Aber erstens bin ich kein technischer Fachmann und werde viele deiner Ausführungen nicht verstehen und zweitens möchte ich, dass wir uns alle erst einmal gegenseitig vorstellen, einverstanden?"

Kevin Nolte nickte Tarek bejahend zu, wobei er seine Enttäuschung über so viel Desinteresse an dieser phantastischen Technik nicht verstehen konnte.

Tarek bat, die Schreibtische in der Zentrale in einem Kreis zu arrangieren und die Stühle zur Raummitte hin aufzustellen.

Die Beamten der EK Blut nahmen nacheinander Platz. Insgesamt acht Kollegen, keiner älter als 35 Jahre, hatte das LKA für diesen Fall an den Start gebracht. Tarek hatte Mühe, sich all die neuen Namen einzuprägen.

Zuallererst stellte sich Nina Kranz vor. Die junge Frau Ende zwanzig hatte schon einige Erfahrungen in Ermittlungskommissionen gesammelt. Sie hatte in mehreren Wirtschaftsverfahren mitgearbeitet. Neben wirksamen Vernehmungstechniken zeichnete sie eine stoische Beharrlichkeit aus. Mit blonder Frisur, mittelgroßem, schlanken Körperbau, solariumgebräuntem Teint und aufwendig verzierten Fingernägeln wirkte ihr Äußeres gegenüber ihrem Intellekt jedoch unangemessen. Tarek vermutete eine gewisse Cleverness bei ihr.

Als nächstes stellte sich Tore Johansson vor. Der 22-jährige Schwede war direkt von der Fachhochschule zum LKA gekommen. Er war ein Sprachgenie. Neben seiner Muttersprache Schwedisch sprach er fließend Englisch, Französisch, Spanisch, Italienisch und natürlich Deutsch. Seine Eltern waren vor acht Jahren nach Deutschland gekommen. Seitdem war Hannover sein Zuhause. Mit seinen gerade mal 1,70 m Größe, der recht sportlichen Figur, seiner hellen Haut und seiner blonden Justin Bieber-Frisur wirkte er jedoch wie ein Teenager.

Als Dritte im Bunde war Jana Neudorff an der Reihe. Die fleißige Tochter russlanddeutscher Eltern wirkte zuverlässig und konzentriert. Ihr Äußeres war eher unscheinbar, ihre braunen Haare hatte sie zu einem Dutt gebunden. Sie trug einen blauen Rock mit weißer Bluse unter einer selbst gestrickten grauen Jacke. Neben Deutsch sprach sie selbstverständlich

Russisch und hatte Kenntnisse in Kasachisch und Georgisch. Mit 34 Jahren bildete sie die Alterspräsidentin des Teams. Sie war verheiratet und hatte drei Kinder. Bisher hatte Jana beim LKA die Büroermittlungen geführt, Hintergrundinformationen für Fälle besorgt und Protokolle gefertigt. Tarek wirkte etwas erleichtert. Endlich jemand mit einem gerüttelten Maß an Lebenserfahrung.

Als sich Nummer vier vorstellen wollte, stimmte das Handy in Tareks Hosentasche erneut die vertraute Melodie „This is not the time to wonder" an. Der Ton aus Tareks Handy zog die gesamte Aufmerksamkeit der Runde auf sich.

„Hey, Fury, das ist ja cool, toller Klingelton. Den hat mein Alter auch!", schallte es Tarek aus der Runde etwas respektlos entgegen. Tarek blickte auf das Display seines Handys. „Bruder Johannes ruft an", blinkte ihm dort schon wieder in leuchtenden Lettern entgegen.

Ja, Johannes, ich werde mich wirklich bald melden. Heute Abend rufe ich zurück, versprochen, dachte Tarek und wunderte sich über die Beharrlichkeit seines Freundes. Aber dies war wirklich ein sehr unpassender Augenblick. Daher tat Tarek das, was er schon bei den beiden anderen Anrufen am heutigen Tag gemacht hatte – er drückte den Anruf weg.

„Dein Alter ist dann wohl auch in meinem Alter, Kollege ..."

„Schulz, Ralf Schulz. Ich bin 28 Jahre alt und seit drei Jahren beim LKA. Ich war vorher beim Mobilen Einsatzkommando MEK, aber aufgrund, na ja, körperlicher Veränderungen musste ich da leider aufhören. Ansonsten habe ich Observationstechniken noch ganz gut drauf und bin ganz groß im Beschaffen von Legenden, du verstehst, Tarnen und Täuschen", protzte der etwas zu dick geratene Angeber unter den peinlich berührten Blicken seiner Kollegen dem Leiter der EK Blut entgegen.

Tarek musterte den kleinen Fettmops eine kurze Ewigkeit lang vom Scheitel bis zur Sohle. Der knapp 1,80 m große Wichtigtuer hatte schwarze, kurze Haare, ein rundes Gesicht und einen ringförmig untersetzten Oberkörper. Sein weißes T-Shirt saß eng wie eine Wurstpelle. Die Hose war dem Unterbauchträger ein wenig heruntergerutscht. Er wirkte wie das fleischgewordene Abbild des Werbeträgers eines französischen Reifenherstellers. *Wie konnte sich nur jemand so gehen lassen? Einen Job beim MEK durch ungezügelten Appetit riskieren. „Michelin-Männchen"* kam Tarek unweigerlich in den Sinn. Doch bevor Tarek einen bissigen Kommentar abgeben konnte, erinnerte er sich an seine eigenen Probleme und schluckte die Bemerkung herunter, bevor sie Schaden anrichten konnte. Trotzdem würde er mit diesem unreifen Kindskopf noch den einen oder anderen Konflikt bekommen, da war sich Tarek sicher.

Als Fünfter kam der schlaksige Computerfachmann Kevin Nolte an die Reihe und startete einen erneuten Anlauf, die von ihm besorgten, hervorragenden Computersysteme anzupreisen. Aber hierbei wurde er unterbrochen, diesmal von Branka Markgraf, einer Erscheinung der ganz besonderen Art.

Branka war 1,65 m groß, hatte lange, schwarze Haare, in die ein rotes Haarband eingeflochten war. Unter ihrem wallenden lilafarbenen Kleid verbarg sich ein Körper, der seine Konturen vor neugierigen Blicken wirksam verschleierte. Dennoch konnte Tarek erahnen, dass sie gut und gerne geschätzte neunzig

Kilo auf die Waage brachte. Als überzeugter Fan komfortabel gebauter Frauen war dieser überaus üppige Anblick selbst für seine Augen eine Herausforderung. Die rosa Birkenstocksandalen lugten versteckt unter dem Saum ihrer Robe hervor. Branka war gepflegt, aber aufdringlich geschminkt. Ihre ausdrucksstarken Augen umgaben verschiedenste Farbschattierungen von Samtblau über Cremegrün bis Hellbeige. Der Rest der runden Gesichtshaut versteckte sich unter hellweißem Make-up. Den Fingernägeln hatte sie einen schlammfarbenen Anstrich verpasst.

Das muss die „dicke Kuh" sein, von der Roman Wolter sprach, schoss es Tarek augenblicklich in den Sinn.

Mit einer verführerisch sinnlichen Stimme stellte sie sich kurz vor. Als Fachfrau für Internet-Recherche, Soziale Netzwerke und elektronische Rasterfahndung schien es ihr an Selbstbewusstsein nicht zu mangeln. Sie wirkte unheimlich souverän. Manchmal wurde sie sogar vom BKA angefordert, wenn es um den internationalen Terrorismus ging. Aber jetzt war eben Saure-Gurken-Zeit in Sachen Terror und daher hatte man sie in diesem Fall eingesetzt.

Die werde ich noch brauchen können, überlegte Tarek und ließ sich von ihrem äußeren Erscheinungsbild nicht ablenken.

Die beiden noch Fehlenden im Team waren Lars und Sven Lauterbach. Die eineiigen Zwillinge waren 32 Jahre alt und schienen beide nicht besonders intelligent zu sein.

Auch sie waren bei mehreren Ermittlungskommissionen eingesetzt, durften aber stets nur Botengänge erledigen, Akten heranschaffen oder Unterlagen abheften. Als Angestellte machten sie keinen Außendienst und legten auch keinen Wert darauf, als Kollegen angesprochen zu werden. Ein pünktlicher Feierabend schien ihnen wichtiger zu sein als ein gelöster Fall. Immerhin waren sie stets unterschiedlich farbig gekleidet, so dass man sie an ihrer Kleidung auseinanderhalten konnte. Heute trug Lars einen roten Pullover zur Jeans, während Sven sich ein grünes Hemd übergezogen hatte.

Nach dieser ausgiebigen Vorstellungsrunde kam Tarek als Letzter an die Reihe. Er erläuterte kurz seinen beruflichen Werdegang und sprach dabei auch die zweijährige Verwendung im Zentralen Verkehrsdienst an. Die Kollegen wirkten nicht besonders überrascht, man hatte sie vorbereitet.

Ohne Umschweife kam Tarek zur Sache. Er schwor die Kollegen auf engagierte Ermittlungen und unruhige Tage ein.

„Das wird kein Zuckerschlecken, ich erwarte von jedem absoluten Einsatz. Ich selbst arbeite grundsätzlich allein. Wenn ich Unterstützung brauche, melde ich mich. Informationen werden entweder abends persönlich oder elektronisch per E-Mail ausgetauscht. Hannover steht unter Schock und es ist an uns, den Menschen hier wieder ein Gefühl der Sicherheit zu geben. In drei Wochen will ich den Täter haben – spätestens."

Tarek schaute in irritierte Gesichter. Keine Begeisterung, kein Applaus brandete auf. Mit dieser jungen Truppe würde er noch viel Spaß bekommen, sinnierte er ironisch vor sich hin. Neben der gründlichen Durchführung der Ermittlungen würde er noch einen Erziehungsauftrag wahrnehmen müssen. Tarek atmete tief durch.

„Also, was haben wir?", fragte er in die Runde und musterte die Versammlung mit aufforderndem Blick.

Nach einer kurzen Pause meldete sich Jana Neudorff.

„Seit Montag letzter Woche wurden sechs Blutlachen in Hannover gefunden. Die erste fand eine Zeugin in der Passerelle, vier weitere wurden in der Eilenriede entdeckt, die letzte wurde von einem Radfahrer heute Morgen unter der Leinebrücke am Westschnellweg gemeldet. Wir haben keinen Zeugen mit sachdienlichen Angaben, keine Person wird vermisst, das Spurenbild ist sehr lückenhaft. Die einzigen Hinweise haben wir von der Entdeckerin der ersten Blutlache und den Angaben, die du zu Protokoll gegeben hast, Tarek. Ansonsten stehen wir noch ganz am Anfang. Die Akten vom Zentralen Kriminaldienst der Polizeidirektion sind erst am späten Vormittag eingetroffen. Mit der Auswertung haben wir gerade eben angefangen."

Nach diesem Lagevortrag sah sich Tarek in seiner Annahme bestätigt, dass noch niemand in dem Fall systematisch gearbeitet hatte. Er stand auf, ging zur Tafel, nahm einen Stift und malte eine Art Spinnennetz an das Whiteboard. Auf der rechten Seite notierte er die Fundorte, auf die linke Seite malte er einen Kreis für Zeugen, am oberen Ende ein Rechteck für die Opfer. Ganz unten zeichnete er ein großes Dreieck und schrieb das Wort „Spuren" hinein. Im Zentrum dieses Gespinstes notierte er in großen Lettern den Begriff „TÄTER".

Nachdem Tarek seine Zeichnung beendet hatte, drehte er sich um und schaute mit bestimmendem Blick in die Runde.

„Dieses Spinnennetz ist unser Fall. Ich erwarte, dass sich jedes dieser Symbole in kurzer Zeit mit Inhalt füllt. Ich will jedem auch noch so vagen Hinweis nachgehen, Zeugen finden, sie befragen und Informationen sammeln. Ich will herausfinden, wo die Opfer sind, wer sie waren, und warum sie der Täter ausgewählt hat. Ich will das Motiv und die Begehungsweise der Taten. Ich will einen Einblick in das kranke Hirn dieses Schlachters. Ich will wissen, warum jemand nachts in Hannover herumschleicht, Menschen abschlachtet, sie ausbluten lässt und mitnimmt. Jede Spur wird akribisch verfolgt, jedem noch so kleinen Hinweis wird nachgegangen. Jedes Detail ist wichtig!"

Nach dieser eindringlichen Ansprache hatte das Team begriffen, worum es ging. Schwere Zeiten standen den Ermittlern der EK Blut bevor. Das sonst so pünktliche Einläuten des Feierabends war mit diesem engagierten Leiter nicht zu machen. Tarek Neumann erwartete vollen Einsatz.

„Nina, Tore, Jana und Ralf, ihr begleitet mich zum Tatort. Der Rest arbeitet die Aktenlage auf und fertigt ein paar Übersichten. Spätestens morgen werden wir die ersten Hinweise haben."

Vom Waterlooplatz waren die Beamten der frisch gebackenen EK Blut innerhalb von einer Viertelstunde am Tatort. Die Fahrt in dem hervorragend ausgestatteten Passat Kombi verlief schweigsam. Nur Tore versuchte die Kollegen mit trockenen skandinavischen Witzen aufzumuntern. Ansonsten sprach niemand ein Wort.

Der Arbeitstag war weit fortgeschritten. Tarek setzte bereits am ersten Tag seine Androhung um, von allen Mitgliedern der EK vollen Einsatz zu verlangen. Eigentlich war schon seit einer Stunde Feierabend. Aber heute würde es spät werden, da waren sich alle Mitglieder der EK einig. Gegen 18:00 Uhr trafen sie am Tatort ein.

Im Grau des leise vor sich hinwabernden Nieselregens verstauten die Beamten der Spurensicherung gerade die letzten Gerätschaften in ihrem Wagen. Nur ein weißes Zelt stand noch über dem Fundort der Blutlache.

Jan Cramer saß auf dem Trittbrett der Schiebetür und hatte seinen weißen Spurensicherungsanzug ausgezogen, als die Versammlung der EK Blut auf ihn zusteuerte.

„Hallo Jan, ich sehe, Sie haben eine sehr wirksame Form der Konservierung von Geruchsspuren gefunden“, feixte Tarek seinen Kollegen in Anspielung auf das über die Fundstelle aufgebaute Zelt an.

„Stellen Sie sich vor, Herr Neumann, das Zelt dient als Regenschutz“, antwortete Jan Cramer trocken auf die ironische Bemerkung seines einstigen Vorbildes.

„Na ja und vielleicht habe ich auch einiges gerochen. Diesmal war es aber besonders einfach."

Jan machte eine Pause.

„Nebenbei bemerkt, meine Dienststelle hat mir mitgeteilt, dass das LKA jetzt für diesen Fall zuständig ist", fuhr er unvermittelt fort.

„Korrekt! Die EK Blut hat unter meiner Leitung die Ermittlungen übernommen." Mit Blick auf seine Kollegen stellte er jeden Einzelnen kurz vor.

„Das wurde aber auch Zeit", kommentierte Jan, „wir kommen kaum hinterher. Obwohl das ein interessanter Fall ist, ertrinken wir in Arbeit. Ich denke, dass sich das LKA intensiver mit dem Fall beschäftigen kann."

Sichtlich erleichtert, schilderte Jan die ersten Feststellungen am Tatort.

Wiederum wurde eine Blutlache gefunden. Ein Großteil des Blutes wurde vom Schlafsack des mutmaßlichen Opfers aufgesogen. Daher sei die Ausdehnung der Lache nicht so intensiv wie bei den anderen Tatorten. Neben verschiedenen DNA-Spuren habe man mit speziellen Kameras Reifenspuren auf dem Asphalt festgestellt und fotografisch sichern können. Im Zelt konnte der Geruch von Alkohol wahrgenommen werden, der vom Schlafsack ausströmte.

„Wieder ein Obdachloser?", fragte Tarek nach.

„Ich vermute es, ja. Der Zustand des Schlafsacks und der Geruch lassen diesen Schluss zu. Neben dem Blut konnten wir noch Speichelsekret und ein paar Fasern sichern. Ach ja, und dann haben wir im Gebüsch, circa 20 Meter vom engeren Tatort entfernt, noch eine Art Handy-Etui gefunden."

Cramer ging in den Bulli und holte ein Plastiktütchen mit dunklem Inhalt hervor. „Achtung, Spurenträger", stand auf dem durchsichtigen Behältnis. Tarek nahm es vorsichtig in die Hand und musterte den Inhalt genau.

„So etwas habe ich noch nie gesehen, wahrscheinlich kein Artikel von der Stange - aufwendig gearbeitet. Es fühlt sich sehr weich und anschmiegsam an." Tarek konnte der Ästhetik dieses samtfarbenen Kunstwerks kaum widerstehen.

„Ja, Herr Neumann, aber leider kann ich Ihnen das noch nicht überlassen. Der Bericht geht zusammen mit den Spurenträgern zum Kriminaltechnischen Institut. Die Kollegen vom KTI haben schon Kenntnis und wollen morgen gleich mit der Untersuchung beginnen."

„Na, da haben wir ja schon eine ganze Menge mehr als in den Fällen zuvor. Übrigens, ich heiße Tarek", bot er Jan Cramer das Du an.

„Okay, Tarek, folgst du mir mit den Kollegen zum Zelt? Ich kann ein paar helfende Hände zum Abbauen gebrauchen."

Der Tross folgte Jan Cramer. Mit vielen Händen war die schützende Hülle über dem am Boden liegenden Schlafsack abgebaut. Tore Johansson und Nina Kranz zogen sich ein paar Einweghandschuhe an, hoben angewidert die bluttriefende Schlafstatt des Opfers auf und verpackten sie sorgsam in einen derben Papiersack.

Als der unangenehme Job beendet war, funkelte für den Bruchteil einer Sekunde an eben dieser Stelle des Asphalts etwas auf, wo zuvor noch der Schlafsack gelegen hatte. Unwillkürlich blickte Jana Neudorff auf die Stelle und bückte sich nach vorn. Sie erkannte einen winzigen Metallsplitter, der sich unter dem Schlafsack verborgen hatte. Und da war doch noch etwas? Jana ging in die Hocke. Ein ganz dünner Streifen gesplitterten Holzes lag direkt neben dem Metallstückchen.

Jana bat Jan um eine Taschenlampe. Jetzt leuchtete sie die Stelle ganz genau aus.

Tatsächlich! Im Lichtschein konnten die Ermittler ganz deutlich einen Metallsplitter und eine Holzfaser erkennen. Jan kramte eine Pinzette heraus, hob nacheinander die beiden Fundstücke auf und verpackte sie vorsichtig in Plastikfolie.

Mit zusammengesteckten Köpfen musterten er und Tarek den Schatz ausgiebig.

„Wenn das mal kein Volltreffer ist!", sinnierte der EK-Leiter mit konzentriertem Blick.

„Jana, ich glaube, du hast uns gerade eben ein gutes Stück weitergebracht."

Von dieser Entdeckung motiviert, suchten alle Beamten den Tatort und die Umgebung nochmals sorgfältig ab – Fehlanzeige!

Die SpuSi hatte gute Arbeit geleistet. Den Ermittlern ging keine weitere Spur ins Netz. Nach einer guten Stunde war der Tatort geräumt und die Absperrbänder eingerollt.

Als sich das vom Nieselregen durchfeuchtete Team auf den Weg zur Dienststelle machen wollte, meldete sich Tareks Handy. Ohne auf das Display gesehen zu haben, vermutete der reaktivierte Zielfahnder vom LKA, dass Pastor Johannes Wolff seinen Gesprächswunsch endlich befriedigen wollte. Auf dem Weg zum Dienstwagen ließ sich Tarek ein Stück hinter seine Kollegen zurückfallen und nahm das Gespräch an.

„Wieso gehst du erst jetzt ans Telefon, du Trottel! Ich habe wichtige Neuigkeiten für dich", brüllte es ihm aus dem Hörer entgegen. Bruder Johannes hörte sich äußerst ungehalten an. Nach weiteren, ohrenbetäubenden Wutattacken gelang es Tarek, seinen Freund zu einem geordneten Gespräch zu bewegen.

„Heute Morgen hat mich eines meiner Schäfchen im Gemeindebüro besucht. Mit zitternder Stimme hat mir der Stadtstreicher eine schier unglaubliche Geschichte erzählt.“

Tarek hörte aufmerksam zu.

„Heute Nacht habe er den Leibhaftigen gesehen. Der Sensenmann schlug auf einen am Boden liegenden Tippelbruder ein. Unbarmherzig sei er gewesen und habe seine Ernte erbarmungslos eingefahren.“

„Was soll das heißen, du sprichst in Rätseln.“

„Wenn du früher an dein Handy gegangen wärst, hättest du ihn selber fragen können. Der Mann war betrunken und völlig fertig mit den Nerven. Die Kotze hing ihm noch am Kinn!“, machte der Pastor seinem Unmut Luft.

„Und wo ist er jetzt?“, wollte Tarek wissen.

„Das kann ich dir nicht sagen, du Superermittler! Nachdem ich der armen Seele gesagt habe, dass ich ihn zur Polizei begleiten würde, ist er in Panik geflohen. Ich kann ihn ja schlecht anketten. Das ist eure Spezialität“, brummte Johannes Wolff.

„Johannes, mit diesen Informationen bist du jetzt ein Zeuge vom Hörensagen, das ist dir schon klar? Wie wäre es, wenn du mich morgen in meinem neuen Büro beim LKA am Waterlooplatz besuchen würdest? Dann können wir in Ruhe über die Sache sprechen.“

„Einen Scheißdreck werde ich! Und deinen Zeugen vom Hörensagen kannst du dir in die Haare schmieren! Was glaubst du eigentlich, wer ich bin, hm? Ich bin Pastor und Hüter des Beichtgeheimnisses! Das Gespräch kannst du dir klemmen. Sieh besser zu, dass du den Obdachlosen noch kriegst. Wenn der Mörder ihn bei der Tat bemerkt haben sollte, sind bald alle Obdachlosen Hannovers in Gefahr. Ich könnte mir vorstellen, dass dieser Schlachter dann reinen Tisch macht und alle Stadtstreicher abmurksen will!"

Die Argumentation war nicht ganz von der Hand zu weisen. Tarek überlegte und setzte nach einer kurzen Pause das Gespräch fort.

„Kennst du den Namen des Obdachlosen? Kannst du ihn beschreiben?"

„Ich glaube er heißt Friesen, Viktor Friesen. Er ist neu auf der Platte und relativ jung, so Mitte zwanzig."

Pastor Wolff beschrieb ihn kurz.

„Und er hat immer so einen Bundeswehrschlafsack dabei. Du weißt schon, die olivgrünen Dinger mit den beiden Schnallen, die nie schließen. Ich kenne die Teile noch aus meiner Zeit beim Bund."

Tarek hatte ein Bild vor Augen. Bei mehrtägigen Einsätzen nutzten Polizisten ähnliche Schlafsäcke für ihre Nachtruhe. Das ordnungsgemäße Zusammenrollen der Nachtausstattung war immer eine Wissenschaft für sich.

Nachdem er alle Informationen von seinem Freund erhalten hatte, setzte Tarek den Weg zu seinen wartenden Kollegen fort.

Von dem Gespräch erwähnte er kein Wort - noch nicht!

Mit einer vielversprechenden Spurenlage und nützlichen Informationen kehrte das Ermittlerteam zur Dienststelle zurück.

Kapitel 18

Nachdem die EK Blut am Montag gegen 22.00 Uhr Feierabend gemacht hatte, waren alle erschöpft. Zielfahnder Tarek Neumann hatte schon am ersten Tag richtig Gas gegeben und seinem Team klargemacht, welche Schlagzahl sie in den nächsten Tagen erwartete.

Aufgrund des späten Feierabends gönnte Tarek seinem Team allerdings am nächsten Morgen einen späteren Dienstbeginn und bestellte die Ermittler auf neun Uhr zur Frühbesprechung. So hatte er noch Gelegenheit, ein bisschen in der Eilenriede zu joggen und ein paar Telefonate zu führen.

Als Erstes rief er seinen Freund Pastor Johannes Wolff an und erkundigte sich nach Neuigkeiten. Wolff und seine Kollegen von der Obdachlosenfürsorge hatten alle Anstrengungen unternommen, Viktor Friesen zu finden - vergebens. Kein Tippelbruder konnte oder wollte sagen, wo Viktor geblieben war.

Nach dieser unbefriedigenden Neuigkeit versuchte Tarek, kurz vor Schulbeginn seine Tochter Sarah auf ihrem Handy zu erreichen. Nach kurzem Klingeln ging sie sofort dran. Ohne ihren Vater zu begrüßen, eröffnete sie einen knappen, aber kernigen verbalen Schlagabtausch ob seines Verhaltens am Donnerstagmorgen. Tarek konnte die Wogen glätten und unterbreitete seiner Tochter das heiß ersehnte Angebot.

„Hat Mama mit dir über das Tattoo gesprochen?", wollte Tarek von seiner Tochter wissen.

Natürlich hatte Andrea ihrer Tochter von der Einigung erzählt. Sarah klang ganz aufgeregt. Am liebsten wäre sie sofort mit ihrem Vater losgezogen und hätte eindeutige Fakten geschaffen, bevor es sich jemand aus der Regierung ihrer „Alten" noch anders überlegte.

Tarek und Sarah verabredeten sich auf sechs Uhr abends am Tattoostudio des Dicken Dirk auf der Lister Meile. Hoffentlich kam heute nichts Dringendes dazwischen, sonst hätte er die Glaubwürdigkeit gegenüber seiner Tochter restlos verbraucht.

Nachdem er zu Fuß die zwei Kilometer von seiner Wohnung in der Wiesenstraße zum LKA am Waterlooplatz gegangen war, betrat er gut gelaunt die Räumlichkeiten der EK Blut.

Alle Kollegen hatten sich pünktlich versammelt. Nach einer kurzen Begrüßung ging Tarek geradewegs auf sein Büro zu. Als er die Glastür durchschritt, konnte er aus dem Augenwinkel das Schild „Leiter" erkennen. Tatsächlich, er war jetzt Chef, Chef der zurzeit wichtigsten Ermittlungskommmission des LKA.

„Willkommen zu Hause, Zielfahnder Neumann!", flüsterte er so leise vor sich hin, dass ihn niemand hören konnte.

Die Akten waren fein säuberlich auf seinem Tisch gestapelt, ordentlich beschriftet und mit Inhaltsverzeichnissen versehen. Ein derart aufgeräumter Anblick schmeichelte seinem ausgeprägten Ordnungssinn. So ließe es sich vernünftig arbeiten. Plötzlich lugte Jana Neudorff in das Büro.

„Ich habe die Unterlagen mit Tore heute Morgen vorbereitet", sprach sie Tarek etwas verschlafen an.

„Wir haben ein paar mehr Informationen als gestern. Die Felder in deinem Netz werden heute anfangen, sich zu füllen."

Jana spielte damit auf das Spinnennetz an, das Tarek gestern an das Whiteboard geschrieben hatte.

„Vielen Dank, Jana, na dann lass uns mal loslegen!"

Beide verließen Tareks Büro und gingen in die Zentrale, wo die anderen Kollegen neugierig warteten.

Tore begann mit dem Lagevortrag. Er gab einen kurzen Überblick über die neuen Erkenntnisse vom gestrigen Einsatz am Tatort und den ersten Informationen aus den Akten der Polizeidirektion.

„Neben dem Zeitungsausträger Jorgens, der die zweite Blutlache entdeckt hatte, haben wir die Schilderung der ersten Zeugin, Babette Schmidt, etwas genauer unter die Lupe genommen."

Tarek spitzte die Ohren. Er konnte sich noch genau an seine Neugier erinnern, die ihn bei Beobachtung der ersten Aktionen der Spurensicherer an der Passerelle quälte. Wie alle anderen, hörte er jetzt ganz gespannt zu.

„Außer der Befragung durch die ersten Beamten vor Ort, wurde ihre Aussage nicht genauer geprüft. Babette Schmidt, genannt Babsi, hatte die erste Blutlache entdeckt. Aber sie hatte auch Geräusche gehört, auf die die Kollegen nicht näher eingegangen sind."

„Welche Geräusche waren das?", wollte Tarek wissen.

„Lautes Scheppern und ein Motorengeräusch", führte Jana Tores Vortrag fort.

„Sie hat unterschiedliche Geräusche gehört. Das eine hörte sich an wie das Zuschlagen von Fahrzeugtüren, möglicherweise eines Kleintransporters, das andere wie das Startgeräusch eines Motors."

Tarek wurde neugierig. Er fragte nach den Details.

Am letzten Montag war Babette Schmidt in aller Frühe mit dem Zug von ihrem Heimatort Lindhorst zum Hauptbahnhof Hannover gefahren. Dort habe sie auf dem Weg von der Bahnhofshalle durch die Passerelle zu ihrer Arbeitsstelle, dem Bijou Celine, diese Feststellungen gemacht. Sie habe insgesamt drei scheppernde Geräusche mit einem gewissen Zeitverzug gehört. Bei dem Motor sei sie sich nicht sicher gewesen. Vermutlich handelte es sich dabei um einen Dieselmotor. Nach dem Zünden hätte er sich etwas klingelnd angehört. Nach Entdeckung der Blutlache sei sie dann ohnmächtig geworden.

Tarek ging zurück in sein Büro, kramte die Hauptakte hervor und las die von Jana gekennzeichnete Passage über Babette Schmidts Schilderungen. Nachdem er sich in die Situation der ersten Zeugin hineingedacht hatte, kehrte er in die Runde seiner Ermittler zurück. Nach kurzem Überlegen kam ihm blitzschnell eine Idee.

„Wir machen eine Simulation", beschloss Tarek. Aus der Runde flogen ihm fragende Blicke entgegen. Unbeirrt von dieser Reaktion verteilte Tarek an seine Ermittler ein paar Aufträge.

„Nina, du wirst Frau Schmidt für morgen früh zu der Uhrzeit auf dem Hauptbahnhof vorladen, zu der sie letzten Montag angereist war."

„Das war um halb sechs morgens", entrüstete sich Kollegin Kranz.

„Auch Ermittler müssen mal eine Frühschicht einlegen. Übrigens Nina, wir beide werden Frau Schmidt um diese Uhrzeit am Zug abholen."

Nina rollte mit den Augen.

„Lars und Sven, ihr werdet bis morgen, 5:30 Uhr folgende Fahrzeuge besorgen:

Einen VW T5, einen Renault Traffic, einen Mercedes Sprinter, einen Iveco Daily, einen Ford Transit und einen Fiat Ducato. Das sind die gängigen Transportermodelle, diese Auswahl müsste für den Anfang genügen. Alle Modelle erwarte ich sowohl in der Standard- als auch in der Hochdachversion, insgesamt also ein Dutzend Fahrzeuge."

„Wir machen aber eigentlich keinen Außendienst", hallte es ihm synchron von den Zwillingen entgegen.

„Außergewöhnliche Fälle erfordern außergewöhnlichen Einsatz! Alle zwölf Fahrzeuge müssen am Ende der Passerelle aufgestellt werden und zwar dort, wo die Treppe hinunter zur Boutique führt. Nehmt morgen früh ein Funkgerät mit, damit ich euch die Reihenfolge der Transporter durchgeben kann."

Lars und Sven Lauterbach waren sauer. Diese EK schien ihren geregelten Lebensablauf gehörig durcheinander zu bringen. Nach schier nicht endenden Ausreden, warum dieser Auftrag von ihnen nicht erledigt werden konnte, platzte Tarek der Kragen.

„Dienst ist kein Wunschkonzert. Der Hof der Polizeidirektion steht voll mit Transportern unterschiedlicher Typen. Sucht euch das Passende aus, den Rest besorgt ihr euch von den umliegenden Autohändlern. Ihr werdet wohl selbst in der Lage sein, die Adressen herauszufinden. Ihr habt jetzt noch neunzehneinhalb Stunden Zeit. Mit jeder neuen Ausrede und überflüssigen Diskussion verkürzt sich euer Zeitfenster!"

Tarek hatte Mühe, seine Wut über das ausgeprägte Vermeidungsverhalten der Zwillinge im Zaum zu halten.

Nach dieser deutlichen Zurechtweisung machte sich das Gespann Lauterbach schleunigst an die Arbeit.

Nach einem Gruppengespräch über die ersten Fakten des Falls füllten sich die Kästchen auf dem Whiteboard zusehends. Jeder, der Personen, Spuren und andere Informationen beizusteuern hatte, trug sie an der entsprechenden Stelle in dem Spinnennetz ein. Es wuchs mit jeder Eintragung.

Als die Mitglieder der EK mit ihren Ergänzungen fertig waren, ging Tarek zu der weißen Tafel und nahm sich einen knallroten Stift.

Unter das Kästchen „Zeugen“ trug er einen Namen ein: Viktor Friesen.

Mit fragenden Blicken versuchten die Kollegen, diesen Eintrag zu deuten. Tarek ließ sie ein bisschen schmoren, dann lüftete er das Geheimnis.

„Der Zeuge Friesen ist mir von einem Informanten benannt worden. Er soll die Tat unter der Brücke vom Westschnellweg beobachtet haben. Friesen gehört dem Obdachlosenmilieu an. Er ist völlig verstört von den entsetzlichen Eindrücken und hat kein Vertrauen zur Polizei. Möglicherweise bemerkte der Täter, dass er bei der Tatausführung beobachtet wurde. Was das für die Obdachlosen bedeutet, könnt ihr euch vorstellen. Aufgrund der genannten Umstände werden wir keine Öffentlichkeitsfahndung nach dem Zeugen einleiten. Wir werden ihn auf eine andere Weise suchen.“

Tarek schaute in die erwartungsvollen Augen seiner Kollegen. Sein Blick blieb bei Ralf Schulz stehen.

„Ralf, warst du nicht mal beim Mobilen Einsatzkommando?“

Ralf musste unwillkürlich nicken.

„Du bist doch der Spezialist für Observationstechniken und Legenden, richtig?“, fragte der Chef der EK seinen untersetzten Kollegen mit hochgezogenen Mundwinkeln.

Ralf Schulz schwante Böses. Und wie er es sich ausmalte, kam es auch.

„Ralf, du wirst dir eine entsprechende Ausstattung besorgen und nach unserem Zeugen suchen. Du verkleidest dich als Stadtstreicher und tippelst die Treffpunkte der Obdachlosen ab. Nimm deine Dienstwaffe mit, es könnte sein, dass du sie noch brauchst.

Kevin, du besorgst Ralf ein Handy mit GPS-Peilung, Foto- und Videofunktion, getarnter Freisprecheinrichtung und dem üblichen Schnickschnack. Die Endgeräte installierst du in unserer Zentrale. Ich will über jeden von Ralfs Schritten informiert sein", instruierte Tarek seinen Computerspezialisten.

„Branka, du recherchierst in den Falldateien, ob es vergleichbare Taten in den letzten Jahren gegeben hat. Check bitte auch die Zeugen ab, ob die alle sauber sind. Es darf uns keine Fahndungspanne passieren – nicht, dass einer unserer Zeugen möglicherweise auch der Täter ist."

„Na, dann fange ich mal gleich bei dir an. Tarek, sagst du mir gerade dein Geburtsdatum, Vor- und Zunamen kenne ich ja schon". Branka warf nach dieser Bemerkung ihr Haar zurück und sandte ein umwerfendes Lächeln in Tareks Richtung. Unter ihrer bemerkenswerten Körperfülle schien sich ein äußerst reizvoller Charakter zu verstecken.

Jana und Nina sollten sich um die Ermittlungen der Vermisstenfälle kümmern. Vielleicht gab es ja einen Hinweis von dem einen oder anderen Sozialarbeiter oder Streetworker, der einen Obdachlosen vermisste. Anschließend sollten sie noch die Anwohner der Tatorte abklappern und sie nach verdächtigen Beobachtungen befragen.

Nachdem die Arbeit organisiert und verteilt war, machten sich alle an ihre Aufgaben. Tarek schaute noch kurz in die Runde und verließ anschließend das Großraumbüro in Richtung Kriminaltechnisches Institut, kurz KTI.

Tarek bevorzugte die Fahrt mit öffentlichen Verkehrsmitteln.

Mit den Stadtbahnlinien 3 und 1 erreichte er in gut zwanzig Minuten das circa vier Kilometer entfernt liegende KTI in der Schützenstraße. Eigentlich sollten alle Dienststellen des Landeskriminalamts in einem Neubau zusammengefasst werden. Aber die allgemeine Geldnot der öffentlichen Kassen hatte zu einer anderen Lösung geführt. Im Behördenhaus am Waterlooplatz wurde das LKA untergebracht. Der Neubau des KTI auf dem dortigen Gelände war im vollen Gange, konnte sich aber noch ein paar Jahre hinziehen. So mussten die Ermittler für jede Spur, die sie persönlich mit den Wissenschaftlichen Mitarbeitern des KTI erörtern wollten, den Weg von der Calenberger Neustadt nach List antreten.

Tarek traf um zwölf Uhr mittags dort ein.

Die Kollegen kannte er aus unzähligen Fällen seines ersten Lebens als Zielfahnder beim LKA. Schon am Eingang wurde er freundlich begrüßt.

Als er die Treppe zum Labor hinaufeilte, hörte er ein fröhliches Singen. Die persischen Klänge kamen ihm bekannt vor. Würde er tatsächlich noch hier arbeiten, das konnte doch nicht sein!

Als Hauptkommissar Tarek Neumann die Schiebetür zum Labor öffnete, war er sich ganz sicher.

Doch, es konnte sein. Fünf Meter von ihm entfernt stand dieser kleine, hutzelige Zwerg mit dem Rücken zu ihm gewandt, bekleidet mit Sandalen, einem weißen Kittel und einer runden, weißen Kappe auf seinem Kopf.

Youssef Muhammad Al Navid, kurz Youssi, war ein begnadeter Forensiker, Materialanalytiker und Molekulargenetiker. Seine Arbeit war mit Geld nicht zu bezahlen. Tarek kannte ihn als selbstverliebten, kauzigen Eigenbrötler, der für seine Wissenschaft und schöne Frauen lebte. Tarek verband mit diesem gläubigen Moslem eine Art Hassliebe, die sich in gegenseitigen Neckereien und manchmal auch handfesten Beleidigungen widerspiegelte.

„Ah Tarek, du kommst spät, alter Chaldäer, ich wollte gerade mein Mittagsgebet halten. Ein Gespräch wäre jetzt außerordentlich ungünstig", fiepste der dunkelhäutige, schwarzhaarige und feinbärtige Orientale dem Hauptkommissar entgegen.

„Ich habe gedacht, der Staatsschutz hätte dich schon längst aus dem Verkehr gezogen. Mir ist absolut schleierhaft, wie du die Überprüfung auf Rechts- und Verfassungstreue bestehen konntest", gab Tarek zurück.

Und tatsächlich passte Youssi mit seinem äußeren Erscheinungsbild in die üblichen Raster islamitischer Terroristen. Mit einem Job beim LKA hätte ihn normalerweise niemand in Verbindung gebracht.

Ohne ihn anzusehen, flüsterte Youssi: „Das liegt an der absoluten Güte von Allah und meiner exklusiven Genialität. Äußerlichkeiten stören dabei nur."

Jetzt drehte Youssef sich um. Ein aufrichtiges, breites Grinsen flog Tarek entgegen. Der iranische Wissenschaftler, der seit einer halben Ewigkeit in Deutschland lebte, streckte die Arme aus und schlurfte Tarek entgegen.

„Komm an meine Brust, du irakisches Halbblut."

Die Umarmung wirkte ein wenig skurril. Youssi war gut zwei Köpfe kleiner als Tarek, seine Zuneigungsbekundungen erreichten gerade mal den Rippenbogen seines gut gebauten Gegenübers. Tarek wirkte etwas hilflos. Verlegen rubbelte er ihm freundschaftlich über die Kappe.

„Also gut, du Weltmeister, hast du dir die Spuren schon ein bisschen genauer ansehen können?"

Youssi schaute zu Tarek hoch.

„Natürlich, Christ, aber ich brauche noch ein bisschen Zeit. Ein klein wenig kann ich dir aber schon berichten."

Youssef Muhammad hatte die Spuren des letzten Tatorts auf einem großen Edelstahltisch ausgebreitet.

„Die Blutspuren sind undramatisch. Der aktuelle Fall hatte Blutgruppe A mit positivem Rhesusfaktor. Ich habe Spuren von Alkohol und dem Schmerzmittel Acetylsalicylsäure, besser bekannt unter dem Namen Aspirin, in seinem Blut entdeckt. Das nimmt ja heute jeder. Also kein wirklicher Durchbruch. Das Opfer war auch krank. Neben Herpes habe ich Hepatitis festgestellt, außerdem litt die arme Seele vermutlich unter einer Niereninsuffizienz. Früher oder später wäre er sowieso gestorben. Die DNA-Analyse wird erst morgen fertig sein. Wir haben im Labor einen kleinen Stau mit zwei Vergewaltigungssachen aus Oldenburg und einem Mord aus Emden. Aber ich mache Druck."

„Die Ergebnisse würden unsere These bestätigen, dass es sich bei dem Opfer um einen Stadtstreicher handelt. Wie sieht es mit den anderen Fundstücken aus – dem Metallsplitter, der Holzfaser und dem Handy-Täschchen?", wollte Tarek wissen.

„Das Handy-Etui ist zwar ganz schick, kannst du aber vergessen. Es ist aus einer Art Nubuk-Leder gefertigt, sehr weich und anschmiegsam. Zugegeben, ich habe eine so hochwertige Arbeit noch nie gesehen. Wenn man über die Oberfläche streicht, ergeben sich ständig wechselnde Muster. Unter dem Mikroskop wirkt die Struktur sehr homogen. Ich habe eine Probe entnommen, aber die Analyse kann dauern."

„Aus welchem Leder könnte es sein?“, hakte Tarek nach.

„Das kann ich dir nicht sagen, Tarek. Die Vergrößerung ergab nur eine recht regelmäßige Struktur, wie gesagt. Ich bin mir sicher, dass es sich hierbei um Leder handelt. Um die Oberfläche aber so weich zu bekommen, wurde es mit sehr starken Chemikalien behandelt. Die Zellstruktur ist nahezu aufgelöst, die Eiweiße alle zersetzt, das Porenmuster ist auch schwer zuzuordnen. Insofern habe ich wenig Hoffnung, dass der DNA-Test noch ergänzende Informationen liefern wird“, gab sich Youssi pessimistisch.

„Kann ich das Täschchen mitnehmen?“, erkundigte sich Tarek.

„Von mir aus. Wir haben alles, was wir für weiterreichende Tests benötigen, entnommen.“

Nachdem Tarek den Erhalt quittiert hatte, gab es ihm Youssef heraus.

„Und was ist mit den anderen Sachen?“

„Das Beste habe ich mir aber bis zum Schluss aufgehoben, Tarek! Die beiden Splitter erzählen ganz tolle Geschichten.“

Der iranische Wissenschaftler ließ den Chef der EK Blut etwas zappeln.

Tarek konnte seine Neugier kaum verbergen.

„Zuerst der Metallsplitter. Wir haben ihn durch das Rasterelektronenmikroskop gejagt. Anhand der Bruchstücke und der Kantenstruktur konnten wir rudimentär erkennen, dass es sich um ein geschmiedetes Stück Stahl handelt. Der Splitter ist allerdings so klein, dass wir nicht erkennen konnten, ob es sich um eine maschinelle oder handwerkliche Schmiedearbeit handelt. Wir nehmen an, dass der Stahl sechsfach gefaltet wurde. Hierfür spricht der gegeneinander gerichtete

Verlauf der Metallstruktur in drei diametral verlaufenden Zweiermustern. Und da dreimal zwei nach Adam Riese gleich sechs macht, kamen wir zu diesem Schluss. Kannst du mir folgen, Christ?", stichelte Youssi in Tareks Richtung.

„Die Mathematik haben die Araber erfunden, nicht die Perser, Youssi. Und der bekannteste Rechenmeister war Adam Ries, ein deutscher Gelehrter, der im 16. Jahrhundert gelebt und gewirkt hatte. Das Sprichwort „nach Adam Riese" ist übrigens dem Umstand geschuldet, dass in Deutschland früher die Namen mit dekliniert wurden. Im Dativ wird deswegen aus „Ries" „Riese". Soll heißen, selbstverständlich kann ich dir folgen, weil meine arabischen und deutschen Gene beide intellektuellen Aspekte vereinen."

Tarek zog mit gespielter Arroganz seine linke Augenbraue hoch.

„Klugscheißer!", entglitt es Youssi, der diesen Treffer auf Tareks Konto verbuchen musste.

Tarek erkundigte sich nach der Legierung des Stahls.

Nachdem Youssef ein bisschen geschmollt hatte, gab er sein Wissen preis.

„Die Details spare ich mir. Metallurgie ist ganz sicher nicht dein Spezialgebiet. Und als gläubiger Moslem liegt es mir fern, meinen Gesprächspartner vorzuführen. Meine unendliche Großmut gebietet es mir also, dir das Ergebnis meiner Untersuchungen bekannt zu geben."

Warum müssen Orientalen eigentlich immer um den heißen Brei herumreden, dachte Tarek im Stillen. Diesen kleinen Triumph gönnte er jedoch seinem persischen Kollegen und wartete geduldig den ausführlichen Vorspann ab.

Nach einer gefühlten Ewigkeit kam Youssi auf den Punkt.

„Es ist eine Legierung, die in Nordamerika weitverbreitet ist. Ich habe in Fachforen herausgefunden, dass diese ganz spezielle Legierung zum Werkzeugbau genutzt wird. Oft werden auch landwirtschaftliche Geräte wie Pflüge und Eggen oder Jagdwaffen aus diesem Metall hergestellt. Dieser kleine Splitter lässt jetzt natürlich jede Interpretation offen. Aber ich lege mich auf ein nordamerikanisches Produkt mit Werkzeugeigenschaften fest."

„Kann es auch von einer Sense stammen?"

Tarek dachte bei Youssis Ausführungen unweigerlich an die Schilderung von Pastor Wolff, der in Friesens Zeugenaussage den Täter mit dem Begriff Sensenmann titulierte.

„Von einer Sense über Pflug, Axt, Schwert, Egge, Messer, Sichel - alles ist möglich", gab Al Navid zu bedenken.

Tarek war in Gedanken. Er dankte und wollte sich gerade verabschieden, als Youssef ihn noch einmal fragte:

„Wolltest du gar nichts über den Holzsplitter hören?"

Tarek war peinlich berührt. Der Holzsplitter, natürlich. Schnell fragte er nach dem fehlenden Indiz.

„Die Holzfaser hat mich einige Mühe gekostet. Nach meinen Untersuchungen handelt es sich um den Splitter einer Douglasie. Das ist ein Nadelgehölz, das ursprünglich aus Nordamerika kommt, seit einiger Zeit aber auch in Europa angepflanzt wird. Das Holz der Douglasie ist ölgesättigt, deswegen braucht es bei der Verarbeitung nicht gestrichen zu werden. Es hat eine angenehme rote Farbe und ist auf der einen Seite recht flexibel, auf der anderen Seite ab einer bestimmten Dicke sehr formbeständig. Deswegen wird es zum Beispiel auch für den Bau von Dachstühlen benutzt."

Tarek dachte laut nach:

„Wenn diese beiden Fragmente, der Metallsplitter und die Holzfaser, zu ein und demselben Gegenstand gehören und dieser Gegenstand seine Wurzeln in Nordamerika hat: Würdest du mir dann zustimmen, dass es sich um ein Werkzeug mit einem Holzgriff und einem Metall-Element handeln könnte - so wie etwa eine Sense?"

Youssef Muhammad Al Navid nickte andächtig in Tareks Richtung.

„Mach ruhig so weiter, Tarek. Deine Deutung wäre eine Möglichkeit. Aber es gibt auch noch zahllose andere Werkzeuge, die eine ähnliche Erklärung abgeben würden."

Tareks Herzschlag pulsierte. Er hatte durch die ersten Analysen der Tatortspuren, verbunden mit der Beobachtung des flüchtigen Tatzeugen, einen ersten Ansatzpunkt für die Mordwaffe entdeckt.

„Youssi, du bist ein Genie. Für einen Vormittag Arbeit sind das phantastische Ergebnisse! Sobald du was Neues hast, ruf mich an, ich komme sofort!"

Tarek boxte Youssef freundschaftlich in die Seite und eilte mit dem Handy-Etui in der Hosentasche aus dem Labor.

Mit einem zufriedenen Lächeln winkte der Perser Tarek hinterher – jetzt hatte er endlich Zeit für das Mittagsgebet!

Kapitel 19

Zielfahnder Tarek Neumann war der Lösung des Falls ein gutes Stück nähergekommen.

Nach dem Abgleich der ergänzenden Ergebnisse aus dem Labor mit dem derzeitigen Ermittlungsstand ergab sich folgende Sachlage:

Ein bisher unbekannter Täter suchte nachts Obdachlose auf. Der Täter tötet sie mit einem Werkzeug, wahrscheinlich aus nordamerikanischer Produktion. Die Opfer bluten regelrecht aus. Sie werden vom Täter mitgenommen und bleiben unauffindbar, niemand scheint sie zu vermissen. Es gibt zwei ernst zu nehmende Zeugen: Babette Schmidt, die Verkäuferin, die auf dem Weg zum ersten Tatort verdächtige Geräusche wahrgenommen haben will und der Stadtstreicher Viktor Friesen, der mutmaßlich eine Tatbegehung beobachtet hatte. Sein Aufenthalt war unbekannt, nach ihm wurde gefahndet.

Alle weiteren Zeugen und Hinweisgeber konnten keine weiterführenden Angaben zum Sachverhalt machen. Als ergänzende Spuren existieren ein Handy-Etui aus Nubuk-Leder, dessen Verbindung mit der Tat fraglich erscheint und noch nicht ausgewertete Blut-, Speichel- und Schweißspuren, deren DNA-Ergebnisse noch ausstehen.

Nach der Rückkehr zum LKA trugen Tarek und seine Kollegen der EK Blut die Ergebnisse mit vielen Fragezeichen in das Spinnennetz auf der Tafel ein.

Mit jeder Eintragung ergaben sich neue Ansatzpunkte und das Spinnennetz wuchs um weitere Kästchen, Kreise und Verbindungslinien.

Tarek war ein bisschen stolz auf seine Truppe. Am zweiten Tag hatte die EK ein stolzes Zwischenergebnis vorzuweisen.

Während die Mitglieder der Ermittlungskommission Blut mit Hochdruck weiterarbeiteten, präsentierte Tarek seinem Chef Roman Wolter die ersten Zwischenergebnisse und wollte ihn bezüglich der Ermittlungen auf dem Laufenden halten. Obwohl ihm der Präsident des LKA nach seiner miserablen Begrüßung sehr unsympathisch war, musste er um der Sache willen den persönlichen Kontakt zu ihm suchen.

Roman Wolter schien zufrieden. Die EK gab sich alle erdenkliche Mühe und binnen eines Tages war die Marschrichtung klar.

„Neumann, diese Ergebnisse stimmen mich verhalten positiv", kam es dem Präsidenten des LKA über die Lippen, „aber nachdem ich Ihnen dieses hervorragende Team zur Seite gestellt hatte, war ja auch kein anderes Ergebnis denkbar."

Wolter warf Tarek Neumann einen sarkastischen Blick zu.

Mit souveräner Geste formulierte er ganz langsam und deutlich: „Glauben Sie nicht, dass ich wegen dieser ersten Anscheinserfolge meine Fürsorgepflicht Ihnen gegenüber vernachlässige. Ich werde jeden Ihrer Schritte mit Argusaugen beobachten, verstehen Sie mich, Neumann?"

Wolter hatte die Gabe, Versprechen wie Drohungen zu formulieren. Hauptkommissar Neumann kannte diese Charakterzüge seines Chefs zur Genüge. Mit einem entspannten Lächeln gab er seine Wertung dieser Fürsorgemaßnahmen zurück:

„Wenn Sie irgendeinen Mitarbeiter haben, der mit meinem Tempo mithalten kann, lassen Sie es mich wissen. Ansonsten sorgen Sie dafür, Herr Präsident, dass das von Ihnen so hervorragend zusammengestellte Team nicht den Anschluss verliert. Ich bin nicht gewohnt, mit angezogener Handbremse zu ermitteln!"

Nach diesem Austausch gegenseitiger Freundlichkeiten verließ Tarek Neumann das Büro und freute sich auf seinen wohlverdienten Feierabend.

Er musste sich ein bisschen beeilen, um den Termin mit seiner Tochter Sarah beim Tattoostudio an der Lister Meile einzuhalten. Punkt 18:00 Uhr stand er vor dem Ladenlokal des Dicken Dirk und suchte nach seiner Tochter.

Das war ja mal wieder typisch!

Sarah hatte sich verspätet, wie immer, sie konnte einfach nicht pünktlich sein. Kurz nachdem sich Tareks Puls wegen der Unzuverlässigkeit seiner Tochter etwas beschleunigt hatte, bat ihn eine sanfte Stimme aus dem Eingang des Tattoostudios, einzutreten.

Verdutzt schaute Tarek sich um. Im Eingang stand Sarah und lächelte ihn freundlich an. Im ersten Moment erkannte er sie nicht, sie wirkte irgendwie verändert. Sarah hatte sich wie ein Model zurechtgemacht. Unter den asymmetrisch geschnittenen, blondierten Haaren lugten zwei auffallend geschminkte, große rehbraune Augen hervor, die von einem Paar künstlicher Wimpern umrahmt wurden.

Eine Dose Make-up, die auf irgendeinem Wege den Zugang zum ursprünglich blassen Gesicht seiner Tochter gefunden hatte, tauchte ihr Antlitz in ein cremefarbenes Braun. Unter einem langen, schwarzen Latexmantel konnte er den Ansatz einer knallroten Bluse und das Ende einer geschnürten, schwarzen Hose erkennen, die auf viel zu hohen Plateauschuhen aufsetzte.

Ihr Anblick wirkte fremd, sehr fremd. Tarek musste mehrmals hinschauen, bis er sein geliebtes Töchterchen unter dieser Maskerade erkennen konnte.

„Kommst du rein, Paps, ich hab' mir schon ein Motiv ausgesucht", säuselte sie ihm mit ihrem umwerfenden Charme entgegen.

Etwas benommen von diesem fremdartigen Aussehen seiner Tochter, schlich Tarek in die grelle Atmosphäre des Tattoostudios.

„Hier, Paps, ich will einen regenbogenfarbenen Schmetterling an mein rechtes Fußgelenk haben. Sieht er nicht schön aus?"

Tarek war sprachlos. Sarahs Trägheit war wie weggezaubert. Sobald es um etwas ging, dass sie sich in den Kopf gesetzt hatte, war ihre Beschleunigung atemberaubend. Tarek brachte nur ein kurzes „Ja" hervor.

„Na, dann können wir ja gleich loslegen", sang ein gedämpfter Bariton neben Tareks Ohr. Der Dicke Dirk hatte offenkundig schon einige Zeit vorher mit Sarah ein Beratungsgespräch gehalten. Mit schiefem Kopf und Tätowiermaschine im Anschlag, schien er nur auf ein Startsignal zu warten.

„Moment mal, ich habe noch gar nichts unterschrieben. Sarah, so einfach geht das hier nicht", entrüstete sich Papa Neumann, der mit der Geschwindigkeit der Entscheidungsfindung seiner Tochter offenkundig überfordert war.

„Hier ist das Formular, Herr Neumann. Ich habe dir die Stelle markiert, wo du unterschreiben kannst. Deine Tochter hat sich aber wirklich ein wunderschönes Motiv ausgesucht - so geschmackvoll."

Tarek schwebte zwischen Wut und Entsetzen. So hatte er sich das Ganze nicht vorgestellt. Er wollte in Ruhe mit seiner Tochter ein Motiv aussuchen, ein ausgedehntes Beratungsgespräch über die Risiken der Tätowierung führen und gemütlich einen Kaffee trinken, während er die Arbeiten an der Haut seiner Tochter genauestens überwachte – und jetzt so was!

„Ich bin mir nicht sicher, dass ich meine Erlaubnis bei dieser Geschwindigkeit abgeben möchte. Sarah, wir wollten doch erst in Ruhe darüber sprechen?" blickte er Hilfe suchend in Richtung seiner Tochter.

Sarah blinzelte ihren Vater mit unschuldigem Blick und herzzerreißender Mimik an. Sie wusste genau, welche Knöpfe sie drücken musste, um bei ihrem Göttervater alles durchzukriegen. Und es funktionierte auch dieses Mal.

„Paps, alle anderen Mädchen beim letzten Model-Casting haben ein Tattoo. Ich bin die Einzige, die noch ohne rumläuft. Bitte Paps, ich habe doch schon alles geregelt, und der Schmetterling ist doch ein Motiv, mit dem du dich anfreunden kannst, oder?"

Schachmatt!

Sarah hatte ihn wieder um ihren kleinen Finger gewickelt. Mit gedämpftem Protest unterschrieb er das Papier, mit dem er sein geliebtes Töchterchen in die Hände dieses dicken Hautfräsers auslieferte.

Die Tinte noch nicht trocken, riss Sarah den Zettel an sich und übergab ihn triumphierend an den Dicken Dirk.

„Hast du was dagegen, dass ich bei der Prozedur zugucke?", fragte Vater Neumann sein kleines Biest.

„Ja, Papa, ich bin doch kein kleines Kind mehr. Wie peinlich ist das denn, wenn der Alte beim Tätowieren seiner Tochter zuguckt."

Hätte sich Tarek Neumann zu diesem Zeitpunkt nicht in einer tadellosen Verfassung befunden, dann hätte ihn spätestens jetzt ein Herzinfarkt in die ewigen

Jagdgründe geschickt. Mit hochrotem Kopf und geschwollener Halsschlagader wollte er gerade zu einem vernichtenden Konter ansetzen, als ihn Dirk Schwarze sanft beiseitenahm.

„Tarek, ich darf dich doch Tarek nennen, deine Tochter ist bei mir in den besten Händen. Glaub mir, ich habe vielen schwierigen Teenagern ihren Traum verwirklicht. Ich habe 35 Jahre Berufserfahrung auf dem Buckel, von meinen Kunden ist nicht ein einziger aufgrund schlechter Hygiene erkrankt. Ich nehme meinen Job sehr ernst und will nur das beste Ergebnis. Und ich glaube nicht, dass Du wirklich allen drei Sitzungen zuschauen willst, von der jede etwa zwei Stunden dauert. So lange brauche ich nämlich für das Stechen meines Gemäldes."

Nach dieser verständnisvollen Ansprache des Dicken Dirk beruhigte sich Tareks Kreislauf ein wenig. Wortlos nickte er seinem Gegenüber zu und drehte sich in Sarahs Richtung.

„Wir sprechen noch miteinander, Sarah, und zwar ohne Publikum!"

Sarah klimperte ihm mit ihren künstlichen Wimpern zu und gab ihrem Vater einen Luftkuss.

Kopfschüttelnd machte sich Tarek auf, das Etablissement zu verlassen. In Gedanken stieß er beim Weggehen mit etwas zusammen, das das soeben verdrängte Entsetzen wieder an die Oberfläche beförderte.

Dicht an dicht stand dieses Etwas vor ihm und schaute aus einem verwirrenden Geflecht von Linien und Punkten, Flammen und mystischen Formen ihm geradewegs in die Augen. Er versuchte aus dem Muster etwas zu erkennen, eine Form auszumachen, mit der er etwas anfangen konnte.

Plötzlich öffnete dieses Etwas den Mund und aus der gepiercten Höhle würgte eine gespaltene Zunge einen fiepsigen Ton wie „Tschuldigung" hervor.

Ein spontanes Gefühl der Übelkeit bohrte sich tief in Tareks Magen. Aus dem Höllenschlund vor ihm stieg ein Gestank von kaltem Zigarettenrauch und miefigen Matratzen entgegen. Das vor ihm musste so eine Art weibliches Wesen sein. Nachdem Tareks Augen die verwirrende Linienführung entschlüsselt hatten, konnte er neben dem komplett tätowierten Gesicht verschiedene Piercings an Augenbrauen, Nase, Lippen und Wangen erkennen. Die, zugegeben, beeindruckende Haarpracht wurde von zwei Ohren eingerahmt, die vollständig mit großen, runden Kreolen verziert waren.

Instinktiv machte Tarek einen Schritt zurück und schaute in das vollständig tätowierte Dekolleté einer geschätzten Endzwanzigerin.

Ihr verdammt gut geformter Körper steckte in einem hautengen Einteiler. Diese Catsuits kannte Tarek nur aus den Katalogen einschlägiger Pornofirmen. Mit einer Mischung aus Ekel und Faszination versuchte Tarek, an dem komplett bemalten Hindernis vorbeizugehen.

„Hi, ich bin Maloo. Und wer ist der geile Kerl, der mir gegenübersteht?"

„Ich bin der Kammerjäger. Und wenn Sie mich nicht sofort vorbeilassen, hole ich meine große Spritze und mache Ihnen den Garaus! Sie entschuldigen mich."

Tarek hatte es eilig, den Laden zu verlassen. Bei der Kundschaft würde er sich es sonst doch noch überlegen, seine Tochter diesem Umfeld zu überlassen.

Er huschte an dem dreidimensionalen Gemälde vorbei auf die Straße.

Draußen sog er die erfrischende Luft tief in seine Lungen. Die kühle Brise wirkte wie ein Jungbrunnen für sein Atmungsorgan. Nach den irritierenden Eindrücken verspürte er den Wunsch, ein heißes Bad zu nehmen und sich gründlich zu waschen. Andererseits hatte er jetzt zwei Stunden Freizeit gewonnen, die es zu nutzen galt. Tarek wollte mit jemandem Vertrautes reden. Vielleicht hatte sich sein Vater Fritz wieder gefangen. Einen Versuch wäre es wert.

Kurz nach acht berat Tarek Neumann das Stift zum Heiligen Geist. Frau Wenders hatte heute Nachtwache und begrüßte ihn mit einem freundlichen Lächeln.

„Ihrem Vater geht es schon viel besser. Wenn Sie Glück haben, schläft er noch nicht", munterte ihn die Empfangsdame in gewohnter Manier auf.

Als er das Zimmer am Ende des Flurs in der ersten Etage betrat, sah er seinen Vater mit dem Blick zur Tür in seinem Rollstuhl sitzen. Draußen war es schon dunkel und Fritz Neumann konnte den so geliebten Ausblick in den Park nicht mehr genießen. Mit geschlossenen Augen würgte er ein kehliges „Junge" hervor und fing hustend an zu lächeln. Sein Kopf lag etwas schräg, aber der Anblick wirkte etwas ermutigender als die Tage zuvor.

Tarek eilte in das Zimmer hinein auf seinen Vater zu und gab ihm einen zarten Kuss auf die Stirn.

Fritz war gewaschen, er duftete nach Seife und Rasierwasser und sein gestärkter Pyjama gab ihm etwas von der Würde zurück, die er nach seinem Zusammenbruch vor ein paar Tagen eingebüßt hatte.

Eine ganze Weile saßen beide schweigend voreinander. Nach dieser wohltuenden Stille erzählte Tarek von seiner Rückkehr zum LKA, der Ermittlungskommission, den Ergebnissen des Tages, seinem Stress mit dem Präsidenten, den wilden Spekulationen in der Presse und dem Tattoo von Tochter Sarah.

Fritz Neumann schwieg die ganze Zeit und bekam seine Augen nicht auf. Nach einer kurzen Pause legte Tarek seine Hand auf die Wange seines Vaters und sprach ihn langsam und deutlich an.

„Papa, ich habe ein Rätsel für dich."

Ein Ruck ging durch den Körper des alten Mannes. Tarek sprach ganz langsam weiter.

„Papa, als Ingenieur kennst du dich doch mit Werkzeugen aus."

Fritz Neumann schien fast unmerklich zu nicken.

„Welches Werkzeug kann das sein? Es hat einen Stiel und es hat einen Kopf. Der Stiel ist aus Douglasie, der Kopf aus Stahl. Der Stahl ist sechsmal gefaltet und sehr hart. Es kommt wahrscheinlich aus Nordamerika. Man braucht es zum Ackerbau oder zur Jagd. Welches Werkzeug suche ich?"

Unter den geschlossenen Lidern von Tareks Vater bewegten sich die Augäpfel. Es kehrte immer mehr Leben in den alten Mann zurück. Er versuchte, seine Augen zu öffnen, es gelang ihm aber nicht. Fritz Neumann dachte intensiv nach.

Irgendetwas in seinem Kopf durchsuchte verschiedene Bibliotheken, Ablagen und Speicher. Er wurde unruhig. Sein Oberkörper fing an zu schwingen, seine Arme rissen an den Lehnen des Rollstuhls.

Tarek versuchte ihn zu beruhigen, doch sein Vater atmete immer schwerer und aufgeregter. Nach einem tiefen Seufzer würgte er einen Laut hervor.

„Habalik", lispelte er durch den halb geöffneten Mund. Tarek war hochkonzentriert. Er konnte diesen Laut aber nicht richtig entschlüsseln.

„Hahwalik“, gurgelte es wieder aus seinem Vater hervor.

„Papa, ich kann dich nicht verstehen, versuch es noch mal“, ermutigte ihn Tarek zu einem erneuten Anlauf.

Sein Vater wirbelte immer wilder herum und schien etwas zu suchen.

Plötzlich fiel es Tarek ein. Sein Vater suchte sein Gebiss.

Ohne Gebiss konnte er nicht reden. Fritz Neumann schien frustriert, dass er sich nicht richtig ausdrücken konnte.

Tarek schaltete blitzschnell. Er eilte ins Bad, holte das Gebiss und steckte es eilig seinem Vater in den Mund.

Das war es, was ihm fehlte. Halb im Aufrichten brüllte Fritz Neumann mit all seiner Kraft:

„HAKAPIK!“

Entkräftet ließ er sich in seinen Rollstuhl zurückfallen und schlief auf der Stelle ein. Unmittelbar danach stürmte Schwester Daria das Zimmer.

„Herr Neumann, ich habe Ihnen doch gesagt, dass Sie Ihren Vater nicht immer so aufregen sollen. Der alte Mann macht das nicht mehr allzu lange mit“, schimpfte sie mit rollendem „R“ und finsterer Miene.

Tarek gelobte Besserung und gab seinem Vater zum Abschied den gewohnten Kuss auf die Stirn. Unter dem Eindruck der Vorstellung seines Vaters verließ er das Zimmer.

Unten am Empfang sprach ihn Frau Wenders neugierig an:

„Was wollte denn Ihr Vater, Herr Neumann? Da war ja eine große Aufregung!“

Mit einem Gesichtsausdruck, als könne er das Geschehene nicht deuten, antwortete Tarek mit verwirrter Mimik „Hakapik“, als er das Haus verließ.

Kapitel 20

Mittwochmorgen, 5:20 Uhr, Hauptbahnhof Hannover, Gleis 1.

Kriminalkommissarin Nina Kranz und Kriminalhauptkommissar Tarek Neumann warteten auf den Frühzug aus Lindhorst. Der Oktober schritt mit großen Schritten der kalten Jahreszeit entgegen. Der kühle Dunst schlug beiden Ermittlern ins Gesicht, Nina fröstelte und rieb sich die Hände.

„Tarek, was beabsichtigst du eigentlich mit dieser Vorstellung heute Morgen? Babsi Schmidt hat doch nur ein paar Geräusche gehört. Die können von jedem x-beliebigen Auto stammen. Ich kann mir nicht vorstellen, dass sie sich bei dem Test auf einen bestimmten Transporter festlegen wird."

Nina hatte ihre Zweifel mit der frühmorgendlichen Simulation. So ganz hatte sie noch nicht verstanden, warum Tarek den groß angelegten Test durchführen wollte.

„Ja Nina, auf den ersten Blick hast du recht. Aber unterschätze keinen Menschen, der sich in einer emotionalen Ausnahmesituation befindet. Babsi Schmidt hatte einen Auftrag bekommen. Sie sollte die neue Kollektion dekorieren und war ganz aufgeregt. Als sie am Bahnhof ankam, waren ihre Sinne bis in die Haarspitzen geschärft, sie war hellwach. Mit einer Mischung aus Angst, Neugier und Freude musste sie den oftmals unangenehmen Weg vom Bahnhof bis zur Arbeitsstelle zurücklegen. Menschen, die sich in so einem Zustand befinden, machen unwillkürlich etwas ganz Fantastisches: Sie koppeln Eindrücke an Gefühle."

Nina kräuselte die Stirn. Sie konnte Tarek nicht ganz folgen.

„Es ist eigentlich ganz einfach, Nina. Jeder Mensch wird sich an seine erste Verabredung, den ersten Kuss, die erste gemeinsame Nacht erinnern. Jahre, Jahrzehnte später bis hin ins Greisenalter sind die allermeisten Menschen in der Lage, diese Eindrücke aus längst vergangenen Zeiten aus ihrem Gehirn abzurufen. Weil mit den Gedanken das Gefühl, die Stimmung, die Musik, der Geruch oder der Geschmack aus jenen Tagen Einzug in die Erinnerung hält. Die reine Beobachtung wird mit starken Gefühlen angereichert und deswegen kehrt die Erinnerung immer wieder zurück", erklärte ihr Tarek.

„Aber Babsi Schmidt dürfte keine angenehme Erinnerung an diesen Tag haben", wandte Nina gegen die positiven Beschreibungen ihres EK-Leiters ein.

„Doch Nina, Babette Schmidt hatte sogar noch mehr. Sie erlebte eine Mischung aus Angst, Neugier, Freude und Verwirrung. Diese Gefühle wirken wie der Klebstoff, der die Beobachtungen dauerhaft in ihr Gedächtnis heftet. Und wir werden heute mit dieser Simulation das Geschehen nachstellen und die Schubladen in ihrem Kopf öffnen. Du wirst sehen."

Mit einen leisen Surren glitt die S-Bahn aus dem Schaumburger Land in den Bahnhof der Landeshauptstadt ein.

Nachdem einige Fahrgäste den Zug verlassen hatten, erkannte Tarek eine grell geschminkte Frau Ende dreißig, die auf hochhackigen Schuhen den Bahnsteig entlangklackerte. Mit ihrem kräftigen Körperbau, der in eine zottelige Jacke eingepackt war, wirkte sie wie ein übergroßes, flauschiges Küken. Sie schaute sich suchend um.

Tarek ging direkt auf sie zu, gefolgt von Nina Kranz. Nach einer kurzen Begrüßung beschwerte sich Babsi über den morgendlichen Termin.

„Ich habe Ihren Kollegen doch schon alles gesagt. Was soll der ganze Zirkus hier? Ich bin hundemüde!"

Tarek setzte seinen ganzen Charme ein. Unterstützt von seinen stahlblauen Augen, platzierte er einige Schmeicheleien, die die alleinerziehende Verkäuferin nicht ignorieren konnte. Im Nu hatte Tarek sie überzeugt.

Das Experiment konnte beginnen.

Das Dreigestirn Schmidt, Neumann und Kranz gingen langsam den Weg vom Bahnhof durch die Passerelle bis zum Ladenlokal des Bijou Celine. Babette erzählte ausgiebig von ihren Eindrücken vom vorletzten Montag und wunderte sich, dass keine sprücheklopfenden Flegel ihren Weg säumten.

Ein Stück vom Eingang des Geschäfts entfernt blieben sie stehen.

„Und Sie standen ganz genau hier, an dieser Stelle, Frau Schmidt?"

„Genau hier, Herr Kommissar und keinen Millimeter weiter. Ich bin mir ganz sicher."

Tarek lächelte seiner Kollegin zu und gab über Funk Lars und Sven Lauterbach das Signal zum Start des ersten Tests. Vereinbarungsgemäß hatten sie ein ganzes Dutzend unterschiedlicher Transporter-Modelle am Ende der Treppe postiert, die von der Passerelle in die Fußgängerzone emporführte. Als Erstes schlugen sie nacheinander mit zeitlicher Verzögerung die Hecktüren eines VW T5 zu. Anschließend ging Lars zur offenstehenden Fahrertür, setzte sich hinter das Steuer und schlug auch diese Tür mit einem kräftigen Scheppern ins Schloss.

Babsi wirkte hochkonzentriert.

Nach einem kurzen Augenblick schüttelte sie verneinend den Kopf. Dieses Geräusch schien nicht zu passen.

Das Experiment wurde fortgesetzt.

Jetzt war ein T5 mit Hochdach an der Reihe. Das dreimalige geräuschvolle Zuschlagen der Tür wurde ebenfalls von Babsi verneint.

Die Testserie wurde fortgesetzt. Bei acht weiteren Fahrzeugtypen krachten die Türen ins Schloss – allesamt negativ.

Tarek war enttäuscht.

Nina rollte mit den Augen und pustete in ihre kalten Hände. Sie hatte es gewusst.

Dieser Schwachsinn würde nichts einbringen – vergeudete Zeit.

Als vorletzter Transporter kam der Mercedes Sprinter an die Reihe. Wieder bekamen die Lauterbach-Zwillinge das Startzeichen und begannen genervt mit der Prozedur.

Mit einem satten Scheppern knallte die erste Tür ins Schloss, gleich darauf folgte die zweite. Urplötzlich stieß Babsi einen Schrei aus, ihre Knie zitterten, sie suchte an Tareks starkem Arm nach Halt.

„Das ist es, das ist es, das ist das Geräusch! Ich erkenne es genau. Das ist der Mörderwagen, oh nein, das ist er!“

Das Zuschlagen der Fahrertür ging im Geschrei unter.

Babette Schmidt war schlagartig schweißnass. Die Erinnerung an die fürchterliche Entdeckung jenes Montags war ruckartig zurückgekommen.

Die Zeugin stützend, grinste Tarek seine Kollegin an.

„Sie sind sich ganz sicher?“, hakte Tarek nach.

„Ganz sicher, kein Zweifel. Dieses Scheppern habe ich gehört. Dieses metallene Klatsch und dann das satte Bumm. So hat es sich angehört, genau so!“

Babsi war außer sich vor Aufregung. Eine deutlichere Reaktion hätte sich Tarek kaum wünschen können.

„Wir hätten da noch einen Transporter im Angebot. Denselben in der Standard-Version ohne Hochdach. Wollen wir den nicht auch noch testen, Frau Schmidt?“, bot Tarek seiner zitternden Zeugin an.

„Glauben Sie mir etwa nicht? Ich zittere am ganzen Leib und Sie glauben mir nicht? Was sind Sie eigentlich für ein Polizist? Ich stehe extra früh auf, quäle mich hierher, mache Ihren Test und dann glauben Sie mir nicht?“

Genau auf diese entrüstete Reaktion hatte Tarek gewartet. Jetzt war er sich ganz sicher. Babette Schmidt hatte einen Mercedes Sprinter mit Hochdach am Klang seiner Türen erkannt – und damit das Mordfahrzeug, Volltreffer!

Nach der erfolgreichen Simulation lud Tarek die beiden Frauen noch auf einen Kaffee in das rund um die Uhr geöffnete amerikanische Schnellrestaurant ein.

Zufrieden schaute er auf die Wolkengebilde der Kaffeemilch in seinem Getränk. In Form eines breiten Lächelns lugten ihm die weißen Schlieren aus dem Pappbecher entgegen.

Nach diesem ermutigenden Ergebnis machten sich Tarek und Nina zurück auf den Weg zur Dienststelle. Es war mittlerweile acht Uhr und der NDR brachte die neuesten Nachrichten im Radio. Tarek drehte den Regler des CD-Radios in seinem Bulli etwas lauter.

Die Serie von den Morden ohne Opfer war wieder das zentrale Thema. Die These von Fritz Haarmanns

Erben, dem schlachtenden Massenmörder aus der Weimarer Zeit, fand ein facettenreiches Echo einer ganzen Schar von spekulierenden Kriminologen. Diese frustrierten Wissenschaftler, die nie ein einziges Kapitaldelikt selbst aufgeklärt hatten, wussten natürlich am besten, wie diesem sozial fehlgeprägten Täter beizukommen war. Tarek war erstaunt, dass noch keine Einzelheiten der Ermittlungsergebnisse an die Öffentlichkeit gedrungen waren. LKA Präsident Roman Wolter hatte seinen Laden scheinbar gut im Griff.

Das zweite große Thema war ebenfalls von ekelerregender Natur - die Rattenplage. In aller Ausführlichkeit berichtete die Lokalredaktion von dem rasanten Anstieg der Rattenpopulation. Entlang der Leine, in der Nähe von Kornspeichern und seltsamerweise vermehrt auf der Baustelle des alten Hanomag-Geländes, machten die Plagegeister die Umgebung unsicher. Einige Bauarbeiter weigerten sich bereits, ihre Maschinen zu bedienen, da es in einigen Fällen zu Bissattacken seitens der Nager gekommen war. Die Stadtoberen, allen voran das Veterinäramt, bekamen ihr Fett weg und in einem O-Ton nahm Oberbürgermeister Schellen zu den Geschehnissen Stellung.

„Das ist ja eklig! Tarek, ich bin hundemüde, mach' doch das Radio leiser", kommentierte die auf dem Beifahrersitz leise vor sich hindämmernde Nina.

In den Räumlichkeiten der EK Blut waren alle Ermittler emsig mit ihren Aufgaben beschäftigt. Mit der müden Kollegin Kranz im Schlepptau, rief der Chef der EK Blut seine Truppe zur Frühbesprechung zusammen. Das Ergebnis der Simulation mit der Zeugin Babette Schmidt wurde präsentiert. Unter dem Kästchen „Tatmittel" stand nun in dem Spinnennetz der

Transporter Mercedes Sprinter Hochdach als mutmaßliches Gefährt, mit dem die Opfer weggeschafft wurden. Das frühe Aufstehen hatte sich wirklich gelohnt.

Tarek war etwas unsicher, ob er seine Kollegen nach dem kehligen Laut befragen sollte, den er gestern von seinem Vater gehört hatte – Habalik, Hahwalik, Hakapik, was meinte sein Vater bloß? So einen Gegenstand kannte er nicht. Er hatte noch nie etwas Derartiges gehört, was mochte es bloß sein?

Nach der Frühbesprechung setzte sich Tarek mit der runden Branka Markgraf zusammen. Tarek wollte sich über die Möglichkeiten der Internet-Recherche informieren. Als er sich neben die mächtige Frau setzte, streichelte ein sanfter Duft nach Pfirsich und Pistazien seine empfindliche Nase. Unwillkürlich schloss Tarek die Augen, um den Duft ausgiebig zu genießen. Als er sie wieder öffnete, schaute ihn seine Kollegin aus ihren großen, ausdrucksstarken braunen Augen an.

„Na Chef, war wohl ein bisschen früh heute Morgen? Deine Energie fließt noch etwas gedämpft. Wenn du nachher in der Mittagspause Zeit hast, können wir gemeinsam Yoga machen. Das bringt dich dem Kosmos wieder etwas näher."

Tarek konnte nicht behaupten, dass ihm dieses Angebot anzüglich erschien. Er befand sich in einem emotionalen Zwiespalt. Seit Donnerstag, nach dieser traumhaften Nacht mit dem katastrophalen Morgen, hatte er nichts mehr von seiner Exfrau gehört. Sicher war sie stocksauer und er hatte bei ihr das zarte Pflänzchen Freundschaft mit einer einzigen unbedachten Geste gnadenlos verspielt.

Tarek unterbrach seinen Tagtraum. In seiner emotionalen Betroffenheit war er eine leichte Beute für nette attraktive Frauen. Trotz ihres üppigen Körperbaus sendete diese Frau auf einer Frequenz, die Tareks Antennen gut empfangen konnten. Ein bisschen verwirrt, versachlichte er das Gespräch und erkundigte sich nach den Ermittlungsmethoden im Internet.

Während ihres Gesprächs lief permanent der Nachrichtenkanal auf dem Online TV-Portal. Branka wollte jederzeit gut informiert sein. Als beide tief im fachlichen Gespräch versunken waren, wurde es im Zentralbüro der Ermittlungskommission unruhig.

Tarek lugte durch das Bürofenster in Richtung Zentrale. Ein unangemeldeter Gast schien sich durch die Kollegenschaft zu fragen. Ein mittelgroßer, schlanker Mann im beigen Anzug mit rosa Hemd und lila Krawatte, folgte mit seinem Blick dem ausgestreckten Arm von Tore Johansson, der direkt in Tareks Richtung zeigte. Unwillkürlich stand Tarek auf und ging dem Gast entgegen.

„Hach, da ist er ja!", scholl es ihm aus dem Mund des Gastes entgegen.

„Vielen Dank, meine Ermittlungsperson, jetzt möchte ich den Chef aber persönlich sprechen."

Der Gast tanzte auf Tarek zu und streckte ihm seine Hand entgegen. Seine Bewegungen wirkten etwas weich und weiblich. Tarek schüttelte die schlaffe, schweißnasse Extremität.

„Hallo, ich heiße Schmückel, Diethard Schmückel, ich bin Ihr Staatsanwalt, sozusagen Ihre Aufsichtsbehörde, ich leite diesen Fall."

Ein eiskalter Schauer kroch Tarek beginnend vom Nacken über Wirbelsäule direkt auf seinen Hintern. Unwillkürlich musste er die Pobacken zusammenpressen. Er drückte seinem Gegenüber fest die Hand, bis dieser seine glitschige Flosse mit einem erschreckten Blick aus der Umklammerung befreite.

„Donnerwetter! Was für ein Händedruck – und so stark. Jetzt bin ich aber beeindruckt!", näselte das samtweiche Männchen dem Chef der EK Blut entgegen.

Tareks Blick wirkte wie versteinert. Wortlos bat er das affektierte Wesen in sein Büro. Mit gespielter Höflichkeit konterte Neumann die Ausführungen seines schwingenden Gegenübers.

„Ich bin Tarek Neumann, Zielfahnder des LKA und Leiter der EK Blut. Herr Schmückel, ich habe noch gar nicht mitbekommen, dass Sie diesen Fall leiten. Habe ich da etwas verpasst?"

„Haaach, muss ich denn immer wieder bei Null anfangen! Herr Hauptkommissar, Ihnen ist doch bekannt, dass die Staatsanwaltschaft die Herrin des Verfahrens ist und die Polizisten lediglich ihre Ermittlungspersonen darstellen. Ich bin daher zur Überwachung der Ermittlungsarbeiten herübergekommen und wollte mich auf den aktuellen Stand der Dinge bringen lassen. Also, wie weit sind Sie?"

Tarek bemühte sich um Fassung. Es war unglaublich. Da kam dieser schwuchtelige Staatsanwalt mit dem Körperbau einer blassen Bürotunte mitten in seine Ermittlungskommission getänzelt und ließ trotz seines sparsamen Muskelapparats den dicken Max raushängen. Tarek konnte seinen Zorn kaum überspielen.

„Ich wüsste nicht wie Sie mit Ihren … Fähigkeiten den Fall weiter vorantreiben wollen. Wir befinden uns auch ohne Ihre Hilfe auf Erfolg versprechendem Kurs. Und jetzt entschuldigen Sie mich, ich habe zu tun."

Tarek packte den verdutzten Staatsanwalt an der Schulter und wollte ihn aus seinem Büro herauskomplimentieren. Aber Diethard Schmückel gab sich hartnäckig.

„Gut, Neumann, Sie wollen es auf die harte Tour, dann eben auf die harte!", keifte die Ermittlungshoheit beleidigt zurück.

„Schmückel, jetzt machen Sie sich bitte nicht lächerlich. Haben Sie heute Morgen schon in den Spiegel geschaut? Sie hätten beim Schminken Ihre Muskeln aus dem Schrank nehmen sollen. In dieser Verfassung würde ich Ihnen nicht raten, mit mir eine harte Tour fahren zu wollen. Ich glaube, Sie verdrehen die Tatsachen!"

Unwillkürlich spannte Tarek seine breite Rückenmuskulatur auf. Sein Jackett spannte sich um seinen ausgeprägten Körperbau.

Schmückel rüttelte sich los und bedeutete Tarek, sich wieder zu setzen.

Nachdem Tarek ein bisschen runtergekommen war, sprach der Staatsanwalt beschwörend auf ihn ein.

„Herr Neumann, nachdem wir uns jetzt beide einmal durchbeleidigt haben, können wir zur Sache kommen, denke ich. Ich bin es gewohnt, von Kerlen wie Ihnen nicht ernst genommen zu werden. Ich warne aber davor, sich mit mir anzulegen. Ich habe mich erkundigt. Sie hatten Probleme, Sie waren unzuverlässig, Sie haben oft Alleingänge hingelegt. Ich werde Sie begleiten und Ihnen auf die Finger schauen. Dieser Fall wird in der Öffentlichkeit hochgekocht. Polizei und Staatsanwaltschaft stehen mächtig unter Beschuss. Da können wir uns nicht den kleinsten Fehler erlauben. Konfrontation ist in dieser Situation das absolut Letzte, was wir gebrauchen können."

Tarek nahm den angedeuteten Waffenstillstand widerstrebend an. Jede von Schmückels Gesten löste in ihm sofortigen Widerstand aus. Aber in der Sache hatte er recht. Schmückel setzte fort:

„Kommen wir zum Wesentlichen. Natürlich habe ich schon aus anderer Quelle die Informationen zum Fall erhalten. Wie ich gehört habe, wollen Sie einen verdeckten Ermittler einsetzen, richtig? Das müssten Sie aber mit mir absprechen. Die Zustimmung der Staatsanwaltschaft für solche Ermittlungsmethoden ist unerlässlich."

Aha, es gab ihn also wirklich, den Spitzel, den Roman Wolter auf ihn angesetzt hatte. Nur so konnte sich Tarek erklären, dass diese Information den Kreis der EK verlassen hatte. Nur die Kollegen wussten vom Auftrag an Ralf Schulz, den Zeugen Friesen in der Tarnung eines Stadtstreichers ausfindig zu machen.

Übertrieben freundlich lächelte Tarek den Staatsanwalt an.

„Mein lieber Schmückel. Leider muss ich Ihre Informationen ein wenig korrigieren. Beginnend mit der heutigen Nacht werden wir eine kurzfristige Observation fahren, die einer meiner Mitarbeiter durchführt. Der arme Kollege verfügt leider nur über eine sehr, wie soll ich es sagen, desolate Garderobe. Die Kleidung ist eines Ermittlers sicher nicht angemessen, aber seine private Situation führt zu gewissen Einschränkungen im Budget. Daher mag es sein, dass er heute Nacht einen verwahrlosten Eindruck machen könnte. Aber glauben Sie mir, mit diesen Erschwernissen werden wir die Ermittlungen erfolgreich fortsetzen."

Der letzte Teil des Satzes ging in einem süffisanten Grinsen unter. Tarek überspielte diese Gemütsregung mit einem aufgesetzten Husten.

Schmückel rutschte auf seinem Stuhl ganz nach vorne und warf dem Chef der EK Blut giftige Blicke zu.

„Neumann, verarschen kann ich mich selbst. Ich werde Sie ganz genau beobachten und beim kleinsten Fehler nagele ich Sie an die Wand. Sollten die Ermittlungen scheitern, werde ich Sie ganz persönlich dafür verantwortlich machen - auch vor der Öffentlichkeit und den Medien. Und glauben Sie mir, es würde mir das reinste Vergnügen bereiten."

Schmückel stand auf und ließ den aufgeregten Hauptkommissar in seinem Büro zurück. Der Kampf gegen den Mörder hatte ein lästiges Störfeuer erhalten.

Ralf Schulz hatte sich eindrucksvoll zurechtgemacht. Der untersetzte Beamte der EK Blut nahm seinen Auftrag, unter der Legende eines Obdachlosen nach dem Zeugen Viktor Friesen zu suchen, äußerst ernst.

Er hatte die alten Kontakte zum MEK wiederbelebt und Gitti Reuter gebeten, ihm das Aussehen eines Stadtstreichers zu verleihen. Die Garderobe war schnell besorgt. Auf dem Obergefreitendienstweg hatte Gitti aus dem Fundus des Niedersächsischen Staatstheaters die passende Kleidung ergattert. Anschließend half ein wenig Theaterschminke, ein angeklebter Bart, eine Perücke und etwas angerührter Matsch nach, ihn so zu entstellen, dass selbst seine Mutter Ralf Schulz nicht mehr erkannt hätte.

Gegen die nächtliche Oktoberkälte halfen zwei Lagen Thermounterwäsche und gegen die Einsamkeit eine Hightech-Handyausstattung mit getarnter Freisprecheinrichtung, GPS-Peilung, Foto- und Videofunktion sowie Sprachaufzeichnung.

Und gegen die Angst half die Dienstpistole. Sie trug er vor neugierigen Blicken verborgen in einem Holster unter seiner linken Schulter.

Auf der anderen Seite der Funkverbindung hatte es sich Jana Neudorff in der Zentrale bequem gemacht. Sie hatte die erste Nachtschicht am Kontrollterminal übernommen. In Gesellschaft einer Thermoskanne Tee, selbst gebackenen Plätzchen und ein paar Butterbroten, saß sie einem 21 Zoll Monitor gegenüber, der in Minutenabständen die Position von Ralf Schulz auf einem digitalen Stadtplan anzeigte.

Ralf hatte noch ein paar Details nachgefragt. Er wusste zwar, wen er suchen sollte aber nicht, wie dieser Zeuge aussah. Gegen Mittag hatte Tarek Neumann über seinen unbekannten Informanten Einzelheiten zur Personenbeschreibung erhalten. Jetzt wusste Ralf halbwegs Bescheid.

Viktor Friesen war Mitte zwanzig, circa 175 cm groß, hatte eine normale Statur und führte einen olivgrünen Bundeswehrschlafsack mit sich. Er sammelte Leergut und setzte seine Erlöse in Alkohol um. Viktor hatte Angst, war sehr scheu und misstrauisch. Das machte die Suche nach ihm nicht gerade einfach.

Über die Kontaktbeamten der Wache hatte er erfahren, wohin sich die Obdachlosen nachts zurückzogen. Normalerweise suchte jeder Tippelbruder nur für sich selbst ein einsames Nachtquartier. Unter dem Eindruck der Mordserie, die Hannover seit eineinhalb Wochen in Angst und Schrecken versetzte, schlossen sich die Stadtstreicher für die Nachtruhe jedoch in kleine Gruppen zusammen, um aufeinander achtzugeben.

Ralf Schulz begann seinen Dienst gegen 22:00 Uhr. Er hatte sich den nördlichen Teil der Eilenriede für seine Observation ausgesucht - den Teil des Stadtwaldes, in dem die meisten Tatorte gefunden worden waren.

Ausgestattet mit einer wärmenden Hülle, konnte er die beginnende Nachtkälte ganz gut ertragen. Langsam und gemächlichen Schrittes schlurfte er die Spazierwege entlang. Mit einer Flasche Wodka im Anschlag gab er sich alle Mühe, so authentisch wie möglich auszusehen.

An den Parkbänken durchwühlte er die Mülleimer.

Komisch, was die Leute alles so wegschmeißen, dachte er bei sich. Neben Pfandflaschen, halb aufgegessenen

Schokoriegeln, benutzten Kondomen und versifften Taschentüchern fand er einen abgenudelten MP3-Player, dessen Display noch hell leuchtete. Unfassbar, mit welcher Wegwerfmentalität sich die Leute ihrer Sachen entledigten.

Nachdem Ralf fast zwei Stunden lang beinahe jeden Weg in diesem Sektor der Eilenriede abgegangen war, traf er unter einem großen Baum auf eine kleine Lagerstatt von sieben Obdachlosen. Sie hatten sich in einen Kreis gelegt, mit den Füßen in die Mitte und den Köpfen an den Rand. Der Anblick erinnerte Ralf an eine Wagenburg aus alten Westernfilmen, wo sich alle Cowboys mit dem Rücken aneinandergepresst gegen den Überfall der Indianer zur Wehr setzten.

In der Dunkelheit konnte er nur ihre Umrisse ausmachen. Langsam kam er näher und versuchte, ein paar Details zu erkennen. Irgendwie sahen die Tippelbrüder bei diesen spärlichen Lichtverhältnissen alle gleich aus: Abgetragene Kleidung, zerschlissene Schuhe, zerzauste Mützen und Plastiktüten, in denen sie ihre Habseligkeiten dabeihatten. Und fast alle hatten Pfandflaschen gesammelt!

Die Gruppe schlief tief und fest. Ein gelegentliches Schmatzen war zu hören, das vom sonoren Schnarchen aus der Runde begleitet wurde.

Ralf beobachtete die Gruppe eine Zeit lang. Wie sie so friedlich dalagen! Was kann einen Täter bewegen, Menschen, die keiner Fliege was zuleide taten, derart bestialisch abzuschlachten?

Die Suche nach dem Motiv hatte die EK Blut immer noch nicht erfolgreich abgeschlossen.

Als Ralf Schulz die Wagenburg erreicht hatte, schlich er mit einigem Abstand um die kreisförmige Anordnung der Obdachlosen. Er kramte eine kleine

Taschenlampe hervor. Ihr blasses Licht sollte ihm Einzelheiten der am Boden liegenden Personen preisgeben. Nach und nach strahlte der ehemalige MEK-Beamte die Köpfe der Schlafgesellschaft an. Trotz ihres bemitleidenswerten Zustands wirkten ihre Gesichter zufrieden. Die eine oder andere Nase war aufgrund der Kälte etwas rot angelaufen. Ihre Habe umklammernd, trugen sie ihre Träume vielleicht zurück in ein besseres Leben oder in die Vorstellung einer verheißungsvollen Zukunft. Ralf Schulz wurde bei diesem Anblick beinahe melancholisch. Mitleid und Abscheu teilten sich im steten Wechsel den Platz in seiner Seele.

Eine Person, auf die die Beschreibung von Viktor Friesen zutraf, war nicht unter den Schlafenden auszumachen.

Ralf packte die Taschenlampe wieder ein und wollte sich gerade entfernen, als ihn plötzlich eine Hand am Fußgelenk packte.

„Ich habe ihn", schrie eine heisere Stimme, „ich habe das Schwein!"

Wie in einer Wellenbewegung wurden die Obdachlosen nacheinander wach.

Ralf Schulz konnte gar nicht so schnell reagieren. Er verlor das Gleichgewicht, fiel auf den Rücken und schlug dumpf auf dem Schotter auf.

Es entwickelte sich ein Gerangel. Unzählige Hände griffen nach dem Ermittler, Schläge von dreckigen und schmierigen Händen streiften Gesicht und Körper.

„Hört auf, ich bin einer von euch, Schluss!"

Der Beamte hatte Mühe, seine Tarnung nicht preiszugeben. Am liebsten hätte er seine Pistole gezogen und damit die Meute in Schach gehalten. Aber dann wäre er aufgeflogen. Er wand sich wie eine Schlange aus der Umklammerung, sprang auf, trat ein paar Störenfriede beiseite und brüllte sie mit aller Entschlossenheit an.

„Ihr blöden Arschlöcher, ich suche was zum Pennen! Ich will nicht allein sein. Macht mal ein bisschen Platz. Ich hab Wodka mit."

Die Unruhe in der wabernden Menschenmasse beruhigte sich langsam. Offensichtlich hatten sie ihn für eine Bedrohung gehalten. Nach einem unverständlichen Gemurmel meldete sich ein alter Tippelbruder lispelnd zu Wort:

„Den Schnaps kannste hierlassen. Dann verpiss dich, pennen kannste hier nicht."

Da er Viktor Friesen in der Gruppe nicht fand, fragte er nach ihm. Unter dem Gespött der Stadtstreicher, dass er seinen Liebling schon allein suchen solle, wollten sie ihn wegjagen. Nach einer Weile hatten sich aber alle beruhigt, Ralf schätzte die Situation als einigermaßen stabil ein. Die Rauferei war wohl eher der Ausdruck ungehemmter Angst gewesen.

Also versprach er demjenigen, der ihm den Aufenthaltsort von Viktor Friesen nannte, einen kräftigen Schluck aus der Pulle. Nach einigem Hin und Her mühte sich ein Obdachloser aus der Runde auf und kam ihm unangenehm näher. Als seine Nase fast in Ralfs Gesicht ragte, lallte sein unerträglich stinkendes Gegenüber leise und unverständlich einige Worte in seine Richtung.

Der Ermittler hatte nichts verstanden. Es kostete ihn einige Überwindung, aber er hielt sein Ohr noch etwas näher an die verkeimte feuchte Aussprache des zerlumpten Mannes.

„Der is immer innen Laubhaufen verbuddelt."

Ralf versuchte durch ein paar einfache Fragen ungefähr einzugrenzen, wo sich dieser Laubhaufen befand. Nach einem kurzen Rülps antwortete sein Gesprächspartner leise und unterbrochen.

„Na, Laubhaufen! Is immer woanners, hat sich da eingebuddelt. Kuck ma, hat seine Schuhe ausgezogen. Die sind imma davor, verstehste, wie im Hotel."

Mit einem kehligen Lachen amüsierte sich der Obdachlose über seinen eigenen Witz. Aber nach ein paar Sekunden versteinerte sich sein Gesicht, und er sah Ralf wütend an. Urplötzlich entriss er dem Ermittler die Wodkapulle und schlich von dannen.

Um eine zweifelhafte Information reicher und einer Wodkaflasche ärmer, verließ Ralf Schulz diesen ungemütlichen Ort und machte sich auf, sämtliche Laubhaufen in der Eilenriede abzugrasen.

Tarek hatte sich nach dem anstrengenden Tag eine kleine Verschnaufpause gegönnt. Am Abend joggte er noch eine Runde durch die Eilenriede und nach einem kleinen Kraftprogramm mit Liegestützen, Rumpfbeugen und Kraftgymnastik machte er es sich in seiner Wohnung bequem. Entspannt lag er auf dem Sofa im Wohnzimmer und ließ den Tag in Gedanken Revue passieren.

Die Simulation mit Babsi Schmidt war erfolgreicher verlaufen als gedacht. Wenn dieser bekloppte Schmücke nicht gewesen wäre, hätte er einen richtig guten Tag verlebt. Tarek hatte es in seiner Karriere schon mit sehr unterschiedlichen Staatsanwälten zu tun bekommen, aber dieses Exemplar setzte allen die Krone auf – was für ein Idiot.

Er unterbrach den Gedanken, der seinen Blutdruck wieder ein wenig steigen ließ und legte eine CD in den Schlitz seiner Hi-Fi-Anlage. Tarek brauchte etwas, um runterzukommen, sanfte Musik, ein wenig Balsam fürs Gemüt. „The Heart of Chicago", die sanfte Seite der gleichnamigen Gruppe, trieb ihm die Erinnerung an seine Ex Andrea in die Seele. Als er die ersten Takte von „Hard to say I'm sorry" hörte, spürte er einen Stich in seinem Magen. Es tat immer noch weh. Die Erinnerung an eine unbeschwerte Zeit, eng umschlungenes Schwofen, leidenschaftliche Küsse – all das ließ ihn tief in die Gefühle längst vergangener Zeiten versinken.

Er zündete sich eine Kerze an. Normalerweise wäre diese Stimmung der ideale Rahmen für einen Tropfen guten Rotweins gewesen. Doch nach seinem Absturz vor zwei Jahren, und dem mühsamen Weg zurück aus Sucht und Verzweiflung, hatte er keinen Alkohol mehr angefasst.

Er ging in die Küche, schenkte sich einen Traubensaft ein und flegelte sich wieder zurück auf sein Sofa im Wohnzimmer. Er stieß auf die imaginäre Begleitung seiner Exfrau an. Nach ein paar wortlosen Minuten und den untermalenden Klängen der Kuschelrocker fiel ihm ein, dass immer noch das schwarze Handy-Täschchen, das er aus dem Labor mitgenommen hatte, in seiner Hosentasche steckte.

Langsam kramte er es hervor und befreite es von der schützenden Plastikfolie. Tarek nahm das Etui in die Hand. Es war weich und flauschig, äußerst geschmeidig und trotz seiner einfachen Form sehr aufwendig gearbeitet. Das Nubukleder war beidseitig vernäht und innen mit Samt gefüttert. Die rechteckige Form war wie ein Sack an drei Seiten geschlossen und an der schmalen Seite am oberen Ende geöffnet. Die Öffnung umgab ein im Saum eingelassener Metallspanner. Tarek ertastete die Konstruktion. Zwischen Außenleder und Innenfutter waren zwei flexible Metallbänder eingenäht, die an ihren Enden durch zwei Scharniere miteinander verbunden waren. Tarek nahm diese Konstruktion zwischen Daumen und Zeigefinger und presste sie zusammen. Mit einem leisen Klick öffnete sich das Etui und es war möglich, ein Handy hineinzustecken.

Das funktioniert wie bei diesen alten Brillentaschen in den 70er-Jahren, kam es Tarek in den Sinn. Tarek holte sein Handy aus der anderen Hosentasche und steckte es in das Etui hinein. Sein Hightech-Kommunikator war etwas zu groß für diese kleine Hülle. Nachdem er das Mobiltelefon durch den oberen Schlitz in die Tasche hineingedrückt hatte, spannte sich das Leder wie die Pelle über einer Wurst.

Tarek hielt sich das Etui unter die Nase und sog den Geruch dieses handwerklichen Kunstwerks ein. Er versuchte, einen Duft zu erkennen. Normalerweise riechen Lederartikel leicht säuerlich-muffig, manchmal auch nach alten Holzfässern oder Mottenkugeln. Dieses Exemplar roch eher neutral mit einer klitzekleinen Nuance Schweiß. Tarek nahm noch einmal eine ausgiebige Geruchsprobe. Ja, er war sich sicher, eine klitzekleine Duftspur Schweiß streifte die Knospen seines gut trainierten Riechorgans.

Nach den unauffälligen Geruchseindrücken betrachtete Tarek dieses Kleinod im Schein des Kerzenlichts. Die samtene Oberfläche des Nubukleders war äußerst anschmiegsam und hatte sich wie ein eng anliegender Schlauch um sein Handy geformt. Der Metallverschluss ließ sich aufgrund der unter ihm liegenden Spannung nicht verschließen.

Tarek hielt das Etui näher an das Kerzenlicht. Er drehte es langsam hin und her, um die Schönheit seiner Oberfläche genau betrachten zu können. Als er seine Hand langsam drehte, huschte ein undefinierbarer Eindruck an Tareks Auge vorbei.

War das ein Bild?

Tarek wurde neugierig. Er hielt die Oberfläche des Etuis in verschiedenen Winkeln in den Schein des Kerzenlichts. Da, schon wieder schimmerte eine Art Bild durch sein Sichtfeld. Tarek konzentrierte sich. Ohne die Musik zu hören, richtete er sich auf dem Sofa auf und nahm das Handytäschchen in beide Hände. Millimeter für Millimeter drehte er das Etui in den behaglichen Kerzenschein. Ganz langsam konnten seine

Augen ein Motiv ausmachen. Erst verschwommen, dann immer klarer, sah er eine Art Falter. Tarek schärfte seine Augen. Er versuchte, in der Struktur dieses gebürsteten Leders Konturen auszumachen. Nach einer weiteren, winzigen Drehung sprang das Objekt plötzlich aus der Struktur hervor. Ja, jetzt konnte er es erkennen - wie wunderschön! Tarek erkannte auf den wechselnden Strukturen des Nubukleders einen Schmetterling - ja, es war ein Schmetterling. Durch winzige Drehungen wirkte das Insekt, als schlüge es mit seinen Flügeln und wollte gleich losfliegen - phantastisch!

Tarek fühlte sich an die Hologrammkarten seiner Kindheit erinnert. Durch Kippen der Ansicht bekam der Betrachter den Eindruck, als steckte dreidimensionales Leben in dem flachen Bild. Als Tarek den Schmetterling sah, meinte er, ein vertrautes Motiv erkannt zu haben. Die letzten Tage waren so voll mit Ereignissen, dass er Mühe hatte, den entsprechenden Eindruck in der Datenbank seiner gespeicherten Informationen herauszufiltern. Tarek strengte sich an. Noch während er die Oberfläche des Etuis streichelte, hatte er es schlagartig vor Augen.

Der Schmetterling, ja, er hatte ihn gesehen. Genau diesen, es bestand kein Zweifel! Seine Tochter hatte es ihm gezeigt, das Motiv eines Schmetterlings - im Tattoostudio beim Dicken Dirk! Tarek war sich sicher. Tausend Fragen stürmten durch seinen Kopf.

Wie kommt ein Motiv aus der Tattooszene auf ein Handy-Etui?

Warum hat Youssef vom KTI das Ganze nicht erkannt?

Welcher Zusammenhang besteht zwischen der Auffindung in Tatortnähe und der Mordserie, gehörte dieses Etui vielleicht dem Täter oder war noch ein weiterer Beobachter bei den Morden dabei?

Fragen über Fragen. Tarek griff zum Hörer. Hektisch tippte er die Nummer seines Hass-Freundes Youssef Muhammad Al Navid in die Tastatur.

Nach einer gefühlten Ewigkeit nahm endlich jemand ab.

Ein paar persische Worte fanden den Weg durch die Leitung an Tareks Ohr. Er konnte überhaupt nichts verstehen.

„Youssi, hier ist Tarek, ich habe das Etui, da ist ein Bild drauf. Wir müssen es sofort analysieren", drängte der Zielfahnder vom LKA.

„Christ, hast 'nen Schaden? Weißt du eigentlich, wie spät es ist? Du wagst es, meinen Schlaf vor dem Morgengebet zu stören – für ein so dusseliges Handy-Täschchen? Hast du getrunken? Wäre ja nicht das erste Mal, dass du im Wahn irgendwelchen wilden Spuren hinterherrennst. Melde dich morgen früh bei mir. Jetzt muss Youssi schlafen. Gute Nacht!"

Mit einem Krachen hatte Youssef den Hörer in die Station geschmissen. Tarek wirkte wie betäubt.

Er schaute auf die Uhr. Ein Uhr nachts, vielleicht nicht die richtige Zeit, um bei einem Wissenschaftler anzurufen.

Doch Tarek war von seinen Eindrücken völlig aufgeputscht. Er konnte es kaum erwarten, am nächsten Morgen ins Labor zu stürmen, um dem Perser die Entdeckung zu zeigen. Sollte er vielleicht doch noch einmal anrufen, Youssi noch einmal stören?

Da war er wieder, dieser Drang, jeder Spur sofort nachgehen zu wollen, alle Indizien sofort beweisfest zu machen. Tarek haderte mit sich selbst. Ja, nein, ja, nein – er hielt es nicht aus!

Tarek tippte noch einmal Youssis Nummer. Diesmal war der Perser nach kurzem Klingeln sofort am Apparat.

„Christ, wenn du mich nicht sofort schlafen lässt, wirst du eines fürchterlichen Todes sterben, das kann ich dir versprechen. Die Sharia ist da unbarmherzig!"

„Youssi, ich habe die Zeichnung nicht übersehen, das warst du. Ich appelliere an deine wissenschaftliche Ehre. Jede Minute, mit der wir diesem Schlachter früher auf die Spur kommen, werden wir mehr Menschenleben retten können. Und die Deutung solcher Indizien, die neue Fragen aufwerfen und uns ein gutes Stück weiterbringen, kann ich nur mit deiner Hilfe erreichen. Also, hilfst du mir?"

Am anderen Ende der Leitung blieb es einen Moment lang still.

„Allah hat mich in seiner unendlichen Güte zu einem geduldigen Menschen gemacht. Das kann man in deinem Fall nicht gerade behaupten, Christ. Immer bist du ungeduldig und hektisch. Du besudelst das Andenken deiner orientalischen Vorfahren. Aber in meiner Großmut werde ich deinen charakterlichen Fehler ausbügeln. Wir sehen uns in einer halben Stunde im Labor des KTI – und bring eine Kanne deines hervorragenden Kaffees mit!"

„Verfügt das Labor über Kerzen?", fragte Tarek vorsichtig an.

„Was willst du mit Kerzen, Tarek, es ist doch noch nicht Weihnachten. Und mit einem Moslem macht die Feier dieses Festes auch nicht wirklich Sinn. Also, was hast du vor?", wollte Al Navid wissen, nachdem er sich ein bisschen beruhigt hatte.

„Wir müssen entsprechende Lichtverhältnisse schaffen, du wirst schon sehen. Ich kümmere mich um die

Kerzen und den Kaffee und du dich um das Labor. Wir sehen uns!“

Tarek warf den Hörer in die Station, griff sich ein paar Kerzen und braute einen Kaffee, der müde Wissenschaftler zur absoluten Hochform aufputschen würde.

Eine halbe Stunde später trafen sich beide vor dem KTI in der Schützenstraße. Etwas verschlafen trottete Youssef Muhammad Al Navid seinem Kollegen voraus. Im Labor angekommen, ging es gleich an die Arbeit.

Youssi forderte einen Becher von Tareks köstlichem Kaffee. Als sein persischer Kollege den Trank Schluck für Schluck genoss, schilderte ihm der Chef der EK Blut dezidiert seine Beobachtungen im Licht des Kerzenscheins.

Youssi hörte aufmerksam zu und stellte die Bedingungen in Tareks Wohnung nach.

Kerzenlicht, Einfallwinkel und das mit Tareks Mobiltelefon prall gefüllte Handy-Etui. Jetzt konnte es losgehen.

Langsam, ganz langsam drehte der persische Wissenschaftler das lederne Beweismittel unter dem Kerzenschein. Nach kurzer Zeit wurde er fündig.

„Das muss der Neid dir lassen, Christ, trotz deiner Unruhe hast du ein gutes Auge. Die Struktur und Linienführung wirkt wie ein Hologramm in dem Leder. Es ist nur bei einer ganz speziellen Stellung zu entdecken. Schauen wir uns das Ganze mal unter dem Mikroskop an.“

Youssis Neugier war geweckt. Peinlich berührt von dem übersehenen Detail, untersuchte er jetzt äußerst akribisch das seltene Stück Leder, das er in den Objektträger des Mikroskops legte.

Das Ergebnis war durchwachsen. Youssi konnte die Bildstruktur isolieren. Mit einer Spezialkamera fertigte er ein paar hochauflösende Fotos und einige Übersichtsbilder vom Gesamteindruck der Zeichnung. Die Zeichnung schien in die Lederstruktur eingraviert zu sein, vereinzelt waren geblichene Farbpigmente zu sehen. Das Ganze wirkte wie ein verwaschenes Markenzeichen.

„Aufgrund des hohen Gerbungsgrades kann ich dir leider keine Information darüber geben, ob dieses Bild schon vorher im Leder war oder nachträglich hinzugefügt wurde. Fakt ist, dass das Bild und das Leder eine Verbindung eingegangen haben. Das, was wir jetzt sehen, ist ein interessantes Schattenspiel. Ich vermute aber, dass die Zeichnung früher einmal farbig gewesen sein muss. Der Zustand der Farbpigmente lässt diesen Schluss zu."

„Um welches Leder handelt es sich?" Tarek war nervös, er wollte endlich harte Fakten.

Youssi antwortete ausweichend.

„Es kann sich theoretisch um jede Art von Leder handeln. Die Behandlung des Stückes mit Gerbsäure und anderen Chemikalien war so stark, dass sich die Struktur des Leders extrem verändert hat. Die DNA-Analyse wird ein ähnliches Bild ergeben. Wenn wir bei so stark denaturierten Eiweißen zwei bis drei Merkmale herausfiltern können, sind wir gut. Bei gegerbtem Leder habe ich aber gar keine Hoffnung, irgendein Merkmal isolieren zu können. Anhand der wenigen Haarporen, die ich noch erkennen konnte, würde ich aber auf ein eher spärlich behaartes Tier tippen, z.B. ein Hausschwein oder eine Nackt-Katze. Letztere erscheint mir aber eher unüblich als Leder-Lieferant." Youssi gab sich pessimistisch.

Tarek schwieg. Seine Mimik wandelte sich von konzentriert auf ernst.

Nach einigem Überlegen kam Tarek ein schrecklicher Verdacht.

„Wer sagt dir denn, dass das Leder von einem Tier stammt?"

Tarek musterte Youssi mit diabolischem Blick.

„Du willst damit andeuten, mein irakischer Freund, dass dieses Etui aus menschlicher Haut hergestellt wurde?"

Tarek nickte stumm. Nach einer Weile gemeinsamen Schweigens kombinierte der Leiter der EK Blut die zuvor gemachten Ideen zu einem Horrorszenario.

„Youssi, wir haben ein Bild, das eine feste Verbindung mit Leder eingegangen war und möglicherweise farblich gestaltet wurde - eine Tätowierung?

Und dieses Bild befindet sich auf einem Leder, dessen Herkunft eventuell menschlicher Natur sein könnte.

Wenn ich jetzt eins und eins zusammenzähle, komme ich zu dem Schluss, dass irgendjemand tätowierte Menschen getötet haben könnte, ihnen die Haut abzog, und diese Haut zu Lederaccessoires verarbeitete."

Tarek lief ob seiner eigenen Schlussfolgerungen ein eiskalter Schauer den Nacken herunter.

„Dann hätten wir einen Anhaltspunkt. Sollte das Leder von einem Menschen stammen, ist immer noch die Frage, ob diese Menschen hierfür gezielt getötet wurden oder ob Haut von Personen verarbeitet wurde, die eines natürlichen Todes gestorben sind. Version zwei wäre zwar aus Pietätsgründen bedenklich, aber strafrechtlich handelt es sich nur um ein geringfügiges Delikt. Bei Version eins hättest du allerdings endlich dein Motiv, Tarek."

Youssef hatte ausgesprochen, was Tarek gedacht hatte.

Sie philosophierten noch über verschiedene harmlosere Varianten. Youssef hatte gehört, dass es in Indien und China Fälle gab, in denen verstorbenen Personen tätowierte Hautpartien entfernt worden waren, um sie in einem Totenschrein aufzubewahren. Seltene Totenkulte in Ozeanien fertigten sogar Wandschmuck oder Kleidungsaccessoires aus den Tätowierungen von Toten an, damit der Geist der Ahnen sie stets umgab. Teilweise stammten diese Informationen aber aus dem Reich der Sagen und Legenden, wirklich verifizierbare Fakten stellten sie nicht dar.

Nach dieser Diskussion hatte Tarek die Vorstellung über ein mögliches Motiv.

Zu klären war, wer sich mit solch speziellen Fragen der Bearbeitung von Leder und den mystischen Hintergründen auskannte.

Nach einer sorgfältigen Recherche im Internet stand ihre Wahl fest:

Über ein Fachforum für Lederverarbeitung fand sich ein Link zum hannoverschen Kürschner Wolfgang Lambertz.

Es war der Pelzhändler, dessen Atelier in der Fußgängerzone jeden Montag von einer Demonstration der BIHaT, der Bürgerinitiative Hannoveraner Tierschutz, heimgesucht wurde. Tarek erinnerte sich an die Verfolgungsfahrt mit dem flüchtenden Radfahrer und seine spektakuläre Festnahme vor diesem Geschäft.

„Ich werde über Staatsanwalt Schmückel ein Gutachten beantragen. Vielleicht kann uns dieser Lambertz mit seinem Wissen weiterhelfen."

Tarek Neumann wollte bei dieser Spur ganz sicher gehen und eine Expertise des Pelzhändlers einholen.

Die verkappte Nachtschicht der beiden ungleichen Kollegen hatte Erstaunliches zutage gefördert.

Youssef und Tarek genossen den köstlichen arabischen Kaffee bis zum letzten Tropfen. Endlich hatten die beiden Angehörigen des LKA mit orientalischen Wurzeln Zeit, über Gott und die Welt zu sinnieren.

Als der Morgen anbrach, machte sich Tarek auf, seinen Dienst bei der EK Blut zu beginnen. Bevor er ging, klopfte er seinem muslimischen Kollegen anerkennend auf die Schulter.

„Youssi, als Wissenschaftler hast du dich in dieser Nachtschicht ganz gut geschlagen. Mit deiner Einschätzung kommt meine Ermittlungskommission ein gutes Stück weiter. Viel Spaß beim Morgengebet, wir sehen uns."

Youssef sagte kein Wort. Aus seinen geröteten und vom Schlafbedürfnis gezeichneten Augen spiegelte sich eine Art zustimmender Lethargie wider. Wortlos nickte er dem irakischen Halbblut hinterher und bereitete sich auf sein Morgengebet vor.

Mit starken Indizien und einer neuen Spur verließ Tarek gegen fünf Uhr das Labor des Kriminaltechnischen Instituts.

Kapitel 23

„Ich will, dass Sie das Problem der Rattenplage beseitigen, endgültig!"

Hannovers Oberbürgermeister Hans Schellen verlor langsam die Geduld. Ständig bekam er Anrufe besorgter Bürger, die die unhaltbaren Zustände rund um die Schulen und das Hanomag-Gelände anprangerten. Der Präsident der Kaufmannschaft, Dr. Franz Terner, nervte ihn beinahe täglich mit wütenden Anrufen. Die Kunden trauten sich nicht mehr in die Innenstadt und die ersten Pächter der neuen Gewerbeflächen auf dem Hanomag-Gelände stellten eindeutige Forderungen hinsichtlich der Attraktivität des Standorts.

Das Ende der Verbal-Bekundungen war erreicht, Öffentlichkeit und Anlieger wollten endlich Taten sehen.

Also bestellte der OB den Leiter seines Ordnungsamtes, Martin Terwei, ins Büro.

„Herr Terwei, ich habe keine Lust mehr, mir ständig von den Verantwortungsträgern aus Wirtschaft, Politik und Öffentlichkeit meine Tatenlosigkeit bescheinigen zu lassen – nur weil Sie Ihre Hausaufgaben nicht gemacht haben. Es steht eine Menge auf dem Spiel. Nicht nur, dass diese Rattenplage außerordentlich ekelerregend ist. Unser Gesundheitsamt befürchtet auch gesundheitliche Problematiken, wenn wir dem Treiben der Nager nicht endgültig einen Riegel vorschieben. Die Zeiten des Vertröstens sind vorbei, ich fordere Sie ultimativ auf, mir eine tragfähige Lösung zu präsentieren!"

Martin Terwei hatte seinen Chef noch nie so erbost gesehen. Der OB hatte einen puterroten Kopf und Zornesfalten auf der Stirn. Dieser Anblick hatte mit dem verständnisvollen Stadtoberhaupt, das man aus der Presse kannte, überhaupt nichts mehr gemein.

Terwei wirkte ein wenig hilflos. Was konnte er seinem Chef präsentieren?

„Also, ich höre, was gedenken Sie zu tun, Terwei?"

Der OB ließ nicht locker.

„Ich, äh, ich meine, die Veterinärabteilung könnte einen Kammerjäger bestellen, der sich dieser Sache annimmt", stotterte der Ordnungsamtsleiter heraus.

„Wie lange sind Sie jetzt Leiter meines Ordnungsamts, Herr Terwei?"

Schellen blickte seinen Untergebenen ernst an.

„Das sind auf den Tag genau zwölf Jahre, Herr Oberbürgermeister", presste der Ordnungsamtsleiter aus seinen schmalen Lippen hervor.

„Wenn Sie auch weiterhin diesen Posten innehaben wollen, werden Sie heute, und ich sage ausdrücklich heute, ein Konzept vorlegen und mit den ersten öffentlichkeitswirksamen Maßnahmen anfangen. Ich gebe Ihnen zwei Stunden Zeit, dann legen Sie mir Ihre Ideen vor."

Terwei begann zu hyperventilieren. Der OB meinte es ernst, todernst!

In aller Eile trommelte Martin Terwei seine Mannschaft zusammen und schusterte ein Maßnahmenpaket, das es in sich hatte.

In einer ersten Auflistung fand sich von der Begasung der betroffenen Gebäude, verstärktem Auslegen von Giftködern, Ersäufen, Erschlagen und dem Einsatz von Flammenwerfern fast die gesamte Klaviatur apokalyptischer Szenarien wieder, die den nagenden Plagegeistern ein für allemal den Garaus machen sollten.

Pünktlich zwei Stunden später stellte Terwei seinem Chef das Konzept vor.

Kopfschüttelnd ergänzte dieser die Aufzählung mit dem Engagement des Rattenfängers von Hameln für den Einsatz in Hannover. Terwei solle bitte die Anforderung über eine entsprechende Agentur veranlassen.

Die bissige Ironie seines Chefs traf den Ordnungsamtsleiter hart.

Schellen warf seinen Amtsleiter nach diesem Desaster genervt aus dem Büro.

Nach einer zehnminütigen Regenerationspause griff der OB zum Hörer und ließ sich mit der Leiterin der Polizeidirektion Hannover verbinden.

Er redete nicht lange um den heißen Brei herum. Oberbürgermeister Hans Schellen bat Johanna Holzapfel-Stahl diplomatisch um Unterstützung bei der Beseitigung des Rattenproblems.

„Frau Holzapfel-Stahl, mein Ordnungsamt arbeitet derzeit konzeptionell eher suboptimal. Ich wäre Ihnen daher dankbar, wenn Sie mit Ihren Polizeikräften die Maßnahmen des Ordnungsamtes unterstützen könnten."

Holzapfel-Stahl reagierte gelassen. Sie erkundigte sich nach den Einzelheiten. Nach der Schilderung des OB kam der Leiterin der Polizeidirektion eine Idee.

„Herr Schellen, wenn ich mich recht entsinne, müssen die Beamten des Zentralen Verkehrsdienstes am kommenden Montag die Verkehrsregelung rund um das Hanomag-Gelände übernehmen.

Grund hierfür ist eine Baumaßnahme. Die ölgetränkten Geschossdecken im Altbau der ehemaligen Maschinenfabrik sollen ausgetauscht werden. Hierzu soll das gesamte Kellergeschoss zur Stabilisierung mit Beton verfüllt werden. Ich habe mir das vom zuständigen Wachleiter erklären lassen, er war zu der Besprechung in Linden eingeladen. Es wird ein ganzer Konvoi von Betonmischern die Göttinger Straße bevölkern. Damit es am Montagmorgen zu keinen unzumutbaren Staus kommt, werden meine Beamten die entsprechenden Verkehrslenkungsmaßnahmen durchführen. Wenn dann noch Ihre Leute vom Ordnungsamt ein paar Aktionen gegen die Ratten vornehmen wollen, könnten wir den Bereich absperren und Ihren Mitarbeitern den Rücken freihalten."

Hans Schellen hörte sehr aufmerksam zu.

Urplötzlich hatte er eine Idee. Mit einem herzlichen Dank und dem Verweis auf ein weiteres Telefonat verabschiedete er sich von Frau Holzapfel-Stahl und beorderte den in Ungnade gefallenen Ordnungsamtsleiter erneut in sein Büro.

„Wieso muss ich von der Leiterin der Polizeidirektion erfahren, dass auf dem Hanomag-Gelände die Kellergewölbe einbetoniert werden?"

Schellen schaute Terwei fragend an. Der Leiter des Ordnungsamts war selbstverständlich mit den Details der Baumaßnahme vertraut. Natürlich wusste er von der Aktion am kommenden Montag.

Nach einer unerträglichen Sprechpause setzte der OB seine Standpauke fort.

„Herr Terwei, wo haben Ihre Mitarbeiter das Zentrum der Rattenplage lokalisiert?"

„Die Ratten scheinen sich in den Kellern des Altbauensembles an der Göttinger Straße ihre Heimstatt gesucht zu haben."

Kaum ausgesprochen, schwante Martin Terwei Böses.

Ruhig, aber bedrohlich zischte Schellen seinen Untergebenen an:

„Wenn Montagmorgen ein paar Hundert Kubikmeter Beton in die Keller des alten Hanomag-Komplexes gepumpt werden, könnte es dann sein, dass die Ratten davon in Mitleidenschaft gezogen werden?

Könnte es sein, dass die Nagerzentrale dadurch absäuft?

Könnte es sein, dass Ihre hanebüchenen Pläne dann überhaupt nicht zur Anwendung kommen müssen, weil eine riesige Flut flüssigen Gesteins das Problem ganz von selbst erledigt, Sie Fachmann?"

Der Chef vom Ordnungsamt war hochnotpeinlich berührt. In einem Crescendo wandelnder Inkompetenz-Attacken fuhr der Oberbürgermeister mit seinem Amtsleiter Schlitten. Von der Gutmütigkeit des ausgleichenden Charakters war nicht mehr viel übrig. Noch nie hatte sich Hans Schellen dermaßen über einen Mitarbeiter geärgert. In einer letzten Ansage ordnete der OB an, die Baumaßnahmen fachlich zu begleiten und zu verhindern, dass die beim Betoneinfüllen fliehenden Nager eine Chance erhalten, Bauarbeiter, Schaulustige, Passanten oder Polizisten anzugreifen. Auf ein damit verbundenes Presseecho könne er dankend verzichten.

Schellen machte Terwei klar, dass der kommende Montag sein letzter Arbeitstag werden könne, wenn die Aktion nicht tadellos verliefe.

Nach dieser gediegenen Standpauke wähnte Martin Terwei seine Zukunft schon beim Verkauf von Hundemarken. Dieses Schreckensbild vor Augen, begab er sich unverzüglich an die Arbeit.

Etwas schlaftrunken betrat Hauptkommissar Tarek Neumann am Donnerstagmorgen die Räume der EK Blut. Nach der nächtlichen Verabredung mit Youssef Muhammad Al Navid hatte er sich noch eine gute Stunde hingelegt. Eine kalte Dusche und ein kräftiges Frühstück halfen ihm anschließend, pünktlich um acht Uhr die Frühbesprechung auf der Dienststelle zu eröffnen.

Der Leiter der EK Blut berichtete seinen Kollegen von den Ergebnissen der vergangenen Nacht. Die Kollegen staunten über die neuen Fakten, die eine ganz neue Indizienkette begründeten. Mit fasziniertem Interesse lauschten sie der ausführlichen Beschreibung ihres EK-Leiters. Mit einer so abartigen Motivlage hatte es noch keiner von ihnen zu tun gehabt. Unweigerlich mussten sie der Presseberichterstattung mit den Vergleichen bezüglich des Massenmörders Fritz Haarmann zustimmen. Ob das Töten von Menschen nun dem Verzehr oder der Anfertigung von Lederaccessoires diente, die geistige Haltung war in beiden Fällen identisch.

Auf der weißen Tafel trug Tarek die gesammelten Hinweise unter dem Kästchen „Motiv" in sein Spinnennetz ein. Langsam fanden die Puzzlestücke zueinander.

„Also Kollegen, wir wissen, dass vermutlich Obdachlose von einem unbekannten Täter mit einem unbekannten Werkzeug nachts an abgelegenen Orten erschlagen wurden. Der Täter lässt seine Opfer ausbluten und nimmt sie mit. Er benutzt einen Mercedes

Sprinter mit Hochdach als Tatfahrzeug, das Tatwerkzeug scheint aus nordamerikanischer Produktion. Es könnte sich um ein Gerät oder eine Jagdwaffe handeln, deren Stiel aus Douglasie und dessen Kopf aus einer sechsfach gefalteten Stahllegierung besteht. Als Tatmotiv käme die Verarbeitung von tätowierter Haut zu Modeaccessoires infrage. Wir haben einen Tatzeugen, nach dem im Obdachlosenmilieu gefahndet wird. Habe ich etwas vergessen?"

Tarek war sich nicht ganz sicher, ob er aufgrund seiner Müdigkeit alle Fakten aufgezählt hatte. Nachdem er seinen Vortrag beendet hatte, gab es einige Meldungen aus der Runde.

Nina Kranz erinnerte an die verschwundenen Opfer. Bisher war noch keines entdeckt worden. Die Ermittlungskommission hatte immer noch nicht klären können, an welcher Stelle der Täter seine Opfer lagerte und nach welchen Gesichtspunkten er sie auswählte. Außerdem konnte niemand voraussagen, wann der Mörder wieder zuschlagen würde.

Kevin Nolte merkte an, dass noch sehr viele Konjunktive und Eventualitäten in der Indizienkette steckten. Er erwartete ein Votum seines Chefs, ob weiter ergebnisoffene Ermittlungen geführt werden oder zielgerichtete Ermittlungen auf dem von Tarek aufgezeigten Pfad Erfolg versprechender erschienen.

Der Angesprochene war nicht wirklich in Form. Unter normalen Umständen hätte er selbst diese Schlussfolgerungen gezogen. Kevin hatte recht. Es gab noch zu viele Unwägbarkeiten.

„Was ist eigentlich mit Ralf Schulz. Gibt es Neuigkeiten von der Suche nach unserem Tatzeugen?", sprach Tarek die ebenfalls verschlafene Jana Neudorff an.

Nach einem lauten Gähnen gab sie die enttäuschenden Fakten bekannt. Außer der Tatsache, dass Ralf von einer Horde verängstigter Obdachloser beinahe zerlegt worden wäre, hatte seine Observation keinen Erfolg gehabt.

Tarek entließ Jana in ihren wohlverdienten Feierabend. Sie sollte die nächste und alle folgenden Nächte als Schutzengel für Ralf Schulz in der Zentrale der EK verbringen und jeden seiner Schritte überwachen.

Die Bilanz der vergangenen Tage war recht durchwachsen. Auf der einen Seite hatte die Ermittlungskommission innerhalb von vier Tagen beeindruckende Ergebnisse zutage befördert. Auf der anderen Seite fächerten sich die Ermittlungsansätze mit jeder neuen Spur immer weiter auf, sodass eine effiziente Ermittlungsführung immer schwieriger erschien.

Tarek wirkte matt. Er befürchtete, dass er in dieser Verfassung keinen weiteren zündenden Einfall haben würde.

Als die Frühbesprechung endete, erbarmte sich Branka Markgraf Tareks niedergeschlagener Verfassung.

„Tarek, ich mache uns jetzt einen Tee, zünde eine Duftkerze an und dann veranstalte ich mit dir einen Grundkurs in Sachen soziale Netzwerke, geschlossene Benutzergruppen und Internetforen aller möglichen Paradiesvögel dieser Welt. Ich spüre, dass das Internet uns auch in diesem Fall etwas zu sagen hat."

Tarek saß etwas schlaff auf der Kante seines Schreibtisches. Die dicke Branka stand direkt vor ihm. Sie hatte sich ein geblümtes Kleid mit großem Ausschnitt angezogen. Ihr wohliger Geruch und die Aussicht in ihr monumentales Dekolleté ließen Tarek kurz den Fall vergessen und ihn in einen erotischen Tagtraum abdriften. Fast wäre er eingenickt und mit dem Gesicht in Brankas Auslage gelandet, als die rauchige Stimme seiner Mitarbeiterin Schlimmeres verhinderte.

„Gehst du schon mal rüber, Tarek, ich bin in ein paar Minuten mit einem köstlichen Tee zurück."

Der Leiter der EK Blut schleppte sich in das Büro seiner Mitarbeiterin. Hier herrschte das absolute Chaos. Stapel von Akten und losen Blättern türmten sich vom Boden aufwärts bis in Hüfthöhe, auf dem Schreibtisch lagen diverse Tupperdosen, Süßigkeiten und ein munteres Durcheinander von Stiften in verschiedenen Farben, die die Computertastatur einrahmten. Über allem thronten zwei große Bildschirme. Auf dem rechten machte sich die aktuelle Anwendung breit, die Branka für ihre Arbeit nutzte, auf dem linken lief permanent der Nachrichtenkanal.

Tarek verspürte wieder diesen Zwang, den Zwang, Ordnung zu schaffen. Eine Weile blickte er auf den Nachrichten-Monitor und bemühte sich, nichts zu verändern. Schließlich war es Brankas Arbeitsplatz und es wäre als Chef ungehörig gewesen, etwaige Veränderungen vorzunehmen.

Aber diese Unordnung! Essen zwischen Arbeitsgeräten und ein Sammelsurium an Stiften, die in alle Himmelsrichtungen auseinanderstieben. Tarek konnte nicht anders. Mit ein paar Handgriffen positionierte er das Schreibgerät mit den Spitzen zur oberen Kante des Büromöbels, ausgerichtet an den rechten Rand der Tischplatte. In Reih und Glied warteten jetzt die Schreibkameraden auf ihren Einsatz. Er nahm an, dass Branka Rechtshänderin sei. So würde sie sofort auf ihr Werkzeug zugreifen können, ohne mit beiden Händen suchen zu müssen. Anschließend stapelte er die Tupperdosen der Größe nach geordnet an den linken Rand des Schreibtisches. Die Tastatur wurde rechtwinklig ausgerichtet. Mit einigem Unbehagen fegte er mit seiner Hand die Krümel auf der Tischplatte zusammen und warf die trockene Hinterlassenschaft in den Mülleimer.

Ein paar Sekunden lang ließ Tarek seinen Blick zufrieden über das geordnete Arrangement gleiten. So konnte man arbeiten, jeder Zentimeter war optimal genutzt!

Als Branka mit zwei Teetassen bewaffnet in ihrem Büro erschien, lächelte Tarek sie verschmitzt an. Seine Sympathiebekundung erhielt kein Echo, ganz im Gegenteil. Brankas zuvor freundlicher Blick verfinsterte sich. Aus ihren schmal gepressten Lippen zischte sie:

„Chef, du kannst dir viel herausnehmen, aber wenn du meinen Energiefluss störst, werde ich sauer!"

Branka holte tief Luft und hielt dem Leiter der EK Blut einen geharnischten Vortrag über den Energiefluss im Universum. Sie erklärte ihm ausführlich, dass in der scheinbaren Unordnung ein kreatives Kontinuum schlummerte, das neue Impulse hervorbrachte, dass sie diese anregende Umgebung zum Arbeiten brauchte und Störungen dieses Gleichgewichts ihre Arbeitskraft gefährdeten. In einer nicht enden wollenden Litanei überschüttete sie Tarek mit Informationen, die er gar nicht wissen wollte, die ihn überhaupt nicht interessierten und die ihn aufgrund seiner Erschöpfung auch nicht mehr erreichten.

In einem letzten Aufbäumen entschuldigte er sich bei seiner Mitarbeiterin und hoffte auf ein wenig Ruhe.

Branka Markgraf hatte scheinbar nur auf dieses Signal gewartet. Von einer Sekunde zur anderen setzte sie wieder ihr bezauberndstes Lächeln auf und stellte Tarek den dampfenden Tee vor die Nase.

Frieden. Jetzt konnten sie wieder arbeiten.

Branka erklärte ihrem Chef die verschiedenen sozialen Netzwerke, Kommunities und geschlossenen Foren. Von Facebook über Twitter, Schüler- und StudiVZ bis hin zu den krassesten Erscheinungen wie Folterphantasten und Selbstmordforen machte sie eine virtuelle Besichtigungstour durch allerlei menschliche Absonderlichkeiten.

Während ihres ausführlichen Vortrags schielte Tarek immer wieder auf den Monitor des Nachrichtenkanals. Von einer Grausamkeit zur nächsten Horrormeldung brachten die Redakteure jede Gräueltat ans Tageslicht, die die Welt nicht sehen wollte. Um 10:30 Uhr kamen die Lokalnachrichten aus Hannover und Umgebung.

Tarek sah einen Aktivisten der Bürgerinitiative Hannover Tierschutz. Es ging um die wöchentlichen Montagsdemos vor dem Pelzatelier Lambertz. Der Ton war abgestellt und Tarek konnte den Inhalt des Interviews nicht deuten. Der Sprecher der BIHaT schien aber sehr erregt zu sein. Zwischendurch wurden Szenen der Pelztierhaltung gezeigt, wahrhaft grausige Bilder, die das fabrikmäßige Töten der Tiere und deren weitere Verarbeitung dokumentierten.

„Hörst du mir eigentlich zu, Tarek?"

Branka war ein wenig missgestimmt aufgrund der gedanklichen Abwesenheit ihres Chefs.

„Branka, können wir mal eine Pause machen? Du hast echt Ahnung von deinem Gebiet und ich muss die Informationen erst einmal verarbeiten. Ich denke, dass ich in einer Viertelstunde wieder aufnahmefähig sein werde. Nebenbei bemerkt, kannst du den Ton des Fernsehkanals anstellen? Die Lokalnachrichten laufen gerade."

Mit einem verständnisvollen Lächeln drehte Branka den Nachrichtenkanal auf Zimmerlautstärke. Jetzt konnte Tarek den Informationen folgen.

In der Fernsehreportage wurden Standpunkte ausgetauscht und das gewissenlose Handeln der Pelzhändlerszene angeprangert.

Während Tarek aufmerksam lauschte, betrat Tore Johansson wortlos den Raum. Tarek sah ihn kurz an. Tore schienen die Nachrichten ebenfalls zu interessieren und er setzte sich auf den frei gewordenen Platz neben seinem Chef.

Als Tarek seinen Blick wieder der Mattscheibe zuwandte, sah er eine abartige Jagdszene aus Kanada. Die Einspielung zeigte schonungslos die widerwärtige Jagd der Robbenjäger auf die weißen Pelze der Heuler. Hatte diese Sauerei immer noch nicht aufgehört?

Alle Jahre wieder gab die Kanadische Regierung Zehntausende Robben zur Jagd frei. Um die weißen Pelze der Babyrobben nutzen zu können, wurde eine besonders unbarmherzige Jagdmethode angewandt.

Tarek sah voller Ekel, wie ein warm gekleideter, kräftiger Mann auf eine Robbe zueilte, eine Art Eispickel in einer kreisenden Bewegung über seinen Kopf schwang und das stumpfe Ende des metallenen Vorderteils auf den Schädel der kleinen Robbe niedersausen ließ. Abrupt rührte sich das arme Geschöpf nicht mehr. Es war ohne Zweifel sofort tot.

In einer zweiten Ausholbewegung drehte der Schlächter das Vorderteil des Eispickels, sodass jetzt eine Art Sichel nach unten zeigte. Der Unmensch ließ das Gerät wieder nach unten schwirren. Plötzlich färbte sich die Eisscholle unter dem Robbenbaby rot. Der gesamte Lebenssaft sprudelte aus der durchtrennten Schlagader in den weißen Schnee.

Tarek wollte sich mit Grausen abwenden, doch irgendwie erinnerte ihn die Szene an etwas. Er überlegte. Als ihm gerade eine Idee durch den Kopf blitzte, hörte er seinen Kollegen Johansson trocken das Geschehen kommentieren.

„Ja, diese Hakapik sind schon echte Präzisionswerkzeuge. Mit dieser Waffe kann ein geübter Jäger gut und gerne dreißig Robben in der Stunde erlegen!"

„Was hast du da gerade gesagt, Tore?"

Tarek stierte seinen Mitarbeiter mit aufgerissenen Augen an.

„Na, die Jäger, die können fast dreißig Robben pro Stunde erlegen. Für jede Robbe kriegen die fünf Dollar, das sind hundertfünfzig Dollar die Stunde."

„Nein", unterbrach ihn sein EK-Leiter, „dieses Ding, diese Jagdwaffe, wie hast du die gerade genannt?"

Tarek wollte es genau wissen.

„Hakapik!"

Da war es, ja, ganz sicher, Tarek hatte diesen Laut schon einmal gehört. Etwas kehliger und etwas lauter, aber er war sich sicher: HAKAPIK!

Sein Vater hatte es bei seinem letzten Besuch mit voller Kraft herausgeschrien und jetzt bekam sein Gegrunze einen Sinn – Hakapik!

„Tore, du bist ein Ass!", platzte es aus Tarek heraus. Er eilte in sein Büro und schloss die Tür hinter sich.

Hakapik, immer wieder Hakapik. Natürlich! Die Spuren formten ein Bild. Die Jagdwaffe nordamerikanischer Produktion aus Douglasie und gefaltetem Stahl – natürlich!

Tarek versuchte sich an den Gedanken zu erinnern, den er vor Tores erhellendem Beitrag gehabt hatte. Dieser Bewegungsablauf, wo hatte er den schon einmal gesehen – oder hatte er ihn nur gehört? Die Müdigkeit, diese elende Müdigkeit ließ die Gedanken wie Klebstoff durch seinen Kopf kriechen. Was war mit dieser Bewegung? Nein, gesehen hatte er das nicht, aber gehört – Wolff!

Sein Freund und Seelsorger Pastor Johannes Wolff hatte ihm nach der Begegnung mit dem Zeugen Friesen das Mordgeschehen bis ins Detail beschrieben.

Der Sensenmann! Natürlich sah diese Hakapik aus wie eine Sense. Seine damaligen Vermutungen fanden jetzt urplötzlich ihre Bestätigung. Tarek war hellwach. Seine Kollegen der EK Blut kannten diese Geschichte noch gar nicht, nur den Zeugen hatte Tarek ihnen verraten. Was konnte er jetzt mit dieser Information anfangen?

Tarek überlegte. Nicht umsonst war er als Zielfahnder in seinem ersten Leben beim LKA so erfolgreich. Hatte er sein Ziel erst einmal erkannt, gab es kein Halten mehr. Aber wo lag jetzt sein Ziel? Wie brachte er die Informationen der Tatbegehung und der Tatwaffe mit einem Tatverdächtigen in Verbindung?

Die viertelstündige Pause war vorbei. Branka suchte ihren EK-Leiter in seinem Büro auf. Tarek war in Gedanken, als Branka ihn freundlich zu einer weiteren Unterrichtseinheit in Sachen soziale Netzwerke einlud.

„Wollen wir weitermachen, Chef?", fragte sie Tarek freundlich.

Ohne auf die Frage zu antworten, suchte er in Brankas Kompetenzen einen Weg zur Beantwortung seiner offenen Fragen.

„Branka, wenn jemand ein besonderes Hobby oder eine spezielle Neigung hat, wie wahrscheinlich ist es, dass er diese Eigenschaft in den sozialen Netzwerken oder in den passenden Foren darstellt?"

Branka überlegte eine Sekunde.

„Das kommt darauf an, welchen Exhibitionismus er an den Tag legt. Es gibt Menschen, die erzählen alles von sich und legen im Netz einen kompletten Seelenstriptease hin. Die Bandbreite reicht von Belanglosigkeiten über Kuriositäten bis hin zu Abartigkeiten jeglicher Art. Nicht alles davon ist wahr, aber die Menschen wollen sich interessant machen, Kontakte pflegen oder Gleichgesinnte ansprechen. Es gibt eigentlich für alles und jeden das richtige Forum."

Kollegin Markgraf hatte Tareks gezielte Fragestellung längst entlarvt. Mit einem sympathischen Lächeln kam sie auf den Punkt:

„Also Tarek, wonach soll ich suchen?"

Tarek erläuterte ihr die Vermutung, dass es sich bei der Tatwaffe um eine Hakapik handeln könnte. Seinem Gefühl folgend bat er sie, das Netz nach Personen abzusuchen, die etwas mit dieser Jagdwaffe zu tun haben könnten. Branka sollte ihre Suche nach Personen in Hannover und der näheren Umgebung einschränken.

„Es könnte sein, dass sich in diesem Personenkreis der Täter befindet."

Tarek war sich sicher. Die Identifizierung der Tatwaffe musste unweigerlich zum Täter führen. Mit großen Augen lauschte Branka den Ausführungen ihres Chefs und machte sich mit Feuereifer an die Arbeit. Bis zur Ermittlung der ersten Fakten konnte es aber eine Weile dauern. Branka vermutete, dass sie frühestens am nächsten Tag die ersten Ergebnisse präsentieren konnte.

Tarek gab sich mit der Antwort zufrieden.

Gegen Mittag ging er zum Präsidenten des LKA und stellte die aktuellen Zwischenergebnisse vor. Roman Wolter lauschte mit betonter Langeweile Tareks Ausführungen. In Wirklichkeit hatte er mit solch rasanten Fortschritten nicht gerechnet. Wolter sprach die ihm übermittelte Auseinandersetzung mit Staatsanwalt Schmückel an und rügte Neumanns Verhalten.

Diese Information war ein weiteres Indiz dafür, dass Wolter nicht geblufft hatte. Irgendein Mitglied der EK Blut berichtete dem Präsidenten brühwarm über jede Begebenheit aus der Ermittlungskommission. Tarek war gewarnt.

Nach der Mittagspause kümmerte sich Tarek um das Beweismittel Handy-Etui. Nach einem kurzen Telefonat mit dem ebenfalls völlig übermüdeten Youssi stimmten sie die nächsten Schritte hinsichtlich dieser Spur ab.

Tarek wollte eine Expertise haben, je schneller desto besser.

Der Kürschner Wolfgang Lambertz vom gleichnamigen Pelzatelier schien der geeignete Fachmann für diese Angelegenheit zu sein.

Widerwillig führte Tarek ein zweites Telefonat, in dem er seinen speziellen Freund, Staatsanwalt Diethard Schmückel, um die Anordnung dieses Gutachtens ersuchte.

Mit gespielter Wichtigtuerei kam er Tareks Bitte nach und verpflichtete ihn, die Kosten nicht unnötig in die Höhe zu treiben und ihn bezüglich der weiteren Ermittlungen auf dem Laufenden zu halten.

Mit der mündlichen Zusage der Staatsanwaltschaft und dem Handy-Etui in der Hosentasche, machte Tarek einen Termin mit dem Fachmann für Lederverarbeitung aus. Wolfgang Lambertz fühlte sich ob des Ersuchens der Ermittlungskommission Blut geschmeichelt und bot Tarek Neumann einen Termin in einer Stunde an.

Gegen 15:00 Uhr traf Tarek im Atelier des Kürschners in der Georgstraße ein. Als er durch die Glastür in das edle Geschäft eintrat, waberte ihm eine Duftmischung aus Leder, Rauch und Bohnerwachs entgegen. Eine geschmackvoll gekleidete Dame älteren Semesters kam freundlich auf ihn zu.

Nachdem Tarek sich vorgestellt hatte, führte ihn die korrekte Verkäuferin in die hinteren Räume des Ateliers.

„Der Meister wartet schon auf Sie, Herr Neumann, bitte nehmen Sie doch Platz. Darf ich Ihnen etwas zu trinken anbieten? Vielleicht einen Cognac oder einen Scotch?"

Tarek verneinte freundlich das verlockende Angebot und bat um einen Kaffee. Er wollte dieser fremden Person bestimmt nicht anvertrauen, dass er früher einmal ein Problem mit Alkohol hatte. Seit seinem Absturz nach der Scheidung war jeglicher Alkohol für ihn tabu. Und er tat gut daran, sich an diese Vorgabe zu halten.

Das Empfangszimmer des „Meisters" war äußerst luxuriös eingerichtet. Tarek saß in einem Ledersessel mit genieteten Kanten und einer geschlossenen Lehne, die sich wie eine Kuppel über seinem Kopf schwang. An den Wänden hingen verschiedene Gemälde von Jagdszenen, die aus der Hand des Holländers Breughel zu stammen schienen. Zwischen den Kunstwerken befanden sich Nischen, in denen verschiedene Pelze ausgestellt waren. Gegenüber von Tareks Sessel befand sich eine Vitrine, in denen zwei unterschiedlich lange japanische Schwerter ausgestellt waren – ein Katana und ein Wakizashi. Tarek kannte beide Waffen durch sein sonntägliches Kendo-Training. Von den Schmuckstücken magisch angezogen, erhob sich Tarek und ging auf die Vitrine zu.

Die Schwerter waren von acht Spots angestrahlt. In diesem Licht des ansonsten schummerig beleuchteten Raums kam die Schönheit dieser historischen Waffen voll zur Geltung.

Von dem Anblick der attraktiven Kleinode abgelenkt, bemerkte er die Ankunft des Hausherrn erst im letzten Augenblick.

„Herzlich willkommen, Hauptkommissar Neumann, ich fühle mich geehrt, den Leiter der wohl zur Zeit populärsten Polizeieinheit in meinem Hause begrüßen zu dürfen."

Tarek drehte sich zur Seite und stand einem Riesen gegenüber. Neumann selbst war mit seinen einsneunzig nicht gerade ein Zwerg, aber das Visavis überragte ihn um gut einen Kopf. Tarek schätzte ihn auf über zwei Meter. Instinktiv streckte er ihm die Hand entgegen.

Wie eine zermalmende Schrottpresse quetschte die massige Pranke seines Gegenübers Tareks Hand. Hauptkommissar Neumann hatte trotz seines austrainierten Zustandes Mühe, dem kräftigen Händedruck seines starken Gastgebers Paroli zu bieten. Für eine gefühlte Ewigkeit klebten ihre Hände aneinander, bis Lambertz seine Umklammerung löste.

„Einen kräftigen Händedruck haben Sie, Herr Neumann. Es gelingt nicht vielen meiner Kunden, der herzlichen Begrüßung standzuhalten. Ich spüre, dass ich in Ihnen einen ebenbürtigen Gesprächspartner habe. Hat man Ihnen schon ein Getränk angeboten?"

Tareks Hand schmerzte. Noch nie hatte er so einen gewaltigen Händedruck erlebt. Normalerweise war er der Sieger, wenn es um Platz eins beim Händedrücken ging. Dieses Mal musste er sich aber mit Platz zwei begnügen. Was für eine Niederlage! Nach dem Austausch der üblichen Freundlichkeiten kam Tarek gleich zum Wesentlichen.

„Herr Lambertz, Sie gelten in Hannover als Fachmann für die Verarbeitung von Pelzen und Leder aller Arten. Ich habe hier ein Accessoire, dessen Ursprung und Herstellung wir nicht deuten können. Möglicherweise ist es aber ein wichtiges Indiz für die Serie von Mordfällen, die meine Ermittlungskommission zurzeit aufzuklären hat."

Tarek holte das Handy-Etui aus einer Tasche hervor und übergab es dem Fachmann. Lambertz holte sich eine kleine Lupe, die er sich vor sein rechtes Auge hielt. Mit großem Interesse musterte er das kleine Kunstwerk.

Nachdem sich beide gesetzt hatten und Tarek sein Kaffee serviert wurde, gab der Pelzkenner ungefragt seine Biografie kund.

„Wissen Sie Neumann, ich habe mein Handwerk von der Pike auf gelernt. In meiner Jugend habe ich auf einer Nerzfarm in Jütland die Tiere fachgerecht getötet, gehäutet und das Fell anschließend veredelt. Es schloss sich eine Schneiderlehre in Hamburg an, bevor ich ein paar Jahre später den Meisterbrief der Kürschnerei erhielt. Ich kenne jeden Produktionsschritt und darf mich wohl berechtigt als Spezialist auf diesem Fachgebiet bezeichnen. Aber Sie können sich vorstellen, dass in der heutigen Zeit meine Profession nicht ganz unumstritten ist."

Tarek schüttete in das wohlig duftende, schwarze Getränk zwei Löffel Zucker und einen Tropfen Milch. Die tobenden Wolkengebilde formierten sich erst zu einem dicken Rokoko-Engel und über die Metamorphose verschiedener Tiergestalten zu einem pausbackigen Totenkopf.

Wie passend, dachte Tarek, *der Tod umgibt uns hier in jeder Nische und mit jedem Kleidungsstück.*

Mit einem kurzen Rühren bereitete er dem Wolkenspektakel ein jähes Ende.

„Herr Lambertz, belastet Sie Ihr Handwerk gar nicht? Kostet es nicht Überwindung, Tiere für ein Stück Kleidung zu töten?“

„Ach wissen Sie, Herr Neumann, natürlich macht es am Anfang keinen Spaß, diesen kleinen quirligen Nerzen das Genick zu brechen. Am Anfang meiner Ausbildung haben mich diese kleinen Burschen regelmäßig gebissen. Das war sehr schmerzhaft. Aber irgendwann bekommen Sie Routine, wie bei jedem Handwerk. Sie nehmen sich dieses kleine, zappelnde Geschöpf, packen es an Kopf und Schulter und brechen ihm mit einem kurzen Knacken das Genick. Das erfordert Kraft und Geschicklichkeit. Aus dem unruhigen, warmen Geschöpf wird dann eine Ware, ein Rohstoff, den es zu veredeln gilt. Seit Jahrtausenden haben Menschen die Haut von Tieren verarbeitet und zum Schutz vor Wetter und Kälte genutzt. Der Lendenschurz war das erste Kleidungsstück, das die Haut der Menschen bedeckte. Warum sollte ich heute ein schlechtes Gewissen haben, wenn ich aus gezüchteten Tieren wahre Kunstwerke kreiere, die der Schönheit einer Frau schmeicheln und Männern ihre Portemonnaies öffnen lässt?“

Irgendwie konnte Tarek die Argumentation des Kürschners nachvollziehen. Auch wenn er das sinnlose Abschlachten von Tieren verabscheute, so konnte er sich der Attraktivität der Pelze nicht gänzlich erwehren.

Lambertz schien seine Arbeit als Berufung zu sehen. Auch wenn diese Berufung mit dem Tod wehrloser Kreaturen einherging.

„Kann ich mir vorstellen, Herr Lambertz", entgegnete Tarek auf die Bemerkung des Kürschners im Hinblick auf die geöffneten Geldbörsen.

„Von dem Pelzhandel können Sie doch sicher gut leben?"

„Konnte ich, mein lieber Hauptkommissar, konnte ich. Sie haben doch sicher die Berichterstattung in den Medien verfolgt. Diese ewigen Montagsdemonstrationen dieses radikalen Tierschützergesindels hindern interessierte Kunden daran, mein Atelier zu betreten. Erschwerend kommt hinzu, dass einige populäre Prominente unserer Stadt sich auf die Seite der Tierschützer geschlagen haben. Und dann auch noch diese Cyber-Attacken! Ich bekomme pro Tag mehrere Zehntausend E-Mails mit irgendwelchen Drecksinhalten, die mir mein Computersystem lahmlegen. Ich musste mich sogar an ein Fachunternehmen wenden, das täglich meine PCs überprüft, um die Funktionsfähigkeit der Technik zu gewährleisten. Nein, Herr Neumann, derzeit lebe ich von meinen Rücklagen. Profite erwirtschafte ich schon seit Langem nicht mehr."

Lambertz hatte während seiner Ausführungen ein wenig die Contenance verloren. Der Stachel, den ihm die Bürgerinitiative beigebracht hatte, saß tief.

Als der Kürschner sich nach diesen Ausführungen weiter mit dem Handy-Etui beschäftige, bekamen die beiden Männer Besuch. Tarek, der einen wahrhaft fantastischen Kaffee genoss, sah ein Wesen den Raum betreten, dass ihm irgendwie bekannt vorkam.

Nach einem kurzen Nicken in Tareks Richtung, was wohl eine Begrüßung darstellen sollte, bahnte sich aus dem Mund dieser Erscheinung eine lispelndes „Wolli, ich gehe jetzt“, seinen Weg.

Das Wesen trat aus dem Schatten ein wenig hervor und Tarek konnte seine Umrisse genauer erkennen. Eine Art menschliche Schlange beugte sich zum Kürschner Lambertz hinunter und drang mit seinem Mund in die Richtung des sitzenden Pelzhändlers. Lambertz wandte ihr seinen Blick zu und tendierte mit seinem Mund in ihre Richtung. Sie, ja, es war eine Frau dieses Wesen, nur wo hatte er sie schon einmal gesehen?

Lambertz und die Frau waren offensichtlich ein Paar, denn sie küssten sich innig und leidenschaftlich, obwohl Tarek noch im Raum war. Im Schein des schummerigen Lichts konnte Tarek ein paar Zeichnungen auf dem Gesicht des weiblichen Wesens erkennen.

Ja, er konnte sich erinnern, das war doch im Tattoostudio, wie hatte sich dieses fleischgewordene Gemälde doch gleich vorgestellt?

„Tschüss Maloo, kauf dir was Schönes und bring mir ein paar Inspirationen mit“, flüsterte der Kürschner seiner Trauten entgegen.

Maloo, na klar, dieses ganzkörpertätowierte Wesen mit der beachtlichen Auslage, die er im Eingang des Tattoostudios beim Dicken Dirk fast umgerannt hatte. Und dieser kultivierte Wolfgang Lambertz pflegte einen derart intimen Umgang mit ihr. Tarek wurde flau im Magen.

Nach der ausgiebigen Kussszene verabschiedete sich Maloo von Lambertz und verließ das Atelier.

Mit einem belustigten Grinsen wechselte der Blick des Kürschners in Tareks Richtung. Die Irritation des Leiters der EK Blut sprang ihn förmlich an.

„Verzeihen Sie, Herr Neumann, ich habe Sie nicht vorgestellt. Die Dame gerade eben war Maloo, meine Muse. Als Künstler lebe ich von Inspirationen. Maloo ist selbst ein Kunstwerk und Sie glauben gar nicht, was diese Frau mit ihrer gespaltenen Zunge so alles anstellen kann."

Tarek stellte abrupt seinen Kaffee ab. In seinem Gehirn zeichneten sich Bilder ab, die der Übelkeit in seinem Magen nicht zuträglich erschienen.

Er atmete tief durch und bemühte sich, sein Entsetzen nicht in seiner Konversation zum Ausdruck zu bringen.

„Wann haben Sie das Gutachten fertiggestellt, Herr Lambertz?", brachte Tarek das Gespräch zum Kern seines Ansinnens zurück.

„Ich denke, ich werde das Wochenende benötigen und Ihnen Montag meine Expertise zumailen. Die Kostenfrage ist doch geklärt, oder?"

Tarek versicherte ihm, dass bei solch spektakulären Fällen selbstverständlich jede finanzielle Anstrengung unternommen wurde, das Delikt aufzuklären.

Freundlich verabschiedeten sich beide, das Kräftemessen per Händedruck fiel diesmal etwas kurzweiliger aus.

Nachdem Tarek das Atelier Lambertz in Richtung Fußgängerzone verlassen hatte, fiel ihm seine Müdigkeit bleischwer über die Augen. Tarek verspürte ein dringendes Bedürfnis nach Schlaf. Es war schon sechs Uhr abends – drei Stunden hatte er im Laden des Kürschners verbracht.

Nach Sport war ihm in seiner jetzigen Verfassung nicht mehr zumute. Tarek beschloss, den angebrochenen Abend mit einem Besuch bei seinem Vater zu verbringen. Vielleicht gab es ja hier erfreuliche Neuigkeiten.

Eine halbe Stunde später traf er im Stift zum Heiligen Geist ein.

Der Empfang war nicht besetzt und Tarek schleppte sich schlaftrunken die Treppe in den ersten Stock herauf. Als er die Tür zum Zimmer seines Vaters öffnete, lag dieser schon im Bett.

Tarek küsste seinen Vater wie immer auf die Stirn. Ganz behutsam hoben sich die Augenlider von Fritz Neumann. Mit einem erschöpften, aber klaren Blick sah Fritz seinem Sohn direkt in die Augen.

„Hallo, mein Junge, schön, dass du da bist!"

Tarek traute seinen Ohren kaum. Sein Vater hatte ihn erkannt und völlig klar und deutlich gesprochen. Das Herz des Zielfahnders hüpfte vor Freude.

Beide umarmten sich innig und Tarek erzählte ohne Punkt und Komma, was sich in den letzten Tagen alles ereignet hatte. Sein Vater hörte den Ausführungen aufmerksam zu.

„Tut mir leid, dass ich mich mit der Hakapik so unverständlich ausgedrückt habe. Aber irgendwie war ich in meinem eigenen Körper eingesperrt. Es funktionierte überhaupt nichts mehr. Trotzdem habe ich nicht gelitten, Junge, du musst dir keine Sorgen machen. Ich habe Rohaya besucht, bin mit ihr durch die Straßen Basras geschlendert, habe Kaffee getrunken, bin mit ihr essen gegangen und wir haben uns am Strand des Euphrat bis in den frühen Morgen leidenschaftlich geliebt. Sie fehlt mir so unendlich, ich vermisse sie!"

Die letzten Worte Fritz Neumanns gingen in seiner tränenerstickten Stimme unter. Tarek sah seinen Vater das erste Mal nach der Beerdigung Rohayas weinen. Bittere Tränen liefen in Bächen die eingefallenen Wangen des kultivierten alten Mannes herunter. Tarek nahm ihn in den Arm.

„Es wird alles gut, Papa, sie fehlt mir auch. Wenn du sie in deinen Träumen treffen kannst, genieße es. Wenn es so weit ist, wirst du sie am Ende deiner letzten Reise wiedersehen."

Sie hielten einander fest. Vom Schlaf übermannt, kippte Tarek mit seinem Vater im Arm augenblicklich ins Bett. Diese Nacht sollten sie sich einander Halt bis zum nächsten Morgen geben.

Der prasselnde Regen klatschte auf das Pflaster. Ralf Schulz hatte überhaupt keine Lust, bei diesem widerlichen Wetter nach Viktor Friesen zu suchen.

Gitti Reuter, die „Maskenbildnerin“ vom MEK, hatte den Fachmann für Observationstechniken, wie Ralf sich Tarek gegenüber bei ihrem ersten Zusammentreffen vorgestellt hatte, wieder in einen erbarmungswürdigen Obdachlosen verwandelt.

Ausgerüstet mit einem Handy als seiner Verbindung zur Außenwelt, telefonierte der Ermittler mit der Zentrale der EK Blut am Waterlooplatz.

Nachdem ihn gestern eine Horde verängstigter Stadtstreicher fast gemeuchelt hatte, probierte er die Verbindung zum Überwachungsterminal von Jana Neudorff aus.

Dieses dumme Handy musste man allerdings davon überzeugen, dass es den Sprachbefehl auch tatsächlich umsetzte. Bei diesem Sauwetter mit den vielen Nebengeräuschen hatte der unscheinbare Kommunikator aber so seine Schwierigkeiten, die in den Regen gehauchten Laute als Befehl zu erkennen.

„Zentrale, Zentrale, bitte kommen, hier ist Ralf!“, murmelte der Observant in die unsichtbar verbaute Freisprechanlage seines Handys - nichts passierte.

„Zentrale, Zentrale, kommen!“

Wieder tat sich nichts. Ralf kam sich ein bisschen vor, wie Götz George als Horst Schimanski in den Tatortserien der 80er-Jahre, wie er in seiner völlig verdreckten beigegrauen Feldjacke genervt in das altmodische Funkgerät eines Streifenwagens hineinbrüllte.

Dieser „Knochen", wie ihn die Kollegen nannten, war ein schwarzer Telefonhörer aus dem altertümlichen Kunststoff Bakelit, der in einer Klemmhalterung auf der Ablage vor der Windschutzscheibe angebracht war. Der Griff dieses „Knochens" musste während des Sprechens gedrückt werden, um eine Verbindung mit der Leitzentrale herzustellen. Schimanski bekam diese handwerkliche Fähigkeit nie hin, weswegen er regelmäßig die Geduld verlor und den Hörer cholerisch auf die Ablage knallte.

Und wenn das jetzt so weiterginge, so würde auch Ralf sich alsbald zu einem Telefonkiller entwickeln, der diesen sogenannten Hightech-Kram im hohen Bogen in den nächsten Teich katapultierte.

„Zentrale, leck mich am Arsch, komm jetzt endlich, sonst werde ich hier zum Handy-Killer!"

Mit dieser Androhung versuchte Ralf, seinen Verbindungsgeber zum Funktionieren zu bringen.

„Das, mein lieber Ralf, werde ich mit Sicherheit nicht machen. Du hast bestimmt Haare am Hintern und so lecker finde ich das nicht. Außerdem hat mein Mann einen viel knackigeren Arsch als du, und seine Ansicht finde ich erheblich anregender als deine Kehrseite."

Jana Neudorff hatte jedes Wort mitgehört und sich einen kleinen Spaß erlaubt.

„Jana, ich bin echt nicht zu Witzen aufgelegt. Nach der Beinahe-Prügelei von gestern möchte ich nur sicher gehen, dass du mich auch hörst."

Ralf beruhigte sich wieder etwas.

„Ich höre dich laut und deutlich. Es reicht völlig aus, wenn du leise das Wort ‚Zentrale' in das Handy sprichst. Dann wartest du bitte fünf Sekunden, bis sich die Verbindung aufgebaut hat. Danach können wir uns beide prima miteinander unterhalten, so wie jetzt. Rummeckern ist dann nicht mehr nötig."

Ralf Schulz war peinlich berührt. Aber es war gut zu wissen, dass die Technik nach einigem Üben schließlich funktionierte.

Ralf hatte sich in dieser Nacht die Eilenriede längs des Messeschnellwegs als Streifenbezirk ausgesucht. Bei dem pladdernden Regen hielt er es für unwahrscheinlich, dass sich die Obdachlosen im freien Gelände aufhielten. Vielmehr würden sie versuchen, sich unter Brücken oder in Unterführungen vor der Nässe zu schützen.

Punkt 22:00 Uhr hatte Ralf mit seiner Schicht begonnen. Sie sollte ihn, wenn sie nicht zwischenzeitlich zur Auffindung des „Kronzeugen" Viktor Friesen führte, bis sieben Uhr am Freitagmorgen beschäftigen.

Ralf bekam langsam eine Ahnung davon, wie elend es den Stadtstreichern während der dunklen und kalten Jahreszeit erging.

Immer auf der Suche nach einem trockenen, warmen Plätzchen, von niemandem geliebt und von allen ignoriert, waren diese Verlierer der Gesellschaft vor allem auf die Sozialarbeiter und Seelsorger angewiesen, die ihnen die eine oder andere warme Mahlzeit anboten oder eine Garnitur trockene Wäsche spendierten. Ohne diese aufrechten Männer und Frauen würden jeden Winter bestimmt zehnmal so viele Stadtstreicher erfrieren, als es ohnehin der Fall war.

Ralf hielt an jeder Brücke und an jedem Unterschlupf inne und hielt Ausschau nach dem fieberhaft gesuchten Tatzeugen.

Viktor Friesen würde sich bei diesem Wetter bestimmt nicht in einem Laubhaufen versteckt halten. Dazu war die Angelegenheit viel zu feucht. Ralf Schulz vermutete ihn, wie all die anderen Obdachlosen, unter irgendeinem Regenschutz hockend oder liegend anzutreffen.

Nach drei ewig langen Stunden machte der ehemalige MEK-Beamte eine Pause. Unter einer Brücke, die die MHH mit dem Zoo in direkter Linie verband, hatte er es sich ausgangs der neunzig Grad Kurve eines Fahrradwegs bequem gemacht. Aus einer noch trockenen Innentasche holte er einen Schokoriegel hervor und löste das Zellophanpapier von seinem schmackhaften Inhalt. Ein wohliges Rascheln unterbrach das sonore Geräusch des niedergehenden Regens. Das Wasser lief ihm im Munde zusammen, und voller Inbrunst wollte er gerade in die Kalorienbombe hineinbeißen, als er ein Rascheln hörte, dass sich deutlich anders anhörte als das ähnlich klingende Auspacken seiner Zwischenmahlzeit. Auf der gegenüberliegenden Seite des Messeschnellwegs in Richtung Zoo sah er den Schatten eines Fahrzeugs entlangfahren. Ralf versuchte genauer zu erkennen, was er dort sah. Die wechselnden Lichtreflexe der Autos, die den Schnellweg entlangsausten, gaben ihm etwas mehr Klarheit.

Gegen ein Uhr war auf dieser Hauptverkehrsstraße nicht mehr viel los und Ralf musste eine Zeit lang warten, bis er seine optischen Eindrücke korrekt sortiert hatte.

Nach ein paar Minuten war er sich sicher.

Auf der anderen Seite fuhr ein großes, dunkles Fahrzeug im Schritttempo ohne Licht auf dem Radweg entlang. Ralf versuchte ein paar Konturen auszumachen. Das Auto konnte ein Kastenwagen sein, ein Transporter mit ziemlich hohem Aufbau. Hatte Tarek nicht in der Frühbesprechung von einem solchen Gefährt erzählt?

Wie war das noch? Diese komische Zeugin hatte ein Geräusch in der Passerelle gehört. Und nach der Simulation stand für sie fest, dass der Transporter ein Mercedes Sprinter mit Hochdach gewesen sein musste.

Dieses Fahrzeug gegenüber auf der anderen Seite der Hauptverkehrsader könnte auch so ein Vehikel sein - nein, es könnte nicht sein, es war so eins!

Vom Jagdfieber gepackt, warf Ralf seinen Schokoriegel beiseite und griff instinktiv unter seine linke Schulter, um seine Pistole aus dem Holster zu ziehen.

„Zentrale ...", Ralf wartete eine gefühlte Ewigkeit, bis die Verbindung zu seiner Nachtwache stand.

„Ralf?", quakte eine etwas müde wirkende Jana in das andere Ende der Funkstrecke.

„Jana, ich bin mir nicht sicher, aber ich glaube, ich sehe knapp dreißig Meter von mir entfernt das verdächtige Tatfahrzeug. Ich wäre dir sehr verbunden, wenn du Verstärkung rufst. Irgendwo hier in der Nähe muss sich doch eine Streife aufhalten."

Jana wusste sofort, was zu tun war. Sie baute über ihr Endgerät eine Standleitung zu Ralf auf und unterrichtete auf einer anderen Leitung die Leitstelle der Polizeidirektion Hannover über die Beobachtung. Ungünstigerweise hatte es vor einer Viertelstunde einen heftigen Unfall mit einem Gefahrgut-Lkw und mehreren Verletzten am Seelhorster Kreuz gegeben. An der Unfallstelle lief Benzin aus, und die Polizeidirektion hatte einen Großteil ihrer Kräfte dort eingesetzt. Die Beamtin der Leitstelle versprach aber, einen Streifenwagen zu schicken, sobald einer frei würde.

Ralf machte sich mit seiner Dienstwaffe in der Hand auf den Weg. Über die Brücke des Radwegs näherte er sich vorsichtig und Tarnung suchend seinem Ziel.

Hin und wieder wurde er durch das Streulicht der Scheinwerfer vorbeifahrender Autos geblendet. Trotzdem konnte er während der Annäherung an den verdächtigen Transporter immer mehr Details ausmachen.

Am Ende der Brücke konnte er erkennen, dass beide Ladetüren im Heck und die Fahrertür geöffnet waren.

Ralf beschleunigte seine Schritte. Unheil ahnend, lief er jetzt die noch verbleibenden restlichen Meter bis zum Sprinter und versuchte, dort eine Person auszumachen.

„Jana, das ist der Wagen, hol' die Kavallerie, der Täter muss hier ganz in der Nähe sein!", keuchte Ralf durch sein Handy an die Zentrale.

Wo war der Verdächtige nur hingegangen?

Der getarnte Obdachlose konnte mit seiner Dienstwaffe im Anschlag kein eindeutiges Ziel ausmachen.

„Verschwinde, Arschloch, ich will meine Ruhe!", brummte es auf einmal aus dem Dunkel vor dem Transporter in seine Richtung.

Ralf wendete seinen Blick und versuchte, etwas zu erkennen. Nach einer Weile identifizierte er etwa dreißig Meter entfernt weiche dunkle Konturen vor dem schwarzen Hintergrund der Nacht.

Sein Herz fing an zu pochen. Instinktiv zielte Ralf mit seiner Pistole in die Richtung, aus der die Laute kamen. Trotz der Unruhe, in die ihn sein Kreislauf aufgrund der Nervosität versetzte, schlich er sich ganz langsam an die Stelle heran.

Plötzlich konnte er schemenhaft eine große Person erkennen, die in einigen Metern Entfernung mit dem Rücken in seine Richtung stand. Diese Person schien eine Art Kapuzenmantel zu tragen. Eine weitere Person lag vor dem Kapuzenmann auf dem Boden und fluchte leise und unverständlich vor sich hin. Beide hatten Ralf scheinbar noch nicht bemerkt.

Mit beiden Händen richtete Ralf seine Dienstpistole nach vorne und legte auf den großen Schatten an.

Mit jedem seiner Herzschläge hüpfte das Ziel auf und ab. Der Ermittler hatte Mühe, seine Hand ruhig zu halten.

Jetzt spreche ich ihn an, stark, laut und deutlich, versuchte er sich zu beruhigen. Ralf hatte noch nie in seiner Polizeikarriere auf einen Menschen gezielt, geschweige denn, geschossen.

In dem Moment, als er tief Luft holte, um den Verdächtigen anzurufen, machte der Schatten einen Schritt zurück und schien etwas in die Höhe zu wirbeln.

„Ralf, du kannst ganz beruhigt sein, die Kollegen sind in zwei Minuten vor Ort!"

Janas erlösende Nachricht schallte zur Unzeit durch den Kopfhörer der Freisprechanlage und zerschnitt wie eine Kreissäge die Stille der mörderischen Nacht.

Urplötzlich drehte sich der Schatten vor ihm um.

„Polizei, keine Bewegung oder ich schieße!", brüllte Ralf in Richtung der unbekannten Bedrohung. Wortlos ließ der Schatten seine Arme fallen und gab Fersengeld. Der Schatten rannte in die Dunkelheit. Mit so einer rasanten Flucht hatte Ralf nicht gerechnet. Es dauerte etwas, bis der getarnte Ermittler einen zweiten Versuch startete und dem fliehenden Wesen hinterherschrie.

„Stehen bleiben, Polizei!"

Der Angesprochene kam der energisch vorgetragenen Aufforderung nicht nach. Mit Wackelpudding in den Knien und ein paar Pfund zuviel auf den Rippen, versuchte Ralf Schulz, dem Phantom zu folgen. Doch im Streulicht der auf dem Messeschnellweg vorbeieilenden Pkws musste er ohnmächtig zusehen, wie diese Gestalt schnell an Vorsprung gewann.

Die wilde Hatz führte durch das Unterholz der Eilenriede in Richtung Osten.

„Jana, Jana, ich hab' den Schlächter vor mir, er flüchtet in östliche Richtung. Jetzt machen wir einen kleinen Bogen Richtung Norden, schick' die Kollegen her, schnell!"

Jana konnte in der Zentrale nur bruchstückhaft verstehen, welchen Weg die Verfolgung nahm.

Fieberhaft versuchte sie, einen der Streifenwagen zu bekommen und an die richtige Stelle zu lotsen. Doch mit jeder Sekunde wurde die Funkübertragung schlechter, Ralfs Durchsagen waren kaum noch zu verstehen.

„Wo ist die verdammte Kavallerie?"

Je länger die Verfolgung dauerte, umso mehr verlor Ralf die Orientierung. Über Stock und Stein, kreuz und quer durch den Stadtwald rannte der schwarze Schatten seinem Verfolger davon. Ralf hatte den Eindruck, als würden sie im Kreis laufen, wieder zum Ausgangspunkt zurück.

Na klar, der will zu seinem Auto, schoss es ihm durch den Kopf. Doch sosehr er sich auch abmühte, die durchtränkten Klamotten und seine schwabbelige Fetthülle hingen bleischwer an seinem Körper.

Nach ein paar Minuten musste Ralf Schulz die Verfolgung abbrechen. Fluchend und schnaufend verlangsamten sich seine Schritte, bis er schließlich im Schritttempo die Reisegeschwindigkeit eines Greises aufgenommen hatte.

„Scheiße, scheiße, scheiße", fluchte er wild vor sich hin. Seine Wut suchte ein Ventil. Stocksauer trat er gegen den erstbesten Laubhaufen, der sich ihm in die Quere stellte.

„Lass mich in Ruhe, such dir einen anderen Schlafplatz!“, schoss es ihm entgegen.

Nanu, der Laubhaufen konnte sprechen?

Ralf nahm seine Pistole wieder in Anschlag und trat diesmal noch kräftiger in das nasse Arrangement zusammengefegter Blätter.

„Jetzt habe ich aber die Faxen dicke, verpiss dich, ich will schlafen!“

Energisch protestierte das sprechende Etwas aus dem Laubhaufen.

Mit der linken Hand wedelte der Observant emsig das nasse Laub beiseite, bis er auf etwas Hartes stieß.

Ralf kramte mit der freien Hand eine Taschenlampe hervor und leuchtete dem Gegenüber direkt ins Gesicht. Jetzt sah er etwas. Zwei weit aufgerissene Augen starrten ehrfurchtsvoll in die Mündung seiner Dienstwaffe.

„Wie heißt du, sag mir verdammt noch mal, wie du heißt.“

Aus dem vor Entsetzen entstellten Gesicht huschten nur drei Worte:

„Friesen, Viktor Friesen!“

Kapitel 26

„Guten Morgen Herr Neumann, es wartet ein wunderschöner Tag auf Sie, der Regen ist vorbei und wenn die Sonne erst einmal aufgegangen ist, können Sie Ihren so geliebten Blick in den Garten genießen."

Schwester Darias Sopran trällerte gegen sechs Uhr den Weckgruß wie eine Sonatine von Mozart durch Fritz Neumanns Zimmer.

Als sie den Vorhang des besagten Fensters mit der schönen Aussicht aufgerissen hatte, staunte sie nicht schlecht, als sie in Richtung Bett schaute.

Umständlich wühlten sich zwei Köpfe aus der Bettdecke – ein bekanntes, altehrwürdiges Gesicht und ein weniger bekanntes, attraktives Männerantlitz.

Sohn Tarek und Vater Fritz lugten aus ihren verschlafenen Augen in Richtung der Lärmquelle, die sie so unsanft aus ihren Träumen geholt hatte.

Tarek hatte immer noch seinen Arm um seinen Vater gelegt. Nachdem sich beide entknotet hatten, sortierten sie die passenden Körperteile auseinander. Tarek hatte sich nicht einmal die Schuhe ausgezogen, welche Nachlässigkeit!

Sein rechter Arm war bis zur Schulter eingeschlafen und schlabberte wie ein überdimensionierter Gummischlauch unter seinem Jackett hin und her.

„Ah, welch herrlicher Anblick, Vater und Sohn so treu vereint. Haben Sie die Absicht, länger zu bleiben Herr Neumann?"

Der angesprochene Tarek antwortete nicht auf die gestellte Frage, stattdessen ließ sich Vater Fritz zu einem Kommentar hinreißen.

„Ich denke, das wird mir nicht erspart bleiben. Je nachdem, wie lange unser Herrgott meinen Aufenthalt hier auf Erden vorgesehen hat, kann das noch ein bisschen dauern."

Fritz Neumann schien wieder ganz gut bei Kräften zu sein. Die Anwesenheit seines Sohnes gab ihm Kraft, und er hatte über Nacht neuen Mut gefunden.

„Hallo Schwester Daria. Ich hätte gern gebratenen Speck mit Rührei, gebutterten Toast, geschmorte Tomaten und ein paar Bohnen zum Frühstück. Als Getränke wähle ich einen Multivitaminsaft und einen chilenischen Hochlandkaffee mit frischer Milch und Rohrzucker. Alles selbstverständlich aus biologischem und fair gehandeltem Anbau."

Tarek setzte sein umwerfendstes Lächeln auf und versprühte trotz der Müdigkeit seinen unwiderstehlichen Charme.

„Ich hätte gerne dasselbe, aber alles bitte seniorengerecht püriert mit einer Ananas als Dekoration", ergänzte Tareks Vater lispelnd die Frühstücksorder. Nachdem er schnell sein Gebiss eingeworfen hatte, rang er sich ein schelmisches Grinsen ab.

Schwester Daria wollte ihren Ohren nicht trauen und stellte sich breitbeinig, mit beiden Armen in die Hüften gestemmt, vor das im Bett sitzende Zweigestirn.

„Meine Herren", setzte Daria in ihrem härtesten russischen Akzent zu einer Gegenoffensive an, „wir haben hier keinen Hotelbetrieb für Senioren und ihre schlaftrunkenen Söhne. Wenn Ihnen der Frieden des heutigen Tages lieb ist, verlassen Sie sofort das Bett Ihres Herrn Papas und gönnen sich eine Dusche, bevor Sie die Zivilisation in diesem erbarmungswürdigen Zustand betreten. Ich möchte nicht, dass von unserem

Hause schlecht gesprochen wird. Wenn Sie damit fertig sind, Herr Tarek Neumann, melden Sie sich beim Empfang und entrichten die Übernachtungsgebühr von 137,70 Euro in bar bei Frau Wolter. Wenn Sie dann noch etwa 50 Euro in die Kaffeekasse des Pflegepersonals stecken, werden wir alle diskret über diesen Vorfall schweigen, wenn nicht …"

„Okay, okay, ich gebe mich geschlagen, Schwester Daria. Ihrer bezaubernden Ansage habe ich nichts hinzuzufügen. Ich mache mich gleich auf den Weg."

Als angesprochener Störenfried machte sich Tarek sogleich daran, sein Erscheinungsbild entsprechend instand zu setzen und halbwegs unerkannt das Seniorenstift zu verlassen.

Mit einem kurzen Kuss auf die Stirn seines Vaters verließ er seine ungewöhnliche Herberge und entschwand in Richtung Wiesenstraße. In der bekannten Umgebung seiner Wohnung wollte er den Tag wie gewohnt beginnen und anschließend die ersten Neuigkeiten in der Dienststelle besprechen.

Frisch geduscht und gestärkt erreichte Tarek pünktlich um acht Uhr die Zentrale der EK Blut. Als er durch die Glastür das Großraumbüro betrat, herrschte hektische Betriebsamkeit. Das Szenario erinnerte ihn an das Surren in einem Bienenstock - trotz dieses scheinbaren Durcheinanders wusste jede Kollegin und jeder Kollege, was zu tun war.

Mit einem lautstarken „Guten Morgen" verschaffte sich der Kommissionsleiter inmitten dieses lebhaften Treibens Aufmerksamkeit.

Sofort kehrte Ruhe ein und alle Blicke flogen in Richtung Hauptkommissar Neumann. Tarek wusste nicht warum, aber er fühlte, dass es über Nacht eine entscheidende Entwicklung in dem Fall gegeben haben musste.

Nach einer kurzen Pause fingen alle Anwesenden im Raum beinahe gleichzeitig an, auf Tarek einzureden. In diesem akustischen Durcheinander konnte Tarek kein einziges Wort verstehen. Nach einer weiteren Ansage legte sich die Aufregung und Nina Kranz begann mit dem Lagevortrag.

Tarek wollte seinen Ohren nicht trauen. Heute Nacht hatte Ralf Schulz tatsächlich den unbekannten Täter bei einem Mordversuch gesehen, ihn verfolgt und währenddessen den Hauptzeugen Viktor Friesen gefunden. Die näheren Umstände wurden zurzeit ermittlungstaktisch aufbereitet und beweisfest gemacht.

Tarek erkundigte sich nach dem Verbleib von Täter und Zeugen.

„Von dem Täter und seinem Transporter fehlt jede Spur. Der Verdächtige konnte unerkannt fliehen. Der Obdachlose, den er gestern Nacht töten wollte, ist leider auch verschwunden. Aber der Zeuge Viktor Friesen, der ist bei uns im Keller und genießt eine Dusche. Ich wollte ihn gleich danach vernehmen." Nina hatte nichts weiter zu ergänzen.

Tarek Neumann erkundigte sich nach Ralf Schulz und Jana Neudorff.

Ralf hatte nach der Auffindung des Zeugen zusammen mit Kollegen des Streifendienstes Viktor Friesen zur Wache gebracht.

Friesen war völlig durcheinander. Auf der Pritsche im Gewahrsam schlief er schnell ein. Ralf brachten die Kollegen zum LKA. Jana und er hatten bis in die frühen Morgenstunden alle Berichte geschrieben, sie an Nina übergeben und sich anschließend zu Hause aufs Ohr gelegt.

Kurz vor sieben Uhr war Friesen dann zum LKA gebracht worden. Nina hatte aufgrund des Zustandes des Obdachlosen Mitleid und bot ihm ein Duschbad an. Die beiden Lauterbach-Zwillinge hatten ihn zum Umkleideraum im Keller begleitet und dort duschen lassen.

Während Nina ihren Lagebericht fortsetzte, öffnete sich die Glastür am Eingang zur EK Blut. Zwei Personen betraten den Raum, von denen Tarek eine sehr vertraut vorkam.

„Mein lieber Tarek, es freut mich, dich zu sehen. Da haben deine Leute mein Schäfchen früher gefunden als ich, Respekt!"

Aus freundlichen, runden Augen schaute Tarek ein bekannter Blick an. Vor ihm stand sein Freund Pastor Johannes Wolff. Er ging ein paar Schritte auf ihn zu. Beide begrüßten sich herzlich.

„Du siehst, Johannes, dass wir im Keller außer Folterinstrumenten auch eine Dusche besitzen, um das Wohlbefinden unserer Kunden zu befriedigen", spielte Tarek auf die bissige Bemerkung des Seelsorgers an, die er nach der Flucht von Friesen aus dem Gemeindehaus losgelassen hatte.

Tarek blickte über den kleinwüchsigen Pastor hinweg in Richtung des Obdachlosen, der frisch geduscht und geföhnt in seinen abgetragenen Klamotten ein wenig verloren in dem Großraumbüro wirkte.

Tarek nickte Nina zu und er, Wolff und Friesen verschwanden im Vernehmungsraum, der sich neben der Zentrale befand.

Als beide gerade mit der Befragung des Zeugen beginnen wollten, stürmte die sonst so tiefenentspannte Branka Markgraf in das Büro.

Ein bisschen außer Atem bat sie Tarek, sofort in ihr Büro zu kommen.

„Traust du dir die Vernehmung zu, Nina?“

Die Angesprochene rollte mit den Augen und komplimentierte ihren Chef selbstbewusst aus dem Raum.

Branka nahm Tarek an die Hand. Etwas irritiert folgte er seiner runden Kollegin in ihr Büro.

„Ich war gestern in zig Internetforen unterwegs und habe nach diesen Robbenschlächtern gesucht. Nachdem ich nicht fündig geworden war, habe ich die neue Rastersoftware eingesetzt. Diese Software ermöglicht so ähnlich wie eine Suchmaschine das Aufstöbern von Informationen anhand von Schlüsselwörtern. Sie kann aber noch mehr. Sie überprüft auch geschlossene Foren und passwortgeschützte Bereiche, in denen sich die kranken und fanatischen Geister austauschen. Und nach einigem Hin und Her kam das ans Tageslicht!“

Branka klickte mit der Maus auf den Bildschirm. Das Foto eines Mannes mit energischem Blick und blonden, gescheitelten Haaren kam zum Vorschein. Er blickte zornig in die Kamera, die dieses Foto geschossen hatte und erinnerte mit seinem Anblick an die Frisurenmode der 40er-Jahre.

Der kerzengerade rechte Scheitel ließ zur rechten Seite ein stufig geschnittenes Haarbüschel herabfallen. Die linke Seite war von langen blonden Haaren bedeckt, die sich in einem leichten Bogen auf die andere Kopfseite begaben, um dann ebenfalls auf einem stufig geschnittenen Erker oberhalb des freiliegenden, linken Ohres anzukommen.

Obwohl der Bildschirm nur ein Portrait des Mannes erkennen ließ, konnte doch jeder Laie sofort sehen, dass es sich um einen Menschen mit rechtsradikaler Gesinnung handelte. Unterhalb des Fotos war ein Schriftzug angebracht, der der Huldigung nordischer Götter geweiht war.

„Odins arischer Vollstrecker“ stand dort geschrieben.

„Gute Arbeit, Branka, aber was sollen wir mit diesem Nazi-Scheiß anfangen?“

Tarek wirkte noch unschlüssig, was es mit dieser Information auf sich hatte. Mit ein paar weiteren Klicks lüftete sich das Geheimnis.

Wortlos ließ Branka eine Videosequenz laufen, die das Abschlachten der Robben vor Kanadas Küste, untermalt mit den Klängen von Wagners Ring der Nibelungen, zeigte. Als Hauptakteur in dieser barbarischen Einspielung war offenkundig der blonde Mann zu erkennen, dessen Konterfei die Internetseite großformatig füllte.

„Er heißt Thorwald Strauss, ist 33 Jahre alt und wohnt hier in Hannover“, gab Branka triumphierend ihre neuesten Erkenntnisse weiter.

Tarek wusste immer noch nicht den Enthusiasmus seiner Kollegin zu deuten. Klar, ein Vorzeige-Nazi mit jüdischem Nachnamen, ein wandelnder Anachronismus sozusagen, aber was hatte das Ganze mit dem Fall zu tun? Tarek war ratlos.

„Ich wusste, dass du diese Infos nicht richtig deuten kannst, Tarek. Das ging mir genauso. Aber in seinem Profil habe ich noch ein paar Einträge gefunden, die mich aufhorchen ließen. Du suchst nach einem Motiv für die Morde? Hier hast du eins!“

Wieder klickte Branka ein paar Einstellungen weiter. Jetzt war sie auf einer Seite angekommen, wo Thorwald Strauss seiner ideologischen Raserei freien Lauf ließ. Neben den typischen Hetztiraden gegen Ausländer, Schwule und Muslime fanden sich vier Sätze, die Tareks Blut in den Adern gefrieren ließ.

Fassungslos las er:

„Sie müssen sterben, dieses Pack, die Penner auf der Straße. Sie kotzen uns die Städte voll und liegen uns auf den Taschen. Es ist an der Zeit, ein Zeichen zu setzen. Mit jedem Tropfen Blut, der aus ihren Kehlen rinnt, befreien wir uns von diesem Krebsgeschwür!"

Tarek hatte sein Motiv. Das war es, was noch fehlte, warum jemand so inbrünstig Menschen schächtet und sie regelrecht ausbluten lässt.

„Wo finde ich diese Kreatur?"

Tareks Augen verfinsterten sich. Schon immer hatte er eine ausgeprägte Abneigung gegen Nazis gehabt. Wegen seines Vornamens und seines dunklen Teints hatte ihn dieses Pack in der Schule jahrelang drangsaliert. Erst als die Muskeln an seinem Körper immer markantere Ausmaße annahmen und er mit Kampfsport begonnen hatte, ließ dieses Spießrutenlaufen nach.

Tarek fühlte eine geharnischte Wut in seinem Bauch. Er kannte viele Gestalten, die mit dem Gesetz in Konflikt geraten waren. Aber diese Erscheinungsform der ewig Gestrigen, die sich anmaßten, über wertes und unwertes Leben zu urteilen, war ihm ein Graus.

„Unser Vorzeige-Nazi arbeitet als Zerleger im Schlachthof an der Röpkestraße. Und ein kleines Geheimnis hat er auch noch." Branka genoss sichtlich, Tareks Neugier ins Unermessliche zu steigern.

„Was ist mit ihm, raus mit der Sprache!"

Tarek wurde ungeduldig. Er wähnte sich schon kurz vor dem Ziel, den Mörder heute noch festzunehmen.

„Thorwald Strauss ist schwer in der Hooliganszene aktiv. Ich habe seine Personalien durch den Fahndungscomputer geschickt. Neben dem üblichen kleinkriminellen Zeug wie Körperverletzungen, Drogen- und Propagandadelikten hat er noch eine Eintragung als Hooligan der C-Kategorie, die ganz harten Jungs. Wenn mich nicht alles täuscht, ist das unser Mann."

„Kein Zweifel möglich?"

Tarek wollte es genau wissen.

„Ich habe zwar noch ein paar passwortgeschützte Foren zu knacken. Aber bei diesem Jungen kommen mir zu viele Zufälle zusammen. Ein Robbenschlachter mit rechtsradikalem Hintergrund, der in Hannover wohnt, in der Hooliganszene aktiv ist und in seiner Freizeit Obdachlose klatscht, von denen dürfte es nicht allzu viele geben."

Branka hatte nicht gelogen, in diesen sozialen Netzwerken präsentieren sich die ganzen kranken Geister dieser Welt und veranstalten einen freimütigen Seelenstriptease.

Jetzt musste alles ganz schnell gehen. Tarek dankte seiner Kollegin, stürmte aus dem Büro und sah sich Hilfe suchend in der Zentrale um.

Irgendwie schienen alle beschäftigt zu sein. Nina vernahm den Zeugen Friesen im Beisein des Pastors Johannes Wolff, Jana und Ralf lagen nach der Nachtschicht im Bett, die beiden Lauterbachs konnte er nur zu Hilfsarbeiten gebrauchen, Kevin baute die Überwachungsstation für die Observationsmaßnahmen ab, und Branka recherchierte weiter im Internet. Blieb nur noch Tore Johansson.

Lauthals orderte Tarek seinen Kollegen aus dem hohen Norden zu sich.

„Hör zu Tore, wir fahren jetzt zum Schlachthof und werden einem dringend Tatverdächtigen einen kleinen Besuch abstatten. Besorg das Auto, ich werde dem Präsidenten Bescheid geben. Wir treffen uns im Innenhof."

Etwas verdattert machte sich Tore an die Arbeit. Er wusste zwar nicht genau, warum Tarek auf einmal einen Verdächtigen festnehmen wollte, aber er würde es ihm schon erklären.

Nachdem Hauptkommissar Tarek Neumann dem Präsidenten des LKA, Roman Wolter, eine Kurzzusammenfassung der aktuellen Ergebnisse präsentiert hatte, eilte er mit Feuereifer in den Innenhof.

Wenn alles stimmte, was die EK Blut bisher herausgefunden hatte, würde er heute noch Fritz Haarmanns Erben in Sachen Massenmord festnehmen können.

Kapitel 27

Die fünf Kilometer vom LKA zum Schlachthof waren schnell zurückgelegt. Nach gut zehn Minuten kamen Tarek Neumann und Tore Johansson am Eingangstor in der Röpkestraße an.

Tarek scannte das Gelände ab und entdeckte ein aufschlussreiches Detail. Der ganze Hof stand voll mit Transportern des Typs Mercedes Sprinter, Version Hochdach!

Eine Mischung aus Neugier, Wut, Tatendrang und Gerechtigkeitssinn trieben seinen Kreislauf in schwindelerregende Höhen. Etwas besorgt sah Tore in Richtung seines Chefs, wohl wissend, dass irgendetwas Gewaltiges bevorstand. Der entschlossene Blick Tareks ließ nichts Gutes ahnen.

Die beiden Ermittler stellten ihren Dienstwagen direkt vor dem Eingang zum Zerlegebetrieb ab und betraten den kühlen Innenraum durch einen transparenten Plastikvorhang. An einer der Türen im Inneren prangte das Schild „Aufsicht". Tarek und Tore öffneten sie und gingen zielstrebigen Schrittes hinein.

Hinter einem schmucklosen Schreibtisch saß ein dicker Mann mit Glatze und Vollbart, der sein voluminöses Äußeres in einen weißen Kittel gesteckt hatte. An seiner linken Brust konnte Tarek eine Art Namensschild mit der Bezeichnung „Betriebsleiter Ruppert" erkennen.

„Guten Tag, Herr Ruppert, ich bin Hauptkommissar Tarek Neumann und das ist mein Mitarbeiter Kommissar Johansson. Wir arbeiten für das Landeskriminalamt Hannover. Bei Ihnen soll ein Thorwald

Strauss beschäftigt sein. Den hätten wir gerne in einer geeigneten Räumlichkeit mit Videoüberwachung gesprochen."

Tarek kam ohne Umschweife direkt zur Sache. Tore wunderte sich über die geforderte Videoüberwachung. Aber ein so gewiefter Ermittler wie sein Chef würde seine Gründe für eine solche Maßnahme haben.

„Haben Sie einen Durchsuchungsbefehl? Und überhaupt, wo sind eigentlich Ihre Dienstmarken? Die Typen von der Gewerbeaufsicht haben so was immer dabei. Und woher soll ich wissen, dass Sie richtige Bullen sind?"

Der Kahlkopf wirkte äußerst misstrauisch. Tarek und Tore zeigten kurz ihre Kriminaldienstmarken vor. Nach diesem nutzlosen Geplänkel wurde Zielfahnder Neumann deutlicher.

„Jetzt hören Sie mir mal genau zu, Herr Ruppert. Wir ermitteln in einer Mordserie. Der Haupttatverdächtige arbeitet in Ihrem Betrieb. Wir müssen sofort tätig werden. Damit liegt Gefahr im Verzuge vor. Und wenn Sie uns jetzt nicht sofort zu Thorwald Strauss führen, nehme ich Sie wegen Störung von Amtshandlungen vorläufig fest. Haben Sie mich verstanden?"

Ruppert wollte die beiden schick gekleideten Herren eigentlich nur ein bisschen antesten.

Nachdem ihm der muskulöse Chef des Zweiertrupps unmissverständlich klargemacht hatte, dass mit ihm nicht zu spaßen war, folgte er den Anweisungen der Ermittler.

„Hier, ziehen Sie sich diese Kittel über und stülpen sich die Plastik-Füßlinge über Ihre Schuhe. Wir achten hier sehr auf Sauberkeit. Die Hauben für Ihre Haare erspare ich Ihnen. Denken Sie bitte daran, dass Sie einen Bereich betreten, in dem es viele Betriebsgefahren gibt.

Der Boden ist schlüpfrig, ständig sausen Schweine- und Rinderhälften an Transportketten hängend durch die Gänge und jeder meiner Mitarbeiter arbeitet mit scharfen Messern. Soll ja nicht heißen, ich hätte Sie nicht auf die Gefahren aufmerksam gemacht."

„Keine Angst, Herr Ruppert, wir führen wirksame Werkzeuge mit, um solchen Gefahren zu begegnen."

Langsam öffnete Tarek sein Jackett, hielt es mit seiner linken Hand auf und klopfte mit seiner rechten selbstbewusst auf die im Schulterholster steckende Dienstwaffe.

Ruppert hatte verstanden. Er wusste nach der verschärften Ansprache, dass die Polizisten ihren Beruf ernst nahmen.

Der Betriebsleiter führte die beiden Ermittler durch verschiedene Hallen und Gänge, bis sie einen Raum betraten, in dem, wie an einer Perlenkette aufgereiht, lange Tischreihen aus Edelstahl standen.

Ein gutes Dutzend Mitarbeiter war damit beschäftigt, Schweinehälften in mehreren Arbeitsschritten zu zerlegen.

Über den Einsatz von großen Sägen und handbetriebenen Trennjägern bis hin zur Verwendung der guten alten Schlachtermesser waren verschiedenste Werkzeuge anzutreffen, die Tierhälften in handliche Fleischstücke zerteilten. Der penetrante Gestank nach Tod, Rauch und Reinigungsmitteln trieb Tarek und Tore die Übelkeit in den Magen.

Der ohrenbetäubende Lärm gab sein Übriges, um diesen unwirtlichen Ort so schnell wie möglich verlassen zu wollen. Tarek wusste genau, warum er sein Fleisch immer beim Biobauern kaufte. Mit dieser anonymen Massenabfertigung von Tierprodukten wollte er nichts zu tun haben.

„Thorwald, kommst du mal her, diese Herren hier wollen dich sprechen!"

Aus dem Dutzend weiß eingepackter Arbeiter legte ein Mann sein Messer auf einen der Edelstahltische, zog seinen Kettenhandschuh aus und ging in die Richtung, aus der die Ansprache kam.

„Thorwald Strauss?", fragte Tarek das in weißes Plastik eingepackte Wesen vor ihm.

„Ich bin Hauptkommissar Tarek Neumann und das ist Kommissar Tore Johansson, Landeskriminalamt Niedersachsen. Wir bearbeiten derzeit eine Mordserie und möchten Ihnen hierzu ein paar Fragen stellen. Würden Sie uns bitte begleiten?"

Der Angesprochene nickte wortlos.

Betriebsleiter Ruppert führte die Männer durch mehrere Gänge zu einem etwa fünfmal fünf Meter großen Raum ohne Fenster. In der Mitte des Raums befand sich ein Tisch. Auf der einen Seite des Tisches stand ein Stuhl, auf der anderen befanden sich zwei Sitzgelegenheiten. *Der ideale Vernehmungsraum*, dachte Tarek im Stillen. Leise vergewisserte er sich beim Betriebsleiter über die Funktionsfähigkeit der Videoüberwachung.

„Ich schalte sie sofort ein. Wir nutzen diesen Raum normalerweise als Schulungsraum. Die Videos zeichnen das Verhalten unserer Verkaufs-Mitarbeiter beim Training von Kundengesprächen auf. So sollen die immer besser werden und immer mehr verkaufen. Wenn Sie fertig sind, Herr Neumann, geben Sie mir Bescheid. Ich kann Ihnen die Aufzeichnung dann auf DVD mitgeben."

Das Verhalten des Betriebsleiters wechselte stufenweise von schroff ablehnend hin zu einer entgegenkommenden Gutwilligkeit.

Tarek nahm die technischen Erklärungen wohlwollend zur Kenntnis und forderte den Verdächtigen Thorwald Strauss auf, sich an den Einzelplatz zu setzen. Der Verdächtige zog seinen Kittel aus und streifte die Haube über seinen Haaren ab.

Ein blondes Haupt mit messerscharfem Scheitel lugte hervor.

Thorwald Strauss wirkte trotz der anstrengenden Arbeit im Zerlegebetrieb nicht sonderlich erschöpft. Ganz entspannt ließ er die Arme neben seinem Körper baumeln. Nachdem Tarek den Betriebsleiter gebeten hatte, den Raum zu verlassen, waren die beiden Ermittler und der Verdächtige allein.

„Tarek Neumann, soso, ein Araber mit deutschem Nachnamen. Die stellen jetzt wirklich alles beim Werkschutz der BRD ein!"

Thorwald Strauss war von Anfang an auf Krawall gebürstet. Tarek freute diese Unbeherrschtheit seines Gegenübers.

In aller Ruhe holte Tarek ein kleines Aufzeichnungsgerät mit zwei winzigen Mikrofonen aus der Innentasche seines Jacketts hervor und stellte es zwischen ihn und dem Verdächtigen ab.

„Nur damit wir uns verstehen. Das, was Sie mit Werkschutz der BRD titulieren, ist die Staatsmacht in Form des Landeskriminalamts. Wir kommen erst raus, wenn es um die richtig bösen Jungs geht. Dieses Exemplar hier vor mir macht aber eher den Eindruck eines verhätschelten Poppers auf mich, der mit seinem pseudo-arischen Vornamen die jüdische Herkunft seines Nachnamens überdecken möchte. Oder glauben Sie, dass Sie in der von Ihnen favorisierten Zeit mit diesem Hausnamen auch nur den Hauch einer Überlebenschance gehabt hätten?"

Tarek beugte sich ganz weit nach vorne und durchbohrte mit seinen stahlblauen Augen das gestylte Gesicht des Neonazis.

Dieser tat es ihm gleich und stierte seinerseits mit seinen blauen Augen unbeeindruckt in Tareks Richtung.

„Wenn wir erst wieder an der Macht sind, dann machen wir euch den Garaus. Die Durchseuchung unseres Reiches mit fremdländischem Blut wird bald ein Ende haben."

Tarek grinste Thorwald mit amüsiertem Blick an. Kollege Tore, der etwas abseits stand, wurde unruhig. Das Ganze wirkte wie das Vorgeplänkel zu einer handfesten Schlägerei.

Völlig entspannt klärte Tarek seinen Gesprächspartner über dessen Rechte auf.

„Jetzt hör mir mal genau zu, du braunes Muttersöhnchen. Dein inhaltsloses Gestammel schrammt nahe an verschiedenen Propagandadelikten entlang. Wenn du so weiterlaberst und auch nur den geringsten braunen Furz ablässt, komme ich mit dem großen Polizeistaubsauger, ist das klar? Weiterhin muss ich dich noch davon in Kenntnis setzen, dass du zu den dir gemachten Vorwürfen nichts sagen musst, was dich selbst belastet und du jederzeit einen Anwalt oder eine Person deines Vertrauens zum Verhör hinzuziehen kannst. Konnte der braune Gesinnungsorganismus meinen Ausführungen folgen?"

Tarek hatte ohne Vorwarnung vom Sie ins Du gewechselt. Tore beobachtete, dass sein Chef, je länger diese Situation andauerte, in eine zweifelhafte Wortwahl verfiel, die das Verhör zum Kippen bringen konnte. Mit weit aufgerissenen Augen und einer auffallenden Mimik versuchte er, die Aufmerksamkeit seines EK-Leiters zu erhaschen.

„Es ist Freitag, der 21. Oktober, 12:31 Uhr. Es beginnt die Vernehmung des Tatverdächtigen Thorwald Strauss im Rahmen der Mordermittlungen der EK Blut. Mein Name ist Tarek Neumann, zugegen bei diesem Verhör ist weiterhin Tore Johansson, ebenfalls Mitglied der Ermittlungskommission.

Herr Strauss, fühlen Sie sich körperlich und geistig in der Lage, diesem Verhör zu folgen und wahrheitsgemäße Angaben zu machen?"

Völlig unvermittelt antwortete der Verdächtige mit einem gewaltigen Urschrei. Wie aus dem Nichts hatte Thorwald Strauss plötzlich ein Jagdmesser in der Hand, das in einer mörderischen Geschwindigkeit auf Tareks Kopf zusauste.

Instinktiv wich Tarek zurück, führte mit seiner linken Hand die nach unten sausende Messerklinge in Richtung Tisch weiter, bis diese krachend auf dem Möbel aufschlug. Wie ein Querschläger surrte sie in Tore Johanssons Richtung davon. Der Kollege mit den schwedischen Wurzeln ging abrupt in Deckung.

Nach der Abwehr schlug Tarek mit seiner rechten Hand eine kräftige Ohrfeige an Thorwalds Kopf. Mit einem satten Klatschen landete sie auf der linken Wange des Verdächtigen.

Mit der Rückhand bediente Neumann die andere Wange des aufmüpfigen Nazis, bevor seine Hand erneut wie ein Dreschflegel auf die rechte Seite von Thorwalds Kopf niederbrach.

Zur Vorbereitung des finalen Angriffs ballte Tarek seine mächtige Faust. Wie eine Pistolenkugel flog sie dem etwas zerdellten Gesicht des Störenfrieds entgegen, bis sie fast frontal in das kindliche Antlitz einschlug. Wenige Millimeter vor Thorwalds Nase blieb die Ramme des Vollstreckers stehen.

„Drei zu null für mich, Nazi, und sei froh, dass ich die Hand nicht sofort zugemacht habe!"

Etwas zerbeult und sichtlich beeindruckt wackelte der Kopf des Verdächtigen wie ein Blaulicht hin und her. Strauss war der Ohmacht nahe und die Beulen, die Tareks Abwehr ihm zugefügt hatten, ließen seine Augen in Sekundenschnelle zuschwellen.

„Aus mir kriegst du nichts heraus, Arschloch, ich zeig dich an, blöde Sau!", zog sich Thorwald Strauss leicht lallend auf seine Rechte zurück und presste die Lippen demonstrativ aufeinander.

„Wollen wir nicht lieber den Staatsanwalt anrufen, Tarek? Nach dieser Behandlung unseres Gefangenen sollten wir jetzt alle Schritte sorgfältig absprechen, sonst nimmt das hier kein gutes Ende."

Tore Johansson war sichtlich beeindruckt von diesem Gewaltexzess und blickte verängstigt auf den Ausgang der missglückten Vernehmung.

„Ich werde vor diesen geistig verseuchten Pflegefällen nicht zurückweichen. *Ein* geschichtlicher Fehler reicht für unser Land."

Ganz allmählich kam Tarek wieder herunter. Der parierte Angriff war in Ordnung, aber der Ausgang des Vernehmungsversuchs frustrierte ihn.

Weder Drohungen noch gutes Zureden konnten Thorwald Strauss dazu bewegen, eine Aussage zu machen.

Frustriert kramte Tarek sein Handy aus der Hosentasche und rief bei Staatsanwalt Schmückel an. In kurzen Worten schilderte er ihm den Sachverhalt.

„Sie haben … was?", kreischte dieser in das andere Ende der Funkstrecke.

„Sie haben einen Gefangenen geschlagen? Und beleidigt haben Sie ihn auch noch? Es ist nicht Ihre Aufgabe, Herr Neumann, für die erlittenen Gräueltaten des Zweiten Weltkrieges sechsundsechzig Jahre später Rache zu nehmen. Ich sehe mich gezwungen, gegen Sie ein Verfahren wegen Körperverletzung im Amt einzuleiten. Sie haben sich ja überhaupt nicht im Griff, Sie Grobian!"

Der Staatsanwalt verdrehte die Tatsachen.

Er, Tarek, wurde angegriffen und hatte in absoluter Notwehr gehandelt.

Dass ihm die Verabreichung der Prügel Spaß gemacht hatte, ging Schmückel ja nichts an. Tarek widersprach jedoch nicht, der tuntige Staatsanwalt würde seine Argumentation eh nicht verstehen wollen. In einem letzten Anlauf versuchte Neumann, den Staatsanwalt noch für die Beantragung eines Haftbefehls gegen den verdächtigen Strauss zu gewinnen.

„Sie haben wohl nicht mehr alle Tassen im Schrank, Neumann! Sind Sie von Sinnen? Ich sollte eigentlich gegen Sie einen Haftbefehl erwirken, bei Ihrer Unbeherrschtheit. Sehen Sie jetzt ein, dass es gut ist, wenn ein Rechtsfachmann mit Weitsicht und Überblick die Ermittlungen führt? Ihre Einheiten werden immer auf dem Stand von Ermittlungsdienern bleiben. Nein, Neumann, Ihre Argumentation der Verdachtsmomente überzeugt mich nicht. Das können alles Zufälle sein. Lassen Sie den Menschen umgehend frei, sonst werde ich noch wegen Freiheitsberaubung im Amt gegen Sie tätig."

Tarek konnte seine Wut kaum bändigen. Er presste ein leises „Schwachkopf" aus seinen Lippen und hatte das dringende Bedürfnis, sein Handy vor Wut aufzuessen.

Er drehte sich zu seinem etwas derangierten Opfer um und entließ es mit einem eindeutigen Kommentar in die vorläufige Freiheit.

„Du kannst jetzt gehen, Strauss. Aber glaub mir, wir kriegen dich, wir werden immer da sein, wo du uns nicht vermutest. Wir machen dir dein Leben zur Hölle. Und irgendwann wirst du einen Fehler machen. Und dann sind wir da, packen dich und werfen dich ins Gefängnis. Das verspreche ich dir."

Tarek und Tore verließen den Raum und gingen in Richtung Ausgang.

Kurz vor dem Büro der Aufsicht fing sie Betriebsleiter Ruppert ab.

„Schneller ging es nicht. Das war ja eine krasse Vorstellung, Herr Neumann, die Anlage hat alles aufgezeichnet, vielleicht können Sie die DVD später einmal gebrauchen. Thorwald Strauss ist zwar manchmal ein echtes Großmaul, aber so eine Abreibung hat er schon lange nicht mehr bekommen. Die armen gegnerischen Fans am Sonntag! Mit der Wut im Bauch werden seine Hooligans ihren Feinden ganz schön einheizen. Schönes Wochenende!"

Tarek schnappte sich die DVD und eilte zielstrebig mit Tore zum Wagen.

„Tore, ich will, dass du dich um etwas kümmerst. Fordere das MEK an und lass dir über den Präsidenten des LKA die Anordnung für eine Observation geben. Ich will, dass das MEK dieses Ekel rund um die Uhr überwacht und jeden seiner Schritte kontrolliert. Wenn er uns schon nichts sagen will, dann werden seine Taten für ihn sprechen. Also, an die Arbeit, machen wir es dem Mörder so schwer wie möglich."

Wortlos nickte Johansson seinem Chef zu. Nach diesem missglückten Vernehmungsauftakt bot sich jetzt nur noch diese Möglichkeit, den Mörder zu überführen.

Kapitel 28

Nachdem der Freitag so vielversprechend angefangen hatte, endete er mit einem vernehmungstaktischen Desaster.

Tarek hatte sich von seinen Gefühlen leiten lassen und sich gegen den Angriff unverhältnismäßig zur Wehr gesetzt. Wie konnte das bloß passieren, einem Profi wie ihm? Der Leiter der EK Blut stand vor einem persönlichen Rätsel. War es jetzt wieder geschehen, schaltete die Droge Job ganz allmählich sein Gehirn ab?

Bisher war alles hervorragend gelaufen. Die Indizienkette nahm langsam Gestalt an, Zeugen wurden vernommen, Schlussfolgerungen gezogen und aus der Mordserie ohne Motiv wurde ein Massenmord mit menschenverachtender Handschrift.

Der Tatverdächtige Strauss war durch die Prügelei im Schlachthof verloren. Aus ihm würde unter normalen Umständen keiner mehr etwas herauskriegen. Die EK Blut musste auf die Erkenntnisse der Observationsmaßnahmen des MEK warten – und das konnte dauern.

Die Vernehmung des Zeugen Viktor Friesen hatte außer der detailreichen Bestätigung der bisherigen Ermittlungsergebnisse keine wirklichen Ergänzungen gebracht. Und die Expertise des Kürschners Lambertz stand auch noch aus – was für ein vermurkster Beginn des wohlverdienten Wochenendes!

Nach Dienstende hatte Tarek das dringende Bedürfnis, sich zu verausgaben. Gegen Abend lief er die Eilenriederunde zweimal. Seine Gedanken kreisten um den Fall und die verschiedenen Konstellationen, die sich jetzt auftaten. Ein Detail war aber immer noch nicht geklärt. Wo sind die Opfer, und wie heißen sie?

Es muss doch irgendjemanden in Hannover geben, der einen oder mehrere der insgesamt sechs Opfer vermisst. Es konnte doch nicht sein, dass die Menschen dieser Stadt derart teilnahmslos dem Schicksal der Obdachlosen gegenüberstanden.

Tarek rannte und rannte, der Schweiß lief ihm in Strömen am Körper herunter.

Nach gut zwei Stunden hatte er sich ausgedacht. Sein Kopf war leer, der Körper entspannt und die aufgestauten Aggressionen hatten sich einen konstruktiven Weg nach außen gebahnt.

Völlig ermattet fiel er ins Bett und schlief sofort ein.

Am Samstagmorgen ging Tarek noch einmal ins Büro. Die Kollegen genossen ihr wohlverdientes Wochenende, die Zentrale war komplett leer.

Jetzt, wo ihn niemand störte, wollte sich Neumann dem Aktenstudium widmen und ganz in Ruhe die verschiedenen Informationen zu einem Bild formen.

Als er nach zwei Stunden keinen greifbaren Fortschritt erkennen konnte, rief er die Kommandoführerin des MEK an. Tarek hoffte aus der nächtlichen Observation erste Informationen zu erhaschen und versprach sich Anhaltspunkte für neue Ermittlungsansätze.

„Nein, Tarek, die Observation hat keine tief greifenden Erkenntnisse gebracht. Außer der üblichen Freizeitbeschäftigung von Rechtsradikalen wie Saufen, Rumpöbeln, Prügeln, bei Freunden abhängen und Szenemusik hören, kann ich dir nichts berichten. Beim heutigen Fußballspiel von Hannover 96 will Thorwalds Hooligantruppe gegen die Ultras von Schalke 04 richtig Terror machen. Heute Abend haben sie sich noch zu einer Prügelei in der alten Sandgrube bei Dedensen verabredet. Aber so was machen die ja jedes Wochenende, insofern ist das nicht wirklich neu. Tut mir leid, dass ich dir nicht mehr erzählen kann. Sobald ich etwas weiß, melde ich mich."

Tarek war enttäuscht. Aber selbst wenn Thorwald Strauss der Mörder war, nach der gestrigen Vorstellung war er gewarnt. Er würde in nächster Zeit bestimmt keinen Fehler machen. Also hieß es abwarten.

Tarek entschloss sich, dem Kürschner Lambertz einen spontanen Besuch abzustatten. Vielleicht hatte er sein Gutachten schon fertig und konnte ihm die Erkenntnisse persönlich mitteilen.

Kurz entschlossen ging er zu Fuß zum Pelz-Atelier in die Georgstraße. Zwanzig Minuten später öffnete ihm die gut gekleidete Dame wie bei seinem letzten Besuch die Tür und ließ ihn in das Reich des Pelzhändlers eintreten.

„Ach, Herr Neumann, welch eine Überraschung, treten Sie doch bitte ein. Was darf ich Ihnen bringen lassen – einen Whisky oder vielleicht doch einen Kaffee?"

Wolfgang Lambertz war bester Laune.

Tarek entschied sich für diesen grandiosen Kaffee, den er vorgestern schon einmal hier genießen durfte.

Anschließend grinste er in die ausgestreckte Hand des Kürschners und pumpte unbewusst seine ganze Kraft in den bevorstehenden Handschlag. Dieses Mal waren zwei Schraubstöcke am Werk und Lambertz kommentierte nach dem kraftvollen Begrüßungsritual:

„Neumann, geben Sie es zu. Sie haben geübt, ganz sicher, Sie haben geübt. Heute ergibt die Begrüßung ein Unentschieden. Ihr Händedruck hat sich an mein Niveau herangearbeitet, Respekt!"

Wolfgang Lambertz wirkte amüsiert.

„Sind Sie mit der Expertise weitergekommen, Herr Lambertz?", fragte Tarek ganz direkt und ohne Umschweife.

Der Angesprochene zog seine Augenbrauen hoch und deutete Tarek an, mit in sein Büro zu kommen.

Dort angekommen, schloss Lambertz die Tür und sprach bedeutungsschwanger mit ernster Miene den Chefermittler an:

„Was haben Sie mir da eigentlich in die Hand gedrückt, Herr Neumann?"

Tarek setzte sein Pokerface auf und tat unwissend.

„Bei dem Handy-Etui handelt es sich um einen makaberen Scherz, allerdings um einen handwerklich brillanten. Ich habe mir zuallererst die Nähte angesehen. Das Etui ist mit Zwirnsfaden handgenäht und trotz seiner Geschmeidigkeit äußerst robust. Die Nähte liegen innen. Dort eingearbeitet findet sich ein hochwertiges Samtfutter, das im Ton perfekt zum Außenleder passt. Tja, und dann das Leder, ich hoffe, Sie sitzen gut, Herr Neumann?"

Tarek hatte es sich in dem genieteten Ledersessel bequem gemacht. Schweigend nickte er Lambertz zu und folgte gespannt den weiteren Ausführungen.

„Ich habe mit verschiedenen Lichtwellen jeden Millimeter des Etuis angestrahlt. An der unteren linken Vorderseite habe ich eine Art Zeichnung in Form eines Schmetterlings gefunden. Bei näherem Hinsehen und nach verschiedenen weiteren Tests war ich mir sicher. Die Zeichnung ist in mehreren Schichten in das Leder eingearbeitet. Durch die Verarbeitung des Materials zu Nubukleder entstand eine Art 3-D-Effekt. Wenn man das Schmetterlingsmotiv ein wenig kippt, wirkt es, als ob er fliegt – richtig lebendig!"

Lambertz machte eine Pause. Tarek wartete. Völlig in Gedanken stierte der Kürschner vor sich hin.

„Das Leder, Herr Lambertz?", fragte Tarek nach einer gefühlten Ewigkeit.

„Ach ja, das Leder ist eine echte Herausforderung gewesen. Ich habe mir die Porendichte und die damit verbundene ehemalige Behaarungsstruktur angesehen. Ich habe noch nie in meinem Leben ein Tier mit so wenig Haaren gesehen. Doch zwischenzeitlich kam mir eine Idee. Ich habe das, was ich im Mikroskop gesehen habe, mit meinem Unterarm verglichen – und habe dieselbe Haarstruktur entdeckt! Soll heißen, dass es sich bei dem Leder um menschliche Haut handelt!"

In Lambertz Augen standen Tränen. War er etwa traurig über seine Entdeckung? Hatte nicht dieser Mensch jahrelang putzigen, kleinen Nerzen fachmännisch das Genick gebrochen und sie zu Pelzen verarbeitet? Warum machte derselbe Mensch jetzt so ein Aufhebens von seiner Entdeckung? Tarek wurde nicht ganz schlau aus den beobachteten Gefühlsbekundungen.

Nach einem kurzen Seufzer setzte Lambertz seine Expertise fort.

„Die Haut stammt vermutlich von einem Mitteleuropäer. Sie war hell, schuppig und in keinem guten Zustand. Ich habe kleinste Hinweise auf diesen Zustand gefunden. Derjenige, der dieses Etui hergestellt hat, musste es noch über eine ganze Kette chemischer Behandlungen weich und geschmeidig machen und damit die trockene Hautstruktur aufbessern. Keine leichte Übung, sie erfordert ein äußerst fundiertes Fachwissen."

„Wer kann eine solche Arbeit leisten?", hakte Tarek nach.

„Grundsätzlich jeder, der sich mit der Verarbeitung von Leder beschäftigt und ein bisschen Ahnung von Gerberei hat. Ich persönlich würde tippen, dass jeder Schlachter, Gerber, Präparator und natürlich auch meine Kollegen, die Kürschner, das handwerklich umsetzen könnten. Aber sich dafür einen Menschen auszusuchen, wie widerwärtig ist das denn?"

Lambertz verzog in Abneigung sein Gesicht.

Die schicke Verkäuferin älteren Semesters betrat den Raum und reichte beiden einen duftenden Kaffee.

„Haben Sie schon einen konkreten Verdacht, Hauptkommissar Neumann?", erkundigte sich Lambertz.

„Ich kann Ihnen leider aus Geheimhaltungsgründen nichts zum Stand der Ermittlungen sagen. Aber Ihre Expertise wird uns als wesentlicher Baustein ein gutes Stück weiterbringen."

Tarek machte eine Pause.

„Was ich Sie noch fragen wollte, Herr Lambertz. Wie viel würde ein interessierter Kunde für ein solches Etui bezahlen?"

Lambertz überlegte kurz. Nach einem tiefen Atemzug gab er Tarek eine Schätzung.

„Als Peilmarke würde ich mal so auf 20.000 Euro tippen!"

20.000 Euro! Tarek konnte es nicht fassen.

„Dazu müssten aber ein paar Bedingungen erfüllt sein. Erstens müsste der Käufer wissen, dass das Etui aus der tätowierten Haut eines Menschen stammt. Zweitens müsste er sichergehen, dass er mit der Tötung dieses Menschen niemals in Verbindung gebracht werden kann und drittens muss er sicher sein, dass dieses Statussymbol bei seinen Freunden bekannt ist, verstehen Sie? Niemand würde für ein solches Teil einen derart horrenden Preis bezahlen, wenn er damit nicht angeben kann."

Lambertz' Argumentation machte Sinn. Diese abartigen Accessoires können nur in einer bizarren Szene Kultstatus erreichen. Einer Szene, die sich aus purem Vergnügen solche Utensilien zulegte und der es völlig egal war, dass Menschen hierfür abgeschlachtet wurden.

„Sie würden mir das Etui nicht überlassen, Herr Hauptkommissar? Als Unikat würde ich es in einer meiner Vitrinen ausstellen wollen." Lambertz schien zwar menschlich entsetzt, aber fachlich begeistert von der ungewöhnlichen Lederarbeit.

Tarek verneinte. Im Scherz bemerkte er, dass das Honorar zur Begleichung seiner Expertise sicherlich nicht an den Wert des Handy-Etuis heranreichen würde und das LKA nach Abschluss der Ermittlungen dieses Teil eher einem Kriminalmuseum vermachte.

Nachdem die beiden Männer ihren Kaffee in Ruhe genossen hatten, meldete sich Wolfgang Lambertz noch einmal zu Wort.

„Herr Neumann, haben Sie eigentlich Familie?"

Tarek war von dieser Frage nach seinem Privatleben irritiert.

„Ich frage nur, weil ich in Kürze ein Fotoshooting für meine neue Kollektion veranstalte. Über die Agentur habe ich ein junges Model vermittelt bekommen. Ich glaube, sie heißt Sarah Neumann. Ist sie mit Ihnen verwandt?"

Tareks Herz blieb kurzzeitig stehen und er verschluckte sich am Kaffee.

„Nein, das ist nur eine zufällige Namensgleichheit", gab er hustend zurück und versuchte, sich seine Überraschung nicht anmerken zu lassen.

Sarah, seine Tochter Sarah hatte sich diesen Modelheinis angebiedert und einen Fototermin ergattert? Und dann noch für eine Pelzkollektion?

Tarek vermutete seine Tochter von allen guten Geistern verlassen. War sie nicht diejenige, die ihn als Kind nachts immer weckte, wenn es galt, eine Mücke zu erschlagen? War sie nicht immer dabei, wenn die Schülervertretung Deklarationen gegen die Massentierhaltung abgab und die sich in der Schulmensa weigerte, Fleisch zu essen, das nicht aus kontrollierter Haltung stammt? Und meine kleine Göre Sarah wirft jetzt alle Ideale über Bord, um aus völlig egoistischen Gründen die tote Haut von wilden Tieren aus zweifelhafter Massenhaltung zu präsentieren? Tarek hatte dringenden Gesprächsbedarf.

Freundlich, aber bestimmt verabschiedete er sich von Wolfgang Lambertz. Im Hinauseilen warf er noch einen kurzen Blick durch eine geöffnete Tür in den Innenhof des Ateliers und entdeckte dort fünf in Reih und Glied aufgestellte Mercedes Sprinter mit Hochdach.

So ein Mist, dachte Tarek, *da sieht man mal, was die Aussage einer einfach strukturierten Zeugin wert ist. Die ganze Stadt ist voll von diesen Transportern. Mit der Spur kann ich wirklich nichts anfangen.*

Frustriert und enttäuscht bahnte er sich seinen Weg in die Fußgängerzone und suchte sich ein stilles Plätzchen zum Telefonieren.

„Andrea Neumann, was kann ich für Sie tun?“, säuselte eine betont freundliche Stimme in Tareks Ohr.

„Jetzt tu nicht so überkandidelt, Andrea, du weißt genau, dass ich am Apparat bin. Ich würde gerne unsere Tochter sprechen, sofort!“

Tarek war nicht nach Schönwetter zumute.

„Die muss dich ja ganz schön hart getroffen haben, wenn du so in Rage bist. Übrigens, ich freue mich nicht von dir zu hören, ich habe auch gar keinen Bedarf, mich mit dir zu unterhalten."

Mit schnippischer Intonation wollte Andrea ihren Exmann abwürgen.

Tarek versuchte es auf die verständnisvolle Tour.

„Ich habe mich bereits bei dir für mein Verhalten entschuldigt, Andrea, mehr kann ich nicht tun. Und wenn ich nicht gerade eben eine Information bekommen hätte, die mich fast zum Platzen gebracht hat, würde ich auch nicht so dringend meine Tochter sprechen wollen."

„Unsere Tochter, Tarek, unsere Tochter", korrigierte ihn seine Exfrau.

Tarek schilderte ihr kurz die Neuigkeiten. Völlig unbeeindruckt lamentierte Andrea über die Gleichgültigkeit Sarahs, dass sie total undankbar sei, dass selbst die Erlaubnis, sich ein Tattoo stechen zu lassen keine Änderung ihres unberechenbaren Verhaltens bewirkt hätte.

„Und wenn du deine Tochter sprechen möchtest, dann musst du dich noch ein wenig gedulden. Cinderella hält nämlich Schönheitsschlaf. Nachdem sie heute Morgen gegen drei Uhr endlich nach Hause gekommen ist, habe ich sie noch nicht gesehen. Erfahrungsgemäß wird sie erst gegen vier Uhr nachmittags ihre erlauchten Lider zu einem ersten Kontakt mit dem Sonnenlicht öffnen."

Tarek konnte nicht glauben, was er da hörte. Sarah war erst sechzehn und hatte gefälligst spätestens um Mitternacht zu Hause zu sein. Andrea hatte die Lage wirklich nicht im Griff. Die Erziehung der gemeinsamen Tochter schien ihr völlig aus den Händen zu gleiten.

„Hör mir bitte genau zu, Andrea. Richte unserer Tochter aus, dass ich sie am morgigen Sonntag punkt elf nach dem Gottesdienst am Eingang der Matthäuskirche erwarte. Ich werde dann einen kleinen Spaziergang mit ihr machen und ein verschärftes erzieherisches Gespräch mit ihr führen. Sollte sie sich diesem verweigern, komme ich zu euch nach Hause, mache einen Stubendurchgang und schmeiße alles aus dem Fenster, was in ihrem Zimmer auf dem Boden liegt."

Tarek war zu drastischen Maßnahmen aufgelegt. Normalerweise konnte er seiner Tochter nichts abschlagen, aber ihr Engagement bei diesem, wenn auch kultivierten, Pelzhändler, passte so ganz und gar nicht in sein Weltbild.

„Mein lieber Ex. Die Idee ist so gut, die könnte von mir sein. Ich bin mir sicher, dass Sarah sich diese Szene ersparen will. Ich werde es ihr ausrichten, und dann werden wir mal sehen. Adieu und viel Erfolg für deine Bemühungen."

Andrea hatte tatsächlich nicht „Auf Wiedersehen" gesagt. Ein kleiner Stich machte sich in Tareks Brust breit. Die Frau, die er immer noch liebte, strebte zusehends von ihm fort. Hoffentlich renkte sich das Ganze wieder auf ein normales Level ein. Denn nach Klärung des Falls wollte Tarek sich für einen erfolgreicheren Versuch wappnen, seine Frau dauerhaft zurückzuerobern.

Kapitel 29

„Wollen wir da drüben spielen?"

Moussa hatte eine ganze Bande von Rabauken im Schlepptau. Die Enkel der ehemaligen Gastarbeiterfamilien, die in den 60er und 70er-Jahren nach Hannover gekommen waren um hier zu arbeiten, waren in Deutschland geboren und aufgewachsen. An ihre ausländische Herkunft erinnerten nur noch ihre Namen. Sie gingen in Linden zur Schule, Papa fuhr selbstverständlich einen Volkswagen, Mama arbeitete beim Pflegedienst oder in der Schneiderei und Großvater und Großmutter gingen regelmäßig in die Moschee oder die orthodoxe Kirche.

Der Schmelztiegel Großstadt hatte diese kleinen Helden zusammengeschweißt und sie ohne Ansehen von Herkunft, Religion oder Aussehen ins Leben geworfen. Hier gab es immer etwas zu entdecken und sei es nur der besondere Kieselstein, der unter der Straßenlaterne so funkelnd leuchtete.

Die Kinder in Moussas Gang waren anders als all die anderen Kids in ihrem Alter. Jurij, Aaron, Ismail, Tjark, Bilan und Dafina als einziges Mädchen, saßen zwar hin und wieder einmal vor dem Computer oder der Spielekonsole. Die meiste Zeit verbrachten sie aber draußen, im Dschungel der hektischen Landeshauptstadt.

Beim Rumstöbern war es ihnen egal, ob Vater oder Mutter aus der Türkei, Georgien, Syrien, Afghanistan, Island, Tschetschenien oder dem Kosovo stammten. Sie verstanden sich alle prima und Moussa war ihr Chef.

Moussa hatte nämlich die Mutprobe bestanden. In einem Popelduell war er der Einzige, der die Popel von allen anderen aufgegessen und runtergeschluckt hatte. Jetzt war Moussa anerkannt und bestimmte, wohin sie ihre Abenteuer führten.

Mit „da hinten“ meinte Moussa die Baustelle des ehemaligen Hanomag-Geländes an der Göttinger Straße.

Am Samstagnachmittag wurde nicht gebaut. Die Kinder konnten einfach über den Bauzaun klettern und sich direkt in das Vergnügen stürzen.

Hier gab es Matschpfützen, Sandhaufen, Schrott, Kabel und ganz viele Baumaschinen, auf denen man so herrlich herumklettern konnte.

Manchmal erwischten sie die Leute von der Sicherheitsfirma, aber bevor die dicken Opis sie eingeholt hatten, waren sie längst über alle Berge.

Heute war auch so ein Samstag. Es regnete nicht, die Herbstsonne zeigte sich von ihrer schönsten Seite.

„Boah, was ist hier denn los, hier liegen ja überall Scheißhaufen rum“, gab Jurij als coolen Kommentar von sich.

Aaron, der seine Brille wieder einmal nicht aufgesetzt hatte, blickte neugierig in die von Jurij gezeigte Richtung.

„Ätsch Mann, gedisst, voll krass fette Verarschung! Aaron, du bist echt zu blöd zum Kacken. Mann, hat der 'nen Rad ab!“

Aaron wurde knallrot. Aus lauter Eitelkeit setzte er nie seine Brille auf. Diese dumme Angewohnheit hatte ihm schon so manche schlechte Note in der Schule eingebracht.

„Guckt mal, jetzt bewegen sich die Scheißhaufen auch noch“.

Dafina hatte gesprochen. Das zarte Mädchen aus dem Kosovo hatte sonst niemanden zum Spielen gefunden. Aus lauter Verzweiflung hatte sie bei der Bande angeheuert. Am Anfang wollten die Jungs sie nicht dabeihaben. Aber bei der Mutprobe war sie mit fünf verputzten Popeln nur einen schlechter als Moussa. Diese Leistung war selbst für die anderen Jungs dermaßen Respekt einflößend, dass sie Dafina mit einer besonderen Zeremonie in ihren Club aufnahmen.

„Dafina, du Vollpfosten, wie soll denn ein Scheißhaufen laufen? Da sind doch keine Räder dran!", ereiferte sich Ismail.

Trotzdem schauten alle Kinder gespannt in die Richtung, in der Dafinas Blick haften blieb. Je länger die Bande hinschaute, umso mehr schienen sich beinahe alle Scheißhaufen zu bewegen. Aber das konnte doch nicht sein. Sie hatten noch nie laufende Scheißhaufen gesehen. Oder hatten sie die Energiedrinks nicht vertragen, die ihnen der Tankstellenpächter kurz vor Ablauf des Verfallsdatums spendiert hatte?

Nein, es waren ganz eindeutig viele kleine laufende Würste, die sich auf dem Gelände des alten Maschinenwerks ein Wettrennen lieferten.

„Ääääääh, boah, igitt, das sind Ratten, voll krass. Das sind keine Kackehaufen, das sind Ratten, ihr Idioten, guckt doch mal genau hin."

Tatsächlich. Bilan, der immer ein bisschen wissenschaftlicher dachte als die anderen Kids, hatte sie als Erster erkannt.

Hunderte von Ratten liefen über das Gelände, eine hektischer als die andere. Deswegen also hatten ihre Eltern ihnen das Spielen auf diesem alten Industriegelände verboten – weil es Ratten gab.

Wie kleine Tennisbälle hüpften die graubraunen Nager über die Szenerie und schnupperten an allem, was auf dem Boden zu finden war. Etwas angewidert blickten die Kids auf das Schauspiel, bis Moussa, der Chef, eine Idee hatte.

„Wer die meisten Ratten trifft, hat gewonnen!"

Schon hatte er einen Stein in der Hand und warf ihn mit voller Kraft in Richtung der nächstgelegenen Rattenansammlung. Nachdem der Stein in die Menge eingeschlagen war, zerstieben die grauen Nager in alle Himmelsrichtungen. Einer nach dem anderen machte es Moussa nach und warf mit Steinen in die Versammlungen der tierischen Geländebesetzer. Nach und nach verteilten sich die Kinder und wurden immer übermütiger.

Das Trommelfeuer der Steinsalven prasselte auf die tanzenden Allesfresser nieder, die in blanker Panik kopflos das Weite suchten. Die ersten Querschläger sprengten durch die Gegend und dann geschah das Unfassbare – der unbebrillte, blinde Aaron hatte mit voller Wucht eine Ratte getroffen. Ihr zerschmetterter Körper zuckte noch ein wenig, bevor das letzte Leben in einem kleinen Rinnsal Blut aus ihr herausfloss.

Schlagartig war Ruhe. Sie wollten doch nur ein bisschen Spaß haben, und jetzt hatten sie getötet. Sie hatten ein Lebewesen getötet, das ihnen gar nichts getan hatte.

„Mörder", schrie Dafina, „du blöder Mörder! Konntest du nicht aufpassen? Setz endlich deine Brille auf, sonst schmeißt du noch einem von uns einen Stein an den Kopf."

Dafina war stocksauer. Noch nie hatten die Jungs sie so wütend gesehen. Der Schwung der Jagd war im Nu erloschen und die Bande stand wie gelähmt an der Stelle des Rattenmordes.

Aaron wandte sich ab. Er wollte die Ratte nicht töten, er wollte doch nur ein bisschen Spaß haben. Und jetzt war aus dem Spaß Ernst geworden – tödlicher Ernst. Der kleine Syrer war traurig. Er setzte sich auf den Boden und zeichnete gedankenverloren kleine Kreise in den Sand auf dem Beton.

Eigentlich sollte es eine Blume werden, doch Aaron stieß an eine Art kleinen Ast, der das Zeichnen seiner Kreise störte. Der kleine Mann war wirklich blind wie ein Maulwurf ohne seine Brille. Er fasste den Ast an. Komisch, irgendwie war das kleine Holzstück weich. Um die verschwommenen Eindrücke, die ihm seine kurzsichtigen Augen widerspiegelten, besser einschätzen zu können, hob er das Stück auf. Das leicht gebogene Teil war am oberen Ende etwas heller und am unteren Ende rötlich ausgefranst. So ein Holz hatte er noch nie gesehen. Aaron hielt es dichter an seine Augen, so dicht, dass es fast an seine Nase stieß.

Mit einem gellenden Schrei ließ er den Ast fallen. Wie erstarrt schrie der Junge, als hätte ihn ein Insekt gestochen. Völlig aufgelöst überschlug sich seine Stimme. Im Nu liefen die anderen Kinder zu ihm und fragten nach dem Grund seiner Angst.

„Ein Finger, das ist ein Finger, da ... da auf dem Boden, ich hab' ihn genau gesehen!", brachte Aaron stammelnd hervor.

„Du blinde Nuss, du kannst doch überhaupt nicht richtig gucken, was redest 'n du für'n Scheiß", lästerte Tjark über die Feststellung seines Freundes.

Als Dafina den Entdecker des seltsamen Astes tröstete, hob Bilan den Gegenstand vom sandigen Betonboden auf.

Völlig abgebrüht hielt er triumphierend das in die Höhe, was Aaron als Finger angesehen hatte.

„Echt coole Nummer, Aaron, das ist wirklich ein Finger. Der sieht aber ganz schön ekelig aus."

Mit wissenschaftlicher Neugier musterte er gründlich das gefundene Exemplar.

Bilan hatte jetzt alle um sich versammelt. Mit einer Mischung aus Ekel und Faszination musterten die Kinder den interessanten Fund. Moussa erholte sich als Erster von der hypnotischen Wirkung dieser Entdeckung.

„Wow, das wird unser Schatz! Wir machen jetzt ein Spiel. Wer als nächster noch so 'n Teil findet, darf Montag von mir abschreiben", kündigte der Bandenchef die Belohnung an.

Sofort machten sich alle auf die Suche. In Gesellschaft der wenigen Ratten, die nach der Steinwurf-Attacke noch nicht in Panik geflohen waren, durchkämmten die Kinder das Gelände nach weiteren Schätzen.

Zweimal brüllte jemand „Ich hab' was!" und am Ende wurde die Ernte eingefahren.

Bilan, der eine wissenschaftliche Ader besaß, musterte die Fundstücke gründlich. Neben dem Finger erkannte er aus den Fundstücken ein ausgefranstes Ohrläppchen und ein trockenes Stück Haut mit Haaren.

„Sollten wir nicht lieber zur Polizei gehen?", mahnte Tjark seine Kumpels an.

„Du bist wohl bescheuert! Wir kriegen voll den Ärger, wenn die Bullen erfahren, dass wir über den Zaun geklettert sind."

Moussa hatte in dieser Angelegenheit schon einschlägige Erfahrungen mit den Uniformträgern gemacht. Schon dreimal wurde er nach einer verschärften Ansprache mit einem Streifenwagen nach Hause gebracht.

Nein, auch für die anderen Bandenmitglieder war die Aussicht auf eine geharnischte Standpauke keine begrüßenswerte Alternative.

Ismail hatte eine Idee.

„Ein Schatz braucht eine Schachtel. Wir müssen eine Dose oder so was finden, wo wir den Schatz reinpacken können."

Prompt machten sich alle mit Ausnahme von Bilan auf die Suche nach einem geeigneten Behältnis. Das Kind mit den tschetschenischen Wurzeln hütete lieber die Fundstücke.

Nach einer halben Stunde kam Jurij mit einer zerbeulten Bahlsen-Keksdose um die Ecke der alten Maschinenhalle. Die blaugelbe Dose war nur ein bisschen angerostet und der Deckel ließ sich mühelos öffnen.

„Das ist unsere Schatzdose", triumphierte Jurij vor den anderen und hielt Bilan das Behältnis direkt vor die Nase.

Andächtig und vorsichtig legte der kleine Tschetschene die gefundenen Körperteile in die Dose. Die anderen Kinder standen im Kreis um dieses Schauspiel herum und schauten fasziniert in den zweckentfremdeten Blechkasten.

„Eine Schatzkiste braucht einen Wächter", brummte Moussa mit beschwörender Stimme in die Runde der andächtig dreinschauenden Knirpse.

Der Anführer der Bande schloss die Augen, zelebrierte eine Art Zauberspruch und zeigte wild fuchtelnd mit dem Finger in die Runde.

Hierbei summte er: „Ich bestimme … ich bestimme …" Moussa konnte es echt spannend machen, „ich bestimme … Ismail zu unserem ersten Schatzwächter!"

Ismail zog verdutzt seine Stirn kraus. Die Bande hatte noch gar nicht abgestimmt, was mit dem Schatz weiter geschehen sollte und wo sie ihn hinbrachten. Moussas Eingebung hatten alle noch nicht so richtig verstanden. Ohne Brimborium gab der Bandenchef die weitere Verfahrensweise bekannt.

„Na, unser Schatz, das ist wie mit einem Wanderpokal, eben wie beim Fußball. Jeder darf ihn mal zu Hause haben, so eine Woche lang vielleicht. Und dann treffen wir uns wieder hier, und ich bestimme mit der Zeremonie wieder einen anderen, der den Schatz mitnehmen darf."

Aus der Runde glotzten ihn zustimmende und entsetzte Gesichter an. Zwischen „Du hast wohl nicht mehr alle Level in der Konsole" bis zu „Super, ich will der Nächste sein" reichte das Spektrum geäußerter Gefühlsbekundungen.

Nach einigem Hin und Her kamen die Racker überein, dass nur diejenigen den Schatz mit nach Hause nehmen durften, die keinen Ärger von den Eltern bekamen.

Ismail, der Junge mit afghanischen Vorfahren, hatte ein solches Problem nicht. Im Gegensatz zu all den anderen Eltern seiner Kumpels, waren seine Eltern beide berufstätig und hatten gut bezahlte Jobs. Papa leitete das Diabeteszentrum im Kinderkrankenhaus auf der Bult, seine Mama war Chefdesignerin einer großen Werbeagentur in Isernhagen.

Wenn sie mal zu Hause waren, dann hatten sie sowieso keine Zeit, um sich mit ihm zu beschäftigen. Er wuchs eigentlich in der Obhut seiner großen Geschwister oder der Nachbarn auf. Hin und wieder kam auch mal eine Tagesmutter vorbei. Die Integration der afghanischen Familie in die deutsche Leistungsgesellschaft hatte ihre Familientraditionen restlos aufgefressen.

„Ich nehme ihn mit, unseren Schatz, bei mir ist er gut aufgehoben."

Schließlich hatte er auch die Keksdose gefunden.

Trotzdem kroch ihm eine Mischung aus Ekel und Stolz seinen Nacken empor und verpasste ihm eine Gänsehaut. Mit einer feierlichen Geste übergab Bilan anschließend den Schatz an Ismail. Beschwörend legten die Kinder ihre Hände über die rostige Keksdose, und während der nächsten Woche sollte sie bei Ismail ein vorübergehendes Zuhause finden.

Mit einem lauten Donner wurde die Zeremonie der Kinderbande jäh unterbrochen. Urplötzlich hielt ein Gewitter Einzug. Prasselnder Regen verwandelte den staubigen Betonboden der Industriebrache in eine matschige Rutschbahn. Hektisch rannten die Kinder in alle Himmelsrichtungen auseinander, um zu Hause oder unter der nächsten Brücke Schutz vor der Nässe zu suchen.

Unter seinem Pullover versteckt, brachte Ismail seinen Schatz gut behütet vor dem Regen in Sicherheit. Er würde sicher einen Ehrenplatz unter seinem Bett finden.

Verschmitzt eilte er davon.

„Und ich sage euch, die Unzucht ist mit eine der schlimmsten Geißeln der Menschheit, sie verführt die Menschen, zersetzt Familien, raubt den Besonnenen die Sinne und bahnt der Sünde ihren Weg!"

Pastor Johannes Wolff war wieder einmal in Hochform. In seiner Reihe der Predigten über die sieben Todsünden war in diesem Sonntagsgottesdienst die Unzucht an der Reihe.

Aufbrausend und von einer eindringlichen Rhetorik begleitet, machte er alles nieder, was das kostbarste Gut, das der Herrgott den Menschen geschenkt hatte, pervertierte.

Eine schweißtreibende Angelegenheit waren diese Predigten. Der Geistliche mit dem äußeren Erscheinungsbild eines Trolls gab alles und seine Gemeinde dankte es ihm. Ehrfürchtig und zustimmend blickten sie zur Kanzel empor und überlegten klammheimlich, welches Tête-à-Tête in ihrem Leben besser nicht stattgefunden hätte. Zum Glück war es in der Kirche relativ dunkel, sodass man die errötetem Gesichter der vereinzelt Ertappten nicht an ihrer Farbe identifizieren konnte.

Engagiert redete sich Wolff heiß, aber diesmal blieb die Rückkopplung mit dem unangenehmen Gefiepe aus - nach einem lauten Knall brach die Lautsprecheranlage gänzlich zusammen.

Die Schwerhörigen hatten ihre Ruhe und diejenigen, die mit einem normal funktionierenden Gehör ausgestattet waren, konnten den tobenden Pastor auch ohne Lautsprecher verstehen, so gewaltig war sein Vortrag.

Nach der gut viertelstündigen Predigt sprach der sichtlich erschöpfte Pastor seinen Segen und beruhigte sich wieder ob seiner versöhnenden Worte.

Tarek genoss diese Läuterung. Nach den dunkelsten Stunden des bodenlosen Absturzes seiner Trennungszeit, war dieser Termin am Sonntagmorgen neben seinen sportlichen Aktivitäten zu einer festen Größe geworden. Denn nicht nur sein Körper, auch sein Geist und seine Seele benötigten Training. Und dieser Pastor verstand etwas von seinem seelsorgerischen Handwerk.

Als nach dem Vaterunser und dem Segen zum Abschluss die Glocken läuteten, verließ die Gemeinde um Punkt elf Uhr das Gotteshaus in der Wöhlertraße.

Tarek war gespannt. Würde seine Tochter vor dem Kirchportal auf ihn warten? Genügend mit den Säbeln gerasselt hatte er ja. Und wenn nicht, dann war der Besuch zu Hause an der Reihe, und er würde den angedrohten Stubendurchgang machen, der längst fällig gewesen war. Außerdem hatte er hierbei die, wenn auch nur geringe, Aussicht, Andrea wiederzusehen.

Als er die Dunkelheit der Matthäuskirche verließ, erkannte er am Ende der Treppenstufen vor dem Eingangsportal seine Tochter.

Sarah hatte sich bieder zurechtgemacht. Ihre blonde Haarmähne hatte sie zu einer Art Dutt zusammengesteckt und unter einem warmen, braunen Stoffmantel lugte eine elegante, hellbraune Hose hervor. Die schwarzen Winterstiefel wirkten ein wenig übertrieben an ihren dünnen Beinen. Sarah hüpfte nervös von einem Bein aufs andere. Entweder fror sie so oder sie erwartete eine gehörige Standpauke ihres Vaters.

Tarek hatte sich eigentlich vorgenommen, seine Tochter bei der Begrüßung mit einem ernsten Blick zu empfangen. Aber als er sie sah, übermannte ihn die Wärme seines Vaterherzens. Beschwingten Schrittes ging er auf sie zu und umarmte seine Tochter herzlich.

Ein zurückhaltendes „Hallo Paps", kam von ihren Lippen und nach einigem Zögern umarmte sie ihren Vater flüchtig. Nach dieser etwas unterkühlten Begrüßung spazierte Tarek mit seiner Tochter in Richtung Lister Meile.

„Hat dir Mama erzählt, warum ich dich zu diesem Extra-Termin gebeten habe?", wollte Tarek von seiner Tochter wissen.

Sarah druckste ein bisschen herum. Sie wusste, dass ihr Vater nahezu alle ihre Ziele nach Kräften unterstützte. Aber er konnte es nicht leiden, wenn man nicht mit offenen Karten spielte. Ihr Schweigen veranlasste ihn zu einer ausführlichen Kopfwäsche.

„Sarah, ich bin enttäuscht von dir. Wir hatten uns geschworen, immer die Wahrheit zu sagen. Ich kannte dich als Kind mit großen Idealen. Du hast dich für die Tiere engagiert, hast an den Sammlungen vom Tierschutzverein mitgewirkt, hast in der Schülervertretung Reden über die Barbarei der Massentierhaltung geschwungen und dich beharrlich geweigert, in der Schulmensa Fleisch zu essen. Bei jeder Reportage über die barbarische Durchführung von Tiertransporten hast du geheult.

Und jetzt muss ich von einem Pelzhändler erfahren, dass du bei einer Modelagentur gelistet bist und ausgerechnet bei ihm ein Fotoshooting hast?"

Sarah fühlte sich ertappt. Unfähig, ein Wort zu sagen, ließ sie die weitere Kritik über sich ergehen.

„Ich erkenne meine Tochter nicht wieder. Du hast alle Ideale über Bord geworfen, nur um auf der fragwürdigen Karriereleiter der Modelbranche ein kleines

Stückchen aufzusteigen. Ist dir eigentlich klar, unter welchen Bedingungen diese armen Kreaturen gezüchtet, getötet und zu Pelzen verarbeitet werden? Was hat dich eigentlich geritten, als du dein Wertgefüge verraten hast?"

Tarek war unbarmherzig und eiskalt. Mit jedem Wort seiner weiteren Ausführungen verschärfte sich sein Ton.

Sarah schwirrte der Kopf.

Zum einen hatte sie bis in die frühen Morgenstunden mit ihren Freundinnen rumgesumpft und ein paar Cocktails geleert und zum anderen war elf Uhr wirklich nicht die Zeit, zu der sie am Sonntagmorgen in Hannover zu Spaziergängen mit ihrem erbosten Vater aufzustehen pflegte.

„Darf ich jetzt auch mal was sagen, du alter Moralapostel?", keifte Sarah nach der nicht enden wollenden Litanei ihren Vater an.

„Ich habe mich elendig lange geschunden, um auch nur zu einem einzigen beschissenen Fototermin eingeladen zu werden. Der Agentur war ich erst zu dick, dann zu dünn, später zu blond und am Schluss zu unerfahren. Monatelang habe ich nichts mehr von dem Laden gehört. Dann meldete sich vor ein paar Tagen dieser Lambertz bei der Agentur und fragte nach einem jungen Model, das seine neue Winterkollektion präsentieren sollte. Die Heinis von der Agentur haben jedes ihrer Models angerufen. Aber aufgrund der Demos in der Fußgängerzone und der Berichterstattung im Fernsehen wollte keine von denen für diesen Tiermörder arbeiten. Als Allerletztes haben sie mich angerufen. Sie haben erzählt, dass dieser Termin wahrscheinlich meine letzte und einzige Chance ist, den Fuß in die Tür der Catwalks zu kriegen. Papa, versteh' doch, wenn ich diese Chance nicht nutze, ist der Zug für mich abgefahren."

Nein, Papa Tarek verstand wirklich nicht. Wie kann man im zarten Alter von sechzehn Jahren seine Zukunft derart pessimistisch sehen? Wie konnte seine Tochter, die ihre Mutter und er doch so ganz anders erzogen hatten, solche moralischen Aussetzer an den Tag legen? Tarek war ratlos.

Sie gingen noch eine Weile schweigend nebeneinanderher, als sie an dem Tattoostudio vom Dicken Dirk vorbeikamen.

„Sag mal, wie ist eigentlich dein Tattoo geworden, Sarah?"

Tarek hatte noch gar nicht nach dem bunten Kunstwerk gefragt.

„Wenn du mir nachher bei McDonalds einen Latte ausgibst, zeig ich es dir."

Zwanzig Minuten später hatten sie das Schnellrestaurant erreicht. Tarek bestellte zwei Latte Macchiato. Vater und Tochter suchten sich einen Platz mit Blick auf den Bahnhof.

Nachdem sich Sarah mit dem heißen Getränk ein wenig aufgewärmt hatte, zog sie ihren Stiefel samt Socke aus. Unter dem Tisch schob sie ihr Bein gegenüber zu ihrem Vater und legte es auf der Bank an Tareks Sitzplatz ab.

Etwas irritiert schauten die benachbarten Gäste in Richtung dieses ungleichen Paares. Vater und Tochter ließen sich aber hiervon nicht beeindrucken, und Tarek musterte ausgiebig das kleine Kunstwerk an Sarahs rechtem Fußgelenk.

Schlagartig schossen Tarek die Tränen in die Augen, er konnte gar nichts dagegen machen.

„Papa, was ist los, warum bist du so traurig?"

Sarah war aufrichtig besorgt um ihren Vater.

„Nichts, Sarah“, entgegnete er, „ich habe dieses Tattoo schon einmal in einem anderen Zusammenhang gesehen. Und der war nicht sehr erfreulich!“

Tarek ließ es dabei bewenden. Er mochte seine Tochter nicht mit dem Wissen belasten, dass er genau dieses Tattoo als düsteren Spezialeffekt auf einem Handy-Etui aus Menschenleder gesehen hatte.

Nachdem sich Tarek wieder etwas gefasst hatte, wollte er seiner Tochter ein Versprechen abringen.

„Sarah, wenn ich dich bitten würde, diesen Fototermin abzusagen. Würdest du mir diesen Gefallen tun?“

Tareks stahlblaue, ehrliche Augen unterstrichen beinahe flehend seinen Wunsch.

„Paps, selbst wenn ich es wollte, ich habe schon einen Vertrag unterschrieben. Zugegeben, ich habe Mama nichts davon erzählt. Aber die Agentur brauchte eure Unterschriften nicht. Sie haben das so akzeptiert.“

Tarek überlegte noch kurz, ob es Sinn machte, diesen Vertrag zu annullieren. Minderjährige durften seines Erachtens keine solchen Verträge unterzeichnen, es sei denn, es handelte sich um einen Ausbildungsvertrag bei einem ehrlichen Handwerksmeister, bei dem naturgemäß Minderjährige in die Lehre gingen.

Aber seine Gedanken interessierten außer ihm wahrscheinlich keinen der Beteiligten, seine Tochter eingeschlossen.

Also gab er den sinnlosen Kampf gegen die Windmühlen auf und fügte sich ohnmächtig in sein Schicksal.

„Wann hast du denn den Termin, Maus?“

Tarek überlegte, ob er sich dieses Schauspiel aus der Nähe ansehen sollte.

„Wenn du mir versprichst, dass du keine Randale veranstaltest, keine Leute verhaust und keinen bissigen Kommentar ablässt, sage ich dir, wann ich vor der Kamera stehe."

Tarek versprach hoch und heilig, sich nicht einzumischen.

„Okay, Paps. Wir sehen uns am kommenden Mittwoch kurz vor fünf, wenn du willst. Die Location ist der umgebaute Teil des alten Hanomag-Geländes. Herr Lambertz ließ mir mitteilen, dass wir genau an der Stelle die Fotos machen, wo die alten Industrieanlagen dem neuen Geschäftskomplex gegenüberstehen. Die Stelle soll leicht zu finden sein."

Tarek ging in Gedanken das Gelände ab. Nach einigem Überlegen ahnte er, wo er seine Tochter am Mittwoch finden würde.

Nachdem sie ihre Kaffees ausgetrunken hatten, gingen beide ihrer Wege. Tarek wollte am Nachmittag noch sein Kendo-Training absolvieren. Jetzt war es schon zwei Uhr und er brauchte vorher noch ein bisschen Zeit, um seine Ausrüstung in Ordnung zu bringen.

„Okay meine Kleine, wir sehen uns am Mittwoch bei der Hanomag?", fragte Tarek seine Tochter, um noch einmal sicherzugehen.

„Yeah, Dad!", quakte Sarah, nahm ihren Vater in den Arm und gab ihm einen zärtlichen Kuss auf die Wange.

Kapitel 31

Wie sollten sie jetzt weitermachen?

Tarek hatte seine Mannschaft am Montagmorgen zur Frühbesprechung in der Zentrale der EK Blut versammelt.

Der Lagevortrag fiel etwas ausführlicher aus als an den Tagen zuvor. Die Ergebnisse der DNA-Analyse vom KTI waren eingetroffen. Unter der Leitung von Youssef Muhammad Al Navid hatten die Molekularbiologen alles gegeben, um aus dem vorhandenen Material Erbgut zu isolieren. Gute Ergebnisse gab es beim Blut aus dem am letzten Tatort gefundenen Schlafsack. Hier konnten die Wissenschaftler einen vollständigen Merkmalssatz sichern. Weniger gut verliefen die Untersuchungen der Blutspuren von den Parkbänken sowie der Blutlachen, die von den geschotterten, gepflasterten oder geteerten Wegen stammten. Aufgrund der Witterung und der Verunreinigung waren hier einige Merkmale nicht nachweisbar, ein Abgleich mit einem DNA-Identifizierungsmuster einer Vergleichsprobe wäre aber möglich gewesen. Ganz schlecht verlief die Auswertung der DNA-Untersuchung des Handy-Etuis. Es konnten lediglich zwei Peaks nachgewiesen werden, was die Identifikation dieser Spur besonders erschwerte.

Al Navid wurde per Videokonferenz zur Frühbesprechung zugeschaltet. Tarek war es besonders wichtig, die Bewertung der Spuren von einem Fachmann vornehmen zu lassen.

„Tja, Kollegen, was soll ich euch erzählen", stimmte der Perser in seiner unnachahmlich orientalischen

Ausdrucksweise eine Geschichte aus Tausendundeiner Nacht an.

„Es waren einmal viele Blutspuren, die aus den klaffenden Wunden geschundener Opfer gespeist wurden. Ein wirklich böser Mensch hatte die Armen getötet und sie wie geschächtete Lämmer ausbluten lassen. Da uns dieser böse Mensch nicht den Gefallen getan hat, seine Opfer am Ort des Verbrechens zu hinterlassen, mussten der geniale Youssef Muhammad Al Navid und seine Kollegen sich dieser Spuren annehmen. Also machten wir uns an die Arbeit, extrahierten DNA von den Spurenträgern und ..."

„You, komm auf den Punkt, wir sind hier nicht in der Märchenstunde, sondern beim LKA. Erzähl uns nur die Fakten, die weiterhelfen. Alles Weitere kannst du dir sparen."

„You", die absolute Kurzform von Youssi, alias Youssef Muhammad Al Navid, wählte Tarek nur, wenn er sich kolossal aufregte. Ihm war aufgrund der Ernsthaftigkeit der Taten nicht nach Scherzen zumute.

„Das musst du gerade sagen, Christ. Ihr Iraker seid doch die größten Geschichtenerzähler!"

Die Kollegen betrachteten dieses Schauspiel mit Befremden. Aufgrund ihres Alters war ihnen der politisch-religiöse Hintergrund, der sich hier als Stellvertreter-Konflikt darstellte, nicht bekannt.

Youssi hatte offensichtlich schlecht geschlafen oder eine seiner Liebschaften hatte ihn abblitzen lassen. Wie dem auch sei. Nach ein paar versöhnlichen Worten war Youssef bereit, der Bitte Tareks nachzukommen.

„Gut Christ, jetzt die Kurzform. Bis auf einen Fall haben wir für die Daten der DNA-Analyse kein Vergleichspaar gefunden. Soll heißen, dass wir in der DNA-Datenbank keinen Treffer gefunden haben. Ein bisschen anders verhält es sich mit den Spuren vom ersten Mord aus der Passerelle. Hier haben wir eine, wenn auch sehr vage, Vergleichsmöglichkeit erschlossen."

Youssef machte es spannend. Er holte tief Luft, machte eine kreisende Bewegung mit dem Zeigefinger, formte seine Hand zu einer Pistole und hielt den Zeigefinger direkt in die Webcam seines Laptops.

Auf dem Monitor in der Zentrale der EK Blut wirkte diese Geste wie ein gezieltes Anlegen auf die in der Besprechungsrunde anwesenden Kollegen.

„Wir haben in den zwei DNA-Peaks, die wir aus dem Handy-Etui isoliert haben, eine vollständige Übereinstimmung mit zwei Merkmalen aus der Blutlache der Passerelle, peng!"

Triumphierend zog Youssi seine Hand zurück und pustete symbolisch den Mündungsrauch seines Zeigefingers beiseite.

„Wäre diese Übereinstimmung gerichtsfest, Youssi?", fragte Tarek den persischen Wissenschaftler um Rat.

„Ich habe schon Fälle begutachtet, bei denen sich das Gericht mit der Übereinstimmung von fünf Peaks zufriedengegeben hatte. Zwei Peaks würde nach meiner Erfahrung kein Richter als ausreichend ansehen. Dieser Sachbeweis würde nicht anerkannt. Was du daraus machst, Christ, ist deine Sache."

Mit einem schelmischen Grinsen verabschiedete sich Al Navid aus der virtuellen Runde.

Jetzt hatte die EK Blut zwar einen Hinweis mehr, aber mit dieser Information konnten sie bei dem pingeligen Staatsanwalt Schmückel nicht punkten.

Tarek ging an die Tafel, nahm einen dicken, roten Filzstift in die Hand und nahm ein paar Eintragungen vor.

Unter die Rubrik „Motiv“ schrieb er zwei Worte. Unter den ersten Spiegelstrich trug er „Habgier“, unter den zweiten „Hass auf Obdachlose“ ein.

Die Eintragungen zum Thema „Spuren“ ergänzte er mit den soeben gehörten Erkenntnissen des KTI. Dann machte er eine kurze Pause, nahm sich einen noch dickeren, knallroten Stift und zog eine kräftige Verbindungslinie zwischen den übereinstimmenden Merkmalen der Blutspur aus der Passerelle und jener aus der DNA-Analyse des Handy-Etuis.

Neben das Kästchen „Opfer“ schrieb er in großen Lettern „Wo sind sie?“

Tarek drehte sich um und ließ das Geschriebene ein paar Sekunden auf seine Kollegen wirken.

In kurzen Zügen stellte er die Ergebnisse der Expertise des Kürschners Lambertz vor. Die Kollegen staunten nicht schlecht, als sie den horrenden Wert des makabren Accessoires hörten. 20.000 Euro für einen Fetzen Haut, dessen individuelle Zeichnung mit einem Tattoo kaum zu erkennen war? Das schränkte zumindest den Käuferkreis ein wenig ein. Aber in Zeiten des Internets konnten solche Artikel natürlich weltweit verkauft werden, ohne dass sich Täter und Käufer begegneten.

„Ich bin mir fast sicher, dass es sich bei der Haut, die für das Handy-Täschchen verwendet wurde, um die Haut des ersten Opfers aus der Passerelle handelt. Die grausige Motivation des Täters kann also entweder Habgier oder Menschenverachtung sein, womöglich auch beides. Unser Tatverdächtiger Thorwald Strauss, der es nach dem ersten Vernehmungsversuch vorzieht, nicht mehr mit uns zu sprechen, ist durchaus körperlich in der Lage, eine solche Tat zu begehen und könnte auch die weitere Verarbeitung der Opferhaut selbst vorgenommen haben. Darauf deutet die Expertise des Kürschners Lambertz hin. Zudem könnten bei ihm beide Motivlagen zusammentreffen. Zum einen tötet er die sogenannten „Sozialschmarotzer", zum anderen kann er die bearbeitete Haut der Opfer gewinnbringend an einem elitären Markt platzieren. Wenn ich mich recht entsinne, hat es in der Nazizeit auch solche widerwärtigen Exzesse gegeben. Damals wurde die tätowierte Haut von ermordeten Juden zu Lampenschirmen verarbeitet."

Aus dem Kreis der Kollegen hallten Tarek Kommentare in Form würgender Unmutsbekundungen entgegen.

„Strauss würde demnach beide Motivlagen bedienen und er qualifiziert sich aufgrund seines rechtsradikalen Hintergrunds geradezu als Mustertäter für unseren Fall."

Der Chef der EK Blut erntete für diese Bemerkung zustimmendes Nicken.

„Nina und Jana, ihr ladet Thorwald Strauss bitte zur Vernehmung vor, wenn's geht für heute oder morgen. Es könnte ja durchaus sein, dass er sich gegenüber Frauen ein bisschen weniger renitent zeigt. Die Vernehmung soll hier stattfinden und legt ihm nahe, einen Anwalt mitzubringen."

Mit freundlichem Blick zu seiner besonders favorisierten Kollegin sprach er die Internetspezialistin Branka Markgraf an:

„Branka, gibt es Neuigkeiten aus dem Bereich der Internet-Recherche?"

Mit einem umwerfenden Lächeln in Tareks blaue Augen gab Branka das Ergebnis ihrer Nachforschungen preis.

„Liebe Kollegen, es ist erschreckend, wer sich alles über das ekelhafte Abschlachten von Robben eine Existenz aufgebaut hat. Ich habe, nachdem ich zwei weitere Insider-Foren knacken konnte, insgesamt drei Bürger Hannovers ermittelt, die sich mit der grauenhaften Robbenjagd im Internet brüsten.

Da ist als Erster der Werkzeugmacher Daniel Schweiß, der sich als junger Kerl in Kanada verdingte. Durch die Robbenjagd hat er ein kleines Vermögen erwirtschaftet, mit dem er seine Firma in Kirchrode gegründet hat. Er ist verheiratet, hat fünf Kinder und scheint ein wenig einfältig zu sein. Er ist jedoch noch nie polizeilich in Erscheinung getreten und hat fast 300 Freunde bei Facebook.

Als Zweites habe ich, man höre und staune, eine Frau gefunden. Jekaterina Giovanova ist wohl jedem hier als die Leiterin der gleichnamigen Tanzschule in Laatzen bekannt. Die Frau, die jetzt 55 Jahre alt ist, hat als Austauschschülerin in den siebziger Jahren bei der Robbenjagd ebenfalls richtig Geld verdient und sich so ihr Studium am Sankt Petersburger Ballett-Konservatorium verdient. Sie lebt mit einer Frau zusammen und dürfte mittlerweile mehrfache Millionärin sein. Ihr Unternehmen hat Zweigstellen in Braunschweig, Hildesheim, Oldenburg und Osnabrück. Sie ist polizeilich nur durch vereinzelten Drogenkonsum in Erscheinung getreten. Dieser liegt aber schon mehrere Jahre zurück. Sie ist sehr zierlich und klein und würde dem Tätertypus in keiner Weise entsprechen.

Bei der von dir genannten Motivlage, Tarek, scheidet sie als Tatverdächtige ebenfalls aus.

Tja, und als Dritten im Bunde haben wir Dr. Franz Terner, den Präsidenten der Kaufmannschaft Hannover, anzubieten. Auch der hat sich über die Robbenjagd ein gutes Finanzpolster aufgebaut, allerdings liegt das schon viel länger zurück als bei den anderen beiden Personen. Ich bezweifele, dass er bei seiner sozialen Stellung und dem Lebensalter von 68 Jahren tatsächlich in unser Täterraster passen würde.

Im Ergebnis würde ich sagen, dass sich außer dem rechtsradikalen Hooligan Thorwald Strauss aktuell kein weiterer dringend Tatverdächtiger auftut. Mehr habe ich leider nicht zu bieten."

Branka untertrieb stark. Sowohl fachlich als auch seitens ihrer üppigen Bauweise hatte Branka Markgraf natürlich eine Menge aufzubieten, vor allem von den Vorzügen, die Tarek an echten Frauen so sehr schätzte. Unwillkürlich fiel sein Blick auf ihre appetitlich dekorierte Oberweite. Er musste sich zusammenreißen.

„Branka, woher hast du diese detaillierten Informationen?", wollte Ralf Schulz wissen. Ohne die Verkleidung eines Stadtstreichers sah er wieder ganz manierlich aus.

„Ralf, diese Informationen schreiben die Leute selbst. In einigen Fällen habe ich seitenlange Aufsätze über die sexuellen Vorlieben der Personen gefunden. In allen Fällen weiß ich, wo sie wohnen, wie ihre Partner heißen, wie viele Kinder sie haben, wann sie zur Arbeit gehen und so weiter. Die Leute stellen jedes persönliche Datum und jede Belanglosigkeit ins Netz. Jeder kranke Charakter kann sich daran berauschen und sich alles Mögliche vorstellen. Ohne diese Menschen gesehen zu haben, kann ich dir ein detailliertes Persönlichkeitsprofil zusammenstellen. Möchtest du eigentlich wissen, was über dich alles im Netz steht?"

Ralf lehnte nachdrücklich ab. Er wusste allzu genau, was er alles in Facebook eingestellt hatte und welche Peinlichkeiten andere über ihn verbreiteten.

„Ich glaube, ich bin der Einzige, der sich nicht auf einer solchen Plattform auszieht, oder?", merkte Tarek an.

Betretenes Schweigen füllte den Raum. Es war mittlerweile 9:30 Uhr.

"This is not the time to wonder, this is not the time to cry ..."

Tareks Handy meldete sich.

Auf dem Display stand „Unbekannt ruft an". Tarek drückte die Sprechtaste.

„Neumann, sind Sie allein?"

Eine ernste weibliche Stimme tönte aus dem Hörer.

„Mit wem spreche ich denn und woher haben Sie meine Nummer?"

Tarek hatte keine Ahnung, wer ihn mitten in der Frühbesprechung störte.

„Mensch Neumann, nun stellen Sie sich nicht dümmer an als Sie sind. Hier ist Johanna Holzapfel-Stahl am Apparat. Ihre ehemalige Chefin. Ich umgehe jetzt mit voller Absicht alle Dienstwege, weil es schnell gehen muss. Suchen Sie sich sofort ein stilles Plätzchen. Ich habe mit Ihnen zu reden!"

Bei der zackigen Ansprache nahm Tarek instinktiv Haltung an. Seine resolute Chefin hatte er immer gemocht, zumal sie sich so nachdrücklich für seinen Wechsel zum LKA eingesetzt hatte.

Tarek ließ seine Kollegen in der Zentrale zurück und eilte in sein Büro. Nachdem er die Tür geschlossen hatte, erkundigte er sich nach den dringlichen Informationen.

„Neumann, Sie glauben nicht, was mir gerade eben passiert ist."

Die heilige Johanna, wie die Kollegen sie ehrfurchtsvoll nannten, schien sehr aufgeregt zu sein.

„Montags komme ich ja immer ein bisschen später zur Dienststelle. Wie es meine Gewohnheit ist, drehe ich als Erstes eine Runde in der Wache und begrüße die Kollegen. Als ich meine obligatorische Frage nach den Neuigkeiten des Wochenendes stellte, zeigte mir der Wachhabende ein Fundstück, das eine afghanische Mutter heute Morgen unter dem Bett ihres missratenen Sohnes gefunden hatte."

Tarek hörte aufmerksam zu.

„Und jetzt halten Sie sich fest. In dem Fundstück, einer alten, rostigen Bahlsen-Keksdose, lagen ein Finger, ein abgerissenes Ohrläppchen und ein Stück Haut mit Haaransatz!"

In Tareks Gehirn fing es an zu arbeiten. Sprunghaft kombinierte er die Informationen der Mordserie und beantwortete sie sich zum Teil selbst. Waren das Teile der Leichen, die sie seit mehr als zwei Wochen suchten?

„Neumann, denken Sie dasselbe, was ich denke?"

Tarek bejahte.

„Ich sitze zwar mit meinem Hintern auf der Teppichetage, aber ich bin immer noch Polizistin. Natürlich habe ich sofort erkannt, worum es sich bei diesen Fundstücken handelt. Ich habe unverzüglich zwei Beamte instruiert, die Fundstücke mit dem Streifenwagen zum KTI zu fahren, damit sie sofort ausgewertet werden können."

Tarek wurde immer neugieriger. Als er zu einer spontanen Frage ansetzen wollte, quasselte Holzapfel-Stahl hektisch weiter.

„Ich weiß, was Sie fragen wollen, Neumann, natürlich habe ich nach dem Fundort der Leichenteile gefragt. Die afghanische Frau, die im Übrigen einen äußerst kultivierten Eindruck machte und hervorragend gekleidet war, so der Wachhabende, hatte ihren Sprössling mit. Nachdem seine Mutter und ein großer, dicker Kollege den Knirps in die Mangel genommen hatten, gab er sein Geheimnis preis.

Die Kinder hatten am Samstag beim Spielen auf dem Hanomag-Gelände die Leichenteile verstreut auf dem Baustellengelände gefunden. Zuvor mussten sie ein paar Ratten verscheuchen, die in Scharen das Gelände besetzten. Mein lieber Zielfahnder Tarek Neumann, denken Sie immer noch dasselbe, was ich denke?"

Tarek nahm den Ball auf und formulierte die Kausalkette, die er sich in seinem Kopf zurechtgelegt hatte.

„Die Kinder haben das entscheidende Puzzleteil entdeckt, Frau Holzapfel-Stahl. Die Leichen müssen sich irgendwo auf dem Hanomag-Gelände befinden. Das würde auch den verstärkten Rattenbefall erklären. Und wenn wir die Leichen finden, finden wir auch unsere Opfer."

„Exakt", pflichtete ihm seine ehemalige Chefin bei.

„Wir müssen schnell machen", drückte die Direktionsleiterin aufs Tempo, „heute Morgen will nämlich die Baufirma die Keller der alten Maschinenhalle ausbetonieren, um die öldurchtränkten Decken des Erdgeschosses abzustützen, um diese anschließend zu entfernen. Ich hoffe nicht, dass sie schon damit angefangen haben."

„Frau Holzapfel-Stahl, ziehen Sie bitte alle Kräfte zusammen, die Sie loseisen können: Verkehrsdienst, Wachmannschaft, und wenn es geht, ein paar Kammerjäger der Stadt. Ich trommele meine Mannschaft zusammen, besorge einen Leichenspürhund und versuche die Kollegen des KTI zu einem Außeneinsatz zu bewegen."

„Ich habe meine Hausaufgaben gemacht, Neumann. Ihr Präsident Roman Wolter bekommt von mir eine kurze Mitteilung, damit Sie nicht wieder zur Zielscheibe seines Unmuts werden. Wir sehen uns gleich!"

Holzapfel-Stahl beendete das Gespräch. Im Laufen schaltete er sein Handy aus und eilte aus der Tür.

„Wir müssen sofort zum Hanomag-Gelände. Es könnte sein, dass wir dort unsere Opfer finden. Kollegen, jeder, auch die Innendienstler, besorgt sich einen Dienstwagen und fährt unverzüglich nach Linden. Kevin, du alarmierst unsere Tatortgruppe, Jan, du besorgst einen Diensthundeführer mit Leichenspürhund. Es ist jetzt 9:40 Uhr. Spätestens um zehn sind alle vor Ort – Attacke!"

Sie hatten schon alles vorbereitet. Die Betonmischer waren wie an einer Perlenkette aufgereiht auf dem rechten Fahrstreifen der Göttinger Straße geparkt. Das Dröhnen ihrer rotierenden Mischtrommeln stimmte die sonore Melodie handwerklicher Betriebsamkeit an. Der Verkehrsdienst der Polizeidirektion hatte die Fahrspur auf einer Länge von knapp einem Kilometer gesperrt, das Ordnungsamt hatte entsprechende Umleitungen ausgewiesen.

Im Vorfeld der Betonierungsarbeiten stimmte die Baufirma einem späteren Beginn der Maßnahmen zu. Eigentlich sollte der Spuk zur Hauptverkehrszeit zwischen sechs und acht Uhr morgens beginnen. Alle Experten waren sich jedoch einig, dass diese Anfangszeit zu einem Verkehrschaos führen würde, welches die Polizei nicht mehr in den Griff bekommen hätte.

Deshalb sollte der Zauber um zehn Uhr losgehen. Es war geplant, dass die Betonmischer im Gänsemarsch auf das Gelände fuhren und ihre flüssige Last in die Keller der alten Maschinenhalle laufen ließen. Es würde wohl einen ganzen Tag dauern, bis die Arbeiten beendet waren.

Gleich sollte der Start erfolgen. Das Gelände war geräumt, die Experten des Ordnungsamtes hatten eine Gruppe Kammerjäger in spezieller Schutzkleidung an mobilen Sperren postiert, die ein Entkommen oder einen Angriff der lästigen Nager verhindern sollten. Der Bauführer stand vor der Armada der röhrenden Betonmischer und wollte gerade das Signal zum Start geben.

Mit ohrenbetäubendem Lärm und quietschenden Reifen fuhren plötzlich ein paar Zivilfahrzeuge mit aufgesetztem Blaulicht vor, dicht gefolgt von glänzenden, blau-silbernen Streifenwagen.

Die Einsatzfahrzeuge bahnten sich ihren Weg bis zur Spitze der Perlenkette und bremsten dort abrupt ab. Ein völlig verdutzter Bauführer schaute irritiert auf die aussteigenden Herren und Damen in schicker Garderobe, die beschleunigten Schrittes ihren Weg an die Spitze der Mischerkolonne fortsetzten.

„Haben Sie hier das Kommando?", rief Tarek dem wie eine Statue unbeweglich verharrenden Bauführer zu.

„Ich, äh, ich bin verantwortlich für den reibungslosen Ablauf der Aktion, ja!", gab der verdutzte Mann von sich.

„Daraus wird nichts, die Baustelle ist beschlagnahmt, wir ermitteln hier in einer Mordserie", klärte Tarek die Person auf.

„Ich hab' keinen umgebracht, Herr, wie war doch gleich Ihr Name?"

„Neumann, Tarek Neumann, LKA Hannover!", gab Tarek zurück.

„Na Herr Neumann, das sollten Sie besser meinem Chef, dem Bauunternehmer Grubenkamp, erzählen. Ich bin sicher, der wird begeistert sein. Jede Stunde, die wir hier länger warten, verteuert den Bau erheblich."

Tarek bat den Bauführer, seinen Chef zur Göttinger Straße zu bestellen. Eigentlich wollte sich der Bauunternehmer das Schauspiel aus der Nähe ansehen. Jetzt musste er aber den Logenplatz im Innenhof verlassen und seinen Aufenthaltsort an die Spitze der Mischerkolonne verlegen.

„Was glauben Sie eigentlich, wer Sie sind?“, hörte Tarek schon von Weitem.

„Ich werde Ihren Laden verklagen. Das kostet Sie Tausende. Soviel verdienen Sie in zehn Jahren nicht, wie hier in einer Stunde umgesetzt wird. Was soll der Quatsch?“

Ein dicker, schwitzender Mann eilte wutschnaubend in Neumanns Richtung. Er hatte zwei Kofferträger dabei, die ihm unablässig frische Luft zufächerten.

Aus der Nähe konnte Tarek seinen unangenehmen Atem riechen. Die fettigen Haare fielen ihm ins Gesicht, der Mann atmete schwer.

Tarek stellte sich erneut vor und gab den Zweck seines Einsatzes bekannt.

„Was soll das heißen, die Baustelle ist beschlagnahmt, spinnen Sie? Wissen Sie eigentlich, was jegliche Verzögerung pro Minute kostet? Es muss weitergehen, weitergehen, wir sind nicht zum Vergnügen da. Außerdem was soll das heißen, Sie ermitteln in einem Mordfall? Denken Sie, wir wollen hier unschuldige Opfer einbetonieren? Das könnte Ihnen so passen. Ihr Verdacht ist aus der Luft gegriffen und überhaupt …“

Der schwitzende Wüterich redete ohne Punkt und Komma. Tarek war es kaum möglich, dazwischenzukommen.

Wo blieb eigentlich Holzapfel-Stahl? Die wollte doch schon längst hier sein. Sie wäre die richtige Konversationsbremse, um dieses Großmaul in seine Schranken zu verweisen.

Tarek hörte dem Menschen nicht mehr zu. Beinahe Hilfe suchend blickte er in die Reihe der Kollegen vom Verkehrsdienst, die die Absperrmaßnahmen durchführten.

In der Menge erkannte er seine Kollegin Jule, die ihn schon aus einiger Entfernung mit schmachtenden Blicken überzog. Tarek lächelte sie etwas verlegen an.

„Schauen Sie mich an, wenn ich mit Ihnen rede, das ist ja wohl eine Ungehörigkeit! Ich kenne Ihren Präsidenten, wir essen regelmäßig zusammen. Was glauben Sie, was Sie für einen Ärger kriegen, wenn ich ihm von Ihrem Fehlverhalten erzähle, Sie Kretin!"

„Jetzt halt endlich die Fresse, du Fettsack!"

Jule hatte sich hinter Tareks Rücken der Szenerie genähert und machte ihrem Unmut Luft.

„Was glaubst du eigentlich, wen du vor dir hast? Glaubst du, wir machen diesen Einsatz hier zum Spaß, oder wollen uns von so einem blasierten Großkotz irgendwelche kapitalistische Scheiße anhören? Sieh zu, dass du Land gewinnst, sonst ..."

Jule redete sich gerade um Kopf und Kragen.

„... sonst nehmen wir Sie wegen der Störung von Amtshandlungen fest!", vollendete Tarek Jules inhaltsschweren Satz.

Der Unternehmer war schlagartig still. Als sei er von Jules rechter Geraden getroffen worden, brachte er nur noch „diese impertinente Person", hervor, seine Beine knickten ein und er landete mit seinem Hintern in seiner vollfetten Ausstattung auf der Straße. Unverzüglich packten die beiden Kofferträger ihren Chef an den Armen und richteten ihn wieder auf. Kopfschüttelnd machte sich der Unsympath aus dem Staub.

„Hallo Tiger, hat dein Kätzchen nicht super geschnurrt?", hauchte Jule ihrem Angebeteten zu.

„Deine Vorstellung war echt amüsant, Jule, aber ich befürchte, das gibt noch richtig Ärger im Nachgang. Solche Herrschaften beleidigt man nicht ungestraft."

Mit einem „tse“ auf den Lippen machte die Kollegin vom Verkehrsdienst auf dem Absatz kehrt und nahm ihren Posten in der Absperrung wieder ein.

„Tarek, der Hundeführer ist da“, rief Jana Neudorff aus dem Hintergrund.

Nach der konfliktreichen Klärung der Lufthoheit konnte die EK Blut jetzt an die Arbeit gehen.

„Hallo Herr Neumann, Gerd Schönfeld, ich habe meinen Leichenspürhund mitgebracht. Wo sollen wir anfangen zu suchen?“

Tarek erklärte dem Kollegen die Auffindesituation so, wie sie ihm mitgeteilt worden war. Hundeführer und EK-Leiter eilten auf das Gelände, die Kollegen der EK Blut im Schlepptau.

Auf dem Gelände war alles voller Ratten. Es war ein ekelhafter Anblick.

„Wo bleibt die Armee der Kammerjäger?“, fluchte Tarek.

„Die wollen Sie nicht wirklich hierhaben, Herr Neumann, die versauen uns mit ihrem Gas und dem Chemiecocktail, den die einsetzen, die ganze Spurenlage. Seien Sie froh, dass die noch nicht aktiv geworden sind“, erklärte der erfahrene Hundeführer dem Zielfahnder.

Je näher sie der Maschinenhalle kamen, umso weniger Kollegen folgten ihnen.

Die Ratten huschten hektisch zwischen ihren Füßen hin und her.

Nur Diensthund Harry ließ sich von den fiependen Plagegeistern nicht beeindrucken.

„Hier könnte es gewesen sein.“

Tarek gab dem Kollegen einen Wink.

„Such, Harry, such!“, schickte dieser seinen vierbeinigen Kollegen auf die Suche.

Das Hund-Mensch-Gespann machte sich an die Arbeit. Tarek hatte ein Funkgerät mitgenommen, um mit dem Hundeführer in Kontakt zu bleiben.

Tarek wartete. Sein feiner Anzug hatte von dem Baustellenstaub schon die eine oder andere graue Stelle bekommen. Was war das hier für ein Durcheinander – ekelhaft. Ratten spielten zwischen Trümmerhaufen und Abfällen, das ganze Gelände schien zu leben. Wie sollte aus so einer Müllhalde eine Kultur- und Geschäftsmeile werden? Als Tarek seinen Gedanken nachhing, knackte plötzlich das Funkgerät.

„Harry hat Witterung aufgenommen, Herr Neumann. Wir sind im Keller, direkt hinter der Treppe unterhalb des Westeingangs. Hier stinkt es erbärmlich. Wenn Sie sich nicht völlig einsauen möchten, ziehen Sie sich einen Blaumann über. Und gehen Sie langsam. Der Kellerflur ist knöchelhoch mit Ratten gefüllt."

Tarek fing an, schneller zu atmen. Er hasste Dreck, er hasste Unordnung, ihn widerte fauler Gestank an. Und jetzt sollte er in ein solch verseuchtes Milieu und das auch noch mit seinen neuen Klamotten?

Andererseits wartete im Keller vielleicht die Klärung des Falles auf ihn. Vielleicht würden sie tatsächlich die Leichen dort finden. Irgendetwas schien dort zu sein, sonst hätte der Hund nicht angeschlagen. Neugier und Abscheu rangen um die Vorherrschaft.

Die Neugier siegte. Tarek machte sich in seinem feinen Anzug wissbegierig auf den Weg in den Keller.

Als er die Stufen heruntergegangen war, schlug ihm ein beißender Geruch entgegen. Eine Mischung aus Fäkalien, gegorenem Abfall, vollurinierten Matratzen und süßlichem Metall bohrte sich in seine Nase. Tarek wurde urplötzlich schlecht. Aus einer Hosentasche kramte er hastig ein Taschentuch hervor und hielt es sich vor Mund und Nase. Wie konnte der Hundeführer hier bloß atmen?

Hauptkommissar Neumann tastete sich langsam vor. Hier unten war es ziemlich dunkel. Nur hin und wieder stieß ein Lichtstrahl durch die rissige Decke. Hunderte von Ratten rannten, teils übereinander, über den Boden und fiepten bei jeder Berührung von Tareks Schuhen. Warum hatte er sich bloß den Blaumann nicht angezogen?

Als er gut zwanzig Meter mehr geschlichen als gegangen war, hopste ein besonders fettes Exemplar der widerlichen Nager auf Tareks Schulter. Neumann war der Ohnmacht nahe, aber diese Blöße würde er sich vor dem Hundeführer nicht geben. Beherzt wischte er den vorwitzigen Störenfried von der Schulter. Unter Protest räumte die Ratte das Feld, nicht ohne dabei eine übel riechende Hinterlassenschaft auf Tareks Schulter abzulegen.

„Wenn das so weitergeht, kotze ich hier mitten in den Gang, igitt!"

Der Chef der EK Blut hatte schon viel in seinem Leben gesehen, aber das hier war eine besonders üble Erfahrung, die er am liebsten gar nicht erst gemacht hätte.

Nach gut zehn Minuten vorsichtigen Schleichens hatte Tarek auf den Hundeführer aufgeschlossen. Der Gestank wurde immer unerträglicher. In der Komposition der stechenden Gerüche wurde eine Note immer dominanter – metallisch süß.

Tarek schwante Böses.

Neumann näherte sich einer massiven Metalltür, die von dem Kellergang nach rechts abging. Davor kniete der Hundeführer, der seinen Kollegen Harry beruhigend streichelte. Die beiden wurden ständig von Ratten besprungen, ließen sich aber auch durch diese Erschwernis nicht in ihrer Konzentration ablenken.

„Hinter dieser Tür, Herr Neumann, hinter dieser Tür riecht Harry den Tod", flüsterte Gerd Schönfeld.

„Halten Sie es für ratsam, bei dieser Rattenplage die Tür zu öffnen?", bat Tarek den Hundeführer leise um eine Einschätzung.

„Je länger wir warten, umso teurer wird das Ganze. Außerdem werden sich die Ratten schlagartig verziehen, sobald wir die Tür eingetreten haben, Sie werden sehen."

Tareks Zwiespalt zwischen Neugier und Abscheu hatte eine neue Dimension erreicht. Ohne nachzudenken, stand er auf und pumpte seine gesamte Kraft in die Beine. Mit einem Kampfschrei trat er direkt unterhalb der Drückergarnitur die Metalltür aus der Verankerung. Ein lautes Krachen schallte durch die Stille und der Weg war geebnet.

Nachdem sich der Staub verzogen hatte, öffnete sich der Höllenschlund. Eine Welle Ratten schwappte über die beiden Polizisten und warf sie mitsamt des Diensthundes auf den Rücken. Hunderte von Nagern rannten in Panik durch die Tür, über die Beamten und durch den Kellerflur in die Freiheit. Nach ein paar Sekunden war der Spuk vorbei.

Tarek Neumann, Gerd Schönfeld und Harry rappelten sich auf und schauten in ein schauerliches Massengrab. Mehrere Leichen lagen in einer wirren Anordnung über-, neben- und durcheinander. Der Blick auf diese Horror-Szenerie war an Abartigkeit nicht zu überbieten. Das, was mal Menschen waren, lag als vergammelte Fleischmasse in einer Mischung aus Kleidung, Schlafsäcken und Einkaufstüten durcheinander, ohne dass eine dominante Struktur zu erkennen war.

Teilweise skelettierte Leichen mit eingefallenen Hautpartien und durch Tierfraß entstellte Gesichter blickten in einem letzten Aufschrei die erschrockenen Besucher diabolisch an.

Tarek erbrach sich spontan.

Dem Hundeführer, der schon einiges an menschlichem Leid gesehen hatte, kamen die Tränen.

Nachdem sich beide von dem ersten Schock erholt hatten, rappelten sie sich auf.

„Wer stellt so eine verdammte Scheiße an?"

Gerd Schönfeld war sprachlos. Selbst Harry legte sich andächtig auf seine Pfoten, als ob er den Toten die letzte Ehre erweisen wollte.

„Das herauszufinden, ist unsere Aufgabe, Herr Schönfeld", gab Tarek sichtlich beeindruckt von dem Anblick des vor ihm liegenden Friedhofs von sich.

Nachdem sie die Leichen ansatzweise durchgezählt hatten, bestellte Tarek die Spurensicherer der Tatortgruppe des LKA in den Keller. Die mit weißen Schutzanzügen gekleideten Männer hatten ein schwieriges Stück Arbeit vor sich, um das sie niemand beneidete.

Völlig verdreckt und demoralisiert kamen Neumann und das Hundeführergespann an die Oberfläche. Ihr äußeres Erscheinungsbild wirkte wie das der Überlebenden eines Bombenangriffs.

„Neumann, hat sich unsere Vermutung bestätigt?"

Johanna Holzapfel-Stahl war eingetroffen und war zum Einsatzort geeilt.

„Ich habe die Hölle gesehen und es war kein schöner Anblick", gab Tarek von sich, ohne auf die Frage direkt zu antworten.

Holzapfel-Stahl verstand ihn trotzdem.

„Können Sie die Einsatzleitung übernehmen?", bat Tarek erschöpft die Direktionsleiterin.

„Alle erforderlichen Ermittlungsschritte sind eingeleitet, es gibt für uns hier vorerst nichts zu tun. Wenn die Tatortgruppe fertig ist, können Sie die Baustelle freigeben, sonst packt mich Roman Wolter noch am Kragen und ich darf die Verzögerung der Bauarbeiten bezahlen. Ich habe das dringende Bedürfnis nach einer Dusche."

Die Leiterin der Polizeidirektion Hannover lächelte Tarek Neumann verständnisvoll zu. Nach einem kurzen Augenzwinkern drehte sie sich um und steuerte ihre mobile Befehlsstelle an.

Tarek bemühte sich derweil, seine uneingeschränkte Dienstfähigkeit wiederherzustellen. Er rief seine Mannschaft zusammen, teilte ihnen kurz die entsetzliche Entdeckung mit und sehnte sich nach einem Duschbad im Keller des LKA.

Kapitel 33

„Ihr kriminalistischer Spürsinn in allen Ehren, Herr Neumann, aber diese Vorstellung war äußerst suboptimal! Wie konnten Sie nur die Einsatzleitung an der Fundstelle der Leichen an die Leiterin der Polizeidirektion Hannover abgeben? Das war eine LKA-Lage, wir führen solche Angelegenheiten!"

Roman Wolter war sauer. Nicht nur, dass Johanna Holzapfel-Stahl alle Dienstwege umgangen hatte und ihn erst im Nachgang über den Einsatz auf dem Hanomag-Gelände informiert hatte, nein, sein EK-Leiter gab auch noch die gesamte Einsatzleitung in andere Hände - was für ein Gesichtsverlust für den Präsidenten des LKA!

Roman Wolter hatte Tarek Neumann zu einem dringenden Gespräch in sein Büro gebeten. So langsam schienen die Ermittlungen aus seiner Sicht aus dem Ruder zu laufen. Hier bedurfte es dringend einer ordnenden Hand.

Zu allem Überfluss hatte sich auch noch Staatsanwalt Schmückel angesagt. In etwa 10 Minuten würde dieser wutschnaubend hier auftauchen.

„Mensch Neumann, Sie haben doch gute Fortschritte erzielt. Warum gefährden Sie den Ermittlungserfolg durch ein so kurzsichtiges Handeln? Das ist Ihnen doch früher nicht passiert!"

Hörte Tarek da etwa einen Hauch von Menschlichkeit in Wolters Stimme?

Tatsächlich war Neumann von dem fürchterlichen Anblick der Leichen im Keller so beeindruckt, dass er kurzzeitig die Übersicht verloren hatte. So ein Fehler durfte einem erfahrenen Ermittler einfach nicht unterlaufen.

Tarek trat die Flucht nach vorne an.

„Herr Wolter, Sie haben vollkommen recht, ich habe einen Fehler gemacht. Ich bitte mein Verhalten zu entschuldigen."

Mit diesem Schuldeingeständnis hatte der Präsident des LKA nicht gerechnet. Von Neumann kam gar keine Trotzreaktion. Kein Verteidigungsreflex seines Gegenübers zwang Wolter, noch eine Schippe verbaler Disziplinierungen draufzulegen.

Neumann hatte sich schlicht und ergreifend entschuldigt. Er erkannte seinen Fehler.

„Ist schon in Ordnung Neumann, ich sehe, Sie zeigen sich einsichtig. Ich sehe keinen weiteren Handlungsbedarf."

An der fahrigen Ausdrucksweise seines Präsidenten konnte Tarek erkennen, dass Wolter es nicht gewohnt war, mit Entschuldigungen umzugehen.

„Hat sich eigentlich der Bauunternehmer beschwert, dieser … Grubenkamp?", wollte Tarek wissen.

„Dieser Herr ist mir persönlich bekannt und ich möchte mich nicht über diese Person unterhalten. Es reicht, wenn ich einmal im Monat meine kostbare Zeit mit diesem bemerkenswerten Charakter beim Mittagessen verbringen muss. Eine konfliktfreie Unterhaltung ist mit ihm selten möglich. Dabei lassen wir es bewenden!"

Upps, Volltreffer, Grubenkamp schien nicht gerade der bevorzugte Gesprächspartner von Wolter zu sein. Offensichtlich hatte er sich schon lautstark über das Verhalten der Ermittlungskommission auf der Baustelle beschwert.

Es klopfte.

„Draußen wartet Staatsanwalt Schmückel, Herr Präsident, soll ich ihn hereinbitten?", fragte die spindeldürre Vorzimmertippse mit den künstlichen Brüsten ihren Chef.

Wolter bat noch um fünf Minuten und schickte seine Angestellte hinaus.

„Noch etwas, Neumann. Staatsanwalt Schmückel ist nicht amüsiert über Ihre Alleingänge. Er bat um ein Sechsaugengespräch, damit wir ausloten können, wie die Zusammenarbeit zu optimieren ist. Man kann über den Herrn denken, was man will, aber er hat wirklich etwas auf dem Kasten und steht den Ermittlungen grundsätzlich positiv gegenüber. Lassen Sie sich von seinem weichen äußeren Erscheinungsbild nicht irritieren."

Neumann war sich ziemlich sicher, dass Schmückel ihn nicht irritieren konnte. Diese Schwuchtel passte wirklich nicht in sein Beuteschema.

Ohne Anklopfen platzte der Angesprochene in das Gespräch der beiden Beamten. Diethard Schmückel setzte sich ungebeten neben Tarek Neumann und fuhr den Präsidenten des LKA in voller Fahrt an.

„Herr Präsident, ich finde es ungeheuerlich, dass Ihre Mitarbeiter die Staatsanwaltschaft bei den Ermittlungen übergehen. Als letztes Beispiel dieses Blockversagens möchte ich an die Beschlagnahme der Baustelle erinnern, die ich nicht genehmigt habe! Ich habe von der Maßnahme erst im Nachgang erfahren. Und dann auch noch dieser Ausraster ihres EK-Leiters!"

Schmückel zeigte mit dem ausgestreckten Finger auf Hauptkommissar Tarek Neumann. Er redete sich regelrecht in Rage.

„Und dann schlägt dieser Mensch auch noch einen unbescholtenen Bürger bei einer Vernehmung krankenhausreif, der rein zufällig in das Fahndungsraster des LKA passt. Ich bin erzürnt!"

Neumann schüttelte vor Fassungslosigkeit seinen Kopf. Eigentlich müsste er diesen polizeifeindlichen Terrier übers Knie legen und gehörig versohlen. Er stellte sich gerade vor, wie dieser winselnde Weichling unter der Behandlung protestieren würde, als sein Präsident das Wort ergriff.

„Herr Schmückel, gestatten Sie mir, hier einiges klarzustellen. Ich habe mir die Aufzeichnung der kritischen Szene beim Verhör angesehen. Der unbescholtene Bürger, so wie Sie ihn genannt haben, ist Thorwald Strauss, ein einschlägig vorbestrafter Aktivist der rechtsradikalen Szene. Nach der plötzlichen Messerattacke hat Herr Neumann meines Erachtens in absoluter Notwehr gehandelt und Schlimmeres verhindert. Mit einem äußerst besonnenen Eingreifen hat er sich, seinen Kollegen und schließlich auch den Täter vor schweren Verletzungen bewahrt. Dies beweist unter anderem die Tatsache, dass Hauptkommissar Neumann den Angreifer lediglich geohrfeigt hat und den letzten Faustschlag nur andeutete und nicht ausführte."

„Für mich stellt sich das anders dar. Meine Aufgabe als Staatsanwalt ist es, die Maßnahmen der Polizei zu überprüfen, und ich sehe ein solches Verhalten als Unbeherrschtheit an. Ich habe bereits ein Verfahren wegen Körperverletzung im Amt gegen Ihren Star-Ermittler eingeleitet und werde den Fall gründlich prüfen. Die Staatsanwaltschaft ist …"

„… die Herrin des Verfahrens, verschonen Sie mich mit Ihren ewig stereotypen Textbausteinen, Schmückel, ich habe auch Jura studiert. Und mein Instinkt zeigt mir, dass übereifrige Staatsanwälte, die reflexartig bei jedem nebulösen Anscheinsverdacht ein Verfahren einleiten, sich ebenfalls strafbar machen könnten. Der Tatbestand der Verfolgung Unschuldiger ist Ihnen doch geläufig, oder?"

Schmückel wurde blass.

„Und Staatsanwälte, die kein Verfahren gegen Straftäter einleiten, die Polizisten angreifen, setzen sich dem Verdacht der Strafvereitelung im Amt aus, richtig?"

Schmückel rutschte auf seinem Stuhl etwas tiefer und glotzte ungläubig in Wolters Richtung. Die beiden Polizisten schienen sich gegen ihn verschworen zu haben.

„Ich sage Ihnen eins, Schmückel. Wir alle sind für den Bürger da. Wir arbeiten für den Schutz aller Menschen in diesem Land. Für persönliche Befindlichkeiten gibt es hierbei keinen Raum. Ich bin sicher, dass alle hier Anwesenden den Fall schnellstmöglich lösen und den Täter seiner gerechten Strafe zuführen wollen. Ich empfehle dringend, unsere Energien nicht in Verzögerungstaktiken münden zu lassen und uns die Zusammenarbeit nicht unnötig schwer zu machen. Ich bin mir mit der Leitenden Oberstaatsanwältin Helga Fallack, Ihrer Chefin Herr Schmückel, einig, dass wir alle an einem Strang ziehen. So, jetzt geben Sie sich die Hand und versuchen, die persönlichen Gräben zuzuschütten."

Entsetzt schaute der Staatsanwalt Tarek Neumann an. Dieser lächelte ein wenig diabolisch. Beim Handschlag würde er dem schwulen Terrier den Mittelhandknochen brechen, da war er sich sicher. Und Schmückel war sich dessen auch bewusst.

„Neumann, denken Sie daran, dieser Handschlag soll eine versöhnliche Geste werden und kein Duell der Muskelpakete."

Jetzt verlor Tarek sein Grinsen.

Mürrisch stand er auf und hielt Schmückel seine bis zur Erschlaffung entspannte Hand entgegen. Widerwillig schlug dieser ein.

„Ich gehe davon aus, dass es mit der Zusammenarbeit jetzt besser klappt", mahnte Wolter seine beiden Gäste.

„Können Sie Ihr selbst gestecktes Zeitfenster von drei Wochen halten, Neumann?"

„Selbstverständlich", entgegnete Tarek wortkarg, deutete eine Verbeugung an und verließ den Raum. Er hatte schon zu viel Zeit im Büro seines Chefs verbracht.

Am Abend telefonierte Tarek mit seiner Tochter Sarah. Die Lokalnachrichten hatten schon von dem Horrorfund auf dem Hanomag-Gelände berichtet.

Aufgrund der schrecklichen Ereignisse unternahm Tarek einen weiteren Versuch, seiner Tochter den Fototermin am Mittwoch auszureden.

„Papa, ich kriege nur diese eine Chance. Ich will das machen. Außerdem sind die Leichen doch schon weg. Und im Radio haben sie gesagt, dass die Kammerjäger den Ratten zu Dutzenden den Garaus gemacht haben. Es wird schon nichts passieren. Wenn ich erst einmal ein Portfolio mit schönen Fotos vorlegen kann, dann werde ich auch weitere Verträge bekommen. Aber ich muss das jetzt durchziehen, verstehst du?"

Tarek verstand nicht wirklich, akzeptierte aber die Entscheidung seiner Tochter. Ein kurzer Versuch, Andrea ans Telefon zu bekommen, scheiterte schon im Ansatz. Seine Exfrau wollte nichts mehr von ihm wissen.

Erklärend flüsterte Sarah ihrem Vater in die Ohrmuschel:

„Sie ist in letzter Zeit so flippig, irgendwie überdreht. Mama schimpft nicht einmal, wenn ich mein Zimmer nicht aufgeräumt habe. Ich glaube, das hängt mit ihrer Facharzt-Qualifikation zusammen. Sie wird nach der Prüfung bestimmt wieder normal. Aber zurzeit ist sie mir irgendwie ein bisschen unheimlich."

Tarek machte sich Sorgen. Andrea wird doch nicht etwa eine ähnliche Veränderung erleben, wie sie damals nach der Scheidung durchgemacht hatte? Bei ihm fing das Ganze auch mit dem übertriebenen Einsatz im Beruf an und setzte sich anschließend wie ein Krebsgeschwür in alle anderen Lebensbereiche fort.

„Du rufst mich an, wenn's schlimmer wird, Maus?"

Sarah versprach es.

Mit einem Küsschen durchs Telefon verabschiedete sich der besorgte Vater von seiner Tochter und wünschte ihr für den Fototermin alles Gute.

Kapitel 34

„Was für eine elende Sauerei!"

Tarek konnte es nicht fassen, was vor ihm auf sechs kalten Edelstahltischen aufgebahrt war.

„Warum ihr Christen immer Vergleiche mit diesen dreckigen, stinkenden Tieren anstellen müsst, ist mir ein Rätsel. Hier liegen Menschen, Tarek, Geschöpfe Gottes. Allerdings ist von ihnen nicht mehr viel Menschliches übrig geblieben", sinnierte Youssef Muhammad Al Navid und konnte es nicht unterlassen, Tarek einen kleinen Seitenhieb auf seine Weltanschauung zu verpassen.

„Hier liegen Leichen, Youssi, die hässliche Hülle, die übrig bleibt, wenn die Seele eines Menschen den Körper verlassen hat. Und egal, ob diese armen Individuen an den lieben Gott oder Allah geglaubt haben, am Ende des letzten Weges wird jeder Mensch vor der Tür einer übergeordneten Instanz stehen und um Einlass bitten. Und dann werden wir sehen, ob nicht beide Wege in dieselbe Richtung führen."

Tareks philosophische Worte beendeten den herannahenden Streit einer metaphysischen Grundsatzdiskussion. Hier ging es um mehr.

Sechs teilweise bis zur Unkenntlichkeit entstellte Leichen lagen auf eiskalten Edelstahltischen feinsäuberlich aufgereiht in der Pathologie der Medizinischen Hochschule. Nachdem die Spurensicherung der Tatortgruppe vom LKA ihre ekelerregende Arbeit beendet hatte, warteten drei Bestattungsunternehmer in spezieller Schutzkleidung auf ihren Einsatz. Aus einem Knäuel in sich verschlungener, miteinander verklebter und verkrusteter, menschlicher Biomasse versuchten die Spezialisten des Todes eine Ordnung zu erkennen und die jeweiligen Leichen in ganzen Stücken aus diesem Geflecht herauszuschälen.

Selbst für so erfahrene Totengräber war diese Aufgabe eine echte Herausforderung. Mehrmals mussten die Unternehmer des Todes ihre Arbeit unterbrechen, um draußen ein wenig Luft zu schnappen und den widerwärtigen Anblick ein wenig zu verarbeiten.

Nachdem sie die menschlichen Überbleibsel in Plastiksäcken verpackt hatten, ging es direkt zur Pathologie der MHH. Die Toten wurden behutsam auf die Rollauszüge der Kühlschränke gelegt und, so wie sie waren, eiskalt eingelagert.

Youssi hatte darum gebeten, die Toten wenigstens eine Nacht lang durchzukühlen, damit die Untersuchung am nächsten Morgen in einer einigermaßen zu ertragenden Luftatmosphäre stattfinden konnte.

Jetzt, am Dienstagmorgen, konnte die gewöhnungsbedürftige Prozedur vonstatten gehen.

Jede Leiche wurde in einem Standardverfahren fotografiert, gemessen, gewogen, mikrobiologisch, serologisch und daktyloskopisch untersucht und anschließend gewaschen. Stundenlang diktierte der persische Wissenschaftler Aneinanderreihungen medizinischer Fachbegriffe in den MP3-Recorder. Beim Drehen und Wenden der Toten ließ er sich von einem Medizinstudenten helfen, der etwas zu emsig und beinahe hyperaktiv jeder Anweisung des erfahrenen Forensikers folgte und sie unverzüglich ausführte.

Tarek nahm sich die Zeit und schaute seinem persischen Kollegen über die Schulter. Er wollte den Opfern nahe sein, wollte wissen, welche Drangsal sie erfahren hatten und welche Ängste sie ausstehen mussten. Er wollte ein Gefühl dafür bekommen, welche Gräuel er dem Tatverdächtigen vorwerfen konnte, mit welchen Fakten er ihn konfrontieren würde.

Zum Glück hatten die Kollegen der SpuSi alle Leichen bereits mit Folien abgeklebt, sodass die undankbare Aufgabe der Sicherung von Faser- und Sekretspuren nicht an dem Wissenschaftler des KTI hängen blieb.

Youssef hatte keine guten Erinnerungen an den letzten Mordfall, bei dem die Untersuchung einer Wasserleiche anstand.

Jedes Mal, wenn er eine Klebefolie ansetzte und sie wieder entfernte, riss er darunterliegende Hautschichten ab und die Leiche wurde förmlich geschält. Sosehr ihn sein Wissensdurst antrieb, auf diese Art Anblick konnte er dankend verzichten.

Nach beinahe vier Stunden Arbeit lagen alle Mordopfer friedlich und sauber auf silbernen Edelstahltischen. Sie warteten auf die letzte Begutachtung.

„Kein schöner Anblick, trotz all der Mühe, die wir hineingesteckt haben. Welches Untier macht so eine Sauerei!"

Jetzt war auch Youssi dieses Schimpfwort aus dem Reich der ungepflegten Nutztiere entfleucht. Tarek würdigte den Fauxpas seines persischen Kollegen mit genugtuenden Blicken.

Als erste Einschätzung gab Youssef Gemeinsamkeiten, die alle Toten aufwiesen, dem aufmerksam lauschenden Leiter der EK Blut zur Kenntnis.

„Alle Opfer wurden mittels stumpfer Gewalt erschlagen. Bei allen ist die Schädeldecke mit einem harten Gegenstand vertikal von oben zertrümmert worden. Diese Verletzung war in allen Fällen todesursächlich. Es wurde nur ein Schlag benötigt. Die Schädelfrakturen weisen im Zentrum eine Vielzahl kleiner Knochensplitter auf. Zum Rand der letalen Verletzungen hin vergrößern sich die Bruchstücke. Wir haben bei keiner Leiche zwei Einschläge gefunden.

Als weitere Gemeinsamkeit verfügen alle Toten über einen langen, tiefen Schnitt an der rechten Halsseite. Die Halsschlagadern wurden in allen Fällen durchtrennt, das darunterliegende Gewebe in einer geraden Linie zwischen Wirbelsäule und Kehlkopf zerschnitten. Die Folge waren Sturzblutungen, die zu einer spontanen Entleerung der Blutgefäße geführt haben. In liegender oder Kopfüber-Position kann das zum vollständigen Ausbluten führen, ähnlich wie bei einem geschächteten Lamm. Der Täter hat immer auf dieselbe Weise und mit derselben Intensität zugeschlagen. Er arbeitete außerordentlich präzise. Das stereotype Verletzungsmuster weist auf eine jahrelange Routine in diesen Bewegungsabläufen hin."

„Warum lässt der Mörder seine Opfer ausbluten, was hat er davon, Youssi?"

Tarek konnte keinen Sinn in der irrationalen Handlungsweise des Täters erkennen.

„Ganz schlüssig kann ich dir das auch nicht beantworten, Tarek. Möglicherweise handelt er im Blutrausch, genießt den Anblick des Lebenssaftes und wird vielleicht in irgendeiner Art und Weise erregt. Da sich die Taten aber alle nachts bei Dunkelheit abgespielt haben, halte ich diesen Beweggrund für unwahrscheinlich. Vielmehr glaube ich, dass er auf der fahlweißen Haut der ausgebluteten Körper einen stärkeren Farbkontrast zu den Tattoos sehen konnte, als dies ohne Ausbluten der Fall gewesen wäre. Vielleicht wollte er aber auch nur seinen Transporter nicht unnötig verschmutzen. Blutflecke lassen sich aus dem Riffelmetall der Ladeflächen sehr schwer entfernen."

Youssi gab Tarek diese erschreckenden Fakten mit einer beängstigenden Lässigkeit wieder. Für Al Navid war die Aufzählung solch furchtbarer Tatfolgen längst zum Alltagsgeschäft geworden. Trotzdem konnte er eine gewisse Bewunderung für die Exaktheit der Tötungsabläufe nicht verbergen - aus rein wissenschaftlicher Sicht natürlich.

Ergänzend fuhr er fort:

„Wir haben letzte Blutreste in den Beckenbereichen der Toten gefunden. Ob die verbleibende Menge, die wir in den Tiefen der Hüften gefunden haben, für eine vollständige Analyse ausreicht, wird sich zeigen.

Weiterhin vermissen wir bei allen Toten diverse Hautpartien. Dem hier zum Beispiel", Youssi drehte eine Leiche um und legte sie auf die Seite, „ist die gesamte Rückenpartie entfernt worden."

Tarek schaute auf einen zerfransten, rechteckigen Hautrand, in dessen Innern er Adern und rohes Fleisch entdecken konnte.

„Hier fehlt mal eine Hautpartie am Oberschenkel, dort eine am Unterarm, und bei diesem hier ist es nur eine kleine Fläche am Fußgelenk."

Youssi packte den Fuß einer anderen Leiche und drehte ihn ruppig um.

Tarek starrte entsetzt auf die fein säuberlich herausgeschnittene Hautstelle. Unwillkürlich musste er an den Anblick des Fußgelenks beim Kaffeetrinken mit seiner Tochter in dem amerikanischen Schnellrestaurant denken.

Sarah hatte sich an genau derselben Stelle einen kleinen Schmetterling als Tattoo stechen lassen. Jetzt klaffte bei diesem armen toten Obdachlosen ein längliches Loch in Form eines Rechtecks. Tarek erinnerte es an die Maße jenes Handy-Etuis, das er dem Kürschner Lambertz zur Anfertigung eines Gutachtens kurzzeitig überlassen hatte.

„Die Ausfransungen, die du hier siehst, Tarek, stammen von dem Tierfraß im Keller. Nachdem die Leichen abgelegt wurden, haben sich vor allem Ratten über die Körper hergemacht und teilweise ganze Muskelpartien fein säuberlich abgenagt. Die kleinen Löcher im Gewebe stammen vom Insektenbefall."

Youssi zeigte mit dem Finger auf die entsprechenden Hautpartien.

„Der Tierfraß führte dazu, dass die Körper schneller ausgetrocknet sind, als es bei dem Milieu im Keller zu erwarten war. Deswegen ist es innerhalb weniger Tage zu Teil-Skelettierungen gekommen, die ein ganz entsetzliches Aussehen der Leichen verursachten."

„Kannst du etwas zum Todeszeitpunkt der Opfer sagen?", wollte Tarek wissen.

„Der hier", Youssef zeigte wieder auf den Toten mit der entfernten Hautpartie am Fußgelenk, „dürfte das älteste Opfer sein. Nach dem Zustand der noch verbliebenen Haut und den Eintrocknungen an Mund, Augen, Nase und Anus sowie dem Entwicklungsstadium der Maden, die wir entfernt haben, tippe ich auf eine Liegezeit von etwa zweieinhalb Wochen. Einen genaueren Zeitpunkt kann ich dir erst nach Abschluss unserer Analysen nennen."

Tarek stutzte.

Vor zweieinhalb Wochen war die erste Blutlache in der Passerelle gefunden worden.

Youssi war wirklich ein ganz brillanter Wissenschaftler.

„Wer könnte so etwas gemacht haben, Youssi?"

Tarek wollte die Bestätigung seines Tatverdachts gegen Thorwald Strauss aus dem Munde eines Wissenschaftlers hören.

„Wenn ich den Tierfraß einmal ausblende und mich auf den vermuteten Zustand der Leichen direkt nach Tatbegehung konzentriere, dann muss der Täter sehr stark gewesen sein, jahrelange Routine im Ungang mit seiner Mordwaffe haben und darin geübt sein, Lebewesen zu häuten", erklärte Youssef.

„Gehen wir mal davon aus, dass er nicht jeden Tag Menschen zerlegt, sondern Tiere, käme dann ein Schlachter infrage, der früher einmal in Kanada Robben gejagt hat?"

Tarek sistierte den persischen Wissenschaftler in seine Verdachtsrichtung.

„Ja, Tarek, das ist vorstellbar. Aber versteif dich nicht nur auf einen Schlachter. Ich gebe dir zwar recht, was die Robbenjagd angeht, aber die Haut könnte jeder, der aus irgendeinem Grunde mit einem scharfen Messer gut umgehen kann, in dieser Art abgezogen haben. Neben einem Schlachter kämen da noch Jäger, Soldaten, Kürschner und diese kranken Aktionskünstler in Frage. Du weißt schon, diese Typen, die mit Tierkadavern solche makabren Installationen fabrizieren und das Ganze Kunstwerk nennen."

Tarek war jetzt fast genauso schlau wie am Anfang. Selbst Lambertz hatte unter entsprechenden Vorbehalten seinen eigenen Berufsstand als zutreffendes Handwerk für die Weiterverarbeitung von Menschenhaut angegeben. Hoffentlich würde Strauss die Vorladung zu einer erneuten Vernehmung akzeptieren.

Die Observation des MEK hatte immer noch keine greifbaren Erkenntnisse gebracht, die den vagen Tatverdacht konkretisierten.

Tarek hatte genug von der Atmosphäre in der Pathologie. Es war schon drei Uhr nachmittags, Zeit, um sich im Büro blicken zu lassen.

Als er durch die Glastür die Räumlichkeiten der EK Blut betrat, sah er, wie Nina Kranz und Ralf Schulz gerade jemanden in dem Büro nebenan vernahmen. Es schien sich um Thorwald Strauss zu handeln. Ihn begleitete offensichtlich ein Rechtsbeistand. Ein gediegen wirkender Herr im braunen Anzug verfolgte das Schauspiel und schien sich hin und wieder in das Gespräch einzumischen.

Tareks Blick wanderte in die Richtung seines Büros. Er traute seinen Augen kaum. Als stiller Zeuge des Verhörs schaute Staatsanwalt Schmückel durch die Glasfenster in das Vernehmungsbüro. Er schien das Geschehen äußerst interessiert zu verfolgen. In einem ersten Anflug von Wut kreuzte Branka Markgraf in einem aufsehenerregenden Wickelkleid seinen Weg. Ihr wohlgeformter Körper wurde von den Windungen der eng anliegenden Textilfaser äußerst geschmackvoll abgebildet. Tareks Blicke wanderten von den Hüften aufwärts, taxierten den prachtvollen Busen und hefteten sich kurz danach an ihren erotischen Blick.

Im Nu raffte sich Tarek zusammen, sammelte sich und versuchte, möglichst unschuldig dreinzuschauen. Branka entlarvte seine wortlose Naschattacke mit einem durchdringenden Blick aus ihren von regenbogenfarbenen Lidschatten umrahmten, ausdrucksstarken Augen.

„Was macht denn der Clown hier?“, fragte er ablenkend seine vollschlanke Kollegin.

„Schmückel wollte unbedingt in dein Büro, um die Vernehmung zu überwachen, wie er sich ausdrückte. Nina und Ralf haben dem widerwillig zugestimmt, nachdem der Staatsanwalt die übergeordnete Stellung seiner Person mit Nachdruck hervorhob. Von uns hatte keiner den Mut, ihn rauszuschmeißen."

„Schade, dass ich nicht hier war. Aber was nicht ist, kann ja noch werden."

Tarek meinte damit den angesprochenen Rausschmiss. Leider musste er sich nach der Ansprache vom Präsidenten des LKA etwas zusammenreißen, was die Arbeitskontakte mit Staatsanwalt Schmückel anging.

Tarek öffnete die Tür und begrüßte den Bürobesatzer mit aufgesetzter Höflichkeit.

„Herzlich willkommen, mein lieber Staatsanwalt Schmückel. Ich hoffe, Sie haben es sich in meinem Büro so richtig gemütlich gemacht. Darf ich Ihnen einen Kaffee anbieten oder vielleicht lieber ein Kanapee mit einem süffigen Prosecco und Erdbeeren auf Eis – und danach drehe ich Ihnen den Hals um, wenn Sie nicht sofort Ihre Schuhe von meinem Schreibtisch nehmen!"

Den letzten Halbsatz zischte Hauptkommissar Neumann durch seine zusammengepressten Lippen und strafte sein Gegenüber mit verachtenden Blicken.

„Das habe ich gehört, Neumann, Sie drohen mir schon wieder? War Ihnen die Zurechtweisung Ihres Chefs nicht genug? Muss ich noch ein Strafverfahren wegen Bedrohung gegen Sie einleiten, Sie Unhold?", keifte der ertappte Störenfried dem rechtmäßigen Inhaber des Büros entgegen.

„Schmückel, das ist keine Bedrohung. Das ist ein Versprechen. Und wenn Ihnen Ihre körperliche Unversehrtheit lieb und teuer ist, tun Sie, was ich sage. Also: Füße runter!"

Tarek war sauer. Was bildete sich dieser gepuderte Wicht eigentlich ein?

Seine Ansprache hatte Erfolg. Nach seinem lautstarken Missfallen sprang Schmückel wie von der Tarantel gestochen auf und zupfte sich sein silbernes Sakko mit dem dunkelrosa T-Shirt zurecht.

„Ich verzichte darauf, Ihnen die Hand zu geben. Ich möchte nicht, dass Sie vor mir noch in die Knie gehen. Die Kollegen könnten sonst meinen, etwas Verfängliches zu beobachten."

„Sie sind überhaupt nicht mein Typ, Sie Großmaul! Ich stehe auf Männer mit Niveau, wenn Sie wissen, was ich meine."

Jetzt war es endlich raus. Schmückel war schwul. Warum nicht gleich so? Jetzt, wo die Fronten ein weiteres Mal geklärt waren, wurde Tarek sachlich.

„Also Schmückel, nach Ihrem Comingout können wir, glaub ich, endlich sachlich an diesen Fall herangehen. Wer ist der Begleiter unseres Verdächtigen, der der Vernehmung so interessiert beiwohnt?"

Schmückel war sichtlich irritiert von Tareks plötzlichem Stimmungswechsel. Misstrauisch beäugte er den Leiter der EK Blut. Nach einer kurzen Pause gab Schmückel sein Wissen preis.

„Bei dem Begleiter handelt es sich um den Rechtsanwalt Cord Hahler, einen in rechtsradikalen Kreisen bekannten und geschätzten Advokaten. Er verfügt über profunde Rechtskenntnisse. Er ist es gewohnt, eine Konfliktverteidigung aufzubauen und das Gericht mit zahllosen, irrwitzigen Anträgen zu überschütten, um seine Klienten freizubekommen. Ein wirklich schwieriger Fall."

Tarek konnte kaum glauben, dass Schmückel mit ihm vier Sätze gesprochen hatte, ohne belehrend zu wirken. Vielleicht war das der Beginn einer konstruktiven Zusammenarbeit – auf fachlicher Ebene, versteht sich!

Tarek bot Schmückel den Platz neben seinem Chefsessel an. Beide verfolgten aufmerksam die weitere Vernehmung. Tarek wollte sich in die Befragung nicht einmischen. Er befürchtete aufgrund seiner emotionellen Betroffenheit, dem Verdächtigen abermals eine Tracht Prügel zu verpassen. Diese Blöße wollte er auf gar keinen Fall noch einmal zeigen.

Nach weiteren zwanzig Minuten schien die Vernehmung beendet. Thorwald Strauss unterschrieb nach eingehender Beratung durch seinen Rechtsanwalt das Vernehmungsprotokoll und verließ unbeeindruckt das Büro.

Tarek stand auf und wollte gerade seine Kollegen interviewen, als Strauss seine Anwesenheit wahrnahm und sich demonstrativ vor ihm aufbaute. Trotz dieses Verhaltens konnte Tarek auf den Verdächtigen herabblicken.

„Nächstes Mal gewinne ich, versprochen!"

Rechtsanwalt Hahler zog seinen Klienten beiseite, Schlimmeres verhindernd.

Tarek unterdrückte ein kurzes Aufflammen seiner Wut und ging zu seinen Kollegen in das Vernehmungsbüro. Schmückel folgte ihm auf dem Fuße.

„Und?", Tarek erkundigte sich nach dem Ergebnis der Vernehmung.

„Nichts", antwortete Nina enttäuscht. Ralf nickte zustimmend.

„Strauss hat einen beinahe lückenlosen Nachweis über seine Tagesabläufe der letzten zwei Wochen abgegeben. Wir haben die Namen von zig Zeugen erhalten, die alle steif und fest behaupten, dass er dies oder jenes mit ihnen zusammen unternommen hatte. Ein ganzes Bündel an eidesstattlichen Versicherungen wurde uns von seinem Anwalt übergeben. Weiterhin ist die Observation vom MEK aufgeflogen. Rechtsanwalt Hahler wollte unbedingt die richterliche Anordnung über die längerfristige Observation seines Mandanten sehen …"

„Sehen Sie, Neumann, das habe ich Ihnen doch gesagt", unterbrach Schmückel den Vortrag von Nina Kranz.

„Wenn Sie mit mir von Anfang an vernünftig zusammengearbeitet hätten, dann wäre Ihrer Ermittlungskommission eine solche Peinlichkeit erspart geblieben. Jetzt lacht der Verdächtige über die Polizei."

Tarek gab es nicht gerne zu, aber Staatsanwalt Schmückel hatte ausnahmsweise einmal recht. Seine persönliche Abneigung gegen den Vertreter der Anklage hatte seine Sinne getrübt und zu handwerklichen Fehlern geführt. Die Auswirkung lag jetzt vor ihnen – das unterschriebene Vernehmungsprotokoll war somit Thorwald Strauss' Schutzbrief gegen eine Festnahme als Tatverdächtiger.

Ohne Hauptkommissar Neumann die Hand zu schütteln, verabschiedete sich Diethard Schmückel frustriert von den Ermittlern.

„Tarek, ich sag' es nicht gerne. Aber ich habe auch meine Zweifel an der Täterschaft des Neonazis", mischte sich Ralf Schulz in die Unterhaltung ein.

„Wie du weißt, habe ich den Täter nachts während der Observation gesehen. Und diese Figur war deutlich größer und stärker als diese Sparausgabe eines einfältigen Hooligans, die gerade eben vor mir saß."

Tarek war enttäuscht.

Er hatte sich so inständig gewünscht, dass der Terrier aus der rechten Ecke nach den Grundsätzen des Schweinehundprinzips der Mörder war. Nun wurde er eines Besseren belehrt.

Tarek rief seine Truppe zu einem Abgleich der Ergebnisse zusammen. Am Ende des Tages füllte sich das Spinnennetz auf der Tafel unter der Rubrik „Opfer“ mit den gefundenen Toten und allen anderen Fakten, die gestern und heute ermittelt wurden.

Nachdenklich strich er den Namen Thorwald Strauss unter der Rubrik „Täter“.

Enttäuscht ließ er den Stift fallen und beendete für den heutigen Tag seine Arbeit.

Kapitel 35

Tarek hatte miserabel geschlafen.

Die intensiven Eindrücke der Leichenschau in der Pathologie verfolgten ihn in seinen Träumen. Die Gesichter der Toten versuchten mit ihm zu sprechen. Wie in einem Horrorfilm kamen die Leichen auf ihn zu und bewegten ihre abgenagten Gliedmaßen unaufhaltsam in seine Richtung. Die zum Teil skelettierten Gesichter drängten auf ihn ein und schrien ihn an.

„Warum hast du das nicht verhindert, Tarek, warum hast du den Mörder noch nicht gefasst?"

Irritierende Sequenzen huschten schlaglichtartig durch diese Szenerie.

Seine Tochter trug einen Pelzmantel und zeigte Lambertz ihr Tattoo. Der Kürschner holte ein Skalpell und schnitt seiner hysterisch lachenden Tochter die Hautpartie aus dem Fleisch. Seine Exfrau Andrea irrte durch den Traum und stellte Tarek immer wieder zur Rede „Warum hast du es so weit kommen lassen, warum hast du versagt?"

Und über alledem wachte ein kleiner, tuntiger Staatsanwalt namens Schmückel, zeigte mit dem ausgestreckten Finger auf ihn und lachte ihn schrill aus – immer wieder, immer lauter.

Die ganze Nacht kreisten seine Gedanken um die missglückte Ermittlungsarbeit und den grauenhaften Anblick, der sich ihm im Keller der Maschinenhalle vom Hanomag-Gelände bot – was für ein Alptraum.

Schweißgebadet wachte er auf. Es war vier Uhr morgens. Nach diesem aufrüttelnden Traum war er froh, wach zu sein. Einschlafen wollte er nicht mehr.

Wie ein Tiger im Käfig schlich er durch seine Wohnung und versuchte, einen klaren Gedanken zu fassen.

Heute war Mittwoch, der 26. Oktober.

Hatte er nicht großspurig dem Präsidenten des LKA erzählt, dass er den Fall in spätestens drei Wochen gelöst habe?

Diese von ihm selbst gesetzte Frist lief in zwölf Tagen ab. Und das entscheidende Detail fehlte: Wer war der Mörder?

Hatte sich der Weg zu Thorwald Strauss mittlerweile als Trugspur erwiesen, stand seine Kommission bei der Suche nach dem Mörder wieder am Anfang der Ermittlungen.

Tarek haderte mit sich und den Umständen.

Hatte ihn Brankas Internetrecherche zu sehr beeinflusst?

Hatte er sich zu stark auf die Robbenjäger beschränkt?

Was wäre, wenn diese Mordserie von einem völlig Unbekannten verübt wurde, der sich nicht in Internet-Foren tummelte, aus lauter Spaß an der Freude tötete und bei dieser Gelegenheit seinen Opfern die Haut abzog?

Und woher wusste der Mörder, dass seine ausgewählten Opfer überhaupt ein Tattoo trugen?

In der Pathologie lagen sechs Leichen. Alle trugen höchstwahrscheinlich Tattoos auf der Haut. Diesen Schluss ließ zumindest die Deutung der entfernten Hautpartien zu.

Aber woher wusste der Täter das?

Es musste also eine Verbindung zwischen dem Wissen über die Tattoos der Opfer und dem Ansinnen des Mörders geben, diese Tattoos gewinnbringend als Modeaccessoire zu verarbeiten.

Tarek hielt es für unwahrscheinlich, dass der Mörder seine Opfer zuvor im nackten Zustand ansehen konnte. Es musste also eine andere Verbindung geben.

Tarek brummte vom vielen Nachdenken der Schädel.

Kurz entschlossen zog er seine Joggingklamotten über, schnappte sich sein Fahrrad und radelte in Richtung Eiswald, dem Startpunkt seiner Laufstrecke.

„Laufen macht den Kopf frei, durchflutet die Sinne, entspannt den Geist“, motivierte sich Hauptkommissar Neumann, als er um halb sechs die ersten Meter im lockeren Tempo anging.

Sein Blick konnte nur die Lichtquellen der spärlichen Straßenbeleuchtung und das Streulicht der Pkws nutzen.

Gedankenversunken trabte er vor sich hin, als er plötzlich mitten auf dem Weg auf matschigem Laub, das mitten auf dem Weg lag, ausrutschte. In der Dunkelheit hatte er die Stolperfalle nicht wahrgenommen.

Mit einem langen Ausfallschritt versuchte er, einem bevorstehenden Sturz auszuweichen. Seine Füße verloren die Bodenhaftung und knickten zur Seite um. In einer rotierenden Kreisbewegung folgte sein Oberkörper der Schwerkraft und schlug mit der rechten Schulter schmerzhaft auf dem Asphalt auf.

Tarek hatte nicht wirklich mitbekommen, was geschehen war. Als er schon rücklings auf dem Boden lag, trennten sich gerade seine Gedanken über den Fall von den kalten Wahrnehmungen der Realität.

Ein dumpfer Schmerz machte sich in seinem Schultergelenk breit und entlockte ihm ein spontanes Stöhnen.

Dieses Malheur hatte ihm zu seinem Glück noch gefehlt.

Nachdem sich Tarek gesammelt hatte, rappelte er sich fluchend wieder auf.

Der Schmerz in seiner Schulter beeindruckte ihn so sehr, dass er den Entschluss fasste, das Lauftraining für den heutigen Tag abzubrechen.

Etwas zerbeult und humpelnd kehrte er zu seinem Fahrrad zurück und radelte vorsichtig in Richtung Heimat.

In seiner Wohnung angekommen, betrachtete er seine dumpfe Verletzung im Badezimmerspiegel. Seine rechte Schulter war am Ansatz zum Arm gerötet, die oberen Hautschichten lösten sich in durchsichtigen Fäden von dem darunterliegenden Muskelpaket. Ein blauer Schatten lief von der Rötung nach vorn zum Schlüsselbein und setzte seine Reise als violetter Schleier in Richtung Achselhöhle fort.

„Da hast du dir aber eine schöne Macke beigebracht, Tarek! Und das ausgerechnet jetzt, wo die Ermittlungen eine neue Richtung nehmen müssen. Bravo!"

Eine Mischung aus Wut, Enttäuschung und Fassungslosigkeit überkam den Leiter der EK Blut. Er rieb sich die schmerzende Stelle mit einem kühlenden Sportgel ein, ließ das Ganze ein wenig eintrocknen und zog sich seinen zweitbesten Anzug an. Den besten hatte er nach seinem Aufenthalt im Keller der alten Maschinenhalle auf dem Hanomag-Gelände entsorgen müssen. Das Prachtstück war von dem Dreck und der unrechtmäßigen Nutzung eines vorwitzigen Nagers als Abort dermaßen in Mitleidenschaft gezogen worden, dass die Reinigung vor dem Ausmaß der Verschmutzungen kapitulieren musste.

Prellung, Stauchung oder beides, Tarek wusste es nicht so genau. Die Schramme schränkte die Beweglichkeit seines Oberkörpers doch etwas ein. Selbst das

Ankleiden wurde zu einer gymnastischen Herausforderung. Mit ein bisschen Überwindung und Zähne zusammenbeißen nahm Tarek auch diese Hürde und machte sich nach einem schnellen Frühstück auf den Weg in die Dienststelle.

Am Mittwochmorgen schien die Luft ein bisschen raus zu sein. Hauptkommissar Neumann spürte die Demotivation seiner Kollegen deutlich. Um den Durchhänger nicht zum Problem werden zu lassen, versammelte er pünktlich um acht Uhr seine Truppe in der Zentrale um sich.

Mit nachdenklichem Blick schritt er langsam in Richtung der weißen Tafel. Er betrachtete die Aufzeichnungen einige Zeit lang, drehte sich zu den Kollegen um und begann beinahe beschwörend den Ermittlungen neuen Schwung zu geben.

„Unser Spinnennetz, das wir hier angezeichnet haben, ist nur die Idee eines Erklärungsansatzes."

Tarek spreizte die Finger seiner rechten Hand und wollte gerade symbolträchtig über die Tafel streichen, als ihm ein stechender Schmerz in seine Schulter fuhr. Vor dem unangenehmen Gefühl zurückweichend, ließ er seinen Arm sinken und setzte seinen Vortrag ohne aktivierende Gestik fort.

„Ich habe das Gefühl, dass wir uns zu sehr auf den verdächtigen Hooligan und die Ergebnisse der Internetrecherche konzentriert haben. Vielleicht hätten wir unsere Suche nach dem Täter breiter anlegen und nach Verdächtigen suchen sollen, die entweder bereits in Erscheinung getreten sind oder deren Merkmale tief greifender analysiert werden müssten."

Die Mitglieder der Ermittlungskommission warfen ihrem Chef fragende Blicke zu.

„Die ergänzenden DNA-Ergebnisse aus dem KTI werden noch ein paar Tage auf sich warten lassen. Daher müssen wir uns auf die Fakten konzentrieren, die uns jetzt, zu diesem Zeitpunkt, vorliegen."

Tarek schaute in die Runde und hoffte, auf das eine oder andere zustimmende Nicken der Kollegen zu stoßen. Ihre Blicke verharrten jedoch regungslos auf den Lippen ihres EK-Leiters.

Tarek wurde konkreter.

„Ralf, du bist der Einzige, der den Täter unter verschiedenen Bedingungen über einen längeren Zeitraum hinaus gesehen hat, richtig?"

„Zumindest, was den eigenen Alkoholpegel angeht, ja", ergänzte Ralf Schulz in Anspielung auf die alkoholisierten Zeugen, von denen nur Viktor Friesen eine brauchbare Aussage abgeben konnte. Andere Zeugen gab es nicht oder konnten nicht ermittelt werden.

„Du wirst dich nach unserer Besprechung unverzüglich zum Erkennungsdienst begeben. Die Kollegen sollen mit dir die Stelle in der Eilenriede aufsuchen, an der du den Täter das erste Mal gesehen hast. Ich erwarte, dass du zusammen mit den Kollegen die Szene nachstellst und deine Eindrücke von der fraglichen Nacht detailgetreu rekonstruierst. Mithilfe perspektivischer Lasermessungen werden die Kollegen die Fragen nach Größe, Gewicht und Umriss des Täters beantworten können. Gehe bitte jeden Meter ab, beschreibe jede Einzelheit und versuche, eine möglichst genaue Beschreibung des Täters abzuliefern. Vielleicht kommen wir dann ein bisschen weiter."

Ralf nickte andächtig in Tareks Richtung und signalisierte Zustimmung.

„Jana, du gehst bitte alle Computerdateien unserer bekannten Kriminellen durch, die für so ein Delikt gut sein könnten. Check ab, ob es Parallelen zu anderen Mordfällen in den letzten fünf Jahren gegeben hat. Überprüfe die Haftentlassungen der letzten Zeit und setz dich mit den Kontaktbeamten in Verbindung. Ich will, dass jedem auch noch so vagen Verdacht nachgegangen wird."

„Wir können ja die hannoverschen Zulassungen der Mercedes-Benz Hochdach Transporter überprüfen", schlugen die beiden Lauterbach-Zwillinge vor.

Tarek konnte seinen Ohren kaum trauen. Eigentlich hielt er die beiden Angestellten für antriebsarme Faulpelze. Dankend nahm er ihr Angebot an.

Es kam Bewegung in die Sache.

Kevin Nolte bekam den Auftrag, sich mit den Mobilfunk-Providern in Verbindung zu setzten. Vielleicht gab es die eine oder andere Handy-Nummer, mit der während der Tatzeiten an den Tatorten telefoniert worden war. Möglicherweise ergaben sich über die Anschlussinhaber Hinweise auf weitere Tatverdächtige oder zumindest Zeugen, derer man noch nicht habhaft geworden war.

Tore Johansson und Nina Kranz übertrug Tarek die Sisyphusaufgabe, alle Waffenhändler und Outdoor-Geschäfte Hannovers nach Hinweisen über den Erwerb von Eispickeln oder Hakapiks abzuklappern. Vielleicht erhielten die Ermittler über diesen Weg Verbindungen ins Tatverdächtigen-Milieu.

Als Letztes widmete sich Tarek dem Vollweib Branka Markgraf. Ihre leuchtenden smaragdgrünen Augen funkelten Tarek erwartungsvoll an.

Branka sollte ihre Internetrecherchen auf szenetypische Foren für makabre Modeaccessoires, Totenkulte sowie Plattformen für Okkultismus- und Voodooanhänger erweitern. Möglicherweise erhielten die Ermittlungen über diesen fantasievollen Weg neue Impulse.

Nachdem Branka vielsagend mit ihren ausdrucksstarken Augen gerollt hatte, machten sich alle an die Arbeit.

Tarek selbst zog sich in sein Büro zurück und arbeitete die Ermittlungsakten Stück für Stück, Detail für Detail erneut durch. Vielleicht hatte er in seinem Drang nach einer frühzeitigen Aufklärung des Falls die entscheidende Information überlesen oder nicht richtig bewertet.

So zähflüssig, wie dieser Tag begonnen hatte, zog er sich hin. Tarek brummte der Schädel, das ganze Aktenstudium schien zu keinen neuen Erkenntnissen geführt zu haben und die Kollegen hatten alle Hände voll zu tun, ihre umfangreichen Aufträge abzuarbeiten.

Es war 15:30 Uhr, halb vier. An diesem Mittwoch waren keine Fortschritte in den Ermittlungen zu erwarten.

Als Tarek sich gerade überlegte, den Tag entspannt ausklingen zu lassen, fiel ihm siedend heiß ein, dass er Sarah versprochen hatte, beim Fototermin auf dem Hanomag-Gelände dabei zu sein.

Bis 17:00 Uhr hatte er noch ein bisschen Zeit.

Tarek entschied sich, dem Kürschner Lambertz noch einen überraschenden Besuch abzustatten.

Kurz vor vier klopfte er an die Ladentür des Pelzateliers Lambertz in der Georgstraße. Niemand öffnete, im Geschäft schien alles dunkel zu sein.

Als Tarek gerade gehen wollte, erkannte er aus dem Augenwinkel ein kleines Messingschild, das neben dem Eingang über dem Briefkasten angebracht war.

„Mittwochnachmittag geschlossen", stand dort in verschnörkelten, kleinen Lettern, ganz so, wie es sich für edle Luxusläden gehörte.

Einen Moment lang verharrte Hauptkommissar Neumann vor dem Schild. Er konnte das in ihm aufsteigende Gefühl nicht genau deuten, aber irgendetwas zog ihn magisch an.

Tarek ging um das Gebäude herum. Sein Weg führte ihn in eine Nebenstraße. Beim letzten Besuch hatte er ein paar Mercedes-Sprinter Hochdachtransporter in einem Innenhof gesehen. Wahrscheinlich gab es Zigtausende solcher Transporter in Hannover, aber seine Neugier gebot ihm, diesen Anblick noch einmal zu suchen und die Fahrzeuge ohne Zeitdruck ausgiebiger zu betrachten.

Ein paar Meter weiter wurde er fündig.

Mitten in der Häuserzeile fand er eine Durchfahrt, die den Blick in einen Innenhof freigab. Tarek schaute sich um und ging hinein.

Als er rechts um die Ecke der Einfahrt bog, sah er fünf dunkelbraune Transporter jenes Typs, den die Zeugin Babsi Schmidt bei der Simulation in der Passerelle so eindrucksvoll am Klang der ins Schloss fallenden Türen identifiziert hatte.

Fein säuberlich, mit dem Heck in Richtung Hintereingang, waren die hochpolierten Gefährte abgeparkt.

Tarek schaute nach oben und ließ seinen Blick im Kreis über die Häuserfronten schweifen. Er wollte nicht das Interesse neugieriger Nachbarn wecken, die den lieben langen Tag aus dem Fenster schauten und sein Treiben aufmerksam aus sicherer Distanz verfolgten.

Nein, die Luft war rein, keine Menschenseele kümmerte sich um seine Anwesenheit. Tarek versuchte, durch die verdunkelten Fenster der Transporter einen Blick in den Laderaum zu erhaschen - Fehlanzeige, die Scheiben waren einfach zu dunkel, um seinem neugierigen Drängen nachzugeben. Nur die Fahrerkabinen waren einzusehen. Auch hier herrschte akkurate Ordnung und akribische Reinlichkeit - ein Anblick, der Tareks Pedanterie sehr entgegenkam.

Da Hauptkommissar Neumann mit den Fahrzeugen nicht weiterkam, wandte er sein Interesse dem Hintereingang zu. Als er an dem Knauf der vor ihm liegenden Stahltür kräftig ziehen wollte, staunte er nicht schlecht, als diese ohne große Kraftanstrengung aufsprang. Jemand schien den Riegel verschlossen zu haben, ohne dass die Tür sich im Schloss befand. Das eckige Stück Metall stand fünf Zentimeter aus der Drückergarnitur hervor, ohne seinen Widerpart in der Aufnahme der Zarge gefunden zu haben.

Dieser herzlichen Einladung zum Betreten der Atelier-Räumlichkeiten kam Tarek nur allzu gern nach. Er huschte ins Innere des Geschäfts und nahm den bekannten Geruch nach Mottenkugeln, Leder und Rauch wahr.

Der Zielfahnder versuchte sich zu orientieren. Bislang hatte er immer von vorne das Atelier betreten und war durch das Ladenlokal hindurch in das hochwertig eingerichtete Büro des Kürschners Lambertz geführt worden. Jetzt lag das Büro direkt vor ihm. Durch die Glastür konnte er die beiden japanischen Schwerter erkennen. Das Katana und das Wakizashi mussten ein Vermögen gekostet haben. Tarek erkannte unter dem Glaskasten einen elektronischen Kontakt und zwei dünne Kabel, die die Schwerter offensichtlich vor der ungebetenen Mitnahme durch Einbrecher schützen sollten.

Er war gewarnt. Wenn im Büro solche Sicherheitseinrichtungen installiert waren, dann gab es unter Garantie in den anderen Räumen ähnliche Diebesfallen.

Tarek schwenkte nach links und ging einen schräg nach unten verlaufenden Gang entlang. Am Ende stieß er auf eine Art Kellertreppe. Nach einem kurzen Zögern schaltete der Zielfahnder das Licht ein und schlich langsam die eiskalten Steinstufen der Wendeltreppe in den Keller hinab.

Am Ende des Korkenziehers stand Tarek vor einem stockfinsteren Durchgang. Das Licht der Treppe wurde förmlich verschluckt.

Eine Geruchsmischung aus moderndem Gestein, säuerlichen Essenzen, kaltem Schweiß und - ein eiskalter Schauer jagte ihm über den Rücken - metallisch süßen Nuancen waberte ihm in dieser Dunkelheit entgegen.

Tarek suchte einen Lichtschalter, um das vor ihm liegende Unbekannte zu erhellen.

Seine Hand tastete sich zentimeterweise vorwärts, seine Schulter meldete sich mit einem schmerzhaften Pochen.

Urplötzlich war er auf einen Schalter gestoßen. Tarek hielt inne. Wollte er wirklich sehen, was ihn in dem Keller so unangenehm duftend empfangen sollte?

Er fasste sich ein Herz, legte den Schalter um und blickte in die Konturen einer von dem Mantel der fliehenden Dunkelheit freigegebenen Installation.

„Aaaah!", ein plötzlicher Schrei entschwand Tareks Kehle.

Geblendet von der plötzlichen Helligkeit gleißenden Neonlichts hatte er die Umrisse mehrerer Rahmen mit Bespannungen entdeckt. Im ersten Moment war Tarek nur erschrocken, beim genaueren Hinsehen machte sich blankes Entsetzen breit.

Vor ihm standen fünf unterschiedlich große Rahmen aus massivem Holz, die leicht abgeschrägt auf jeweils vier Metallfüßen standen. Jeder dieser Rahmen war über seinen kompletten Umfang mit mehreren Löchern versehen, durch die sich stabile Fäden zogen. Die Fäden waren außerhalb des Rahmens zusammengeknotet, um der Spannung im Innern des Rahmen standzuhalten.

Denn in der Mitte jedes Rahmens waren unterschiedlich große Lederstücke straff aufgespannt. Das kleinste war nicht größer als eine Zigarettenschachtel, das größte hatte die Ausmaße eines Kopfkissenbezuges. Und jedes dieser Lederstücke war bemalt - nein, es war graviert.

Ein gurgelnder Laut der Abscheu bahnte sich seinen Weg, Tarek war den Tränen nahe. Vor ihm standen die fehlenden Stücke der sterblichen Überreste von fünf der sechs Mordopfer. Fein säuberlich arrangiert wie die Staffeleien eines Malers trockneten die abgetrennten Hautstücke der toten Obdachlosen und warteten auf ihre Weiterverarbeitung. Einige waren bereits enthaart und gegerbt, bei anderen hingen noch letzte Gewebereste auf der Innenseite der abgeschnittenen Körperhüllen.

Trotz des widerwärtigen Anblicks kam Tarek näher. Natürlich handelte es sich bei den Gravuren auf den gespannten Hautstücken um erstklassige Tattoos - eines schöner als das andere.

Das kleinste war ein kecker Eisvogel, der mit seinem leicht geneigten Kopf seinen Betrachter direkt anzuschauen schien und so lebendig wirkte, als ob er jederzeit losfliegen wollte.

Ein weiteres zeigte einen Adler, der im halsbrecherischen Sturzflug seine starken Klauen nach vorne warf, um seine Beute zu erlegen. Als weitere Motive erkannte Tarek eine Ansammlung graziler Flamingos, die gemeinsam ihre krummen Schnäbel in einen Teich senkten sowie eine Möwe, deren Gleitflug eine erhabene Stille symbolisierte und die die Gedanken des Betrachters für Sekunden in die Weite der Ozeane entschwinden ließ. Einzig das größte aller Motive stellte ein starkes Säugetier dar - einen Grizzlybär, der am Rande eines Creeks mit seinen riesigen Pranken Lachse fing.

Nachdem Tarek den Anblick einigermaßen verdaut hatte, suchte er den noch fehlenden, sechsten Rahmen. Als er um die anderen Werkstücke herumging, knackte es plötzlich unter seinen Füßen. Da lag er also, der kleinste Rahmen dieser abscheulichen Werkschau - er war leer.

Natürlich musste er leer sein, das fertige Produkt dieser makabren Vernissage hatte er dem Besitzer dieses Horrorkabinetts zur Begutachtung gegeben! Lambertz musste ein Déjà-vu beim Anblick seiner eigenen Arbeit gehabt haben und ihn, den Leiter, der EK Blut, Hauptkommissar Tarek Neumann, im Stillen ausgelacht haben - welch eine Ironie des Schicksals!

Wie spät war es eigentlich?

Halb fünf! In einer halben Stunde sollte es mit dem Fotoshooting losgehen und Sarah, seine über alles geliebte Tochter Sarah, würde sich in die Fänge dieses Frankensteins geben!

Wie konnte er bloß so blind sein, wieso hatte er nicht schon früher Wolfgang Lambertz in die Reihe der Tatverdächtigen aufgenommen?

Stattdessen hatte er sich mit dieser überflüssigen Vernehmung dieses intellektuell schwingungsarmen Neonazis nur Ärger eingehandelt und sinnlos Zeit vergeudet.

Tarek kramte sein Handy heraus – kein Empfang!

Er musste aus diesem Keller!

Mit Riesenschritten sprintete er die Kellertreppe empor, rannte aus dem Geschäft und stand kurz danach im Innenhof.

Der Empfang verbesserte sich. Nur der Akku schwächelte ein wenig. Tarek musste ein paar Mal die Wahltasten drücken, bevor er die vertraute Stimme von Branka Markgraf am anderen Ende hörte.

In kurzen Zügen erklärte er ihr die brandheißen Neuigkeiten.

„Schick' die Tatortgruppe raus. Die sollen so schnell wie's geht herkommen und das große Besteck mitbringen. Ich fahre derweil zum ...", ein kurzes Knacken unterbrach seine eilige Durchsage, die Beleuchtung im Display des Handys erlosch.

Tarek setzte erneut an, in der Hoffnung, noch ergänzende Informationen weitergeben zu können.

„Ich fahre derweil zum Hanomag-Gelände. Lambertz ist der Mörder, hörst du, Branka, Wolfgang Lambertz ist der Mörder. Ich brauche für die Festnahme ein bisschen Verstärkung, Lambertz ist wahrscheinlich bewaffnet. Branka, Branka?!"

Mit der letzten Information „Akku leer" erstarb die Energie des Kommunikators, und Tarek hoffte, dass er alle wichtigen Informationen losgeworden war.

Jetzt war keine Zeit mehr zu verlieren. Hauptkommissar Neumann musste sofort zum Hanomag-Gelände eilen, um Schlimmeres zu verhindern.

Viertel vor fünf. Tarek war wie ein Irrer mit seinem Bulli quer durch die Stadt zum Hanomag-Gelände gerast. Von der Göttinger Straße aus versuchte er, auf das Gelände zu gelangen – es war abgesperrt.

Die Baufirma hatte nach dem Ausfüllen der Keller mit Beton das ganze Gelände hermetisch abgeriegelt. Man befürchtete scheinbar unvorhersehbare Unfälle, wenn irgendjemand unvorsichtigerweise in die tonnenschwere Betonsuppe stürzte - diese Person wäre auf Nimmerwiedersehen in dem Nirwana aus flüssigem Gestein versunken.

Tarek hatte seine Zweifel, ob Lambertz sich wirklich hier aufhalten würde. Ein kurzer, kontrollierender Handgriff unter seine linke Schulter - ja die Dienstwaffe steckte einsatzbereit in seinem Schulterholster!

Jetzt konnte es losgehen.

Tarek versuchte, einen Bauzaun zu überwinden, scheiterte bei dem Vorhaben jedoch an der eingeschränkten Einsatzfähigkeit seiner rechten Schulter. Die morschen Knochen schmerzten seit seinem Sturz am frühen Morgen immer noch.

Mit etwas Geschick hob er angestrengt ein Zaunelement heraus und quetschte sich durch den schmalen Spalt auf das Gelände.

Die alte Maschinenhalle lag direkt vor ihm. Der riesige Komplex, der parallel zur Göttinger Straße verlief, sollte in einer großen Kraftanstrengung zu einem Wohn- und Geschäftsviertel umgestaltet werden. Die Bauarbeiten würden aber noch einige Jahre andauern.

Tarek wusste nicht, wo er anfangen sollte, zu suchen. Der Komplex war derart groß, dass Lambertz sich überall aufhalten konnte, ohne dass sich die beiden über den Weg laufen mussten.

Eines stand aber jetzt schon fest: Zwischen dem neuen Geschäftskomplex und den alten Industrieanlagen lag nur ein Haufen Dreck - von dem Aufbau einer Foto-Location mit Scheinwerfern und tausend Kameras war hier weit und breit nichts zu sehen. Lambertz hatte also gelogen. Dieser ganze Firlefanz mit dem Fotoshooting und dem genannten Beiwerk diente nur einem einzigen Zweck – seine Tochter Sarah in einen Hinterhalt zu locken und sie dann genauso erbärmlich abzumurksen wie die sechs Obdachlosen zuvor.

Tarek bekam Angstschweiß auf die Stirn. Er machte sich furchtbare Gedanken um das Wohl seiner Tochter. Hoffentlich war sie nicht schon eingetroffen und lief dem Schlächter geradewegs in die Arme. Nein, das konnte nicht sein. Normalerweise verspätete sie sich regelmäßig. Diese Charaktereigenschaft könnte ihr heute das Leben retten.

Tarek rannte an Hunderten Graffitis der Ostseite parallel zur Göttinger Straße entlang. Nichts war zu sehen, alles sah völlig unverdächtig aus.

An den Rolltoren der Südflanke entlanglaufend, näherte er sich der Westseite der heruntergekommenen Industriebrache.

Nachdem er einige Meter gegangen war, erkannte er am Ende der Westflanke einen dunkelbraunen Mercedes Sprinter mit Hochdach. Tarek war auf der richtigen Spur!

Instinktiv griff er noch einmal unter seine linke Schulter und holte sich bei der Berührung mit dem kalten Stahl seiner Dienstwaffe die nötige Sicherheit für die bevorstehende Hatz.

Tarek erkannte an der Stelle, durch die er zwei Tage zuvor in die Keller des Gebäudes eingetreten war, eine Möglichkeit, das Erdgeschoss zu betreten. Diesen Weg hätte er auch früher einschlagen können. Jetzt war er nutzlos und zeitraubend einmal um das Gebäude herumgelaufen.

Als er unter einem Betondach, das wie ein Segel über dem Eingang stand, das Gebäude betrat, dampften Tausende Kubikmeter des teilweise erhärteten Betons immer noch vor sich hin.

Die Luft war schwanger vom sauren Duft des flüssigen Gesteins und den Gerüchen von Abfall, Staub und Urin.

Tareks Sinne waren auf's Äußerste geschärft.

Die Abendsonne brach sich durch die Fensterfront der Westfassade ihre Bahnen und fiel wie seidene Vorhänge schräg durch den riesigen Raum auf den staubigen Fußboden.

Es war kalt und einsam. Als Tarek verloren in der riesigen Maschinenhalle das Gebäude absuchte, hörte er ein leises Kratzen aus dem Geschoss irgendwo über ihm. Das Kratzen kam leise näher. Instinktiv blickte er nach oben zur Galerie in der ersten Etage.

Schleppend und mit schweren Schritten erschien eine riesige Gestalt im Kapuzenmantel am Stahlgeländer. Das Gesicht konnte er nicht erkennen. Die Gestalt schliff einen Gegenstand seitlich neben sich her. Das Kratzen wurde immer lauter.

Endlich blieb das gesichtslose Ungeheuer am Handlauf der Galerie stehen und schwang sein Werkzeug mit einer ausholenden Geste krachend auf das Metallgeländer.

Tarek erschrak zu Tode. Das Werkzeug, was sich über ihm scheppernd in die Metallkonstruktion fraß, hatte er schon öfter auf dem Bildschirm in Brankas Büro gesehen. Eine Hakapik, das todbringende Jagdinstrument der Robbenjäger im Norden Kanadas, wackelte mit seinem sichelförmigen Köpfchen hin und her und versprach eine interessante Auseinandersetzung mit seinem Besitzer.

„Da sind Sie ja endlich Neumann, ich hatte schon viel früher mit Ihrem Erscheinen gerechnet!"

Die theatralische Ansprache hallte wie Donner durch die endlose Weite der Halle. Der Schlächter ließ die Kapuze fallen. Aus dem Kragen des schweren Mantels lugte das Antlitz Wolfgang Lambertz' hervor!

„Lambertz, ich nehme Sie wegen des Verdachts des sechsfachen Mordes und einfachen versuchten Mordes an den Obdachlosen unserer Stadt fest. Ich gebe Ihnen Gelegenheit, Ihre Waffe abzulegen und sich widerstandslos festnehmen zu lassen. Sollten Sie meiner Aufforderung keine Folge leisten, sehe ich mich gezwungen, Gewalt gegen Sie anzuwenden."

Wie in Trance sprach Hauptkommissar Tarek Neumann, Leiter der EK Blut, deutlich, sicher und bestimmt die Worte in Lambertz' Richtung.

Der Kürschner schien nicht sonderlich beeindruckt von der Ansprache. Seine Antwort fiel ebenso klar wie höflich aus.

„Mein sehr geschätzter Herr Neumann. Sie glauben doch wohl nicht, dass ich Ihrer entzückenden Rede gelangweilt Folge leiste. Wissen Sie, unser Wiedersehen hätte ich mir ein bisschen sportlicher vorgestellt, so ein bisschen wie Hase und Igel oder Bulle und Mörder, wenn Sie verstehen. Wir wollen doch vorher noch ein bisschen Spaß haben, oder?"

Und ob du Spaß haben wirst, du Arschloch. Ich mache Hackfleisch aus dir, wütete Tarek in Gedanken vor sich hin.

„Soll ich Sie gleich erschießen oder wollen Sie vorher noch ein wenig weich geprügelt werden?"

Tarek unterbreitete nicht jedem Verbrecher solch entgegenkommende Angebote. Lambertz war begeistert.

„Na, dann werden wir mit dem Zauber mal beginnen. Seien Sie sich Ihrer Sache nicht zu sicher, Neumann, ich habe mehr Tricks auf Lager, als Sie sich vorstellen können."

Wie von der Tarantel gestochen, raste Zielfahnder Neumann los und hetzte die Treppe in die erste Etage hinauf. Seine Pistole würde er nur im Notfall ziehen. Vorher wollte er den Schlächter windelweich prügeln.

Als er oben ankam, hatte sich Lambertz bereits verzogen. Er war auf das Zwischendeck geeilt, einer Plattform, die rechts und links an zwei Aufzugsschächte grenzte.

„Lambertz, ich bin nicht zu Scherzen aufgelegt, legen Sie den Zahnstocher weg und wir vergessen Ihren Ungehorsam!"

Tarek war sich seiner Sache ganz sicher.

Mit einem lauten Schrei rannte der Kürschner auf Tarek zu, schwang seine Hakapik in die Höhe und holte zu einem vernichtenden Schlag aus.

Tarek erspähte in einer Ecke des Zwischendecks eine Schaufel, rannte dorthin, griff instinktiv nach dem Ersatzschwert und erwartete in Verteidigungsstellung Lambertz' erste Parade. Von einem schwirrenden Luftzug begleitet, sauste die Hakapik auf Tareks Kopf zu. Der Angegriffene machte einen Ausfallschritt zur Seite und parierte die Attacke mit einem seitlichen Block. Die Sichel der Hakapik und das Metall der Schaufel donnerten scheppernd gegeneinander.

„Aaargh!"

Die Erschütterung der zusammenkrachenden Werkzeuge hatte Tarek an seine lädierte Schulter erinnert. Ein pulsierender Schmerz durchflutete seine rechte Körperhälfte, und er konnte den Arm kaum noch heben.

„Nach einer Parade schon am Ende, Neumann, was ist denn mit Ihnen los? Sie haben ja gar keine Kraft mehr im Oberarm. War das etwa schon alles?", machte sich Wolfgang Lambertz über seinen Gegner lustig.

Tarek hatte tatsächlich die Verletzung seiner Schulter vollkommen vergessen! Jetzt hieß es Zeit gewinnen und Lambertz durch einen Überraschungsangriff zu überwältigen. Tarek Neumann raste die Treppe wieder hinunter, dicht gefolgt von seinem Widersacher.

„Ich hacke dich in Stücke, Neumann, das wird ein Riesenspaß!", brüllte der Verfolger hinter dem Ermittler her. In der Tat war Tarek jetzt etwas in die Defensive gekommen. Nur noch ein paar Treppenstufen dann würde er ... Rumms, Lambertz hatte Neumann ein Bein gestellt und dieser hatte instinktiv nach hinten zugefasst und den Kürschner am Kragen erwischt. Mit lautem Getöse schlugen die beiden auf der Metalltreppe auf und rutschten die letzten Meter, den Gegner sicher umklammernd, die Treppe hinab.

Nach dem Aufschlag im Erdgeschoss rappelten sich beide auf und standen sich feindselig gegenüber.

„Ich bin im Vorteil, Neumann. Ich bin größer, stärker, skrupelloser als Sie und unverletzt noch dazu. Es gibt einen Punkt, über den Sie nie hinwegkommen werden. Ich hingegen habe die andere Seite schon längst gekostet. Ich werde Ihnen gegenüber immer im Vorteil sein."

Langsam bekam Tarek wirklich seine Zweifel. Die Schulter schmerzte stark, und der Sturz machte es nicht gerade besser.

Diesmal ging Tarek in die Offensive. Mit einem lauten Schrei holte er aus und versuchte, Lambertz mit dem metallenen Ende seiner Schaufel einen Schlag auf die Schädeldecke zu verpassen. Mit einer bravourösen Abwehr konterte er diesen Schlag und schlug dabei mit der scharfen Sichel der Hakapik den Schaufelkopf von Tareks hölzernem Excalibur ab. Verdutzt betrachtete der Zielfahnder das Ergebnis. Tarek geriet in die Defensive, ein Gefühl, das er bis dato so noch nicht erlebt hatte. Die Situation wurde immer brenzliger. Tarek vergrößerte den Abstand zwischen sich und seinem Angreifer und griff jetzt ohne große Umschweife an das Schulterholster unter seiner linken Schulter. Er umklammerte den Griff des finalen Streitschlichters und versuchte, die Dienstwaffe aus dem Holster zu ziehen. Der Versuch schlug fehl, das Ding steckte aus irgendeinem Grunde fest.

„Verdammte Scheiße!", fluchte Neumann vor sich hin. Die blöde Dienstwaffe ließ sich nicht aus dem Holster nehmen. Warum denn jetzt, warum gerade in diesem Augenblick?

Tareks Körper durchflutete eine gewisse Panik.

„Ja, diese dummen Schulterholster. Nun haben Sie schon so eine schöne Dienstwaffe und können sie nicht einsetzen, weil dieses dumme Holster klemmt - was für ein Drama. Damit liegen die Trümpfe ganz klar in meiner Hand, Neumann!"

Lambertz gab sich siegesgewiss.

Tarek versuchte, sich neu zu organisieren. Wie war das noch beim Kendo?

Er betrieb den japanischen Schwertkampf seit relativ kurzer Zeit, aber diese Kampfkunst schien die einzige Lebensversicherung zu sein, die ihm jetzt noch blieb.

Tarek schloss kurz die Augen, konzentrierte sich und legte los.

Mit lautem Gebrüll drosch er auf seinen Gegner ein. Mit dem Holzstiel der Schaufel im Anschlag versetzte er Lambertz hier mal einen Schlag auf den Unterarm, dort traf er die Schulter, einige Treffer landeten auf den Oberschenkeln und einer auf dem Kopf. Die Vielzahl und Schnelligkeit der Schläge ließen Lambertz beeindruckt zurückweichen.

„Noch ist es nicht zu spät, Lambertz, Sie können jederzeit aufgeben", bot Tarek seinem Gegner keuchend an.

Sarkastisch lächelnd holte der Kürschner zu einem rasenden Gegenangriff aus.

„Feuer frei!", brüllte Lambertz aus voller Kehle und ließ seine Hakapik umbarmherzig surren. Tareks Abwehrversuche führten zu einer dramatischen Kürzung seines Schaufelstiels. Mit jedem Kontakt zur skalpellscharfen Sichel der nordamerikanischen Jagdwaffe schwanden Tareks Chancen auf einen Sieg.

Wie besessen drosch Lambertz auf seinen Gegner ein, trieb ihn über den Betonboden der Maschinenhalle und ließ ihm den Angstschweiß von seiner Stirn tropfen. Tarek mühte sich tapfer. Immer wieder parierte er die Attacken seines Gegners mit Gegenangriffen, versuchte, aus dem Trommelfeuer niederschwirrender Sichelattacken zu entwischen. Einmal traf er Lambertz mit einem gedrehten Rückwärtsfußtritt in die Rippen. Beeindruckt jaulte dieser kurz auf, setzte in Sekundenbruchteilen seine Angriffe aber unvermindert fort. Wer würde am Ende dieser Schlacht als Sieger dastehen?

Der Kürschner bekam langsam Oberhand, Tarek war die defensive Rolle nicht gewohnt. Er befand sich sonst immer auf der Siegerstraße.

Plötzlich schlug das scharfe Ende der Hakapik in Tareks linke Schulter ein. Er hatte nur den Bruchteil einer Sekunde nicht aufgepasst.

Tarek schrie vor Schmerzen laut auf. Ein heißer, stechender Schmerz durchfuhr seinen Körper. Er verlor kurzzeitig die Sinne und fiel rücklings auf den Betonboden der Maschinenhalle.

„Schachmatt, Newman. Bitte mich, dann erspare ich dir ein langes Leiden."

Lambertz hielt die Mordwaffe mit erhobenen Händen über den Kopf, bereit zum finalen Schlag. Tarek schwanden die Sinne. Der Ohnmacht nahe, schien er sich in sein Schicksal zu fügen. Eine letzte Antwort brauchte er aber noch.

„Lambertz, bevor ich mich auf den Weg zu meinem Herrgott mache, nur diese eine Frage noch", hechelte Tarek erschöpft in die Richtung des Vollstreckers.

Lambertz schaute verdutzt, gewährte ihm aber seinen letzten Wunsch.

„Woher wussten Sie, dass Ihre Opfer tätowiert waren?"

Geschmeichelt von so viel Unwissenheit gab der Kürschner die Verbindung preis.

„Ich habe Ihnen doch meine Muse Maloo vorgestellt, nicht wahr? Fast hätte ich mich bei dieser Gelegenheit selbst verraten. Nach dem anregenden Kuss hatte ich Maloo gebeten, mir ein paar Inspirationen mitzubringen, erinnern Sie sich noch?"

Und wie sich Tarek erinnerte. Es war ihm, als hätte diese Begebenheit gestern stattgefunden.

„Maloo hat ein freundschaftliches Verhältnis zum Dicken Dirk im Tattostudio an der Lister Meile. Unter dem Vorwand, Ideen für die Verschönerung ihres atemberaubenden Körpers zu finden, hatte mir Maloo die Namen der mittellosen Penner besorgt, die sich von dem großherzigen Dirk die Tattoos für kleines Geld stechen ließen. Der Rest war Routine. Ich musste nur noch herausfinden, wo sich die Penner aufhielten und ob sie tatsächlich die gesuchten Motive für mich sind. Ich habe jeden nach seinem Namen gefragt. War es der Richtige, schlug ich zu.

Und jetzt, Newman, sagen Sie der Welt Adieu!"

Lambertz streckte sein Hakapik noch mehr in die Höhe und bereitete seine letzte Schlachtung vor.

„Papa, Papa, nein – Paaapaaa!", kreischte eine weibliche Stimme in Richtung des am Boden liegenden Zielfahnders. Schrill hallte der Angstschrei durch die Tiefen der Industriebrache und übergab sein Echo den stummen Zeugen aus Stein.

Die Sorge um das Wohl seiner Tochter Sarah ließ Tarek seine letzten Reserven mobilisieren. Nach Lambertz' zahllosen Schlägen war der Schaufelstiel regelrecht angespitzt. Tarek richtete das spitze Ende in Lambertz' Richtung.

„Der einzige Mensch, der mich Newman nennen darf, ist meine Frau, du Arschloch!", schmetterte Tarek dem abgelenkten Kürschner entgegen. In einem letzten Aufbäumen rammte Tarek dem Schlächter den Rest des Schaufelstiels in den Bauch.

Mit einem gellenden Schrei brach Lambertz zusammen, ließ die Hakapik fallen und kippte zur Seite. Hart und stark blutend schlug er auf den Beton neben Tarek auf.

„Polizei, keine Bewegung oder wir schießen."

Der etwas dröhnende Tenor aus dem vermummten Gesicht eines SEK Mannes holte Tarek in die Gegenwart zurück.

Er hätte nie gedacht, dass er auf diesen Sound stehen würde.

Die Kavallerie war gekommen, um die Reste der vergangenen Schlacht aufzunehmen.

„Das hat aber gedauert, Kollegen. Ich habe mir schon ernsthafte Sorgen gemacht", keuchte Tarek dem Kommandoführer abgekämpft entgegen.

„Du weißt doch, wie das ist Tarek, wir mussten erst noch ein bisschen Rouge auflegen. Man kämpft ja nicht alle Tage gegen einen Repräsentanten des hannoverschen Geldadels."

Tarek konnte das breite Grinsen unter der Vermummung des Sekkis erkennen.

„Draußen wartet ein Rettungswagen auf dich, Tarek. Wir kümmern uns nachher noch um das Stück menschlichen Abfalls, das hier noch liegt. Wie hieß es noch, Lambertz?"

Zusammen mit einem Kollegen legten die SEK-Männer Hauptkommissar Neumann auf eine Trage.

„Sarah, Sarah, du bist wieder einmal zu spät!", hauchte Tarek seiner Tochter entgegen, die neben ihm auf dem Weg zu den Sanis immer wieder seine blutige Hand streichelte.

„Manchmal ist es eben doch von Vorteil, das akademische Viertel voll auszunutzen!"

Sarah lächelte ihren Vater fürsorglich an.

„Ich habe den besten Papa der Welt. Wenn du wieder gesund bist, lade ich dich auf ein Eis ein."

„Von welchem Geld, mein Engel? Mit dem Honorar aus dem Fotoshooting wird es wohl nichts."

„Lass das mal meine Sorge sein, Paps. Ich klaue Mama ganz einfach ein paar Euros aus ihrem Portemonnaie. Dann machen wir richtig einen drauf."

Sarah kniff keck ihr rechtes Auge zu und blinzelte ihren Vater aufmunternd an.

Als er auf der Trage liegend in den Rettungswagen verladen wurde, sah er noch einmal in ihr hübsches Gesicht.

Der Albtraum hatte ein Ende, der Schlächter war gefasst.

Kapitel 36

„Sie müssen noch einmal den Verband wechseln, Schwester. Was sollen denn die Besucher denken, wenn sie Herrn Neumann hier so sehen?"

Tarek öffnete langsam die Augen. Verschlafen und erschöpft schaute er in das über ihn gebeugte Gesicht des erfahrenen Chefarztes der chirurgischen Abteilung der Medizinischen Hochschule.

„Wir haben ein bisschen an Ihnen herumgeschnippelt, Herr Neumann, nichts Besonderes. Ein paar Gefäßschnitte hier, ein bisschen Lasern dort und schon hatten wir die hässliche Fleischwunde in Ihrer linken Schulter im Griff. In vier bis fünf Wochen sieht man nichts mehr davon, dann könnten Sie Ihren Astralkörper wieder im Hallenbad zur Schau stellen, wenn wir nicht eine weitere Verletzung gefunden hätten."

Tarek war ein wenig benommen. Er versuchte, sich in dem sterilen Raum mit den fahlweißen Wänden zu orientieren.

„Wie lange habe ich geschlafen?"

Tarek war sich über Tag und Uhrzeit im Unklaren. Sein Körper fühlte sich an, als wäre er gegen einen ICE gelaufen. Der ganze Oberkörper war in mehrere Lagen Verbände eingewickelt. Tarek schaute ein wenig hilflos.

„Wir haben Sie gestern Abend operiert. Sie hatten ein paar hässliche Gefäßverletzungen, Schnitte und Verunreinigungen im linken Schulterbereich. Das haben wir relativ undramatisch wieder geflickt."

Tarek war erleichtert. Die Kratzer des gestrigen Duells mit Lambertz hatten also keinen dauerhaften Schaden verursacht.

„Aber Ihre rechte Schulter, die hat uns doch wirklich Kopfzerbrechen bereitet. Was haben Sie denn mit der angestellt, Herr Neumann?"

Tarek konnte sich nicht erinnern – oder doch?

Na klar, er war beim Joggen auf dem nassen Laub ausgerutscht. Er hatte die Verletzung aber als geringfügig abgetan.

„Ihr Schlüsselbein war dreifach gebrochen und teilweise erheblich verschoben. Ihre ausgeprägte Muskulatur hat uns einige Mühe bereitet. Wir wollten ja nicht die Schnitte durch Ihre wohldefinierten Muskelpartien ziehen und bleibende Schäden an Ihrem Bewegungsapparat riskieren. Daher mussten wir sehr vorsichtig vorgehen. Bei so komplizierten Brüchen ist das eine echte Herausforderung. In einem halben Jahr, denke ich, werden Sie diese Verletzung vollständig auskuriert haben."

Na bravo, dachte Tarek, *ein halbes Jahr keinen Sport, kein Training, nur sitzende Tätigkeiten, Innendienst – das wird ja eine aufregende Zeit!*

„Jetzt ruhen Sie sich erst einmal ein wenig aus. Es haben sich schon einige Besucher angekündigt, die nach Ihnen sehen wollen."

Dr. Gebhard entschwand aus dem Raum und ließ Tarek mit einer resoluten Krankenschwester zurück.

Schwester Renata war Mitte fünfzig, hatte Oberarme mit dem Umfang seiner Beine und eine runde Körpermitte. Ihr überdimensionierter Busen ruhte auf dem darunterliegenden Bauch und die wulstigen Beine passten kaum in die Hose der weißen Schwesterntracht.

Sie gab sich alle Mühe, freundlich auszusehen. Ein zartes Lächeln huschte über ihren, mit einem dunklen Damenbart verzierten, Mund. Ihre ausgeprägte Nase ragte wie ein riesiger Erker aus ihrem runden Gesicht. Die Dame hätte sich noch so viel Mühe geben können. Jede Sympathie-Offensive war von Anfang an zum Scheitern verurteilt.

Die Verbände schränkten die Beweglichkeit seiner Arme deutlich ein. Sein Rücken schmerzte. Er brauchte unbedingt eine Veränderung seiner Körperlage. Also bat er darum, seine Bettlehne etwas aufzurichten.

Schwester Renata näherte sich mit ihrer erdrückenden Auslage bedrohlich Tareks Gesicht. Mit einem geschickten Griff hob sie seinen Oberkörper ein wenig an und betätigte gleichzeitig den Hebel für die Rückenlehne. Mit einem kurzen Knacken rastete die Lehne ein und stellte sich in die richtige Position.

Tareks Gesicht wurde dabei von den ihm gegenüberliegenden XXL-Airbags fast zerdrückt. In seinem lädierten Zustand konnte er dieser Urgewalt nicht ausweichen. Als er beinahe zu Ersticken drohte, legte Schwester Renata Tareks Oberkörper sanft zurück in die jetzt aufrechtere Position der Rückenlehne und schaute ihn aus freundlich dreinblickenden Augen erwartungsvoll an.

„Wenn Sie mal ein bisschen Bewegung brauchen, klingeln Sie nach mir. Ich wäre nicht abgeneigt."

Schwester Renata warf Tarek den untauglichen Versuch eines vielsagenden Blicks zu und verließ mit wankenden Hüften das Krankenzimmer. Nach ihrem Verschwinden wischte sich Tarek ungelenk den Angstschweiß von der Stirn. Hoffentlich handelte es sich bei der Nachtschwester nicht um ein Kaliber gleichen Ausmaßes.

„Ich sehe, Sie haben hier schon Freundschaften geschlossen, Hauptkommissar Neumann."

Tarek hatte den Besucher gar nicht kommen sehen.

Der Präsident des LKA, Roman Wolter, war höchstpersönlich erschienen, um sich nach dem Wohlergehen seines EK-Leiters zu erkundigen. Er war tatsächlich der Erste, der ihm seine persönliche Aufwartung machte.

„Wie geht es Ihnen?"

Wolter nahm einen Stuhl und setzte sich neben Tareks Bett.

Der oberste Kriminalist im Lande schien sich aufrichtig nach seinem Wohlergehen erkundigen zu wollen. Ohne aufgesetzte Etikette kam ein flüssiges Gespräch zustande, in dem Wolter seine uneingeschränkte Wertschätzung über die erfolgreiche Arbeit der EK Blut zum Ausdruck brachte.

„Sie haben Wort gehalten – und sogar mehr. In drei Wochen wollten Sie mir den Mörder präsentieren. Sie haben sage und schreibe nur neun Tage gebraucht. Selbst wenn ich die Tatzeit des ersten Mordes hinzurechne, sind gerademal sechzehn Tage bis zur Lösung des Falls vergangen. Eine außergewöhnliche Leistung, meine Anerkennung!"

Eine angedeutete Verneigung unterstrich das aufrichtige Lob des LKA-Chefs.

Tarek war über die Maßen erstaunt ob dieser Wertschätzung seines Präsidenten.

Nachdem er die positive Rückmeldung verdaut hatte, erkundigte er sich nach dem Gesundheitszustand seines Widersachers.

„Ach ja, der Lambertz. Wolfgang Lambertz geht es den Umständen entsprechend gut. Ich habe von den Ärzten im Justizvollzugskrankenhaus erfahren, dass Sie dem Tatverdächtigen zur Abwehr eines Angriffs einen abgebrochenen Schaufelstiel in den Bauch gerammt hatten. Dabei sind wohl etliche Blutgefäße gerissen. In einer Notoperation konnten die Ärzte den Kürschner retten. Er befindet sich außer Lebensgefahr. Seine Komplizin, diese ...", Tarek unterstützte Wolter beim Denken, „Maloo", half er ihm auf die Sprünge.

„Ja, diese Maloo. Sie sitzt ebenfalls in Untersuchungshaft. Ihre Tochter Sarah hatte die entscheidenden Passagen mitgehört und konnte uns den zutreffenden Tipp für ihre Festnahme liefern. Maloo sitzt jetzt in Celle und wartet auf den Prozess."

Wolter machte eine Pause und schaute auf seine Armbanduhr.

„So, mein lieber Neumann, jetzt entschuldigen Sie mich bitte. Ich habe noch einen Termin."

Als Roman Wolter gerade gehen wollte, versuchte Tarek ihn an seinem Ärmel festzuhalten.

„Wer ist der Spitzel, Herr Wolter?"

„Welcher Spitzel?", stellte Wolter die Gegenfrage.

„Na, der Spitzel in meiner EK Blut, den Sie auf mich angesetzt hatten", drängte Tarek seinen Chef zu einer Erklärung.

„Den gibt es nicht, Neumann. Ich habe wirklich versucht, jemanden aus der Mitte der Ermittlungskommission für Spitzeldienste zu gewinnen. Jeder, den ich zu einem vertraulichen Gespräch bat, verweigerte sich dieser Aufgabe, Männer wie Frauen. Nahezu stereotyp musste ich mir von allen Kolleginnen und Kollegen anhören, dass sie unter gar keinen Umständen bei der Demontage eines Ermittler-Denkmals helfen würden. Die dicke Branka hat mich sogar mit üblen Flüchen überschüttet und stand kurz davor, mich zu beleidigen. Die wenigen Kerninformationen, die ich über Ihre Arbeitsweise erhielt, musste ich mir nachdrücklich von den Mitgliedern ihrer EK einfordern. Nach dieser Erfahrung war ich mir sicher, die richtigen Mitarbeiter für

Ihr Team ausgesucht zu haben – und der Erfolg gibt mir recht!“

Nach diesen positiven Enthüllungen entließ Tarek Roman Wolter zu seinem Termin. Freundlich lächelnd verabschiedete sich dieser und verließ das Krankenzimmer.

Tarek war erleichtert. Keiner seiner Kollegen der Ermittlungskommission stand unter Verdacht. Selbst die absonderlichen Lauterbach-Zwillinge verweigerten sich dem geforderten Intrigantentum. Er hatte sich mit Fug und Recht auf sein Team verlassen können.

Die Tür öffnete sich und es betrat eine Dame im Arztkittel den Raum. Tarek konnte sie zuerst nur aus den Augenwinkeln beobachten. Er konnte aber erkennen, dass diese Frau eine deutlich attraktivere Erscheinung war als das Exemplar von vorhin.

Etwas müde versuchte er, seinen durch die andauernde Müdigkeit verschwommenen Blick zu schärfen.

„Hallo Tarek!“, hauchte eine sanfte, bekannte Stimme durch den Raum.

„So hilflos habe ich dich noch nie gesehen. Ich könnte mich glatt an den Anblick gewöhnen.“

Andrea!

Seine Exfrau erschien an seinem Krankenbett. Ihr makelloser Körper wirkte in der eng anliegenden Arbeitskleidung äußerst anziehend.

„Hast du die Facharzt-Prüfung schon bestanden, Andrea?“

Tarek war wie benommen von dem betörenden Anblick seiner Traumfrau.

„Nein, Tarek, aber ich befinde mich auf dem Weg dorthin. Hin und wieder muss ich auch mal richtig arbeiten. Von Sarah habe ich gehört, dass du bei der spektakulären Festnahme des gesuchten Massenmörders verletzt worden bist. Ich bin dann sofort zum Krankenhaus gefahren, um dich zu sehen. Aber gestern warst du noch nicht ansprechbar, da habe ich mir für heute Morgen eine Schicht eingeteilt, um nach dem Aufwachen bei dir zu sein."

Wie ein Engel hatte Andrea Tareks Herz im Nu zurückerobert. Als sie sich das letzte Mal gesehen hatten, gingen sie nach einer traumhaften Nacht im Streit auseinander. Das Gezeter im Anschluss an das verkorkste Frühstück klingelte ihm noch immer in den Ohren. Tarek schöpfte Hoffnung.

„Ich wollte einfach sehen, wie es dir geht und welche Fortschritte deine Genesung macht. Und wie ich das beurteilen kann, bist du auf einem guten Weg."

Tarek wollte den freundlichen Redefluss seiner Exfrau mit ein paar versöhnenden Kommentaren anreichern, aber Andrea ließ es nicht dazu kommen.

„Ich habe dir etwas Wichtiges zu sagen, Tarek!"

Andrea wirkte ein wenig verlegen, legte ihre Hände in den Rücken und wechselte von einem Fuß auf den anderen.

Erwartungsvoll verfolgte Tarek dieses Schauspiel und fieberte dem entscheidenden Satz, der überfälligen Liebesbekundung, die sie beide wieder zusammenbringen sollte, entgegen.

Nach einem tiefen Seufzer brachte es Andrea gerade heraus.

„Ich habe jemanden kennengelernt!"

WESERBERGLAND
KRIMI

Auf den nächsten Seiten
wird es noch mal spannend!

Bitte blättern Sie um ...

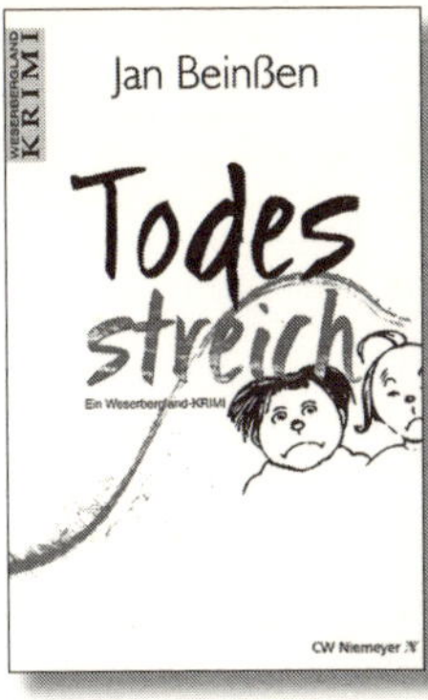

Eine derbe Lausbuben-Geschichte für den ländlichen Raum im 21. Jahrhundert. Ein romantischer Krimi im gepflegten englischen Landhausstil. Wiedensahl, ein Flecken im Schaumburger Land, ist Schauplatz der Handlung. Der Lehrer Philip Lessing gerät mit seiner sechzehnjährigen Tochter Blümchen in einen unheimlichen Spuk. Im Gegensatz zu vielen anderen Krimis werden am Ende nicht die üblichen Verdächtigen verhaftet. Makabre Moritat à la Max und Moritz.

Jan Beinßen. Todesstreich
312 Seiten. Gebunden. ISBN 978-3-8271-9408-4
E-Book 978-3-8271-9607-1 (Pdf)
978-3-8271-9807-5 (Epub)

Wer ist die mysteriöse Tote auf dem Gelände der alten Frankenburg? Und warum findet die Rechtsmedizin merkwürdige Flecke auf ihrem Rücken? Und was hat es mit den Kindern des Mondes auf sich? Das bekannte Ermittlerduo Wolf Hetzer und Peter Kruse tappt noch völlig im Dunklen, während im Wald das Grauen lauert. Spät, viel zu spät hat Hetzer eine Ahnung des Bösen, das sich nicht greifen lässt. Es führt ihn an den Abgrund seines Verstandes.

Nané Lénard. SchattenWolf
368 Seiten. Gebunden. ISBN 978-3-8271-9407-7
E-Book 978-3-8271-9608-8 (Pdf)
978-3-8271-9808-2 (Epub)

Bei einem konspirativen Treffen zwischen Vorberg und einem Bekannten auf Burg Polle wird der Fotograf erschossen. Der Tote ist ein in der Region bekannter Fotograf, den man als „Paparazzo des Weserberglands" bezeichnet. Auffällig ist, dass Vorberg zwar Papiere, aber keinen Schlüssel bei sich trägt, zumal er mit dem eigenen Wagen, einem neuen Porsche 911, angereist ist. Später behauptet der vermeintliche Täter, nicht geschossen zu haben, sondern selber zum Opfer geworden zu sein.

Andreas Schmidt. Tödlicher Schnappschuss
320 Seiten. Gebunden. ISBN 978-3-8271-9404-6
E-Book 978-3-8271-9601-9 (Pdf)
978-3-8271-9801-3 (Epub)